NADA A DECLARAR

Obras da autora publicadas pela Galera Record

Um de nós está mentindo

Um de nós é o próximo

Mortos não contam segredos

Os primos

Assim você me mata

Nada a declarar

KAREN M. MCMANUS

Tradução
Glenda D'Oliveira

1ª edição

— Galera —
RIO DE JANEIRO
2022

REVISÃO
Jorge Luiz Luz de Carvalho

CAPA E ILUSTRAÇÃO DE CAPA
Douglas Lopes

TÍTULO ORIGINAL
Nothing More to Tell

CIP-BRASIL. CATALOGAÇÃO NA PUBLICAÇÃO
SINDICATO NACIONAL DOS EDITORES DE LIVROS, RJ

M429n

McManus, Karen M.
Nada a declarar / Karen M. McManus ; tradução Glenda D'Oliveira. – 1. ed. – Rio de Janeiro : Galera Record, 2022.

Tradução de: Nothing more to tell
ISBN 978-65-5981-188-5

1. Ficção americana. I. D'Oliveira, Glenda. II. Título.

22-78605

CDD: 813
CDU: 82-3(73)

Meri Gleice Rodrigues de Souza – Bibliotecária – CRB-7/6439

Texto revisado segundo o novo Acordo Ortográfico da Língua Portuguesa.

Direitos exclusivos de publicação em língua portuguesa somente para o Brasil adquiridos pela
EDITORA GALERA RECORD LTDA.
Rua Argentina, 120 - Rio de Janeiro, RJ - 20921-380 - Tel.: (21) 2585-2000,
que se reserva a propriedade literária desta tradução.

Impresso no Brasil

ISBN 978-65-5981-188-5

Para Ro e Allison

CAPÍTULO 1

BRYNN

— Você tem um crime favorito?

A garota sentada ao meu lado na espaçosa recepção faz a pergunta de maneira tão entusiasmada, com um sorriso tão largo, que tenho certeza de que a ouvi errado. — Um *o quê* favorito? — pergunto.

— Crime — responde, ainda sorrindo.

OK. Não ouvi errado. — Em geral, ou... — começo com cautela.

— Do programa — diz ela, um tom de impaciência surgindo em sua voz. É justificado. Eu deveria ter entendido o que ela estava querendo dizer, levando em consideração que estamos sentadas no meio do escritório temporário do *Motivação.*

Tento me redimir.

— Ah, sim, lógico. Difícil escolher um. São todos tão... — Qual é a palavra certa aqui? — Instigantes.

— Estou obcecada pelo caso dos Story — continua ela, e bum: deslanchou. Fico impressionada com todos os detalhes minuciosos que ela é capaz de se lembrar de uma série que tinha ido ao ar há mais de um ano. Ela é obviamente uma expert em *Motivação,* enquanto eu estou mais para uma recém-convertida ao braço do jornalismo que lida com *true crime.* Verdade seja dita, não estava esperando ser chamada para uma entrevista para este estágio. Minha inscrição foi... fora do convencional, para dizer o mínimo.

Tempos desesperados e tudo o mais.

Menos de dois meses atrás, em outubro, no meu último ano do ensino médio, minha vida estava toda encaminhada. Estava morando em Chicago, era editora-chefe do jornal da escola, tinha até mandado todos os documentos necessários antes da hora para tentar admissão na minha universidade dos sonhos, a Universidade Northwestern. Dois dos meus melhores amigos também estavam planejando ficar pela área, de modo que já sonhávamos em alugar um apartamento juntos. E então: um desastre após o outro. Fui demitida do jornal, colocada na lista de espera da Northwestern e informada por meus pais de que o trabalho do meu pai estava pedindo sua transferência de volta para a sede da empresa.

O que significava que retornaríamos à minha cidade natal, Sturgis, Massachusetts, e nos mudaríamos de volta para a casa que meus pais vinham alugando ao meu tio Nick desde que partimos. — É um novo começo — disse minha mãe, convenientemente esquecendo-se do detalhe que, quatro anos antes, eu havia estado desesperada para sair daquele lugar.

Desde então comecei a procurar desesperadamente por algum tipo de estágio que pudesse fazer a Northwestern reconsiderar minha admissão. Recebi minha primeira meia dúzia de rejeições por meio de cartas curtas e impessoais. Ninguém tinha coragem de dizer o que estavam todos de fato pensando: *Cara Srta. Gallagher, visto que seu artigo mais lido como editora do jornal escolar foi uma compilação de fotos de pênis, você não é adequada ao cargo.*

Para ser sincera, não fui eu quem tirou ou postou as tais fotos. Sou apenas a idiota que deixou a porta da sala do jornal destrancada e se esqueceu de fazer o logout do laptop principal. Mas não importa, porque era meu nome no artigo que virou milhares de capturas de tela e que acabou parando no BuzzFeed com a manchete *ESCÂNDALO COLEGIAL NA CIDADE DOS VENTOS: PEGADINHA OU PORNOGRAFIA?*

Ambos, é óbvio. Após a sétima recusa polida, me ocorreu que quando algo assim é o primeiro resultado de uma busca no Google por seu nome, não existe mais razão para se tentar escamotear. Então, quando fiz minha inscrição para o *Motivação*, adotei uma estratégia diferente.

A garota a meu lado continua tagarelando, finalizando uma análise surpreendentemente profunda da saga da família Story.

— Onde você estuda? — pergunta. Está vestindo uma bonita jaqueta de couro por cima de uma camiseta estampada e calça jeans preta, e me dá algum conforto saber que estamos vestidas de maneira um pouco similar. — Estou no segundo ano da Emerson. Cursando artes visuais, com especialização em jornalismo, mas estou pensando em mudar e fazer o contrário.

— Ainda estou no ensino médio — respondo.

— Sério? — Esbugalha os olhos. — Uau, não tinha nem ideia de que este estágio estava aberto a alunos de ensino médio também.

— Também me surpreendi.

Motivação não estava na lista de oportunidades de estágio que eu compilara com a ajuda de meu antigo orientador escolar; minha irmã de quatorze anos, Ellie, e eu topamos com o anúncio quando estávamos fazendo uma busca pelo Boston.com. Até termos feito uma pesquisa no Google sobre *Motivação,* não tinha me dado conta de que a apresentadora do programa, Carly Diaz, havia se mudado temporariamente de Nova York para Boston no verão anterior, para poder ficar mais próxima de um dos pais que estava doente. *Motivação* não é bem um nome de peso, superconhecido, mas é um programa que está começando a ganhar prestígio. Por ora, só está passando em um canal pequeno de televisão fechada, mas há rumores de que talvez seja comprado em breve por um dos grandes serviços de streaming.

O artigo no Boston.com tinha a seguinte manchete: CARLY DIAZ CRIA E QUEBRA SUAS PRÓPRIAS REGRAS, acompanhada por uma foto de Carly vestindo um sobretudo rosa-choque, parada no meio da Newburry Street com as mãos nos quadris, cheia de confiança. Ela não parecia o tipo de pessoa que julgaria você por um tropeço público; parecia mais ser alguém que esperaria que você seguisse em frente com a cabeça erguida.

— Você trabalha no jornal da escola, então? — pergunta a moça.

Apunhala e torce a faca, Garota de Emerson.

— No momento, não.

— Sério? — Franze o cenho. — Então como é...

— Brynn Gallagher? — chama a recepcionista. — Carly vai recebê-la agora.

— *Carly?* — Os olhos da garota se arregalam enquanto me levanto. — Uau. Não sabia que ela estava fazendo as entrevistas pessoalmente.

— Bom, aqui vou eu — digo. De súbito, a Garota de Emerson e suas perguntas infindáveis me parecem um porto seguro, e sorrio para ela como se fosse uma velha amiga enquanto coloco a alça da bolsa tiracolo sobre o ombro. — Deseje-me sorte.

Ela me mostra dois polegares para cima.

— Você consegue.

Sigo a recepcionista por um corredor curto e estreito, até uma grande sala de reuniões com janelas do chão ao teto, com vista para Back Bay. Mas não consigo me focar na paisagem, pois Carly Diaz se levanta da cadeira à cabeceira da mesa com um sorriso de mil megawatts, estendendo a mão para mim.

— Brynn, seja bem-vinda — diz.

Estou tão afobada que quase respondo com um "de nada", mas consigo me deter a tempo. — Obrigada — digo, tomando a mão dela. — Que bom conhecê-la. — A palavra *grandiosa* me vem à mente, ainda que, sem aqueles saltos altos de 10cm que está usando, Carly seja uma mulher pequenina. Mas ela irradia energia, como se fosse iluminada por dentro. Os cabelos escuros são impossivelmente volumosos e lustrosos, a maquiagem impecável, e seu vestido é ao mesmo tempo tão simples e elegante que me faz querer jogar meu guarda-roupa inteiro no lixo e recomeçar do zero.

— Por favor, sente-se — convida Carly, acomodando-se na própria cadeira enquanto a recepcionista sai para o corredor. — Pegue algo para beber, se quiser.

Há copos de vidro diante de nós, dos dois lados de uma jarra cheia até o topo de água com gelo. Peso na balança minha leve sede contra a grande possibilidade de deixar derramar o conteúdo inteiro da jarra em cima de mim, ou pior, no laptop perto de Carly. — Não, obrigada, estou sem sede.

Carly junta as mãos diante de si, e não posso deixar de notar os anéis. Tem um em quase todos os dedos, todos extravagantes e de ouro. As unhas brilham com esmalte vermelho-escuro, seu formato perfeito, mas curtas. — Está bem — diz, com um sorrisinho torto. — Você sabe por que está aqui, correto?

— Para uma entrevista? — indago, esperançosa.

— Com certeza. — O sorriso se alarga. — Recebemos quase quinhentos currículos para este estágio. A maioria de alunos de graduação e pós de universidades locais, mas alguns dispostos até a se mudarem por esta oportunidade. — Meu coração afunda um pouco no peito, até ela acrescentar: — É difícil se destacar quando a competição é tamanha, mas, tenho que admitir, nunca encontrei uma inscrição como a sua. Foi uma das minhas produtoras, Lindzi, que viu primeiro e me encaminhou imediatamente.

Carly aperta um botão no computador, vira a tela para mim, e... lá está. Meu e-mail, todas as dez palavras que continha. *Não é o meu melhor trabalho,* eu escrevera, sublinhado com um link para o artigo das fotos pornográficas no BuzzFeed. *Obrigada por me considerar.*

Minhas bochechas ficam quentes enquanto Carly diz: — Você conseguiu algumas coisas interessantes com esse e-mail. Primeiro, me fez rir. Alto, quando cliquei no link. Depois, fui procurar por artigos que você de fato tenha escrito, uma vez que não se deu ao trabalho de incluí-los você mesma. Levei quinze minutos de um dia muito cheio para pesquisar sobre você. — Ela se recosta na cadeira, as mãos entrelaçadas sob o queixo enquanto os olhos escuros cravam-se nos meus. — Isso nunca aconteceu antes.

Quero sorrir, mas não tenho certeza de que ela está me elogiando. — Tinha esperança de que você fosse gostar da minha franqueza — desvio. — E da minha, humm, concisão.

— Abordagem arriscada — declara Carly. — Mas ousada, o que respeito. É um absurdo que tenham demitido você por causa disso, aliás. Tem ideia de quem postou as fotos?

— Sei exatamente quem foi — respondo, cruzando os braços com firmeza contra o peito. Eu estivera trabalhando em uma nova reportagem sobre manipulação de notas envolvendo alguns jogadores do nosso time de basquete, que é campeão estadual. O capitão, um idiota chamado Jason Pruitt, me encurralou no meu armário após a aula de inglês um dia e disse a única palavra que já dirigira a mim: *desiste*. Não desisti, e, uma semana depois, as fotos dos pênis aconteceram, quase no exato momento em que o treino de basquete terminava. — Mas o garoto negou, e eu não podia provar nada.

— Sinto muito — diz Carly. — Você merecia mais apoio do que teve. E seu trabalho é excelente. — Relaxo minha postura rígida e quase sorrio, porque está tudo caminhando bem melhor do que o esperado, mas então ela acrescenta: — Não era meu plano contratar uma aluna de ensino médio, no entanto.

— A descrição não dizia que estar na faculdade era um requisito — argumento.

— Foi uma omissão — responde ela.

Desanimo, mas apenas brevemente. Ela não teria me chamado se não estivesse ao menos considerando passar por cima daquele requisito. — Vou me esforçar duas vezes mais do que qualquer universitário — prometo. — Posso estar no escritório sempre que não estiver no colégio, à noite e nos fins de semana inclusive. — *Porque não tenho vida social aqui,* quase acrescento, mas Carly não precisa de tanto contexto. — Sei que não sou a pessoa mais experiente com quem você vai falar, mas venho trabalhando com o objetivo de me tornar uma jornalista desde o ensino fundamental. É a única coisa que já quis ser.

— E por quê?

Porque é a única coisa em que sou boa.

Sou de uma daquelas famílias nas quais as pessoas esbanjam talento sem sequer precisarem se esforçar. Meu pai é um cientista e pesquisador brilhante, mamãe é uma ilustradora de livros infantis premiada, e Ellie é praticamente um prodígio musical com a flauta. Todos eles já sabiam do berço o que queriam fazer. Já eu passei a maior parte da infância tentando descobrir a minha vocação (o talento que me definiria), enquanto secretamente me preocupava em acabar me tornando outro tio Nick. "Ele não sabe o que quer da vida" dizia meu pai, suspiroso, sempre que seu meio-irmão muito mais novo mudava de curso de graduação. "Nunca soube."

Parecia ser o pior traço possível que um Gallagher poderia ter, não saber o que quer. Por mais que eu amasse o tio Nick, não queria ser a inútil da família: parte dois. De modo que foi um alívio quando cheguei ao oitavo ano, e meu professor de inglês me destacou pela minha redação. — Você devia trabalhar no jornal da escola — sugeriu ele. Foi o que fiz, e pela primeira vez encontrei algo que me vinha naturalmente. Passou a ser minha identidade desde então: "Brynn vai ser âncora da CNN dia desses", meus pais gostam de dizer. E foi aterrorizante perdê-la naquele último outono. Ver algo para o qual me esforçara tanto, do que me orgulhara tanto, ser transformado em uma piada.

Não sei como explicar isso em uma conversa palatável e adequada de uma entrevista, no entanto.

— Porque você pode fazer a diferença de verdade com cada reportagem, e dar voz às pessoas que não têm uma — respondo.

— Bem colocado — diz Carly, com polidez. Mas pela primeira vez desde que nos sentamos, ela parece um pouco entediada, e coro. Dei o que acreditava ser uma resposta segura, mas foi provavelmente um equívoco com alguém como Carly. Ela não me trouxe aqui porque meu e-mail foi *seguro.* — Mas você entende que não somos o *New York Times,* não é? Nosso tipo de jornalismo é uma seara muito específica, e se você não tiver paixão por ela...

— Mas eu tenho. — É um risco interrompê-la, sei disso, mas não posso deixá-la me dispensar. Quanto mais profunda minha pesquisa sobre *Motivação* ficava, mais me dava conta de que era exatamente o tipo de oportunidade de que eu precisava: uma em que poderia fazer mais do que apenas riscar um requisito da lista de coisas necessárias para entrar na faculdade. — E queria conversar sobre isso com você. Fiz tudo o que estava mencionado na descrição do trabalho: redes sociais, revisão, checagem de fatos, etc. Tenho um currículo de verdade que posso mostrar a você, e referências. Mas além disso, se estiver interessada, tenho uma ideia de história.

— Ah, é? — pergunta Carly.

— É. — Afundo a mão dentro da bolsa e tiro de lá uma pasta marrom que tinha cuidadosamente preparado para esta entrevista. — Um assassinato não solucionado na minha cidade natal.

Carly ergue as sobrancelhas. — Você está querendo me vender a sua história? No meio de uma entrevista?

Congelo com a pasta semiaberta, sem saber dizer pelo tom dela se está impressionada, achando graça, ou irritada. — Estou — admito. — Tudo bem?

— Por favor — responde ela, os lábios retorcidos. — Vá em frente.

Achando graça. Podia ser pior.

O recorte que procuro está logo no topo. É uma fotografia do *Sturgis Times*, com a legenda *Os alunos da Saint Ambrose Brynn Gallagher e Noah Talbot vencem concurso de redação estadual do oitavo ano.* Minha versão de treze anos está parada entre duas outras pessoas, sorrindo largamente e exibindo a medalha de estilo olímpico ao redor do pescoço.

— Ah, olha como você era fofa — comenta Carly. — Parabéns.

— Obrigada, mas não foi por causa do prêmio que guardei isto. Foi por ele. — Indico com o dedo o homem na imagem: jovem, bonito e sorridente. Mesmo na forma bidimensional da fotografia, ele vibra com energia. — Este era o meu professor de inglês, William Larkin. Era o primeiro ano dele dando aula em Saint Ambrose, e foi ele quem insistiu que eu participasse do concurso. Foi ele também quem me fez começar a trabalhar no jornal da escola.

Minha garganta se fecha quando escuto a voz do sr. Larkin na minha cabeça, soando tão cristalina hoje quanto quatro anos atrás. "Você tem um dom", dissera, e não acho que tenha se dado conta da importância que aquelas palavras tiveram para mim. Eu nunca disse a ele, algo do qual sempre me arrependerei.

— Ele estava constantemente tentando fazer os alunos alcançarem seu potencial — digo. — Ou pelo menos enxergarem esse potencial, caso eles achassem que não tinham nenhum.

Olho para cima para ter certeza de que tenho a atenção total de Carly antes de acrescentar:

— Dois meses depois desta fotografia ter sido tirada, o sr. Larkin estava morto. Foi bordoado com uma pedra na floresta que fica logo atrás de Saint Ambrose. Três dos meus colegas encontraram o corpo. — Desta vez, indico com o dedo o menino da imagem, que ostenta uma medalha idêntica à minha. — Inclusive ele.

CAPÍTULO 2

BRYNN

Faço uma pausa para deixar minhas palavras assentarem, mantendo os olhos na foto do sr. Larkin. Está usando a gravata verde-limão que era sua marca registrada, as cores vivas esmaecidas pela fotografia em preto e branco. Certa vez perguntei a ele por que gostava dela, e me respondeu que era porque o fazia pensar em seu lema favorito: *se a vida te der limões, faça um bolo de limão.*

— O ditado não é assim — retruquei, sentindo um pequeno choque de satisfação por saber mais do que um professor. — É "faça uma *limonada*".

— É, mas detesto limonada — respondera ele, dando de ombros. — E adoro bolo.

Carly cruza as pernas e bate com a ponta do sapato no pé da mesa antes de virar-se para o laptop. — Você disse que não foi solucionado?

Meu pulso se acelera com a demonstração de interesse dela.

— Em grande parte, não.

Ela ergue as sobrancelhas.

— Geralmente a resposta é sim ou não.

— Bom, a teoria corrente é que foi um andarilho quem o matou — explico. — Tinha um homem que começou a rumar pelo centro da cidade algumas semanas antes da morte do sr. Larkin, xingando e gritando para as pessoas. Ninguém sabia quem era ou o que estava acontecendo com ele. Um dia, ele foi até a escola e começou a berrar com os alunos durante o recreio, então o sr. Larkin chamou a polícia, e prenderam o homem. Ele passou alguns dias na cadeia, e o sr. Larkin acabou morrendo logo depois que ele foi liberado. — Aliso uma ponta amassada do recorte de jornal. — O cara desapareceu depois disso, então as pessoas acreditam que ele matou o Sr. Larkin por vingança e se mandou.

— Bom, é uma resolução plausível — comenta Carly. — Você não acredita que tenha sido esse o caso?

— Acreditei no começo — admito. Quando estava no oitavo ano, aquela teoria tinha feito o tipo de sentido de que eu precisava. A história de um estranho violento passando pela cidade tinha sido quase reconfortante, de uma maneira estranha, pois significava que o perigo tinha ido embora. E que o perigo não éramos *nós*, minha cidade, meus vizinhos, as pessoas que conheci pela maior parte da vida. Pensei muito na morte do sr. Larkin ao longo dos anos, mas, por algum motivo, jamais utilizei um foco jornalístico para analisá-la até começar a maratonar uma temporada inteira de *Motivação* para me preparar para minha entrevista. Enquanto assistia a Carly metodicamente demolir álibis frágeis e teorias meia-boca, tudo em que conseguia pensar era: *ninguém nunca fez o mesmo pelo sr. Larkin.*

E foi então que me dei conta, finalmente, de que eu podia fazê-lo.

— Mas estive pensando muito sobre o caso desde que me mudei de volta para Sturgis — continuo. — E parece tudo muito... bem, exatamente o que você disse. Plausível.

— De fato. — Carly fica em silêncio por alguns momentos enquanto digita no teclado. — Não estou vendo muita cobertura da mídia sobre o caso. Só o seu jornal local e algumas menções breves no *Boston Globe*. A reportagem mais recente foi em maio, algumas semanas depois que ele morreu. — Ela estreita os olhos para a tela e lê: — "Escola pequena abalada por morte de professor". Sequer chamaram de assassinato.

Meus amigos e eu reviramos os olhos diante da menção de *pequena* na época, mesmo com o lema de Saint Ambrose sendo, literalmente, *Juntos somos mais fortes.* A escola vai do jardim de infância ao terceiro ano do ensino médio, de modo que, em teoria, os alunos possam ser *mais fortes juntos* até a hora de ingressarem na faculdade.

Saint Ambrose é uma espécie estranha de escola particular; cobra dezenas de milhares de dólares em anuidade, mas é localizada na decrépita e nada glamurosa Sturgis. Todos os jovens espertos da região tentam admissão na esperança de conseguirem uma bolsa para cobrir os custos, e assim evitar o sistema escolar público de Sturgis, cuja posição no ranking é bem inferior. Mas ela também não é prestigiosa o suficiente para aqueles que podem escolher livremente entre os colégios privados, de modo que os alunos pagantes tendem a ser medíocres. O que cria uma rixa entre os que têm e os que não têm, um abismo que, enquanto eu estava lá, não eram muitos os estudantes que conseguiam atravessar.

No ensino fundamental, antes de meu pai conseguir sua grande promoção que nos levou para Chicago, Ellie e eu tínhamos bolsa. Agora podemos bancar a anuidade, e nossos pais sequer pensaram na possibilidade de estudarmos na escola pública de Sturgis. O que significa que retornaremos a Saint Ambrose em questão de semanas. *Juntos somos mais fortes.*

— É, nunca deram muita atenção para o caso. Não sei bem por quê — digo.

Carly ainda olha para a tela.

— Nem eu. Isto aqui é material de primeira para a nossa área. Colégio chique, professor jovem e atraente é assassinado, o corpo é encontrado por um trio de riquinhos? — Tamborila a ponta da fotografia do *Sturgis Times* com o dedo. — O seu coleguinha inclusive... qual é o nome dele mesmo? Noah Talbot?

— Tripp — corrijo. — Ele prefere ser chamado de "Tripp". E não é rico. — *Nem meu coleguinha.*

Carly pestaneja.

— Está me dizendo que um moleque chamado Tripp Talbot não é rico?

— É porque ele é o terceiro Noah da família — explico. O pai dele é Noah Júnior, e ele é Tripp. Sabe, abreviando "triplo"? Ele era aluno bolsista, que nem eu.

— E os outros dois? — Os olhos de Carly retornam à tela enquanto vai rolando o texto para baixo. — Não estou vendo mais nomes aqui, embora não seja surpreendente, dada a idade deles na época.

— Shane Delgado e Charlotte Holbrook.

— Eram bolsistas também?

— Definitivamente não. Shane provavelmente era o garoto mais rico em Saint Ambrose. — No quarto ano, quando fizemos nossas árvores genealógicas, Shane nos contou que os pais o haviam adotado quando ainda era um bebê. Eu costumava tentar imaginar como devia ter sido aquilo... sair de uma vida de incertezas para outra, de luxo total. Mas Shane era tão novo que provavelmente nem se lembrava. — E Charlotte era...

Não tenho certeza de como descrever Charlotte. Abastada, sim, e quase chocantemente bela para uma menina de treze anos, mas minha lembrança mais forte de Charlotte é de como era apaixonada por Shane, que nunca parecia notar. Esse não me parece ser o tipo de detalhe adequado a se compartilhar, de modo que tudo que digo é: — Rica também.

— Então qual é a história deles? — indaga Carly. — Dos três, quero dizer. Por que estavam na floresta aquele dia?

— Estavam coletando folhas para um projeto de ciências. Tripp era o parceiro do Shane, e Charlotte... Charlotte sempre ia aonde Shane estivesse.

— Quem era a parceira da Charlotte?

— Eu.

— Você? — Os olhos dela se arregalam. — Mas não estava com eles? — Balanço a cabeça, e ela pergunta: — Por que não?

— Estava ocupada. — Meus olhos viajam até a foto, encarando a versão de treze anos de Tripp: braços e pernas magrelos, aparelho ortodôntico e cabelos louros curtos demais. Quando fiquei sabendo que me mudaria de volta para Sturgis, a curiosidade me venceu. Fui procurá-lo nas redes sociais, e fiquei chocada de ver que ele tinha passado por uma transformação épica desde a última vez que o vira. Agora é alto e tem os ombros largos, e os cabelos que costumavam ser mantidos rentes à cabeça estão mais longos e atraentemente bagunçados, emoldurando os olhos azuis brilhantes que sempre foram sua melhor qualidade. O aparelho foi embora, e seu sorriso é largo e confiante... não, *convencido*, decidi. Tripp Talbot ficou injusta e imerecidamente gostoso, e pior de tudo, ele sabe disso. E acrescentei todos esses detalhes mencionados à minha lista de razões para desgostar dele.

— Ocupada demais para fazer a sua lição de casa? — pergunta Carly.

— Estava terminando um artigo para o jornal da escola.

É verdade; naquela época, estava *sempre* finalizando algum artigo. O *Sentinela da Saint Ambrose*, nosso jornal escolar, tornara-se minha vida, e eu trabalhava lá a maior parte das tardes. Ainda assim, podia ter feito uma pausa para a excursão de coleta de folhas. Mas não o fiz, porque sabia que Tripp estaria lá.

Costumávamos ser amigos; na verdade, entre o sexto e oitavo anos, íamos com tanta frequência para a casa um do outro que o pai dele costumava brincar que ia me adotar, e meus pais tinham o hábito de sempre manter um estoque dos lanches favoritos de Tripp lá em casa. Tínhamos todas as mesmas aulas, e competíamos amigavelmente pelas melhores notas. Então, no dia anterior à morte do sr. Larkin, Tripp me disse, bem alto e na frente de toda a turma de educação física, para eu parar de andar atrás dele e de pedir para ser meu namorado. Quando ri, achando que ele estava brincando, me chamou de perseguidora.

Mesmo agora, sinto arrepios com a lembrança da humilhação, de como foi horrível ouvir os risinhos dos meus colegas de classe enquanto o treinador Ramirez tentava acalmar a comoção. E o pior de tudo era que eu não fazia ideia de que motivo Tripp poderia ter para dizer aquilo. Tinha estado na casa dele no dia anterior, fazendo os nossos deveres, e estávamos bem. Não havia nada que eu pudesse ter dito ou feito para ele entender errado. Jamais sequer flertei com ele; esse pensamento nunca nem me passou pela cabeça.

Depois que Charlotte, Shane e Tripp encontraram o sr. Larkin, adquiriram uma aura estranhamente glamourosa, como se tivessem envelhecido uma década na mata aquele dia e soubessem de coisas que o restante de nós sequer sonhava em entender. Tripp, que nunca sequer fora amigável com Shane e Charlotte antes, foi absorvido pelo grupo dos dois como se sempre tivesse pertencido a ele. Nós dois nunca voltamos a nos falar; as pessoas costumavam revirar os olhos se eu sequer me atrevesse a olhar na direção do garoto, como se minha suposta queda por ele fosse ainda mais patética agora que tinha se tornado uma subcelebridade. Foi um alívio, dois meses mais tarde, quando a transferência de meu pai foi aprovada e nos mudamos.

Não vou entrar nesse nível de detalhes com Carly, no entanto. Nada grita *ainda estou presa no ensino médio* como estar com raiva de um garoto por tê-la envergonhado na aula de educação física.

— É fascinante pensar que você quase foi uma testemunha de assassinato, não é? — comenta Carly. Estreita os olhos para o laptop. — Aqui diz que não houve nenhuma evidência física deixada no local do assassinato, fora impressões digitais de um dos meninos que tocou na arma do crime. Foi Tripp?

— Não, foi Shane.

Ela ergue uma sobrancelha. — E as pessoas chegaram a pensar que podia ter sido ele?

— Não — respondo. Eu certamente não pensei na época, e mesmo que não tenha visto Shane desde o oitavo ano, ainda é difícil imaginar algo do tipo. Não porque Shane era rico e popular, mas porque sempre pareceu tão relaxado e, bem, *descomplicado*. — Era só um garoto, e se dava muito bem com o sr. Larkin. Não tinha nenhum motivo para querer machucá-lo.

Carly apenas faz que sim com a cabeça, como se estivesse guardando seu julgamento para mais tarde. — Alguém tinha?

— Não que eu tenha ficado sabendo.

Carly gesticula para a tela do computador. — Este artigo diz que o seu professor vinha investigando um caso de furto recente na sua escola?

— É. Alguém furtou um envelope cheio de dinheiro que havia sido angariado para a excursão do oitavo ano a Nova York. Foram mais de mil dólares. — Havia acontecido no fim de março, e eu fiquei empolgada com o fato de ter notícias de verdade a reportar. O sr. Larkin foi incumbido de liderar a investigação interna da Saint Ambrose, então eu o entrevistava quase diariamente. — A escola fez uma busca nos nossos armários depois que o sr. Larkin morreu, e encontraram o envelope dentro do armário da Charlotte.

— A mesma Charlotte da floresta? — indaga Carly, uma nota de incredulidade se insinuando em sua voz. — Deixa eu ver se entendi. Uma das testemunhas deixa as impressões digitais na arma do crime, a outra pegou o dinheiro que o professor estava procurando, e... o quê? Nada acontece com nenhum dos dois? — Faço que sim com a cabeça, e ela cruza os braços. — Deixa eu te dizer uma coisa. Tudo teria sido um bocado diferente se os envolvidos fossem crianças negras ou outras minorias.

— Eu sei. — Não era algo que tinha considerado na época, mas pensei muito a respeito quando comecei a analisar o caso durante minha obsessão com o *Motivação*... a maneira como Tripp, Charlotte e Shane tinham tido o privilégio de serem considerados apenas *crianças*. Não foram colocados em dúvida, ou escrutinados, ou coagidos, embora ninguém mais, além dos três, pudesse corroborar com a história. — Mas Charlotte disse que não sabia como o envelope tinha ido parar lá — acrescentei.

Tive esperança de conseguir entrevistá-la, mas nunca surgiu a chance. Depois da morte do sr. Larkin, todas as atividades extracurriculares foram suspensas por algumas semanas, e quando retornaram, nosso reitor, o sr. Griswell, me comunicou que eu não poderia mais fazer a reportagem sobre o furto. — A escola precisa de tempo para se curar — disse, e eu estava chocada demais com o assassinato para discutir com ele.

— Está bem. — Carly se recosta outra vez e gira em um semicírculo lento. — Parabéns, Brynn Gallagher, você conseguiu oficialmente captar meu interesse.

Quase começo a dar pulinhos de alegria na cadeira.

— Quer dizer que você vai cobrir a morte do sr. Larkin?

Carly levanta a mão.

— Opa, calma lá. Muito mais coisa acontece nos bastidores para este tipo de decisão ser tomada do que só... isto. — Acena para minha pasta, e ruborizo, repentinamente me sentindo ingênua e limitada. Carly parece notar, abrandando o tom ao adicionar: — Mas gosto do seu instinto. Este é absolutamente o tipo de caso que consideraríamos. Além disso, o seu portfólio é forte, e não deixou um punhado de fotos de pênis derrubarem você. Então, que se dane. Por que não, não é mesmo?

Ela pausa, aguardando minha reação, mas somente aquilo não é informação suficiente para eu chegar a uma conclusão. — Por que não o quê? — indago.

Carly para de girar a cadeira. — Foi uma oferta de trabalho.

— Sério? — A palavra sai como um guinchinho agudo.

— Sério — confirma ela, e uma onda de empolgação (misturada com alívio) flui pelas minhas veias. É a primeira notícia boa que tenho em muito tempo, e o primeiro sinal de que talvez, possivelmente, eu não tenha ferrado com meu futuro. Carly olha de relance para um calendário no quadro, onde o mês de dezembro está tão lotado que é impossível ler qualquer coisa de onde estou sentada. — Você está na escola no momento, ou em recesso?

— Não. Quero dizer, as férias não começaram ainda, mas acabamos de nos mudar há algumas semanas, então meus pais acharam que seria melhor começarmos as aulas no próximo semestre, em janeiro.

— Maravilha. Que tal você chegar por volta das 10h amanhã de manhã, e aí começamos com a sua orientação? — Apenas concordo com a cabeça, pois não confio em mim mesma para não voltar a gemer ou guinchar. Depois, ela acrescenta:

— E, por favor, redija tudo o que discutimos sobre o seu professor, e vou pedir para um dos nossos produtores dar uma olhada quando tiver um tempinho. Não custa, não é? E vai saber. — Carly fecha o laptop e se coloca de pé, sinalizando que meu tempo acabou, por ora. — Talvez saia uma boa história daí.

CAPÍTULO 3

TRIPP

Coloco a papelada no balcão que acabei de limpar da Confeitaria Brightside e estudo as palavras no topo da página. *A bolsa de estudos Kendrick será concedida ao estudante mais bem preparado do terceiro ano do ensino médio da Escola Saint Ambrose, que será designado pelos gestores do colégio.* Passo os olhos pelo restante do documento, mas não há definição do que seria "bem preparado"... nada a respeito de notas, necessidade financeira ou experiência de trabalho.

— Isto é inútil — digo ao cômodo vazio. Bem, quase vazio. O cachorro da dona, Al, um cachorro samoieda ridiculamente peludo, agita e bate com o rabo no chão ao me ouvir. — Não fique todo alegre. Não estamos alegres — digo a ele, que só baba em resposta. Alegre.

Solto o ar em frustração enquanto a dona da confeitaria, Regina Young, surge da cozinha com uma travessa recém-saída do forno de bolinhos imitando Pop-Tarts. Não têm muito parentesco com o original, fora o formato, o tamanho e os granulados coloridos no topo. São feitos com bolo de baunilha, cobertura de cream cheese e recheio de geleia, que é a receita secreta de Regina, e eu comeria tigelas dele se ela deixasse.

— Por que não estamos alegres? — indaga, deixando a travessa no balcão, ao lado da caixa registradora. Al pula ao ouvir a voz da dona e corre para o balcão, depois se senta ao lado dela, tremendo de pura expectativa de que vá receber uma guloseima. Que ele nunca recebe. Quisera eu ser otimista assim com alguma coisa nesta vida.

Deslizo para fora do banco para ajudá-la a colocar os bolinhos no mostruário. Regina terminou esta fornada cedo, então temos algum tempo antes de os fregueses começarem a fazer fila, às 16h30. Não sou o único em Sturgis obcecado por estas delícias. — Aquela Bolsa Kendrick é uma piada — digo a ela.

Ela gira os ombros e ajusta o lenço que usa para cobrir os cachos curtos enquanto prepara guloseimas, depois se afasta para me dar acesso ao mostruário. — Como assim?

O aroma doce de frutas dos bolos me atinge com força total, e minha boca saliva.

— Vai para o aluno "mais bem preparado" do terceiro ano — respondo, levantando os dedos para criar aspas no ar, antes de tirar um par de luvas de uma caixa sob o balcão. — Mas eles nunca definem o que seria isso, o que basicamente quer dizer que Grizz vai dar a bolsa para quem ele gostar mais. O que significa que estou ferrado, visto que ele me odeia. Não faz nem sentido tentar. — Começo a arrumar os bolinhos em fileiras precisas, me certificando de que estão a exatamente 6 milímetros de distância uns dos outros.

Regina se recosta no balcão.

— Sabe o que mais gosto em você, Tripp?

— Meu amor por medidas precisas? — respondo, estreitando os olhos para o mostruário.

— A sua atitude positiva — retruca ela, com secura.

Sorrio, apesar de o meu humor estar azedando com rapidez. — Só falo a verdade.

— Pode continuar então. Continua falando — diz Regina. — Tira toda essa negatividade do seu peito. Depois preencha a papelada, envie e torça pelo melhor.

Faço uma careta para esconder o fato de que até gosto quando ela fala como se fosse minha mãe. Bom, não a *minha* mãe. O último cartão-postal que recebi de Lisa Marie Talbot, sete meses atrás, foi do cassino em Las Vegas onde ela trabalha. Tudo que dizia no verso era: *dá para acreditar?!*

— Eu vou — resmungo. — Alguma hora. — Depois fecho a boca, antes que eu cuspa mais reclamações que Regina já escutou antes.

Mas ela pode ler a minha mente. Enquanto troca o rolo de papel da caixa registradora, acrescenta: — A oferta continua de pé, sabe.

Sempre que começo a resmungar e chorar sobre o fato de que qualquer ajuda financeira que eu consiga arranjar para a universidade provavelmente não vai incluir moradia e comida, Regina me lembra de que ela e o marido têm um quarto vazio, agora que apenas dois dos filhos do casal estão morando com eles. — Sei que continua sendo em Sturgis — comenta. — Mas se você precisar de uma mudança de ares, é só dizer.

Recebi uma oferta similar do meu amigo Shane, só que foi algo mais parecido com "moleque, vamos morar juntos no apartamento dos meus pais em South End quando nos formarmos". Quando o levei a sério, no entanto, e perguntei quando seria a mudança, ele lembrou que já estava alugado. — Mas o apartamento em Madri está livre — retrucou. Como se Espanha e Massachusetts fossem a mesma coisa para alguém que nem sequer tem passaporte.

Que se dane. Não é como se eu de fato quisesse morar com Shane. Mas Regina... talvez. Depois de anos vivendo sozinho com meu pai, sem dúvida preciso de uma mudança de ares. Mas estava torcendo que meu próximo capítulo também envolvesse uma nova cidade.

Quando fiquei sabendo da Bolsa Kendrick, me enchi de esperança. É nova, financiada pela doação de um ex-aluno rico e oferece 25 mil dólares por *ano*. Durante quatro anos. Cobriria algumas universidades estaduais, e chegaria próximo ao equivalente de uma bolsa integral para a Universidade de Massachusetts Amherst, que é onde eu realmente gostaria de estudar. Disse ao meu orientador que era por causa do programa de ciclo básico deles, onde eu poderia "considerar quais cursos me agradam, com base em meus interesses e aspirações". A razão real, porém, não é tão palatável ou adequada às redações de admissão: *porque é grande o bastante, e distante o bastante, para eu, quem sabe, começar a me sentir uma nova pessoa.*

— O que o faz pensar que o sr. Griswell não gosta de você? — pergunta Regina, passando por Al para limpar uma risca de poeira da frente do mostrador. Todos os filhos dela foram alunos da Saint Ambrose, então ela conhece bem o apelido de Grizz, e ainda faz parte da associação de pais de alunos. Na maior parte do tempo, Regina sabe mais sobre o que está acontecendo na escola do que eu.

— Por causa das estantes.

— Ah, vamos. — Regina planta as mãos nos quadris. — Não é possível que um desentendimento de anos atrás com um empreiteiro faça com que ele tenha algo contra o filho do tal empreiteiro.

— É possível e é exatamente o caso.

Quando eu era mais novo, meu pai costumava ocasionalmente realizar projetos de carpintaria para a Saint Ambrose. No oitavo ano, Grizz pediu que ele construísse estantes embutidas no escritório dele, o que meu pai fez. Mas quando ele terminou o serviço e entregou a conta ao reitor, Grizz insistiu que nunca tinha concordado com aquele preço e que só pagaria três quartos do valor total. Os dois discutiram durante alguns dias, e quando ficou nítido que o homem não voltaria atrás, meu pai fez sua jogada. Entrou na escola durante o fim de semana, desfez as estantes todas e pintou a parede como se ele nunca sequer tivesse pisado lá. A não ser pelo recado que deixou para Grizz: *Mudei de ideia sobre realizar o serviço.*

Este é o meu pai: um doce de pessoa, até ser provocado além dos limites, aí é como se sua personalidade fizesse um giro de cento e oitenta graus. Grizz teve sorte por ter saído da situação apenas com algumas estantes desfeitas, mas não foi assim que ele encarou as coisas. Ele ficou possesso com a história, e nem sonhando daria ao filho de Júnior Talbot 100 mil dólares para financiar a universidade.

— Tudo bem, então talvez o sr. Griswell não seja o seu fã número um — começa Regina. — Mas você sabe que ele não toma as decisões sozinho, certo? A sra. Kelso também tem grande influência. Talvez até mais do que o restante. E, hummm, deixa eu ver. — Tamborila o queixo com o dedo, fingindo estar perdida em pensamentos. — Ela não acabou de vir aqui para pedir um favor a você outro dia mesmo? Um favor que você tolamente se recusou a fazer?

— Não — respondo.

— Ora, vamos, Tripp.

— Não vou fazer.

— Está dizendo não para universidade gratuita?

— Estou dizendo não para aquele comitê. É esquisito demais — protesto. Regina cruza os braços e me olha feio. — Seria esquisito eu ajudar a fazer um jardim em homenagem a alguém que.... — Paro de falar, engolindo em seco. — Alguém que encontrei morto.

Passei anos tentando esquecer aquele dia na floresta com o sr. Larkin, embora não pelas razões que Regina possa acreditar. Então meio que não posso culpá-la por achar que o Comitê do Jardim Memorial Larkin seja uma boa oportunidade, e não a porra de um pesadelo total.

— Não é esquisito. É respeitoso e prestativo — retruca Regina. — E talvez uma chance de superação. — Sua voz torna-se tão gentil quanto a si mesma, o que não é muito, mas ainda assim. Pontos pelo esforço. — Você merece superar essa história e sarar tanto quanto qualquer outra pessoa, Tripp.

Não respondo, pois é como se minha garganta estivesse cheia de cimento. Aguento muita coisa, mas não Regina Young me dizendo com tanta sinceridade o que mereço quando não sabe metade das coisas que fiz. — Além do mais, você está mais do que ciente de que a sra. Kelso está precisando de músculos — acrescenta. — Tem trabalho pesado envolvido, e vocês, meninos da Saint Ambrose, não são exatamente conhecidos por estarem sempre fazendo trabalho voluntário. — Volta para trás do balcão e aponta um dedo para mim. — Então para de chorar e resmungar e aceita de uma vez, ou demito o seu traseiro branquelo.

— Está blefando — retruco, embora honestamente não tenha certeza. E odiaria perder este emprego. Regina paga melhor do que o restante dos estabelecimentos em Sturgis, e a confeitaria é como se fosse uma segunda casa para mim. Uma que é bem mais limpa e que cheira bem melhor do que a primeira.

A campainha na porta soa, e meia dúzia de jovens vestindo camisetas de time com listras amarelas e azuis sob suas parcas entra aos trancos e barrancos, todos eles rindo e empurrando uns aos outros. A temporada de outono do lacrosse pode ter terminado, mas a liga de box lacrosse ainda está a toda.

— O que tem aí de bom, T? — Shane grita com a voz reverberante, deixando a mochila cair no chão, ao lado de uma das grandes mesas perto da janela. Depois lança seu sorriso mais charmoso à minha chefe. — E aí, Regina. Vamos querer todos os bolos de Pop-Tart, por favor.

Regina balança a cabeça. — Cada um leva dois, e pronto — anuncia enquanto os outros começam a pegar guardanapos e bebidas. — Vocês não vão limpar a casa antes dos meus fregueses regulares chegarem.

Shane coloca a mão no peito como se estivesse amparando uma ferida letal, tirando um feixe de cabelos escuros dos olhos com um movimento de cabeça. Meu pai chama Shane de "Ronaldo", por conta da suposta semelhança entre ele e algum jogador de futebol europeu. — Como é que, depois de todo esse tempo, ainda não somos considerados fregueses regulares? — indaga.

— Dois para cada um — repete Regina com austeridade, os cantos da boca repuxados para cima de leve. Mesmo com Shane sempre se comportando o melhor possível perto dela, Regina nunca consegue decidir entre achar graça ou ficar irritada com ele.

— Um dia — suspira Shane, se atirando na cadeira. — Um glorioso dia você vai me deixar comprar toda a quantidade de bolo que eu quiser, e aí a minha vida estará completa.

— Sua vida já está completa demais do jeitinho que é agora — rebato. Ele sorri e me mostra o dedo do meio.

Regina chega atrás de mim e puxa a manga da minha camiseta.

— Preciso colocar uma fornada de muffins para assar — anuncia. — Leva o Al lá para os fundos, sim? — Tecnicamente, Al nem deveria estar na área pública da confeitaria, mas, apesar de ninguém em Sturgis ligar para o fato (inclusive os fregueses regulares de Regina que são policiais), ele sempre acaba na despensa quando a loja começa a encher.

— Sim senhora — respondo com uma continência que ela ignora enquanto abre a porta da cozinha com um empurrão e a deixa fechar atrás de si. Atraio Al para longe com a promessa de um biscoito, armadilha na qual ele sempre cai, e lhe ofereço uma tigela de água como prêmio de consolação. Depois volto para trás do balcão, para fazer a cobrança de um pedido gigante em vários cartões de crédito diferentes.

Assim que termino e todos estão se sentando para comer, a campainha da porta soa outra vez, e uma garota entra. — A hora do recreio acabou, Shaney. — Ouço um dos garotos murmurar. — Sua esposa chegou.

O sorriso de Shane só esmorece por um segundo, antes de ele cumprimentar: — E aí, amor. — E aceita um beijo de Charlotte. — Quer um bolinho?

— Não, só vou comprar um café — responde ela. Está vestindo um casaco preto com vários botões e faixas, e leva algum tempo para conseguir abrir todos eles antes de tirá-lo e deixá-lo por cima do encosto de uma cadeira vazia.

— Puro com mel? — indago quando ela se aproxima.

Charlotte descansa o quadril contra o balcão.

— Você me conhece bem.

— Você sabe que essa é uma combinação bem esquisita, não sabe? Faz dois anos que trabalho aqui, e você é a única pessoa que conheço que coloca mel no café.

Os lábios da menina se curvam em um sorriso.

— Gosto de me destacar.

E ela não tem nenhum problema para conseguir. Charlotte é o tipo de garota que ouviu "você devia ser modelo" a vida inteira. Nunca passou pela famosa fase constrangera, Charlotte Holbrook. Não é como se houvesse qualquer coisa nela que pudesse ser chamada de extraordinária. Quando Regina me pediu para descrever a namorada de Shane, respondi: "Ela é bonita. Cabelos castanhos, olhos azuis, um pouco mais alta do que você." Então Charlotte entrou na loja, e Regina balançou a cabeça.

— Bonita — resmungara Regina, entre dentes. — Dizer que a garota é bonita é o mesmo que dizer que o Monte Everest é alto.

Enquanto preparo o café, Charlotte pergunta:

— Você entrou na intranet hoje?

— Não. Estamos de recesso — lembro a ela.

— Eu sei, mas as pautas de nomes foram liberadas e queria ver com quem vou passar o último semestre. — Só solto um grunhido em resposta, e ela dá um tapa de leve em meu braço. — Tem gente que liga para esse tipo de coisa, sabe. Mas enfim, adivinha só o nome de quem eu vi?

— De quem? — pergunto, abrindo a tampa de um frasco de mel e apertando em cima da xícara de Charlotte.

— Brynn Gallagher. — Os olhos de Charlotte deslizam para a mesa de Shane quando ele solta uma risada alta, de modo que não nota quando quase deixo o mel cair. Não acho que Charlotte saiba que eu e Brynn costumávamos ser próximos; ao longo de todos os anos em que eu e Charlotte fomos amigos, nunca discutimos exatamente o nome de Brynn Gallagher.

— O quê?

— Brynn Gallagher — repete, retornando sua atenção a mim. Depois franze a testa. — Tripp, você colocou demais.

Ah, merda. É mel com café para Charlotte hoje.

— Foi mal — digo, jogando tudo fora para recomeçar. Não tem por que tentar convencê-la a aceitar a doçura extra; Charlotte é muito rígida quando se trata da proporção correta de café e mel. — Você disse "Brynn Gallagher"?

— Sim, duas vezes — responde, os olhos semicerrados enquanto supervisiona minha segunda tentativa.

— Estranho — comento, tentando soar indiferente. Não preciso que Charlotte comece a se perguntar por que fiquei repentinamente incapaz de completar tarefas simples. — Considerando que ela não mora mais aqui.

Charlotte levanta o ombro com impassividade.

— Vai ver ela voltou.

— Que pena para ela — digo, entregando um café perfeito à garota. — Aqui.

— Obrigada, Tripp. — Charlotte vira-se sem pagar. Sabe que vou colocar a cobrança no cartão de Shane. Volta para a mesa, mas não tira o casaco da cadeira vazia. Em vez disso, fica apenas parada lá, com um sorriso de expectativa, até que um dos colegas sentados ao lado de Shane se desloque para que ela possa tomar o lugar dele.

Charlotte não dá a Shane um centímetro de espaço. Nunca deu, desde que se tornaram oficialmente um casal no fim do oitavo ano. Ele costumava ser tão grudado nela quanto ela nele, mas, nos últimos tempos, tenho começado a notar sinais de que todo aquele grude talvez esteja começando a deixá-lo cansado. Como agora, quando a boca de Shane se retesa assim que Charlotte se acomoda ao seu lado. Mas, no segundo seguinte, ele relaxa e abre um sorriso acolhedor, e me pergunto se estou imaginando coisas.

Não que eu vá perguntar. Shane, Charlotte e eu somos amigos há quase quatro anos, mas apenas superficialmente. Conversamos sobre o colégio, ou TikTok, ou esportes, ou então sobre o assunto favorito de Charlotte: Shane-e-Charlotte. Há uma lista muito mais comprida de coisas sobre as quais *não* falamos, inclusive a regra tácita sob a qual vivemos desde o oitavo ano.

Nunca, jamais falamos do que aconteceu na floresta aquele dia.

TRIPP

QUATRO ANOS ANTES

Estou parado no bosque de bétulas na floresta, logo atrás da Saint Ambrose, em uma tarde de quarta-feira, a música toca alto em meus fones de ouvido enquanto observo minha respiração condensar no ar e espero por Shane Delgado. Não estamos nem no meio de abril ainda, passamos por um daqueles dias que são atipicamente frios e parecem até uma extensão do inverno, e as árvores ainda não estão de todo verdes. Não tenho certeza de que seja o melhor momento para, como a sra. Singh disse, "criar uma coleção de folhas para demonstrar a diversidade de espécies da área", mas fazer o quê. Ninguém pediu a minha opinião.

Meu fichário de três aros é mais grosso do que seria necessário para um projeto de doze folhas, as páginas transparentes cheias de amostras que recolhi no meu quintal pela manhã. Pensei que seria uma boa ideia me adiantar, pois sou parceiro de Shane na aula de ciências desde janeiro, e sei com toda certeza que sou eu quem vai acabar fazendo todo o trabalho de qualquer maneira.

Shane é o tipo de aluno em Saint Ambrose que vai levando as coisas porque não precisa se preocupar em manter uma bolsa escolar. Não precisa se preocupar com nada. É tão relaxado que é conhecido por ocasionalmente tirar sonecas dentro do armário que temos dentro da sala de aula. Até os professores fazem piada com o fato, de uma maneira que jamais fariam se fosse eu caindo no sono sempre que quisesse.

Sei que é inútil sentir inveja de alguém como Shane, mas, hoje, é o que sinto. Hoje queria ser ele... ou qualquer outra pessoa, para ser sincero, qualquer um, menos eu mesmo.

CAPÍTULO 4

TRIPP

Meu interrogatório com a polícia após o assassinato do sr. Larkin foi a primeira vez em que estive dentro de uma delegacia. Tínhamos desesperadamente ligado para os nossos pais... bem, para os pais de Shane, mesmo os dois estando em Boston a trabalho, pois todos sabíamos instintivamente que meu pai não estava equipado para lidar com a situação. Os Delgado fizeram contato com a polícia de Sturgis, e todos nos encontramos no estacionamento da Saint Ambrose para que pudéssemos levar os policiais até o sr. Larkin. Tudo não passou de um borrão, tão surreal que mal me recordo, até termos sido levados à delegacia para dar nossos testemunhos.

Quando meu pai chegou, fui levado para uma sala pequena, separado de Shane e Charlotte. Mesmo na época, me dei conta de que era porque a polícia precisava conferir se nossas histórias coincidiam. Tentei afastar a imagem do professor de minha mente e me esforcei para responder às perguntas do policial Patz. Naquela época, eu achava que o policial devia ter por volta dos quarenta anos, como meu pai, porque a maioria dos adultos me parecia estar na meia-idade quando eu era mais novo. Especialmente aqueles que tinham entradas nos cabelos. Fiquei sabendo mais tarde que Patz tinha apenas vinte e cinco anos, a mesma idade do sr. Larkin.

— Por que vocês estavam na mata, Tripp?

— Para coletar folhas para um projeto da aula de ciências. Temos que identificar doze espécies e arrumar as folhas nos fichários. — Tinha trazido o meu comigo para a delegacia. Alguém o tomara de mim quando chegamos e depois, meia hora mais tarde, me devolveram.

— Por que você estava com Shane e Charlotte?

— Shane é meu parceiro de laboratório, e Charlotte é amiga dele.

— Por que os dois não tinham fichários que nem o seu?

Porque sabiam que podiam colocar todo o trabalho nas minhas costas e eu não reclamaria. Era a verdade, mas não foi o que falei, pois os alunos bolsistas de Saint Ambrose devem mostrar gratidão, não amargura. O que respondi foi:

— Esqueceram.

— Onde estava o parceiro de Charlotte?

Eu não conseguia me livrar de Brynn Gallagher; até quando não aparecia, ela estava lá.

— Não sei. — Foi tudo o que respondi, e ele não insistiu.

— Você, Shane e Charlotte chegaram a se separar em algum momento? Perderam uns aos outros de vista?

Antes de a minha mãe ir embora, ela raramente falava comigo como uma figura materna. Lisa Marie deixou os ensinamentos básicos da vida, como a maneira adequada de se escovar os dentes ou de se preparar uma tigela de cereal, a encargo do meu pai. Mas às vezes gostava de tagarelar sobre as coisas que ela achava interessante quando eu estava presente. Era mais como se estivesse falando *perto* de mim do que *comigo*, mas eu ainda assim absorvia tudo com avidez. Em mais de uma ocasião, ela disse: "O mundo seria um lugar melhor se mais pessoas soubessem quando calar a boca. Todos falam demais, o tempo todo. Basta fazer uma pergunta simples, e já contam sua vida inteira. Ninguém está nem aí! Um sim ou não já basta. Não importa nem qual dos dois é verdade."

Esfreguei o calo em meu polegar com o dedo indicador e respondi:

— Não.

— Nem um minutinho ou dois?

— Não.

— E como foi que vocês toparam com o sr. Larkin?

Aquela era a parte importante, eu sabia disso, então levei alguns segundos para organizar meus pensamentos, antes de responder:

— Estávamos perto dos limites do Parque Shelton... Você sabe, aonde as pessoas vão observar os pássaros às vezes? Tinha esse galho enorme que caiu, como se tivesse sido atingido por um raio ou coisa assim. Charlotte disse que seria fácil encontrar folhas boas nele. Então fomos naquela direção, e aí vimos algo branco logo atrás do galho. Era um tênis.

— Você soube imediatamente que era um tênis?

— Não, primeiro achei que talvez fosse lixo. Um saco de papel ou coisa do tipo. Mas aí chegamos mais perto...

— Mais perto quanto?

— Não sei. O suficiente para saber o que era.

— OK. E aí?

— E aí vimos o sr. Larkin.

Passamos muito tempo naquela parte. Pareceram horas. O policial Patz fazendo pergunta após pergunta a respeito do professor e a área em torno dele. Soubemos instantaneamente que ele estava morto? Tocamos o corpo? Vimos ou ouvimos alguém nas proximidades?

— Tinha uma pedra do lado dele. Era grande e tinha pontas afiadas e... tinha sangue nela.

— Como você soube que era sangue?

— Era vermelho e tinha... aparência molhada.

— Você tocou na pedra?

— Shane tocou. Pegou a pedra e a girou para olhar em volta, as mãos dele ficaram cheias de sangue. A calça também, um pouco.

— Você achou que era uma boa ideia pegar a pedra para olhar?

Uma longa pausa, enquanto eu fitava quatro arranhões fundos e simétricos no tampo da mesa e imaginava que tinham sido feitos por uma garra de demônio. Alguma criatura que a polícia de Sturgis tentara capturar e manter presa, mas não conseguira.

— Não sei. Acho que não pensei nada na hora.

— Algo mais que queira me dizer, Tripp?

— Não. Não tenho mais nada a declarar.

Quando enfim terminamos, o policial Patz me agradeceu e liberou para voltar para casa com meu pai. Meu pai ficou sabendo mais tarde, por meio de terceiros, que nós três tínhamos dito exatamente a mesma coisa. Todos mostraram solidariedade diante de como deve ter sido traumática a experiência de encontrar o cadáver do nosso professor, e nossos vizinhos não paravam de trazer travessas de comida e sobremesa para o meu pai e eu. Não fizeram nada parecido quatro anos antes, quando minha mãe saíra de casa. Acho que não se pode considerar que seja uma tragédia quando alguém decide partir.

E então, menos de uma semana mais tarde, fui chamado outra vez à delegacia.

— Tripp, você está ciente de que houve um furto de dinheiro na sua escola recentemente?

Óbvio que estava ciente. O dinheiro sumira no fim de março, e havia causado um alvoroço na Saint Ambrose. Aquele foi praticamente o único tópico sobre o qual Brynn escreveu no *Sentinela* por semanas a fio.

— Sim. Era dinheiro para ajudar a pagar a excursão do oitavo ano a Nova York.

— Sabe qual era o valor?

— Não. Muito dinheiro, provavelmente. Agora os alunos bolsistas não podem ir, então ninguém mais vai. — O acontecimento tinha causado muita divisão na nossa turma, entre os alunos que pagavam mensalidade e os que recebiam bolsa. Saint Ambrose gostava de fingir que éramos todos iguais, mas todos sabiam quem era o quê.

— Você sabia que era o sr. Larkin quem estava encarregado da investigação interna do furto?

— Sabia, com certeza.

— Tripp, vou compartilhar uma informação com você que recentemente veio à tona. O dinheiro foi encontrado no armário de Charlotte Holbrook na sexta-feira passada, durante uma busca de rotina na Saint Ambrose. O que você acha disso?

Poderia ter dito que não havia nada de *rotineiro* a respeito da busca. Os alunos da escola jamais tinham sido revistados antes, que dirá por um policial de Sturgis. Mas o dinheiro da excursão estava sumido já fazia duas semanas àquela altura, e Grizz estava ansioso para encontrar um bode expiatório em quem colocar a culpa.

Duvido que ele tivesse querido que Charlotte Holbrook fosse essa pessoa, no entanto. Também duvidava que ela fosse se encrencar por conta daquilo. Mas me parecia ser o tipo de coisa que Patz era capaz de descobrir sozinho.

— Acho que estou surpreso.

— E o que te surpreende?

— Que o dinheiro tenha sido encontrado lá. Foi Charlotte quem pegou?

O policial não gostou quando fui eu quem começou a fazer perguntas; ou, ao menos, raramente as respondia.

— Você e Charlotte são amigos, Tripp?

— Não. — Era verdade, na época.

— É amigo de Shane Delgado?

— Não. — Também verdade.

Não me lembro de todas as perguntas que se seguiram, mas em algum dado momento o policial redirecionou a conversa para colocar o foco em mim:

— Passamos algum tempo conversando com os seus colegas de classe, Tripp. No geral, parece que as pessoas gostam de você. Mas alguns alunos comentaram que pode ser um pouco cruel às vezes.

— Ah, é? Quem?

Fiz a pergunta com indiferença, como se não fizesse ideia do que ele estava falando, embora estivesse quase certo de que era de Brynn. Meu pai, que parecia estar cochilando na maior parte da conversa, voltou à vida e se inclinou para a frente, os cotovelos sobre a mesa.

— E o que importa isso? — indagou. — Crianças terem desavenças não é nenhum crime.

— É evidente que não, sr. Talbot. Só estou querendo formar uma ideia melhor de quem o Tripp é.

— Ele é um bom garoto. Um menino bom e honesto que está fazendo o melhor que pode para te ajudar.

Eu devia ter ficado agradecido pelas palavras dele, mas não fiquei. A única coisa que queria, naquele exato momento, era que meu pai calasse a boca para que pudéssemos ir embora.

Já passam de 18h quando saio do trabalho, de modo que mando uma mensagem para o meu pai depois de me despedir de Regina e fechar a porta da confeitaria atrás de mim. *A quantas anda o jantar?*

Não anda, responde ele. *Não tive tempo de passar no mercado hoje.*

Compro comida chinesa então?

Seria ótimo. Pago você de volta.

Um dia, quem sabe.

Ligo para o Palácio Dourado e peço o de sempre: arroz frito com camarão e carne com brócolis, que são, de longe, os melhores pratos do cardápio. Os donos gostam de afogar todas as proteínas oferecidas em massa de farinha e ovo e depois fritar até não poder mais. Alguns anos atrás, os pais de Shane levaram um grupo de colegas do filho a Chinatown para comer dim sum, e foi a primeira vez que experimentei a autêntica comida chinesa. Sozinho, devo ter comido uma quantidade equivalente ao meu peso dos bolinhos; não conseguia nem acreditar que podiam ser tão bons. Criei uma espécie de ressentimento pelo Palácio Dourado desde então, mas o restaurante é rápido, barato e fica logo no fim da rua.

Passo pela loja de ferramentas Ricci, e paro diante da barbearia do Mo quando a porta é aberta pela metade. Alguém não está conseguindo abri-la de todo, então pego a maçaneta e puxo.

— Oi, sr. S — cumprimento quando um homem baixinho de cabelos brancos olha para mim com olhos azuis aguados.

— Como é? — diz ele com alguma reserva, mas logo sua expressão relaxa. — Ah, olá, Noah. — O sr. Solomon, que costumava ser jardineiro na Saint Ambrose antes de se aposentar, nunca foi grande fã de apelidos. — Não o reconheci. Vocês todos estão tão crescidos agora, Deus do céu. Praticamente adultos.

— Acontece — respondo em um tom estranho e caloroso que não tem nada de parecido com minha voz usual. Não sei por que idosos inspiram isso em mim. Especialmente o sr. Solomon, que anda um pouco avoado esses últimos tempos. Ele segura uma caixa de pesca feita de plástico vermelho na mão esquerda, mas sei que não devo perguntar se pretende sair para pescar. Ele começou a utilizá-la como se fosse um banco portátil, tirando punhados de notas de dólares amassadas de dentro dela sempre que o encontro no mercado ou na farmácia. O fato me deixa triste de uma maneira que não consigo explicar, e acabo perguntando: — Como anda o seu jardim?

Que é uma pergunta sem sentido em janeiro, mas ele se anima da mesma maneira.

— Já viu dias melhores, mas fiz algumas melhorias no quintal. — O sr. Solomon mora na divisa entre Sturgis e Stafford, a cidade onde Shane mora, que é muito melhor do que a nossa. Quando era criança, eu costumava imaginar que a casa do sr. Solomon era um portal para outra dimensão, porque parecia uma espécie de jardim mágico, totalmente fora do comum para a Nova Inglaterra. Videiras que escalavam todos os muros e paredes, árvores frutíferas e flores tão grandes quanto a cabeça de uma pessoa. — Você devia vir visitar dia desses. Colocar a conversa em dia. Farei um chá.

— Maravilha — digo, esperando que ele saiba tão bem quanto eu que não vai acontecer. — Preciso correr, sr. S. Tenho que ir buscar o jantar. Consegue passar?

Ainda estou segurando a porta, porque ele não se moveu, e uma carranca toma o rosto marcado.

— Você está no caminho — fala, rabugento. Acho que a hora da nostalgia acabou.

— Foi mal. — Dou um passo para o lado para lhe dar espaço para passar, cambaleante, por mim, me olhando de esguelha. Sei que não passa de um senhor confuso, mas são coisas assim, a sensação de que não consigo andar meio metro nesta cidade sem sentir que alguém está me julgando, que me deixam desesperado para me mandar daqui.

Chego ao Palácio Dourado muito antes de a comida estar pronta, então acabo me acomodando no banco do saguão depois de pagar, mal registrando que já tem um homem sentado no outro canto, até ele abrir a boca.

— Ora, ora, se não é Tripp Talbot.

Acabei de esgotar todas as minhas reservas de sociabilidade sendo gentil com o sr. Solomon, e meu humor azeda mesmo antes de ver quem é.

— Ah, oi, policial Patz.

Ele está bem agasalhado com uma parca de penas de ganso, cachecol e um gorro de lã do time de futebol americano Patriots. Mesmo com a cabeça completamente coberta, já vi o policial pela cidade vezes o suficiente para saber que aceitou o princípio de calvície de braços abertos e raspou o resto do cabelo.

— Pegando comida? — pergunta.

Não, estou aqui só porque gosto deste banco mesmo, penso. Mas não o digo, porque não sou um idiota.

— É. Você também?

— Minha esposa adora este lugar.

— Legal — respondo, me perguntando brevemente se já sabia que o policial é casado. Mas logo decido que não me importo, e volto a olhar para o celular. Antes que possa abrir um jogo para me distrair, ele volta a falar:

— Fiquei sabendo que a escola vai construir um jardim em homenagem ao seu professor, o sr. Larkin — comenta. Apenas faço que sim com a cabeça, indiferente, e o silêncio se estende até ele continuar: — Ainda penso naquele caso às vezes. Sabe, você foi a primeira testemunha que interroguei em uma investigação de assassinato.

A primeira e a última, talvez. Sturgis tem sua quota de crimes pequenos, mas não houve outro caso de assassinato desde o professor. Mas não parece a resposta adequada a se dar aqui, respondo apenas com um "Ah, é?" da maneira mais educada que consigo.

— É uma coisa capciosa interrogar crianças — diz, e não sei o que quer de mim. Deveria me desculpar por ter tido treze anos na época? — A última com quem falei, um menino que foi testemunha de um assalto, não parava de mudar o depoimento. Primeiro veio com uma história; depois com outra diferente. Esquecia as coisas, ou omitia certas informações porque achava que não eram importantes.

Um aquecedor ligado no canto deixa o saguão do restaurante quente demais. Afasto os cabelos da testa e digo:

— Parece que ele não era a melhor das testemunhas.

O policial Patz também deve estar sentindo calor, pois tira o gorro e o dobra entre as mãos.

— Na verdade, não é uma ocorrência incomum entre as crianças, aprendi. A memória delas ainda não é tão bem desenvolvida quanto a de um adulto. Além disso, são mais sugestionáveis e menos confiáveis. Mas você não. Você sempre foi muito coerente nos seus depoimentos.

— Tenho boa memória — respondo, olhando de relance para a moça atrás do balcão. Onde diabos está a nossa comida?

— Foi sorte de Shane e Charlotte você ter estado lá — continua o policial. — Na floresta aquele dia, quero dizer. As coisas podiam ter acabado de maneira diferente se os dois tivessem estado sozinhos quando encontraram o corpo. Mesmo se tratando de crianças, se uma delas deixa as impressões digitais na área do crime e a outra é pega em posse de um produto de crime... bom, perguntas teriam que continuar sendo feitas.

— Pedido para Patz — chama a jovem na recepção.

Ele não se levanta, então digo:

— É para você.

O policial continua agindo como se não tivesse escutado nem a mim, nem a garota. O olhar está fixo na parede à nossa frente, e o seu cenho está franzido, como se ele estivesse absorto em pensamentos. Quase teria acreditado que era mesmo o caso, se não tivesse percebido seus olhos resvalando para meu reflexo na janela.

— Mas você? Você não era amigo nem de Shane, nem de Charlotte. Falei com todos os seus colegas de classe, e todos disseram a mesma coisa. Mesmo os que não gostavam de você. — *Cacete, Brynn.* — Você e Shane não se davam bem como parceiros de laboratório na época, e você e Charlotte mal se falavam antes de ela querer acompanhar os dois no seu projeto. Não tinha razão para mentir em favor de nenhum dos dois.

— Certo — digo, esfregando o polegar. Sabia que aquele jardim seria encrenca, e ali estava a prova; nem mais pegar comida chinesa inautêntica de merda em paz eu posso. — Por que eu mentiria?

— Pedido para Patz — repete a jovem no balcão.

— Aqui, obrigado — responde o policial, enfim se levantando.

Relaxo os ombros, achando que terminamos, mas, antes de dar mais um passo, ele me lança um último olhar analítico.

— É essa a pergunta que me deixa acordado à noite. Por que você mentiria? —Depois coloca o gorro na cabeça e pega a comida do balcão. — Tenha uma boa noite, Tripp. Bom jantar.

CAPÍTULO 5

BRYNN

— Você sentiu falta da energia caótica que somos todos nós tentando nos arrumar ao mesmo tempo de manhã? — pergunto ao tio Nick na terça-feira seguinte ao Ano-Novo, passando por cima de onde as pernas dele estão esticadas na cozinha, a caminho do bule de café.

Ele boceja e massageia o princípio de barba cor de ferrugem no queixo, que ele ainda não teve a chance de barbear, pois Ellie continua trancada no banheiro. Já se passaram mais de três semanas desde que voltamos a Sturgis, mas com o ano letivo começando hoje, é a primeira vez que todos os moradores da casa estão acordando e se arrumando no mesmo horário.

— Não. Vocês se multiplicaram da noite para o dia? Juro que quando fui dormir eram só duas meninas, mas hoje de manhã encontrei pelo menos quatro lutando pelo meu banheiro.

— *Nosso* banheiro — lembro a ele, acabando com o restante de café. Depois viro para a geladeira, até ser detida pela mão estendida do tio Nick.

— Você não estava pretendendo acabar com o café sem fazer mais, estava? — pergunta com um tom que quer ser ameaçador, mas não consegue bem chegar lá. Ajeita os óculos estilo Buddy Holly no torso do nariz e acrescenta: — Há regras nesta casa.

Passo por debaixo do braço dele e abro a geladeira para pegar o creme de leite.

— As suas regras não são as minhas, tio amado.

— Então o meu café também não é seu, adorada sobrinha. Devolva.

— Tarde demais. — Acrescento uma porção generosa de creme ao café e o seguro no ar. — Este café já não é mais sem lactose.

— Você é um terror — diz com um suspiro exagerado, e mostro a língua para ele enquanto corro escada acima para terminar de me arrumar.

Tio Nick é apenas sete anos mais velho do que eu, e sempre foi mais como um irmão mais velho para mim do que um tio. Meu avô e a segunda esposa, a mãe do tio Nick, se aposentaram e foram morar na Costa Rica quando ele ainda estava na faculdade, então ele acabou vindo morar conosco. Um ano mais tarde, nós nos mudamos para Chicago, e meus pais, que decidiram não vender a casa em Sturgis caso precisássemos voltar, perguntaram ao tio Nick se ele gostaria de continuar morando nela.

Ele quis, e deu tudo certo no geral, tirando o fato de que meu pai costumava passar muito tempo no telefone com o irmão fazendo exigências, em iguais medidas, sobre a manutenção da casa e a faculdade, pois tio Nick sempre teve dificuldades para encontrar seu caminho. Ele experimentou fazer computação, cinema e ciências políticas antes de finalmente se graduar com um diploma de ciências contábeis, que ele nunca chegou a usar, porque descobriu que no fim das contas odeia contabilidade. Agora está inscrito em um programa de mestrado para licenciatura, em que acho que ele vai se dar muito bem (ele costumava ajudar na nossa escola quando ainda estava na faculdade), mas meu pai não dá folga para o irmão.

— Quando é que você vai começar a receber um salário de verdade? — perguntou a tio Nick semana passada. Amo meu pai, mas às vezes ele pode ser tão estereotipadamente cientista; tão direto, que chega a ponto de ser cruel. Ele não entende o quanto é desmoralizante vê-lo agir de maneira tão desdenhosa com alguém que não tem a vida inteira planejada aos vinte e quatro anos de idade.

Tio Nick está se esforçado para nos aguentar, mas deve acabar se mudando em breve, o que será mais um ponto perdido para a casa de Sturgis. Tinha me esquecido de como é fria e cheia de vento durante o inverno, de como os armários são pequenos, e do fato de que o sistema elétrico não foi pensado para o século 21. Sempre que entro no meu quarto, tenho medo de que a extensão que coloquei na única tomada que tenho pode ter explodido.

Mas ainda não foi hoje; o laptop sobre minha escrivaninha ainda está mostrando o site da Saint Ambrose. Entrei na minha conta na noite passada para checar a minha grade de aulas outra vez, e aí acabei me distraindo com várias fotos antigas que encontrei de 2017 a 2018, quando o sr. Larkin trabalhava lá. Depois da morte dele, a polícia entrevistou todos os funcionários e professores, o que fazia sentido; o sr. Larkin tinha sido avistado pela última vez em sua sala de aula, e morrera na floresta que ficava logo atrás da escola. Até tio Nick, um insignificante assistente, teve que dar depoimento. Mas ninguém nunca de fato questionou se um dos colegas do professor tinha alguma desavença com ele, assim como jamais suspeitaram de Shane, Charlotte ou Tripp.

— Juntos somos mais fortes — murmuro, meu olhar se demorando em uma foto do reitor da escola, o sr. Griswell, apontando para a faixa ostentando o lema da Saint Ambrose. — Será que éramos mesmo?

— Éramos mesmo o quê?

Olho para cima e vejo Ellie entrando em meu quarto, uma toalha ao redor da cabeça. Não está realmente interessada em ouvir a resposta, porque imediatamente continua com:

— Ei, você tem uma camiseta branca para me emprestar? Tinha esquecido como as camisas do uniforme são transparentes. Meu único sutiã limpo é preto, e a escola não merece ver isto.

Eu me levanto e começo a procurar pela cômoda.

— Você parece estar tão animada quanto eu — comento, tirando uma camiseta da gaveta e a jogando nas mãos estendidas dela.

— Pelo menos você só vai precisar estudar na Saint A por cinco meses. Tenho *anos* pela frente.

— Quem sabe o papai não é transferido de volta antes.

Ela solta um suspiro.

— Não custa torcer.

Meu celular vibra, e o pego de onde estava jogado na coberta amarfanhada para encontrar uma nova mensagem de texto. Mason: *pronta para hoje? Tão feliz por você estar de volta!*

Sorrio e respondo com um coração, sentindo uma rápida explosão de alívio. A maioria de meus antigos amigos da Saint Ambrose já saiu de lá, mas Mason Rafferty e Nadia Amin ainda estudam na escola, e quando me encontrei com os dois para tomar um café no fim de semana passado, foi tudo fácil, confortável e divertido. O que é exatamente do que preciso se quero conseguir sair deste semestre viva.

Ellie tem razão, são apenas cinco meses, mas cinco meses são uma eternidade se você não tem mais ninguém, com exceção da sua irmã de quatorze anos, para socializar. Especialmente quando todos os meus amigos de Chicago estão enchendo as redes sociais de nostalgia: *Últimas férias de inverno! Nossa última temporada de softball começa já, já! Quem está pronto para o último fim de semana estendido em Four Lakes? As inscrições para a viagem do terceiro ano abrem em breve!* Izzy, Jackson, Olivia, Sanjay e Quentin estão todos seguindo com suas vidas como se nada tivesse mudado e eu não tivesse sido arrancada de nosso supostamente inseparável grupinho de seis pessoas.

Sei que não posso levar a mal. Não é culpa deles que eu tenha tido que me mudar, e não é como se eu esperasse que começassem a se vestir de luto e a boicotar todos os eventos sociais. Mas também não mataria ninguém me marcar em fotos e posts com um ocasional *sentimos sua falta!* Especialmente Quentin, que tinha me chamado para sair pouco antes da notícia de Sturgis, e depois voltou atrás na mesma hora que ficou sabendo da mudança.

— Relacionamentos a distância, sabe como é? Quem precisa deles? — dissera ele.

Justo, mas não fez nenhum favor ao meu ego.

Visto o uniforme do colégio, franzindo o cenho quando o meu berloque de ouro favorito da pulseira fica preso em um fio da saia xadrez de poliéster. A pulseira era da minha mãe quando ainda estava no ensino médio, e gosto da aleatoriedade dos berloques: um beija-flor, uma caveira, um trevo, uma estrela e um boneco de neve.

— Continuam sendo os uniformes mais vagabundos do mundo — resmungo, alisando o fio que puxei da saia.

— E os mais feios também. — Ellie se desfaz do turbante de toalha e pega meu secador de cabelo. — Ainda bem que você não precisou ir à entrevista no *Motivação* direto da escola. Teriam dado uma olhada nesse pesadelo de escola particular e mandado você direto para casa.

— Fato — concordo, tirando o blazer da Saint Ambrose do poste da cama.

Ellie coloca o secador na tomada e o liga.

— Vai contar aos seus colegas que está espionando a vida deles para usar no seu estágio? — grita por cima do rugido de ar quente.

— Não estou espionando ninguém — retruco, me lançando um olhar crítico de cima a baixo no espelho. Ellie e eu somos ambas magras e mais baixas do que gostaríamos, com um salpico de sardas no rosto e cabelos acaju volumosos que requerem chapinha para se submeterem à nossa vontade. Somos quase gêmeas idênticas, não fosse pelos nossos olhos; os dela são castanhos, como os de nossa mãe, e os meus, verdes. E estão borrados de maquiagem também, então me inclino para a frente, a fim de limpar o excesso de máscara de cílios com todo o cuidado. — Só observando.

Foi a mesma justificativa que dei aos nossos pais, que tinham ficado empolgadíssimos com o estágio no *Motivação* até eu contar que tinha relatado a história do sr. Larkin a Carly.

— Queremos que você tenha todas as oportunidades na vida, Brynn — dissera mamãe. — Ainda mais depois do que aconteceu com... bom, você sabe. — As fotos dos pênis continuam sendo assunto delicado na mesa dos Gallagher. — Mas você precisa entender o potencial impacto que isto pode ter. Se um programa sobre o sr. Larkin acaba mesmo indo ao ar, pode criar um grande alvoroço na comunidade de Saint Ambrose. E na sua vida também.

— A minha vida já está em alvoroço — lembrei a ela. A mudança tinha sido fácil para nossos pais; meu pai trabalha na mesma companhia de biotecnologia desde que nós nascemos, então continua convivendo com os mesmos colegas de sempre. Mamãe sempre trabalhou nas suas ilustrações de casa. A maioria de nossa família mora aqui, e vários dos antigos amigos deles também. Não foram eles quem foram demitidos, colocados em uma lista de espera ou ridicularizados no BuzzFeed. — De qualquer modo, não é como se a Carly tivesse concordado em cobrir a história. Ela mal concordou em considerá-la.

No final, eles me deram sua benção e me deixaram ir para a orientação; mas não antes de eu prometer que, como o meu pai colocou, eu seria "ética com o que decidir compartilhar". Tenho quase certeza de que estava falando *sobre* os alunos da

Saint Ambrose, e não *com* eles. Aos meus olhos, não preciso compartilhar coisa alguma com os quase estranhos que nunca mais voltarei a ver depois de cinco meses.

— Então não vai contar? — pergunta Ellie, desligando o secador. Pega um elástico na minha cômoda e usa para prender os cabelos ainda úmidos em um coque desleixado. Não há tempo para alisá-los. — Vai deixar todo mundo no escuro?

— Não vou contar — admito, e Ellie sorri.

— Infiltrada. Eu curto.

CAPÍTULO 6

BRYNN

A Saint Ambrose não mudou. Continua sendo um amontoado de edifícios de tijolos vermelhos e pilares brancos, cercados por um terreno muito bem mantido e com grades de ferro forjado que separam o campus das pequenas casas malcuidadas que preenchem o restante da vizinhança. O Volkswagen que estaciono em uma das últimas vagas disponíveis atrás do prédio principal cairia exatamente no meio do ranking se alguém quisesse classificar os carros dos alunos; estamos rodeados por todos os tipos, de BMWs recém-saídas da concessionária a automóveis que estão mais para perigo de morte de tão velhos, quaisquer marcas que pudessem ter tido um dia já desaparecidas.

Há um pequeno grupo de garotos amontoados perto de uma das escadas dos fundos, fumando.

— Quem sabe você não encontra um gostosão novo para namorar enquanto está aqui na Saint Ambrose — murmura

Ellie enquanto nos aproximamos. — Aí coloca fotos do cara em todas as redes sociais e mostra para Quentin o que ele está perdendo.

— Maravilha. Mal posso esperar para me jogar no mercado amoroso da Saint Ambrose — respondo com secura. — Você também vai encontrar uma namorada nova?

— Fui eu quem deu um pé na bunda, não quem levou — lembra minha irmã. — Não tenho nada a provar.

A maioria dos meninos nos ignora quando nos aproximamos, mas um deles levanta a cabeça para nos observar. É alto e robusto, com os cabelos bem curtos e uma sobra de barba no queixo, e dá uma cotovelada em um dos amigos para chamar sua atenção.

— Tem carne fresca no pedaço — diz, apontando com o queixo para mim. — E aí, gatinha? Você é parte da elite ou da ralé?

A fala me sobressalta o suficiente para me fazer parar já com um pé no primeiro degrau.

— Como é?

— É parte da elite, ou da ralé? — repete ele, passando os olhos por mim de cima a baixo de maneira tão minuciosa que agradeço por estar de casaco.

— Não faço ideia do que você está falando — respondo, continuando a subir.

— Elite — comenta um dos outros garotos, e todos riem.

— Que merda — resmungo para Ellie enquanto abro a porta.

— Ele pareceu bacana — brinca, deslizando para dentro. — Consigo ver potencial.

Ao entrarmos, nos ocupamos logo passando na secretaria, onde pegamos os números de nossos armários e grade de horários, também recebemos instruções de como chegar ao auditório, ainda que já tenhamos estado lá centenas de vezes antes.

— Aproveitem seu primeiro dia na Saint Ambrose — deseja uma mulher que jamais vi antes e que visivelmente não leu a parte de nosso histórico escolar que dizia que estávamos retornando à escola.

— Melhor nos separarmos para irmos aos nossos armários, ou vamos para a assembleia matinal assim, de casaco mesmo? — pergunto a Ellie enquanto entramos no fluxo de estudantes no corredor. Os blazers azul-marinho com botões dourados de todos têm o brasão da escola bordado no bolso esquerdo, como uma marca. *Juntos somos mais fortes.*

— De casaco mesmo — responde a minha irmã, agarrando o meu braço em uma onda súbita de vulnerabilidade incaracterística.

Avisto rostos familiares no caminho, mas é como se estivesse enxergando as pessoas através de um espelho distorcido; todos estão um pouco diferentes do que me lembro, quando finalmente consigo me lembrar de seus nomes, já passei por eles e ficaram para trás. Isso me deixa com uma sensação de desorientação, até virarmos no corredor, e eu quase topar com alguém que é instantaneamente reconhecível.

— Ah! — exclama Charlotte Holbrook, parando. — Aí está você.

— Aqui estou eu? — respondo, confusa.

Charlotte continua tão deslumbrante quanto sempre, com os olhos azul-claros, pele luminosa e estrutura óssea perfeita. No lugar da obrigatória camisa social branca simples do uniforme de Saint Ambrose, a dela tem detalhes em renda sutis na gola, e combina perfeitamente com o arco de pérolas e cristais que mantém os cabelos castanhos lustrosos afastados do rosto dela. Tudo em Charlotte Holbrook foi planejado para fazer com que meros mortais se sintam simplórios, desajeitados e malvestidos.

— Brynn Gallagher — diz ela, como se eu precisasse ser apresentada a mim mesma. — Vi o seu nome na chamada e estava me perguntando se era realmente você, ou só alguém com o mesmo nome. Mas aí está você. — Antes que possa repetir suas palavras outra vez, ela nos dá um sorrisinho e diz: — Sejam bem-vindas de volta.

E depois vai embora; seguindo na direção errada, creio eu, até vê-la abraçar um jovem de cabelos escuros. Não consigo enxergar o suficiente para ter certeza de que é Shane Delgado, mas, se for, quer dizer que Charlotte enfim conquistou seu homem.

— Imagina só como deve ser andar por aí o dia inteiro com aquele rosto — sussurra Ellie enquanto seguimos em frente, entrando no funil que vai dar no auditório em meio a um oceano de azul-marinho e xadrez. — Como é que alguém consegue fazer qualquer coisa nessas condições?

— Brynn! — chama uma voz, e me viro e vejo Mason Rafferty, de pé na segunda fileira de poltronas, com a mão levantada. Mason é vários centímetros mais alto do que a maioria de nossos colegas (injustificavelmente alto, ele costumava dizer), com cachos escuros mais ou menos longos e um sorriso de dentes separados. Leva as mãos em concha à boca para amplificar a voz e ser ouvido por cima do burburinho quando adiciona: — Guardamos um lugar para você.

Avisto Nadia ao lado dele e forço meu caminho até lá, feliz por estar sendo incluída. — Tem lugar para a Ellie também? — pergunto ao alcançarmos a fileira.

— Óbvio — responde Mason, tirando um casaco que ocupava duas cadeiras vazias. — Oi, Eleanor. Bom ver você de novo. Ainda arrasando na flauta?

— Oi, Mason. Não sei se *arrasando* é o termo técnico correto, mas, sim, com certeza — responde minha irmã, e os dois sorriem um para o outro.

Mason e Ellie sempre se deram bem, era "a afinidade *queer*", Ellie costumava dizer sempre que eu falava nele quando estávamos em Chicago. Ela tinha dez anos quando nos mudamos, e não tinha ainda plena consciência do que ou de quem gostava, mas sempre se sentira mais confortável com Mason do que com qualquer outro de meus amigos.

Enquanto os dois colocam o assunto em dia, me sentei ao lado de Nadia.

— Como se sente agora que está de volta? — pergunta ela com seu fraco sotaque britânico. Nasceu na Inglaterra e só veio para os Estados Unidos aos dez anos, depois que os pais morreram em um acidente de carro e ela foi forçada a se mudar para o outro lado do Atlântico para morar com os tios. Eles têm uma bela casa colonial restaurada em Stafford, mas não sei bem se Nadia jamais sentiu que aquele era de fato seu lar. — Tudo igual a como você se lembra?

— Não exatamente — respondo. — O que querem dizer com ser da ralé?

— Rapé? — pergunta ela, confusa. Mason se senta a meu lado, colocando o casaco no colo e esticando as longas pernas sob a cadeira da frente.

— Não, *ralé*. Quando eu e Ellie estávamos entrando, um garoto perguntou se éramos — franzo a testa ao lembrar — parte da elite ou da ralé.

— Ah! — exclama a menina, revirando os olhos. — Estou vendo que você já foi apresentada à nossa crescente divisão de classe.

Ellie se inclina mais para perto, sem sair de onde está sentada ao lado de Mason.

— As pessoas realmente chamam umas às outras disso?

— A maioria não — responde Nadia, tirando uma mecha de cabelos escuros cortados retos do rosto. — Mas a Saint Ambrose ficou bem mais... extremista em alguns sentidos desde que vocês foram embora. Relaxaram as exigências para alunos bolsistas, então agora, no ensino médio, temos bem mais alunos locais que não têm tanta inclinação acadêmica assim. Existe um certo ressentimento entre eles e os alunos mais abastados.

— A elite? — pergunto, as sobrancelhas erguidas enquanto olho de Mason para Nadia. — E vocês são o quê? — A família de Nadia vive confortavelmente, mas com certeza não pode ser considerada rica, e Mason mora a algumas ruas de mim em Sturgis. Sempre teve bolsa.

— Somos a Suíça — responde ela. — E achamos isso tudo uma grande bobagem. Mas não vá dizer uma coisa dessa para os Colin Jeffries da vida. — Os olhos dela deslizam para encarar alguém por cima de meu ombro; viro e vejo o mesmo garoto que nos abordou na escada forçar caminho até os fundos do auditório. — Acabaria com a imagem que ele tem de si mesmo: o coitado injustamente maltratado pelos poderes vigentes.

— Que poderes? — pergunto.

Nadia inclina a cabeça na direção da entrada.

— Lá estão os três maiores poderes.

De alguma forma já sei quem verei antes mesmo de olhar. É Charlotte, óbvio, tão majestosa quanto uma rainha, com um braço firmemente enganchado no do menino atraente ao lado dela, que é definitivamente Shane Delgado. À esquerda dela está outro jovem alto de ombros largos e cabelos louros brilhantes, e eu o teria tomado por outro príncipe igualmente mimado de escola particular se não tivesse passado horas na casa dele, cuja decoração parece ter saído direto da década de 1970.

— Então quer dizer que Tripp Talbot é da elite agora? O pai dele ganhou na loteria ou coisa assim? — indago antes de me dar conta de que ao admitir que o reconheço estou revelando que o procurei nas redes sociais.

Mason abre um sorrisinho torto esperto.

— Tripp é da elite por associação — responde. — As regras não fazem sentido, óbvio, mas aí está a lógica da ralé para você.

— Que alegria estar de volta. — Afundo na cadeira no instante em que o reitor da escola, o sr. Griswell, toma seu lugar ao pódio no palco. À sua esquerda está um cavalete coberto com um pano, e à frente dele um copo de água, do qual o reitor toma um longo gole.

— As pessoas ainda o chamam de "Grizz"? — pergunta Ellie.

— Sempre — responde Mason.

Os cabelos do reitor estavam completamente brancos, mas fora isso continuava exatamente igual ao que lembro: sempre vestido impecavelmente, com um suéter de lã sob o terno, de estatura baixa, mas com a presença imponente, ostentando um bronzeado que dura o ano inteiro.

— Sejam bem-vindos de volta, Saint Ambrose — cumprimenta, inclinando-se para a frente para que o microfone possa projetar suas palavras com perfeição pelo auditório agora silencioso. — Espero que o recesso tenha sido relaxante, e que as férias tenham energizado vocês para o semestre que está começando. Estamos felicíssimos em recebê-los de volta, porque, como sempre, juntos somos mais fortes.

Começo a me desligar do que o reitor está falando e olho ao redor, absorvendo os detalhes familiares junto com aquilo que é novo para mim; as vigas no teto estão adornadas com mais algumas faixas de torneios azuis e amarelas, as cortinas cinza simples que costumavam emoldurar o palco foram substituídas por luxuoso veludo azul-marinho, e todos os assentos pareciam ter sido estofados recentemente. Rostos que um dia conheci estão começando a entrar em foco; Katie Christo, que era uma meio-que-amiga, até começar a me chamar de "Trippstalker" depois da explosão de Tripp na aula de educação física; Martina Zielinski, aluna nota dez que está provavelmente a caminho de se formar como primeira da classe e se tornar a oradora da turma; e Pavan Deshpande, que foi meu primeiro beijo atrás do prédio de ciências, no sétimo ano.

— E uma última coisa. — Forço minha atenção a retornar a Grizz quando este eleva o tom de voz; o volume do burburinho no auditório ficara progressivamente mais alto à medida que os alunos iam ficando mais agitados. — Este ano marca um aniversário triste na história da nossa escola. Faz quase quatro anos desde que nosso professor do oitavo ano, William Larkin, morreu, deixando para trás um legado rico de conquistas e dedicação a seus alunos. A nossa vice-reitora, a sra. Kelso, está liderando um comitê para planejar um jardim memorial que será revelado mais para a frente nesta primavera, e rogo àqueles de vocês que tiverem algum espaço livre na agenda para que se voluntariem para ajudar no projeto.

Eu me empertigo na cadeira. *Comitê de jardim memorial?* Ah, deixa comigo. É a oportunidade perfeita para colher informações sobre o sr. Larkin sem deixar óbvio que é o que estou fazendo.

Ellie se reclina por cima da cadeira de Mason outra vez.

— Você tem espaço livre? — sussurra. — Acho que tem.

— Calada — sussurro quando Mason inclina a cabeça para o lado, curioso.

— Neste meio-tempo — continua Grizz, gesticulando para o cavalete ao lado dele —, dando continuidade à nossa tradição de homenagear docentes que se destacam, encomendamos uma pintura profissional do sr. Larkin, que ficará no corredor da administração. É um grande prazer revelar este retrato a vocês hoje. — Ele remove o pano com um floreio, e visivelmente se retesa enquanto o auditório se enche com uma mistura de suspiros surpresos, gritos e burburinho confuso.

— O que diabos? — Nadia se inclina para a frente, estreitando os olhos. — O que diz?

A minha visão sempre foi melhor do que a dela.

— "Babaca" — respondo, fitando as letras vermelhas chamativas cruzando o rosto do sr. Larkin e parcialmente obscurecendo a gravata verde-limão que era sua assinatura.

— Ai, não! — exclama Nadia enquanto Grizz tenta acalmar os ânimos com garantias vigorosas de que o responsável por um ato tão odioso será encontrado e punido. Mason está pálido, como se a situação toda o estivesse deixando fisicamente doente, e lembro do quanto ele sempre admirara o professor.

— Quem faria uma coisa assim?

Ellie dá puxões em uma das mechas de cabelo que caíram de seu coque, os olhos fixos no palco enquanto Grizz, ainda aos berros, cobre a pintura com o pano outra vez. — Que boas-vindas calorosas recebemos de volta a Saint Ambrose, hein? População: muito desequilibrada.

CAPÍTULO 7

TRIPP

Minha cabeça lateja quando acordo às 6h da manhã de quarta-feira. Tudo que quero é voltar a dormir, mas me obrigo a atirar as cobertas para o lado e sair da cama. A única coisa que odeio mais do que correr é como me sinto quando *não* corro.

Me arrumo depressa, tiro o celular do carregador e procuro pelos meus fones de ouvido no tampo da cômoda. Nada. Tampouco estão na escrivaninha ou no chão, pego os tênis e sigo para a sala, o carpete verde felpudo abafando meus passos. Nossa casa foi herdada por meu pai dos pais dele, e pouco nela foi reformado desde a década de 1970. Uma das últimas coisas que minha mãe fez antes de ir embora foi arrancar o papel de parede floral berrante que tínhamos, e pintar cada cômodo de uma cor vibrante diferente. Ainda posso vê-la parada no meio da sala de jantar quando finalmente terminou, pincel em punho, olhando de maneira acusatória para as paredes como se tivessem quebrado uma promessa.

— Não ajudou em nada — disse.

Mesmo naquela época, eu sabia que não era das paredes que estava falando.

Ela nunca chegou a arrancar o carpete. Que seja. É horrendo, mas tem um bom isolamento, o que é importante quando não se tem permissão para colocar o termostato acima de 18 °C. Desacelero o passo à medida que vou me aproximando da cozinha, e bocejo com tanto vigor que minha mandíbula estala. O cheiro amargo de café queimado pairando no ar chega até mim, o que não deveria acontecer, uma vez que sou o único acordado a esta hora do...

— Dia — diz uma voz, me sobressaltando tanto que deixo o celular cair no meu pé. Acerta o pior lugar possível, e dor irradia pelo meu dedo enquanto me abaixo para recuperar o telefone.

— Pelo amor de Deus, pai! — Manco na direção da cozinha e olho feio para ele. — Você me assustou de verdade. O que está fazendo aqui?

Ele veste uma camiseta que um dos colegas dera a ele como piada, as palavras *Teve seu auge no ensino médio* estampadas nela, e acho que deveria parabenizá-lo por não se ofender e levar tudo na brincadeira. Meu pai foi meio que o astro do time de futebol americano do colégio dele quando tinha a minha idade; bom o bastante para ter o nome gravado em algumas chapas comemorativas na Escola Pública de Sturgis, mas não o suficiente para ter sido recrutado para jogar profissionalmente depois disso.

Meu pai passa a mão pelos cabelos grisalhos cheios antes de tomar um gole do café puro.

— Moro aqui, lembra?

Vejo o fio de meus fones de ouvido soterrados por uma confusão de prata sobre a mesa; o chaveiro do meu pai, que ocupa espaço demais porque é cheio de discos aleatórios, que ele chama de suas "medalhas da sorte". Quando era pequeno, eu gostava delas, em parte porque havia algo de reconfortante no tilintar que faziam, e em parte porque ainda acreditava em sorte na época. Agora evito olhar para elas enquanto desvencilho os fones do emaranhado.

— Sim, mas por que está acordado a uma hora dessa? — pergunto. Meu pai trabalha à noite como segurança no hospital de Sturgis e chega em casa cerca de uma hora antes de eu me levantar para ir à escola. Ele dorme a maior parte do dia, e, geralmente, só o vejo na hora do jantar.

— Vou sair para trabalhar na Home Depot daqui a pouco — responde ele em meio a um bocejo. — Não faz sentido dormir duas horas para acordar de novo.

— Vai trabalhar dois turnos seguidos? Por quê? — O trabalho ocasional do meu pai na loja costumar cair nos fins de semana, para evitar justamente este cenário.

— O carro está precisando de um sistema de transmissão novo — suspira.

É assim a vida na casa dos Talbot. Meu pai trabalha duro, mas em empregos que não pagam bem e que oferecem zero estabilidade. Foi despedido mais vezes do que consigo contar. Por um lado, tenho que dar crédito a ele por continuar seguindo em frente, sempre conseguindo algo novo logo antes da situação ficar ruim. Por outro lado, seria bom não ter que esco lher que contas pagar todos os meses.

Não falamos disso, no entanto. Há muitas coisas das quais não falamos.

— Estou saindo para correr — aviso, colocando os fones de ouvido. — Até mais. — O que quer que seja que o meu pai responde é abafado pela música, e puxo o capuz para cobrir a cabeça enquanto o Rage Against the Machine me impulsiona porta afora.

Meus pés automaticamente me levam pelo caminho de sempre: corro pela rua onde moro, cerca de 800 metros até passar pela escola pública de Sturgis, e depois viro à esquerda, na Main Street. Esta parte da rua é a melhor área da cidade, cheia de casas antigas da época vitoriana que continuam belas, não importando quanto de sua tinta esteja descascando. Vou progressivamente acelerando o passo ao longo do quilômetro seguinte até chegar ao fim da via. Já atingi minha velocidade máxima agora, o mais rápido que consigo correr, confortavelmente, pelo tempo que desejar. Meus braços e pernas se movimentam, de maneira fluida e intencional, enquanto as endorfinas me percorrem e enchem minhas veias com uma sensação vibrante de bem-estar.

É por *isto* que corro. Pois é a única ocasião em que me sinto assim.

A esta hora da manhã, quase todo o comércio na Main Street ainda está fechado, até mesmo a Confeitaria Brightside. As ruas estão silenciosas e quase desertas; só consigo ver um carro na minha visão periférica ao me aproximar da faixa de pedestres. Não desacelero, visto que pedestres têm preferência, mas o motorista, quem quer que seja, decide ser um babaca e acelera para passar enquanto eu atravesso.

— Imbecil — resmungo, parando de súbito na calçada.

Então sou obrigado a olhar de novo, quando tenho um vislumbre de quem está no volante. O automóvel passa como um raio, e pisco para o para-choque, confuso e desorientado. *Não. Não pode ser.* O carro é um sedan cinza simples que nunca vi antes, com uma placa de Nova Jersey.

Não pode ser.

Continuo meu caminho e viro na Prospect Hill. Meu coração bate mais forte enquanto me esforço para manter o ritmo constante contra a inclinação, e meus pulmões começam a arder. Música ressoa em meus ouvidos, me forçando a seguir adiante, ainda que todo o meu ser queira desacelerar, até ser interrompido de súbito pelo toque de mensagens de texto.

Não devia olhar no meio da parte mais árdua da corrida. Mas aquele flash de familiaridade no carro cinza me faz tirar o telefone do bolso, porque ninguém mais me manda mensagens a esta hora da manhã. Paro de repente, resfolegando, e me preparo para o que posso encontrar. Não era o que temia, no entanto. É pior, na verdade.

A mensagem vem de um número desconhecido, e se trata de uma única palavra:

Assassino.

CAPÍTULO 8

TRIPP

— Quem faria uma coisa dessa? — Charlotte exige saber no horário de almoço, brandindo o celular como se fosse uma acusação. — Como ousam? É obsceno!

— É uma piada estúpida — acalma Shane. Recosta-se na cadeira e envolve os ombros da namorada com um braço, mas, pela primeira vez, ela está distraída demais para se derreter dentro do abraço. — Aquela história da pintura está deixando todo mundo agitado.

— Bom, eles deviam se decidir de uma vez — retruca Charlotte de maneira ríspida. — É o sr. Larkin que odeiam, ou somos nós? Se somos *assassinos*, não dá para ser os dois ao mesmo tempo, certo?

— Pare de agir como se essas coisas devessem fazer sentido — digo, torcendo para soar tão indiferente quanto Shane. Se Charlotte soubesse o quanto aquela mensagem me abalou, só ficaria ainda mais fora de si. Além do mais, comecei a me sentir um pouco melhor (ou não tão o centro das atenções, pelo menos) quando descobri que Shane e Charlotte tinham recebido uma também.

— Odeio ser falsamente acusada. — Charlotte atira o telefone na mesa e cruza os braços com firmeza diante do peito. — Traz certas *lembranças* à tona. — Eu e Shane piscamos, confusos, para ela, até que continua: — Alô? O dinheiro da excursão de classe? As pessoas me chamaram de ladra.

— Ninguém nunca nem acreditou naquilo — assegura Shane.

Charlotte parece mais do que pronta para discutir, de modo que mudo depressa de assunto: — Queria saber como essa pessoa conseguiu os nossos números.

Shane dá de ombros.

— Através do diretório escolar? A secretaria tem todos os nossos dados. Não seria muito difícil.

— Então quer dizer que foi alguém daqui — conclui Charlotte, semicerrando os olhos enquanto varre a cantina. — Alguém da ralé, provavelmente.

— Para com isso, Charlotte. Não começa com essa história — digo. O termo *ralé* me deixa desconfortável, e não apenas porque o garoto que deu início a ele, Colin Jeffries, mora a dois quarteirões de mim em Sturgis. Se existe alguém que pode ser considerado parte da *ralé* da Saint Ambrose, esse alguém sou eu. Shane e Charlotte sempre se esquecem disso, talvez seja porque nunca colocaram os pés dentro da minha casa. Mesmo quando vão me buscar para irmos a algum lugar, eu os encontro na escola. Tudo começou no oitavo ano, quando eu era um babaca que tinha vergonha do lugar onde morava, e, por alguma razão, isso nunca mudou.

Sim, é estranho. Mas é ainda mais estranho que os dois nunca tenham me questionado.

— Chega, está bem? — murmura Shane quando a mesa começa a ficar cheia.

Abby Liu coloca a bandeja ao lado da minha, apenas começando a se sentar, antes de voltar a ficar de pé, com um suspiro frustrado.

— Ugh, esqueci minha bebida — diz ela. — Alguém mais quer alguma coisa?

— Será que você consegue outra maçã pra mim? — pede Charlotte, franzindo a testa para a fruta em sua bandeja. — Esta aqui está machucada. — Parece perfeitamente aceitável para mim, mas Charlotte é como aquele conto de fada da princesa e a ervilha, sempre notando falhas que ninguém mais consegue enxergar.

— Claro — concorda Abby, girando o rabo de cavalo por cima de um ombro. — Quer algo, Tripp?

— Tô de boa, valeu.

Charlotte observa Abby se distanciar, antes de se virar para mim com um sorrisinho esperto.

— Ela está a fim de você.

Solto uma lufada de ar.

— Você diz isso de todo mundo.

— O que posso fazer se todo mundo está a fim de você? — pergunta, jogando os cabelos por cima dos ombros. O *menos eu* fica implícito. Por ora, ao menos, a mensagem nefasta parece esquecida. — E você está mesmo precisando de uma namorada. Já está solteiro faz muito tempo.

— Ninguém *precisa* de uma namorada — rebate Shane, o que lhe rende um olhar feio de Charlotte. — Só estou dizendo para deixar o cara em paz, amor. Tripp pode pegar quem quiser, se quiser.

— Não se comporte como um neandertal — bufa ela, analisando as mesas ao redor de nós. — Humm — acrescenta, a expressão tornando-se pensativa. — Brynn Gallagher ficou bem bonita, não ficou?

Não sigo o olhar dela. É engraçado como Charlotte é a menina mais atraente da escola, mas, se tivesse que dizer por quê, ficaria sem encontrar uma resposta decente, pois ainda que ela tenha o pacote completo, não há nada nela que se destaque. Aos meus olhos, ao menos. Com Brynn, por outro lado, tudo se destaca: os olhos verdes, o salpico leve de sardas, os cabelos acobreados. Mas notar esse tipo de coisa me parece má ideia, de modo que ajo como se não tivesse escutado Charlotte e digo:

— Olha a Abby com a sua maçã.

Charlotte coloca um sorriso brilhante no rosto ao pegar a maçã vermelha e lustrosa da mão estendida da outra menina. E então sua expressão se apaga com decepção enquanto ela coloca a fruta cuidadosamente ao lado da outra.

— Também está machucada, mas obrigada.

Não consigo escutar direito o que Shane resmunga entredentes, mas me parece soar muito com algo como *impossível de agradar, cacete.*

* * *

Horas mais tarde, estou na estufa da Saint Ambrose, atrás de um grupo de alunos que mal conheço, aguardando a sra. Kelso, pois estou legitimamente amedrontado que Regina de fato vá me despedir se não me inscrever neste maldito comitê de jardim memorial.

Não há com quem conversar aqui, então me distraio olhando o celular. Por alguma razão, não deletei aquela mensagem dizendo *assassino;* talvez tenha sido porque continuo me perguntando se poderia conter algum tipo de pista que me leve a descobrir quem a enviou, mas é perda de tempo com um número bloqueado. Antes que possa apagá-la, outra mensagem chega, esta de um número familiar e indesejável.

Lisa Marie: *Continua correndo de manhã cedo, hein, Trey?*

Fecho os olhos brevemente. Sempre "Trey", como se minha mãe precisasse da sua própria versão especial de meu apelido, e é um bônus o fato de que o odeio. O motorista no sedan cinza que passou acelerando por mim não foi miragem, no fim das contas. Este dia não para de ficar melhor.

Uma segunda mensagem força minha atenção a retornar ao celular: *Quer sair para tomar um café depois da escola? Vi uma confeitaria fofa na Main.*

A confeitaria onde trabalho, você quer dizer?, é o que quase digito, mas penso melhor. Não é como se minha mãe fosse se dar ao trabalho de lembrar que tenho um emprego agora. Além do mais, não devo a ela uma resposta rápida só porque decidiu aparecer do nada e passar batida pelas ruas de Sturgis, em vez de me avisar com antecedência, como uma pessoa normal. Lisa Marie acha que esse tipo de coisa é divertido, que está colocando um pouco de cor e empolgação na vida sem graça que ela deixou para trás.

Mas eu acho que ela é cheia de merda, e estou cansado dos joguinhos dela.

— Olá, olá! Mil desculpas pelo atraso! — A sra. Kelso irrompe estufa adentro com algumas pessoas em seu encalço, os braços cheios de pastas. — Que prazer ver tantos de vocês aqui. Fico muito agradecida, e bem animada de estar trabalhando com todos neste projeto tão importante.

Abre uma das pastas, retira de dentro dela uma pilha de papéis grampeados e a entrega ao estudante mais próximo.

— Peguem a sua e vão passando adiante, por favor. É um esboço de como estou planejando que seja o processo, mas estou aberta a toda e qualquer sugestão. — Então seus olhos se fixam em mim, e seu rosto se ilumina. Sou um de seus favoritos, mesmo que nunca tenha feito nada para merecer o título. — Tripp, você veio, no fim das contas! Que felicidade você ter decidido se juntar a nós.

— É — murmuro, abaixando a cabeça enquanto pego um dos documentos e passo o restante para quem quer que seja que está a meu lado, sem nem virar. Não preciso de mais olhares curiosos; venho sendo alvo deles desde que entrei na estufa. Sou o garoto que encontrou o sr. Larkin, afinal.

— Estou pensando em dividir isto em fases — continua a sra. Kelso. — Primeiro, planejamento. Precisamos decidir o que o jardim deveria conter, tanto em termos de plantas quanto de objetos, como um banco ou uma placa. Teremos que fazer um orçamento para cada uma das opções. E depois...

Está quente aqui dentro, de modo que abro o zíper do casaco e olho ao redor enquanto a sra. Kelso continua a falar. Há plantas demais aqui, decido. Não gosto. Desde aquele dia na mata, passei a desgostar de estar cercado por grandes quantidades de verde.

Não. Não vou pensar sobre isso.

Em geral, funciona bem; a lembrança ameaça aflorar, e eu a sufoco. Mas desta vez, talvez porque esteja no meio de um matagal falso e superaquecido, não consigo. Por alguns segundos, tudo ao redor se dissipa. Tudo que vejo são árvores, seus troncos nodosos e os galhos retorcidos em todas as direções, bloqueando a luz do sol e me engolfando. Alguém está gritando, tornando impossível pensar, e *tenho* que pensar.

— Tripp?

Pisco até minha visão se desobscurecer. A sra. Kelso está me fitando, o que provavelmente significa que o restante dos presentes também está.

— Você me ouviu? — indaga. — Concorda em liderar esse subcomitê?

Merda. Que subcomitê? No que fui me meter? Devia apenas me resignar logo com o fato de que Martina Zielinski vai ganhar a Bolsa Kendrick, e não eu, para poder sair deste inferno cheio de folhas e nunca mais voltar. Desconsiderando a parte em que Regina me demite ou me mata. Talvez as duas coisas.

— É, pode ser — balbucio, baixando os olhos para as páginas em minhas mãos. As palavras nadam na minha frente, impossíveis de ler.

— Maravilha — exclama a vice-reitora. — Você e a sua copresidente farão um ótimo time.

Copresidente? A sra. Kelso está sorrindo para alguém à minha esquerda, a mesma pessoa a quem entreguei as folhas alguns minutos mais cedo, sem sequer olhar. Olho agora, e me encontro encarando os olhos verdes vibrantes de Brynn Gallagher.

— Oi, parceiro — cumprimenta ela.

CAPÍTULO 9

BRYNN

— Brynn. Pergunta para você. Quantos assassinatos Patty LaRusso cometeu?

— Humm. — Retiro os olhos da planilha de Excel para ver Lindzi Bell, umas das produtoras do *Motivação,* recostada no batente da porta com expressão de expectativa. — Bem, ela esteve envolvida em três mortes, mas uma delas foi considerada um acidente. Então dois, tecnicamente.

É minha terceira semana no estágio, e, até então, meu horário de trabalho parece ser "quando você puder aparecer", como Lindzi classificou. Lindzi é minha supervisora, e passo a maior parte do tempo aqui, no que ela chama de Poço (uma sala sem janela, com uma longa mesa onde uma dúzia de assistentes de pesquisa ficam sentados na frente de computadores), trabalhando em projetos, como o de catalogação de mulheres que foram assassinas em série.

Lindzi balança a cabeça, os cachos louros da cor de areia ondeando no ar enquanto arregaça as mangas da blusa transpassada que lhe cai perfeitamente. Tem por volta de 30 anos, o rosto cheio de sardas e gosta de se vestir como se tivesse acabado de sair de uma aula muito cara de yoga. O tipo para o qual você se adorna com todas as suas melhores joias.

— Ela vai para o lixo. Só dois não bastam.

O jovem sentado ao meu lado, um hipster desengonçado chamado Gideon, resmunga "quem manda ser preguiçosa, Patty", enquanto eu obedientemente retiro Patty LaRusso da planilha.

Lindzi o ignora, os olhos ainda cravados em mim.

— Também queria falar com você sobre a discussão que vai rolar na Scarlet mais tarde — diz.

Quando comecei a trabalhar aqui, entendia apenas metade do que Lindzi dizia, porque grande parte das conversas com ela é em código. Mas agora sou um pouco mais fluente na língua do *Motivação*. Sei que quando ela diz discussão está se referindo a reuniões nas quais os produtores expõem o que há de novo nos casos em andamento, e Scarlet é a sala de reuniões logo ao lado da recepção. Todas as salas foram batizadas com nomes de personagens do jogo Detetive.

— Tente evitar usar a Mostarda para novas reuniões, se possível — Gideon me pedira no meu primeiro dia. — A mesa está sempre grudenta. Ninguém sabe por quê.

— O que tem ela? — pergunto ansiosa, girando na cadeira.

A discussão de hoje é importante para mim. Entreguei o meu resumo sobre o caso do sr. Larkin a Lindzi assim que comecei no estágio, e alguns dias depois ela me trouxe notas com suas observações.

— Gostei. Tem algo aí — disse, e senti uma rápida e alegre explosão de orgulho. E, na semana passada, ela sugeriu que eu expusesse a história na reunião dos produtores seguinte.

— É sério? — perguntei, engolindo em seco. — *Motivação* vai mesmo cobrir a história do sr. Larkin?

— *Expor* não quer necessariamente dizer isso — respondeu ela com gentileza. — É só uma oportunidade para receber mais opiniões sobre uma história que ainda está em estágio inicial, então não se anime tanto.

— Tem mesmo certeza de que quer que eu faça isso? — perguntei e imediatamente me arrependi. Precisava mostrar confiança, não hesitação.

— Por que não? A ideia é sua — respondera ela. Depois, piscou para mim. — Além do mais, para ser muito sincera, vai ser uma reunião com pouca gente e não tem muita coisa em pauta. Várias pessoas estão viajando, ou ainda de férias. Então considere mais um treino entre amigos.

Lindzi cruza os braços e se encosta contra o batente da porta.

— Mas parece que a discussão de hoje vai ser bem menos informal do que eu havia pensado. Ramon d'Arturo vai participar.

Todos os assistentes murmuram "oooohhh" em uníssono enquanto pisco abobada para Lindzi.

— Quem é Ramon d'Arturo?

— É o novo executivo sênior, entrou para a equipe faz alguns meses, depois de sair da ABC. O trabalho dele é fazer uma das grandes plataformas de streaming querer nos comprar. — Lindzi baixa a voz e acrescenta: — Ramon e Carly se desentendem um bocado. Ele só quer saber de *fazer nossa marca crescer*, e suas ideias podem ser bastante antiquadas. Ele também adora encontrar problemas nas nossas histórias, então acho que hoje talvez não seja o melhor dia para apresentar William Larkin.

— O quê? Não, não vai ter problema — insisto, um buraco se abrindo no meu estômago ao pensar que todo o tempo que passei cuidadosamente me preparando seria jogado no lixo. — Não me importo. Receber críticas faz parte do trabalho, não é?

Lindzi parece cética.

— Não quando é um estágio, em geral. Só conseguimos abrir um espaço para você na discussão porque... — Ela para de falar quando nota minha expressão, que aposto que poderia ser descrita como *decepcionada*.

— Por que achou que ninguém estaria lá para ouvir? — termino.

— É pelo seu próprio bem, falando sério — responde ela. — Odeio me apresentar na frente de Ramon, e já sou produtora há cinco anos.

— Quero me apresentar — rebato com teimosia, ainda que não tenha certeza de que seja mesmo verdade.

— Vou perguntar a Carly o que ela acha — diz Lindzi. E vai embora, as pulseiras tilintando quando acena para alguém no corredor.

Gideon solta um suspiro pesaroso.

— Foi bom conhecer você, Brynn.

— O quê? Não pode ser tão ruim assim, pode? Só vou expor uma ideia.

— Ah, doce criança ingênua. — Gideon balança a cabeça. — Não existe *expor uma ideia* com Ramon. Posso lhe garantir, se William Larkin está na pauta, Ramon já sabe mais sobre o caso dele do que você jamais saberá.

— Impossível — protesto. — Fui aluna dele.

— Como disse — insiste ele —, foi bom conhecer você.

— Vou ignorar você daqui pra frente. — Viro outra vez para minha planilha de mulheres assassinas, tentando fingir que as palavras dele não me causaram um pico de ansiedade.

Continuo trabalhando até faltarem alguns poucos minutos para as 16h30, quando me dirijo para a Scarlet. Há dez poltronas de couro ao redor da mesa, a maioria ocupada por produtores como Lindzi. Já vejo que é algo muito maior do que o "treino entre amigos" que minha supervisora originalmente me descrevera. Ela acena para mim, dando tapinhas na cadeira ao lado da dela, e as borboletas em meu estômago começam a revoar.

— Carly disse para você ir com tudo — murmura quando me aproximo.

— Maravilha. — Engulo em seco. Não há mais volta agora.

Eu me sento no instante em que Carly entra na sala, absorta na conversa que está tendo com um homem alto de cabelos grisalhos e óculos de aros de metal. Minha primeira impressão dos dois é que são parecidos; mesmo a distância, posso ver que ele é o tipo de pessoa que lidera um cômodo sem sequer tentar. O olhar de Carly cruza com o meu, e ela me oferece um sorriso antes de se sentar à cabeceira da mesa. O homem alto senta-se ao lado dela, alisando a gravata em seu peito.

— Muito bem, pessoal — começa Carly, e o burburinho cessa de imediato. — Ramon veio direto de Nova York para se juntar a nós na reunião de hoje, então vamos lhe dar as calorosas boas-vindas. — O homem inclina a cabeça, e um coro de olás e aplausos toma a sala. — Estou animada para ouvir o feedback de vocês, como sempre a respeito do que acredito ser alguns conceitos muito interessantes. — Carly olha ao redor da mesa até seus olhos pararem em mim. — A maioria de vocês já conhece a nossa estagiária, Brynn, que vai compartilhar uma ideia de caso conosco para considerarmos. Ela tem uma conexão pessoal com ele, visto que a vítima em questão foi professor dela. Brynn, quer começar expondo o caso de William Larkin?

Meu Deus. Nada como ir direto ao ponto.

— Certo — respondo, abrindo o laptop.

Ramon me observa por cima dos óculos.

— Deixamos estagiários sugerir histórias agora? — indaga com seu tom de voz grave e suntuoso.

Engulo em seco, nervosa, enquanto Carly responde:

— Não temos hierarquia aqui, Ramon. As ideias podem vir de qualquer lugar, e, pessoalmente, adoro a iniciativa. Vá em frente, Brynn.

— OK — digo, mas minha voz está muito mais estremecida agora do que estivera dez segundos antes. *Relaxe,* digo a mim mesma. *É só fazer tudo como treinou ontem à noite.* — Pensei em começar apresentando o sr... apresentando William Larkin nas suas próprias palavras.

Afundo o dedo em uma tecla do computador. Um vídeo começa a passar no quadro branco que fica na frente do cômodo, e lá está ele... meu antigo professor, vestindo sua camisa branca e a gravata verde-limão. O sr. Larkin está sentado na minha velha sala de aula, sorrindo para quem quer que fosse a pessoa apontando a câmera para ele.

— Gostei de trabalhar na Escola Eliot — diz ele, tirando uma mecha de cabelos escuros ondulados da frente dos olhos. — Mas a Saint Ambrose é especial. Adoro o compromisso que esta escola tem de educar alunos de todas as camadas sociais, sempre honrando seus altíssimos padrões de excelência.

Pauso o vídeo e digo:

— O sr. Larkin fez essa gravação para um canal da TV aberta de Sturgis em março de 2018. Um mês depois, no dia 12 de abril, estava morto, encontrado assassinado violentamente na floresta atrás da Saint Ambrose. — Aperto outro botão, e uma colagem de fotografias toma a tela. O retrato oficial do sr. Larkin como parte do corpo docente da Saint Ambrose, nossa foto de classe do oitavo ano e várias outras fotografias espontâneas: ele ajudando o sr. Solomon a transportar um saco de fertilizante durante o recesso escolar, servindo sopa em um evento escolar e trabalhando em um quiosque na nossa feira literária anual. — Era um professor popular, amado por todos os seus alunos, e era também...

— Um buraco negro — interrompe Ramon d'Arturo.

Algumas pessoas engolem ar com brusquidão, e minhas bochechas ardem em chamas instantaneamente.

— Perdão? — Por reflexo, minha mão procura minha pulseira, puxando os elos familiares.

— Ramon — diz Carly com austeridade —, Brynn estava falando.

— Peço desculpas pela interrupção. Mas há um problema fundamental que precisamos discutir. — Ele se levanta, pega uma caneta do quadro branco e escreve *QUEM SE IMPORTA?* em letras maiúsculas gigantes acima da cabeça do sr. Larkin.

Meu queixo cai, enquanto Carly argumenta:

— Era sobre isso mesmo que ela ia começar a nos contar.

— O que ela estava nos contando é que ele era um bom professor — rebate Ramon. — O que é maravilhoso. Mas, em geral, quando seguimos adiante com uma história desta natureza, há uma família em luto procurando por respostas. Pais que compartilham lembranças de infância. Uma noiva ou parceiro que perdeu o amor da vida deles. Irmãos apontando um dedo acusatório a pessoas de quem eles nunca gostaram. Mas William Larkin? — Dá de ombros. — O corpo dele foi identificado pela pessoa com quem dividia um apartamento. Os jornais locais entrevistaram colegas, não a família dele. Porque, aparentemente, não existe uma família.

— Espera, o quê? — deixo escapar.

Ramon franze a testa.

— Não estava sabendo disso?

— Eu... — Estou sem palavras.

— Seu professor chegou algum dia a mencionar a família dele durante as aulas? — insiste o homem. — Ou um amigo próximo? Uma namorada, talvez?

— Er... — Todos os olhares estão focados em mim outra vez enquanto vasculho minha memória. Com certeza deve ter mencionado algo, mas ainda assim... absolutamente nada me vem à mente. Quando o sr. Larkin falava conosco, era sempre *sobre* nós, e nunca me ocorreu questionar aquilo. Apenas presumi que era a função dele se importar mais com a vida dos alunos do que consigo. Sequer pensei a respeito da família ou dos amigos dele quando estava preparando minha apresentação, o que agora me parece a mais amadora das omissões.

Lindzi tinha razão; devia ter desistido quando tive a chance.

— Não — admito. — Nunca.

Ramon faz que sim com a cabeça.

— Não me surpreende. A polícia de Sturgis não conseguiu encontrar nenhum parente, e ninguém se apresentou por conta própria. Todos os detalhes do enterro ficaram a cargo dos funcionários de Saint Ambrose. Como eu disse, o homem era um buraco negro.

Não sei o que é pior, que Ramon tenha levado menos de cinco minutos para me revelar como uma novata incapaz de fazer pesquisa básica, ou que continue chamando meu antigo professor de *buraco negro*. Quero defender o sr. Larkin, ou quem sabe defender a mim mesma, mas Carly fala antes que eu possa fazer uma coisa ou a outra:

— E isso por si só já dá uma história, não é mesmo? Por que esse homem jovem, bonito e inteligente, que era querido por alunos e colegas, era tão isolado dessa maneira?

— Não é a nossa história — rebate Ramon. — *Motivação* precisa do elemento pessoal para que nossos espectadores se importem, e vamos precisar explorar recursos demais para sequer chegarmos à ponta do iceberg aqui. Minha recomendação é matar essa ideia de cara. — Eu me retraio, porque há algo de horrível em ter que ouvir aquela palavra enquanto olho para o rosto sorridente do sr. Larkin, quase como se ele estivesse morrendo pela segunda vez.

— Você não está nem dando uma chance, Ramon — insiste Carly. — E os meninos envolvidos? Mal foram questionados, e não acho que seja coincidência que dois deles tenham pais muito ricos e proeminentes...

— Tem mais uma coisa — interrompe o homem. Alisa a gravata, as abotoaduras douradas reluzindo, e embora eu nunca tenha jogado pôquer, a imagem de alguém que está prestes a revelar sua mão vencedora me vem à mente. — Uma das minhas fontes em Las Vegas me informou que Gunnar Fox está atrás do mesmo caso.

Todos reagem como se Ramon tivesse acabado de jogar um monte de lixo sobre a mesa. Rostos se contorcem, narinas se arreganham e mais de uma pessoa exclama "credo". Uma meia dúzia de conversas paralelas toma conta da sala enquanto desbloqueio meu celular e apressadamente pesquiso aquele nome no Google. Os resultados são instantâneos: um antigo locutor esportivo de Las Vegas que foi demitido por abuso sexual e recentemente lançou uma série de *true crime* chamada *Não cometa o crime*, que vai ao ar no YouTube e na página de Facebook dele. Basicamente uma cópia barata do *Motivação* com um apresentador repulsivo e nenhuma credibilidade.

— Por que diabos Gunnar Fox estaria atrás desta história? — indaga Carly.

— De acordo com a minha fonte, ele alega ter informações em primeira mão — responde Ramon. — Mas o porquê não importa, certo? O que importa é que, se seguirem adiante com isto, vão ficar disputando entrevistas com aquele animal. Vão jogar sujo, e ele vai gostar. Tem muito mais histórias por aí que valem o uso do seu talento para desperdiçarem nesta. — Os olhos dele viajam de relance para mim, e se queria me fazer sentir pequenininha diante dele, missão cumprida.

Carly fixa Ramon com um olhar penetrante, mas tudo que responde é:

— Captei. Vamos seguir adiante, por ora. Tucker, quer falar sobre o caso de Echo Ridge?

Afundo na cadeira enquanto Lindzi escreve algo de maneira frenética em seu caderno de anotações e o empurra para mim. *NÃO FIQUE TRISTE,* dizia em letras maiúsculas. *ELE É ASSIM COM TODO MUNDO.* Eu lhe lanço um sorriso amarelo e empurro o caderno de volta para ela, tentando retornar minha atenção ao restante da reunião. Ela tem razão; Ramon implica com todas as outras apresentações, embora não tanto quanto com a minha. Quando a reunião enfim termina, recolho as minhas coisas depressa, ansiosa para voltar a segurança relativa do Poço, ainda que o "eu avisei" de Gideon me aguarde lá.

— Brynn! — A voz de Carly me detém. Quando a encaro, os olhos dela estão grudados no celular ao acrescentar: — Preciso atender esta ligação, e depois gostaria de dar uma palavrinha rápida com você e Lindzi na Mostarda. Me aguardem lá, por favor.

— Ugh, Mostarda — resmunga Lindzi, e meu coração afunda no peito enquanto a sigo porta afora e pelo corredor. Carly não parecia feliz, de modo algum. Em vez de deixá-la impressionada, eu a envergonhei, e provavelmente arruinei minhas chances de redenção jornalística.

— Estou sendo mandada embora, não estou? — deixo escapar quando Lindzi fecha a porta atrás de nós.

— O quê? — Ela pisca em confusão e deixa o computador na cadeira ao lado, depois estende a mão para me deter quando vou colocar o meu sobre a mesa. — Não. Vai ficar grudado.

— Não dá para ninguém, sei lá, limpar a mesa não? — pergunto, momentaneamente distraída enquanto equilibro laptop e caderno nos joelhos.

Lindzi solta um suspiro profundo. — Pode acreditar em mim quando digo que já tentamos.

A porta se abre com violência, e meu pulso acelera quando vejo o rosto de Carly. Parece raivosa, e quando abre a boca, já me preparo para as palavras *você está despedida*. Em vez disso, ela fecha a porta, se recosta contra ela com os braços cruzados, e cospe:

— Aquele babaca precisa aprender quem é que manda aqui.

CAPÍTULO 10

BRYNN

— O quê? — indago enquanto Lindzi tenta, mas não consegue, reprimir um sorriso.

— Quem ele pensa que é para interromper a minha equipe no meio de uma apresentação? — pergunta Carly, começado a andar a esmo pela sala com seus saltos altíssimos. — Para *me* interromper? E questionar o meu julgamento, como se fosse algum tipo de recém-chegada que precisa de orientação, e não a pessoa que criou esta série do nada, e sozinha?

— Pode crer — concorda Lindzi entredentes.

Fico aliviada quando registro as palavras de Carly e me dou conta de que sua raiva não é direcionada a mim.

— Você não concorda com o que Ramon disse sobre o sr. Larkin? — pergunto.

— Não cheguei até aqui deixando ratos corporativos me dizerem o que fazer — responde. Ela se atira em uma cadeira e respira fundo, visivelmente se recompondo antes de acrescentar: — Vamos dar alguns passos atrás nesta história. Lindzi, quero que você entre em contato com a delegacia de polícia de Sturgis e descubra que detalhes e provas estão dispostos a compartilhar conosco.

Consigo não pular para fora da cadeira, mas por muito pouco, quando Lindzi pega o laptop e começa a digitar nele.

— Entendido, capitã.

— E coloque um anúncio pedindo mais informações no site — continua a chefe. — Com o nome de William Larkin, o retrato dele, a idade com que morreu, a data em que morreu e nosso e-mail.

Lindzi faz uma pausa em suas anotações, as sobrancelhas erguidas.

— Se colocarmos isso no site, Ramon vai ficar sabendo... — Ela deixa o restante no ar quando a expressão de Carly se endurece outra vez.

— Que estamos atrás de uma história? — completa ela, despreocupada. — Que é a essência desta companhia e a razão pela qual todos os envolvidos nela, ele inclusive, têm um emprego? Ótimo.

— Ótimo mesmo — conclui Lindzi, virando os olhos para a tela novamente.

Alterno o olhar entre as duas, mal conseguindo acreditar no que estou vendo. Duas jornalistas brilhantes e requisitadas estão dando atenção total ao caso do sr. Larkin; tudo por conta de uma sugestão que fiz. Bem, e do fato de que um indivíduo de quem Carly não gosta acabou de arrasar comigo, mas vou focar o lado positivo por ora.

— O que posso fazer para ajudar? — pergunto.

Carly franze o cenho.

— Talvez você pudesse dar uma investigada naqueles seus colegas que estavam na floresta aquele dia. O que estão fazendo agora? O que as famílias deles estão fazendo? Esse tipo de coisa.

Faço que sim com a cabeça, voltando a pensar na reunião do comitê do jardim memorial hoje mais cedo. Não tinha chegado lá esperando encontrar Tripp Talbot, e passei os dez primeiros minutos irritada com o fato de que já estava me ignorando sem sequer me dar a chance de ignorá-lo primeiro. Então a sra. Kelso nos tornou uma dupla, o que já valeu a pena apenas pela expressão no rosto dele. Mas parece que aquela não foi a única vantagem de ficar presa com meu antigo nêmesis.

— Já estou providenciando — digo.

À noite, ainda estava vibrando com adrenalina de todo o nervosismo do dia, sem conseguir dormir. Fiz uma tentativa rápida perto das 23h, mas logo desisti e peguei o celular, que me presenteou com uma abundância de resultados no Google a respeito das famílias Delgado e Holbrook. O que a família de Shane e Charlotte *andam fazendo* ultimamente é ganhando ainda mais dinheiro, aparentemente.

A companhia do sr. Holbrook é uma empresa de capital de risco conhecida por financiar um popular aplicativo de relacionamentos. Os Delgado são sócios majoritários de uma empresa de incorporação imobiliária, e fazem comunicados de imprensa semanalmente. Já passei os olhos pelas notícias dos últimos dois anos, e agora estou lendo sobre o que estavam fazendo no ano em que o sr. Larkin morreu. PROPRIEDADES DEL-

GADO FINALIZA VENDA DE CARTEIRA DE OITO ATIVOS EM NEW HAMPSHIRE, PROPRIEDADES DELGADO LANÇA PROJETO PIONEIRO DE EMPREENDIMENTO DE USO MISTO, PROPRIEDADES DELGADO ANUNCIA ANO COM RECORDE DE CONTRIBUIÇÕES FILANTRÓPICAS...

Copio alguns dos links para uma planilha que nomeei como *Pesquisa Larkin*, que é meu processo para todos os artigos em que já trabalhei: jogar todos os detalhes que consigo encontrar em um documento para depois procurar e identificar padrões. O que vejo repetido? O que se destaca? Mas logo percebo que a minha planilha sobre o caso Larkin parece diferente, quase caótica, e lembro o que Carly disse quando nos conhecemos: *Mas você entende que não somos o* New York Times, *não é? Nosso tipo de jornalismo é uma seara muito específica, e se você não tiver paixão por ela...*

Não a deixei terminar, mas acho que entendo o que estava dizendo. Temos que ser passionais, porque os crimes, assassinatos em especial, vêm da parte mais profunda e mais sombria do coração humano. É quase impossível pensar neles por grandes períodos de tempo, a menos que se esteja desesperado por respostas.

Minha cabeça está começando a doer. *Hora de dormir*, penso, mas em vez disso troco minha planilha pelas redes sociais, para ver o que meus amigos em Chicago estão fazendo. Izzy postou um TikTok novo estrelando seu cachorro, e reajo com emojis com corações no lugar de olhos. O post mais recente no Instagram de Olivia é uma selfie bonita que está recebendo milhares de comentários. Quando vou adicionar o meu, vejo uma série de emojis de fogo de ninguém mais, ninguém menos que o idiota do capitão de basquete, Jason Pruitt. Clico na resposta única ao comentário, que é de Olivia: *Se manda.*

— Solidariedade, irmã — digo, sentindo uma explosão de gratidão pela minha amiga. Entro na conta de Jason, e minha raiva se inflama ao ver uma foto dele girando uma bola de basquete na ponta do dedo. Quando *Motivação* tiver exposto o caso do sr. Larkin, Izzy e Olivia se certificarão de deixar todos na minha antiga escola cientes de que eu estava por trás da história, e então vão se dar conta de como estiveram errados a meu respeito.

Uma batida leve soa à minha porta, e olho para o relógio ao lado da cama. São quase 2h, e só há uma pessoa na casa que fica acordada até uma hora dessa da madrugada.

— Entra — chamo, e uma frestinha se abre para revelar tio Nick.

— Achei que tinha ouvido a sua voz — diz. Não está de óculos, e seu rosto parece quase inacabado sem eles. — Sem sono?

— Estou fazendo pesquisa — respondo, fechando o Instagram, antes que meu tio possa notar que estou bisbilhotando a conta de Jason. — Ei, quando você estava trabalhando como assistente na Saint Ambrose, o sr. Larkin chegou alguma vez a mencionar a família dele? Ou uma namorada, qualquer coisa assim?

— Se ele... — Tio Nick deixa a cabeça pender para o lado, confuso. — Não que eu me lembre. Por que a urgência? Achei que *Motivação* tivesse deixado a história do Will em segundo plano.

— Parece que, humm, voltaram a se interessar — respondo. E torço para que seja o suficiente para ele, pois não quero ter que explicar todo o fiasco com Ramon d'Arturo.

— Ah, é? — Tio Nick levanta as sobrancelhas. — Já contou aos seus pais?

— Ainda não. Ainda pode acabar dando em nada. Mas você sabe. — O rosto convencido de Jason Pruit paira em meus pensamentos, indesejado. — Estou tentando fazer um bom trabalho. Impressionar as pessoas, se tiver sorte.

— Você devia tentar vender aquela história de Carlton para a sua chefe. Aconteceu bem aqui do lado. Bom, a algumas cidades daqui. — Pisco, abobada, para meu tio, e ele acrescenta: — Ah, é. Vocês ainda estavam em Chicago na época. Foi um grande escândalo local: três estudantes faltaram às aulas e acabaram encontrando o corpo de um colega. Imagina um filme tipo *Curtindo a Vida Adoidado*, só que com assassinato. — Ele solta um suspiro diante da minha expressão ainda confusa. — Você precisa assistir a esse filme algum dia desses. Mas, enfim, pesquisa aí.

— Vou pesquisar. Mas, então, nada sobre o sr. Larkin que você possa me contar? E sobre Tripp? Alguma vez vocês dois já conversaram sobre como foi encontrar o professor na mata daquele jeito? — Eu mesma nunca cheguei a fazer aquela pergunta a ele, visto que eu e Tripp não estávamos mais nos falando na época.

— Não, mas tenho certeza de que foi horripilante. Traumatizante. Para todos os três. — Tio Nick cruza os braços e se encosta contra o batente da porta. — Escuta, sei que isto tudo é empolgante para você, mas... não esquece o que seu pai disse antes, certo?

— Como assim?

— Seja ética no que você compartilha.

— Desde quando você escuta o que o meu pai diz? — rebato.

Os cantos da boca de meu tio se repuxam para cima.

— Basicamente nunca, e olha só onde fui parar. Ainda estou morando com ele aos vinte e quatro anos de idade. Então... aprenda com os meus erros, OK? — Boceja e coça o queixo. — E vá dormir. Também preciso fazer o mesmo.

— Está bem. Boa-noite — desejo e aceno enquanto ele fecha a porta. Depois, desbloqueio o celular e volto ao site da empresa dos Delgado. Ainda estou na página de comunicados de imprensa, lendo sobre as doações filantrópicas, apenas passando os olhos rapidamente, mas paro ao encontrar uma citação do pai de Shane. *"A Propriedades Delgado se orgulha em apoiar negócios e serviços locais com doações totalizando mais de 10 milhões de dólares", diz o fundador e copresidente Marco Delgado. Uma lista completa de doações está disponível no relatório financeiro anual da companhia.*

As últimas palavras são hyperlinks, e quando clico nelas, abrem um arquivo de PDF. Quase fecho, pois o formato é quase incompreensível em celulares, mas vejo um nome que reconheço: *Escola Saint Ambrose.* A empresa do pai de Shane doou 100 mil dólares para a escola no ano em que o sr. Larkin morreu. Faço uma nota mental para verificar se é uma doação anual. Depois meus olhos resvalam para a linha logo abaixo, e engulo ar de maneira ríspida e surpresa.

Polícia de Sturgis: $250.000.

TRIPP

QUATRO ANOS ANTES

Shane é uma porcaria como parceiro de laboratório. Mesmo tendo esquecido o fichário, bem como a maior parte das instruções que a sra. Singh lhe dera, parece pensar que é o líder desta expedição de coleta de folhas.

— Por aí não — anuncia quando começo a seguir pela direita, em uma bifurcação no caminho — Por aqui.

— Por quê? — pergunto.

— Temos que ir para perto da fogueira. — Há uma área desmatada mais para dentro da floresta, perto do Parque Shelton, onde os alunos mais velhos às vezes fazem fogueiras.

— Por quê? — repito. — Não tem nada lá fora, além de um monte de pinheiros.

Os olhos de Shane ficam inquietos.

— Combinei de encontrar uma pessoa lá.

— Quem?

— Charlotte — responde o menino, e solto um grunhido. Devia saber que Shane Delgado ia querer transformar um projeto de ciências em uma oportunidade de encontro.

— É, bom, divirta-se. Eu vou por aqui.

— Não! — exclama Shane. Depressa demais. Quando viro, fico surpreso ao notar que parece quase nervoso. — Não quero ir sozinho.

— Por que não? — Tenho certeza de que qualquer outro garoto da nossa classe mataria pela chance de se encontrar com Charlotte Holbrook na mata.

— Porque Charlotte é... uma pessoa muito exigente. — Um músculo na mandíbula de Shane tremelica. — Você sabe como algumas garotas querem, tipo, ser a sua dona, quase? Ela é assim.

Não posso dizer que entendo o problema dele. Garotas não querem ser minhas donas; parecem olhar através de mim. À exceção de Brynn, mas ela me olha como se eu fosse seu irmão, o que é pior ainda. Ou pelo menos costumava ser assim, antes de eu envergonhá-la na frente de todos na aula de educação física ontem. Hoje ela sequer olhou na minha direção, o que é exatamente o que eu queria, então não tem motivo pra eu ficar me lamentando agora.

— Não vim aqui para ficar segurando vela — digo a Shane. Coloco os fones de ouvido, aumento o volume da música no meu celular para abafar qualquer protesto que ele esteja prestes a fazer, e continuo seguindo pela direita na bifurcação. Colocando tanta distância entre mim e a área da fogueira quanto possível.

CAPÍTULO 11

TRIPP

Não pode me ignorar para sempre, Trey.

Vamos ver, penso. Depois atiro meu celular no balcão, ao lado da caixa registradora da confeitaria, e volto a varrer o chão.

Faz mais de vinte e quatro horas desde que vi Lisa Marie passeando de carro pelas ruas de Sturgis, e ainda não sei por que está aqui. Ela deve estar na casa da amiga do ensino médio, Valerie, onde sempre acaba se instalando quando passa como um tornado pela cidade, mas não perguntei. Não respondi a nem uma mensagem sequer. Não vejo por que deveria.

A não ser para, talvez, evitar este tipo de dilúvio que estou recebendo neste momento. Meu celular não para de vibrar, até que Regina, que está sentada atrás do balcão, fazendo cartazes listando os especiais de amanhã, limpa a garganta.

— Achei que os seus amigos estavam cientes de que não devem incomodá-lo enquanto está no trabalho.

— Não são os meus amigos — respondo, encostando a vassoura na parede, ao lado de um Al adormecido, antes de pegar o telefone. Coloco no silencioso e passos os olhos pelas mensagens da minha mãe:

Que tal jantar na sexta no Shooters?

Adoro aquele restaurante.

Eu pago.

Encontro você às 18h.

— Ah, vai sim — digo em voz alta. O Shooters está mais para um bar de beira de estrada do que para restaurante, e Lisa Marie adora um happy hour.

Regina coloca a caneta sobre o balcão.

— Conheço esse tom — comenta. — Quais são as novidades da sua mãe?

— Lisa Marie, você quer dizer? — Faço uma carranca. — Está aqui pela cidade e quer sair para jantar.

— Bom, parece uma ideia bacana.

— Não tem nada de *bacana* nisso.

— O que o seu pai acha?

— Não acha nada. — Quando disse ao meu pai que Lisa Marie estava de volta, ele apenas franziu os lábios, como se ela não merecesse uma reação maior do que aquela.

— Sei que você sofreu, Tripp — diz Regina naquele tom gentil demais que odeio, porque significa que sente pena de mim. — Mas talvez desta vez seja diferente.

Quando minha mãe saiu de casa, foi aos poucos. Primeiro ela foi passar um fim de semana com Valerie, depois se mudou para um hotelzinho de beira de estrada na Rota 6. Ela já tinha passado uma semana inteira fora quando resolvi pegar minha bicicleta para ir até lá e a convencer a voltar para casa. Foi uma tarde de outubro, fresca e ensolarada, e me lembro de sentir alívio enquanto pedalava pela faixa estreita de estrada que fazia vezes de ciclovia. Eu só tinha que prometer que seria um filho melhor, e tudo voltaria ao normal.

Assim que ela abriu a porta, no entanto, toda a esperança dentro de mim se esvaiu. Minha mãe parecia diferente, a luz fraca do quarto iluminando sua silhueta. Os cabelos estavam presos e ela usava mais maquiagem do que eu estava acostumado, mas não era só isso. As linhas de expressão ao redor da boca tinham desaparecido, seus olhos estavam mais vivos, e os ombros, mais eretos.

Parecia *feliz*. Como se nos deixar tivesse sido a melhor coisa que já fizera.

Ainda assim, tinha ido até lá com uma missão, e eu a cumpriria. Lisa Marie me escutou enquanto listava todas as coisas que eu faria diferente depois que ela voltasse. Em seguida, me levou até a máquina de vendas automática do lado de fora do salão e me deixou escolher o que queria comer (uma Coca-Cola e um pacote de batatas chips da marca Lay's) antes de voltarmos para o quarto dela, onde nos acomodamos cada um em uma cama de solteiro.

— O problema é o seguinte, Trey — começou ela. — Estou meio que cansada dessa coisa toda de maternidade.

Nem sabia o que responder. Como alguém podia simplesmente se *cansar* de algo assim? Tive medo de perguntar, de modo que disse apenas:

— Mas você é uma boa mãe. — Estava para abrir meu pacote de batatas, mas acabei acidentalmente apertando forte demais por conta do nervosismo, esmagando todo o conteúdo.

— Nós dois sabemos que não é verdade — respondeu ela enquanto eu escondia depressa o pacote nas costas. Parecia uma espécie de mau agouro ter destruído algo que ela me dera sem sequer ter tido a chance de aproveitá-lo primeiro.

— Quero que você volte para casa, mãe. — Eu ainda a chamava assim na época; só entramos na fase "Lisa Marie" de nosso relacionamento alguns anos depois que ela partiu.

— Não vou — respondeu, e a convicção em suas palavras me arrepiou. — Escuta, Trey, você precisa entender uma coisa. — Soltou um suspiro, longo e profundo. — Nunca planejei ser mãe. Sempre tive a sensação de que não era para mim, mas Júnior queria tanto ter um filho que acabei concordando em tentar. — *Concordando em tentar.* Como se fosse um sabor incomum de sorvete. — Eu me esforcei, mas essa coisa de ser todo dia a mesma coisa? — Deu de ombros. — Não é para mim. Já deu, cansei.

Oito anos depois, ainda não consigo acreditar que ela tenha dito algo assim para um moleque de nove anos. De todas as coisas que minha mãe fez de ruim para mim ao longo dos anos, ser honesta pode ter sido a pior delas.

A campainha da porta soa, e Al levanta a cabeça enquanto uma moça de casaco cinza e gorro entra. Tira o acessório da cabeça, fazendo os cabelos acaju voarem em todas as direções graças à estática, e me dou conta com o coração apertado de que é Brynn. Quando ela sugeriu depois da reunião da sra. Kelso na estufa que devíamos nos encontrar para começar a planejar o layout do jardim em homenagem ao sr. Larkin, não achei que estava se referindo a *hoje.*

— Quem é esta majestosa bola de pelo? — pergunta ela, estendendo a mão na direção de Al. Ele olha para Regina (Al é bem treinado demais para se aproximar de qualquer freguês, mesmo os amigáveis, sem permissão da dona) e fica de pé em um pulo quando ela assente. Trota na direção de Brynn e se recosta nela com todo o seu peso, o rabo abanando. Fico surpreso que ele não a derrube; Brynn continua tão pequenina quanto era no oitavo ano.

— Uma varetinha. — Meu pai costumava chamá-la assim. — Bem bocuda. — O que pode dar a ideia errada de que não gostava dela, mas gostava.

— Olá, você é maravilhoso — exclama Brynn para Al, acariciando o pescoço dele com vigor, como se soubesse que é seu lugar favorito. — É sim, você é.

— Esse é o Al. O cachorro da dona — digo com desconfiança. — Olha, sei que você queria falar sobre as coisas do comitê, mas estou trabalhando, então...

Brynn olha para cima e avista Regina, que está reclinada sobre o balcão, nos observando.

— Oi — cumprimenta. — É você a dona? Adoro o seu cachorro.

— Sou sim. E ele adora você — responde Regina. — Mas não fique se achando. Ele não é difícil de agradar. — Brynn ri, e Regina olha de mim para ela como se estivesse aguardando uma apresentação formal. Quando não ganha uma, diz: — Você estuda com Tripp?

— Estudo — responde Brynn. — Estudei como ele no ensino fundamental e agora estou estudando de novo, desde a semana passada. Minha família se mudou de Sturgis por um tempo, mas voltamos. — Olha ao redor, encarando os azulejos brancos, as mesas de madeira clara, as luminárias de bom gosto e os esboços emoldurados de iguarias doces. — Este lugar é novo, não é? Bom, deve ter sido aberto pelo menos nos últimos quatro anos. É lindo aqui.

— Abrimos faz dois anos — responde Regina com um olhar rascante na minha direção. — Parece que nosso príncipe encantado esqueceu as boas maneiras, então terei que perguntar. Como você se chama, querida?

Brynn se aproxima da caixa registradora, Al em seu encalço, e toma a mão estendida de Regina.

— Sou Brynn Gallagher.

— Regina. É um prazer conhecê-la, Brynn. O que a traz aqui? Café?

— Não. Bom, adoraria tomar um café também, mas queria mesmo era ver se conseguia falar com Tripp sobre o projeto de jardim que estamos fazendo para a Saint Ambrose...

— Acontece que estou trabalhando — repito, retomando a vassoura e a passando pelo chão já lustroso. — Vamos ter que deixar para outra hora.

Tarde demais. Regina já se interessou.

— Você disse *projeto de jardim?* — pergunta, olhando para mim com um princípio de aprovação. — O jardim em homenagem ao sr. Larkin?

— Isso. Já estava sabendo?

— Ah, sei muito bem. — Regina sai de detrás do balcão e tira a vassoura de minhas mãos. — O piso já está limpo. Faça uma pausa, Tripp, e trabalhe no seu projeto com a moça. Que tipo de café você gostaria, Brynn? É por minha conta.

— Mesmo? Obrigada, um café com leite seria ótimo.

Regina volta para trás do balcão e coloca a máquina de café expresso para funcionar enquanto Brynn segue para uma mesa perto da janela e se senta em um banco. Tira o casaco, e puxa o caderno e a caneta de dentro da mochila, se virando para me ver, ainda parado onde Regina me deixou.

— Ah, pelo amor de Deus — diz, revirando os olhos. — Dá para relaxar e vir sentar aqui comigo por dez minutos que sejam? Não é como se estivesse pedindo para você ser meu *namorado.*

Fantástico. Estava mesmo torcendo para aquele assunto surgir, e quando digo *mesmo,* quero dizer não mesmo. Mas Brynn já voltou sua atenção à mochila quando me sento diante dela.

— Acho que devíamos ter uma mistura de plantas anuais e perenes — começa ela, pegando o celular. — E coisas que floresçam em diferentes épocas do ano, e também alguns perenifólios. Assim vai estar sempre bonito, mesmo no inverno. Obrigada — acrescenta quando Regina traz seu café.

— Tanto faz — digo, o que me rende um olhar feio de Regina. — Quer dizer, sim. Legal.

— Devíamos escolher plantas que tenham um significado — continua, a cabeça recurvada por cima do caderno. — Como não-me-esqueças. Tulipas, para amizade. Ou alecrim, para lembrança. O que mais? — Olha para mim, cheia de expectativa.

— Não sei nada sobre plantas — respondo.

— Bom, também não é como se eu jardinasse no meu tempo livre. É para isso que existe o Google. — Toma um gole do café com leite. — E os especialistas no assunto. O sr. Solomon ainda trabalha na escola?

— Não, ele se aposentou. O jardineiro novo só trabalha meio período, e é um pouco babaca. Mas você pode perguntar ao sr. Solomon — digo, pensando na última vez que topei com ele, alguns dias antes. — Ele adora ficar conversando sobre essas coisas.

— *Eu* podia? — pergunta Brynn, as sobrancelhas erguidas. — Porque sou só eu quem trabalha neste comitê?

Reprimo um suspiro.

— *Nós* podíamos. Ele bem me convidou para ir na casa dele dia desses, então...

— Perfeito. Você tem o número dele?

— Não. Também não é como se fôssemos grandes amigos. Só acabo encontrando com ele no centro da cidade às vezes.

— Vou pedir à sra. Kelso — diz Brynn, fazendo uma anotação. Bate com a caneta no tampo da mesa, cravando aqueles olhos inquietantes dela em mim. — Então, como vão as coisas com você, Tripp? Novidades?

— Não muitas.

Ela aguarda um momento, ainda batendo com a caneta, antes de dizer:

— Este é o ponto na nossa conversa amistosa em que você me pergunta como andam as coisas *comigo*.

Os cantos de minha boca quase se repuxam para cima, mas detenho o movimento. Não estou tentando encorajar cordialidade aqui.

— Como andam as coisas, Brynn?

— Bem, muito bem. — Se não parar de fazer barulho com aquela caneta, vou tomá-la dela e atirar atrás do balcão. — Até ter sido obrigada a sair da escola onde estudei por três anos e meio para terminar meu último ano de ensino médio com um monte de estranhos.

— Não somos estranhos. Você conhece a maioria de nós.

— Não mais. — Finalmente deixa a caneta na mesa, graças a Deus. — Não teria reconhecido você se não tivessem me dito quem era primeiro. Mudou um bocado.

— É o que acontece entre os treze e os dezessete anos.

— Quase dezoito — comenta. — Mês que vem para você, não é?

Faço que sim com a cabeça. Não é difícil lembrar meu aniversário; dia 29 de fevereiro, o que significa que só comemoro no dia de fato a cada quatro anos. No último ano bissexto em que Brynn ainda estivera presente, ela me dera uma garrafa térmica que dizia *Ser meu amigo é o único presente de que você precisa*. Perdi a tampa faz anos, mas ainda a uso como porta--lápis.

Ela toma um gole de café, depois pousa a xícara sobre a mesa, antes de perguntar:

— É estranho fazer parte deste projeto de jardim memorial?

— Não. — Respondo de maneira brusca, uma vez que não planejo falar sobre mais nada relacionado ao tal projeto que não sejam as plantas, mas Brynn continua:

— Deve ter sido horrível encontrar o sr. Larkin. Nunca chegamos a conversar sobre isso.

Óbvio que não. Eu me certifiquei, há quatro anos, que Brynn e eu nunca mais conversaríamos sobre coisa alguma. Mas ela parece não se importar mais que eu a tenha envergonhado na frente da turma de educação física. A impressão que me dá é que ela até acha graça de tudo agora.

— Nunca conversei sobre isso com ninguém.

— Nem com Shane ou Charlotte?

Especialmente não com Shane e Charlotte.

Mas apenas dou de ombros, e ela acrescenta:

— Tenho que admitir, fiquei surpresa de ver que vocês se tornaram tão bons amigos. Shane ainda continua dormindo no armário da sala de aula?

— Não. Já somos praticamente adultos — respondo, antes de minha franqueza me compelir a acrescentar: — Desde o nono ano que ele não cabe mais nos bancos lá dentro.

Brynn ri, quase cuspindo o café, e sorrio enquanto lhe entrego um guardanapo. Por um segundo é como se fôssemos amigos outra vez, gargalhando à mesa da cozinha dela enquanto fazemos os deveres de casa. Ela limpa a boca e diz:

— Então você é da elite agora, hein?

Meu sorriso se desfaz.

— Pelo amor de Deus. Você também?

— Só estou repetindo o que ouvi. — Coloca uma mecha de cabelo atrás da orelha. — A Saint Ambrose mudou muito desde o ensino fundamental.

— Qualquer um pode entrar na escola agora — comento, e, uau, aquilo me faz soar como um grande babaca.

Os lábios de Brynn se repuxam para cima.

— Que elitista da sua parte.

— Isso de ser parte da elite não *existe* — rosno. Obviamente. Se existisse, eu não estaria tentando, mesmo com minhas chances sendo baixíssimas, conseguir uma bolsa e sendo simpático com Brynn Gallagher enquanto conversamos sobre tulipas para isso.

Os nossos celulares vibram ao mesmo tempo naquele instante, e olho para o meu. *Estou dando uma festa no sábado,* escreveu Charlotte. *Sua presença é requisitada e esperada.* Respondo com um polegar para cima e ela adiciona: *Convidei Brynn também.*

Maldição. *Não,* escrevo de volta. Ela responde com uma série de pontos de interrogação, e acrescento: *Ela é um saco.*

Charlotte me envia um emoji dando de ombros. *Tarde demais.*

Olho para Brynn, que me mostra o telefone.

— Charlotte está dando uma festa, hum?

— É, mas não vou poder ir — minto, esfregando o calo em meu polegar.

— Nem eu. Mas foi legal ter sido convidada. — Termina o café e olha para o balcão, mas Regina já tinha desaparecido com Al nos fundos da confeitaria. — Pode dizer a Regina que disse tchau, e agradecer de novo pelo café? Tenho que ir, senão vou me atrasar para buscar Ellie na aula de flauta.

— Claro — respondo, aliviado.

— Aviso depois sobre o sr. Solomon — diz Brynn, jogando celular e caderno dentro da mochila, antes de a atirar por cima do ombro. Recoloca o gorro, cobrindo seus cabelos que são uma grande distração, e acrescenta: — Só mais uma coisa. — Antes que possa responder, ela se inclina até os lábios estarem a meros centímetros de minha orelha, e sua respiração faz cócegas em meu pescoço ao murmurar: — Você é péssimo mentiroso, Tripp Talbot. Sempre foi.

CAPÍTULO 12

BRYNN

— Esta é a única aula em que vocês não apenas têm permissão para usar o celular, como é aconselhado que o façam. — Foi o que o sr. Forrest nos disse no início da aula eletiva de tecnologia midiática na sexta-feira à tarde. Então, naturalmente, agora a cabeça de todos está enfiada nos aparelhos enquanto ele fala sobre plataformas emergentes. Se os outros alunos forem um pouquinho parecidos comigo, porém, não param de se distrair com as plataformas que já existem.

Estou no Instagram da Charlotte, que está visível para mim, agora que ela aceitou meu pedido para segui-la. Rolo o feed para ter ideia de como são as festas de Charlotte Holbrook. Porque é óbvio que comparecerei amanhã à noite, ainda que tenha dito a Tripp que não iria. *Dar uma investigada,* Carly dissera.

Chequei os relatórios financeiros da empresa dos Delgado dos últimos dez anos, e a única vez em que doaram dinheiro à polícia de Sturgis foi no ano em que o sr. Larkin morreu. Mandei uma mensagem a Lindzi repassando a informação, e ela respondeu com um *Interessante! Deixa eu ver se consigo encontrar a data exata da doação.* Mas não tive mais notícias depois disso.

Tecnologia midiática é a única aula que tenho com Shane e Charlotte, e olho de relance para o canto da sala onde os dois estão agrupados com Tripp, Abby Liu e mais um menino e uma menina que não conheço. Estou o mais distante deles possível, encurralada em um canto, ao lado de Colin Jeffries. Que colocou uma quantidade avassaladora de colônia, que ainda assim não consegue encobrir o cheiro de cigarro impregnado nas roupas dele, e não para de bater com o pé no chão, perto demais de onde estão os meus pés. É minha punição por ter chegado no último segundo antes do sinal tocar, quando todos os demais assentos já estavam ocupados.

— Então, eis o que faremos — diz o sr. Forrest, e me forço a voltar minha atenção a ele. Ele se vira para o quadro e escreve *Nike, Apple* e *Purina* de um lado, e *TikTok, YouTube* e *Instagram* do outro. — Vocês vão trabalhar em dupla e escolher uma empresa e uma plataforma. Encontrem um vídeo promocional da companhia escolhida na plataforma escolhida, e se preparem para expor à turma os elementos dos quais vocês gostaram e desgostaram no vídeo.

Meus olhos viajam até o lado da elite (não consigo deixar de usar a expressão; é estranho como foi fácil de colar), onde Charlotte está se atirando por cima de Shane, e Abby vira com um sorriso esperançoso para Tripp.

Tripp, que mentiu dolorosamente mal ontem sobre não comparecer à festa da amiga. Sei disso porque sempre esfrega os dedos polegar e indicador quando mente. É uma mania que tem desde criança, embora eu não tenha certeza se alguém algum dia já notou essa particularidade sua. Se pelo menos não estivesse segurando uma bola de vôlei com ambas as mãos naquela aula de educação física há quatro anos, enquanto me humilhava na frente de todos, eu poderia saber com toda a certeza se de fato acreditava no que estava dizendo.

É um conhecimento útil que tenho escondido na manga. Quando estava no oitavo ano, aceitei tudo que Tripp, Shane e Charlotte disseram a respeito da morte do sr. Larkin como verdade. Estava com raiva de Tripp, óbvio, mas não podia imaginar que mentiria a respeito de algo tão importante. Mas estou começando a ficar mais parecida com Carly e Lindzi agora, e de repente estou questionando tudo.

O que você sabe, Tripp?, penso quando ele faz sinal de positivo com o polegar para Abby, e o sorriso dela se alarga. *E o que foi que você fez?*

— Pessoal, escolham seus parceiros — diz o professor.

Mason também está nesta aula, mas há várias fileiras de carteiras entre nós. Quando enfim encontro seus olhos, ele me oferece um pedido de desculpas na forma de um dar de ombros, já levando a cadeira para perto de Pavan Deshpande. Que *também* teria sido um bom parceiro, porque Pavan continua sendo atraente, e, pelo que me lembro, beijava bem para um menino de sétimo ano. Foi rápido e suave, com zero tentativa de usar a língua.

— Quer ser a minha dupla? — ressoa uma voz da minha direita.

Ah, Deus. É Collin Jeffries, o membro original da ralé. Eu me sentiria mal de chamar alguém assim, se não tivessem se autoproclamado como tal. Meus olhos se esquivam, procurando por uma saída, mas todos na classe já encontraram seus parceiros.

— Claro — respondo, segurando um suspiro. — Você tem alguma preferência de empresa, ou...

— Não estou nem aí.

Começamos bem.

— Bom, escolho a Purina, porque adoro cachorros. E de plataforma...

— YouTube — diz Colin, e se me interromper outra vez, vou deixá-lo sozinho e me enfiar entre Mason e Pavan. Que se danem as regras.

— Está bem — respondo entredentes.

Há um momento de silêncio abençoado enquanto nós dois encaramos nossos celulares, e deixo minha pressão sanguínea se estabilizar com um vídeo de filhotinhos de cães. Logo em seguida, Colin arruína tudo dizendo:

— Você devia deixar a saia mais curta.

Sei, antes mesmo das palavras escaparem de minha boca, que vou me arrepender profundamente de dar uma resposta, mas...

— Como é?

— Você sabe. — Seus olhos se demoram em meus joelhos, deixando minha pele arrepiada de nojo. — Algumas garotas enrolam a cintura da saia, deixando o comprimento mais curto do que deveria ser. Você devia fazer isso também.

— Se quisesse seus conselhos de moda, teria pedido — respondo em tom gélido. — Mas não pedi, então não é da porra da sua conta.

Colin solta um suspiro.

— Típica nojentinha da elite.

— Para alguém que é tão grosseiro, você adora ficar colocando rótulos nos outros — estouro. — Talvez as pessoas que você chama de *elite* só não queiram papo com você.

— Que seja — resmunga Colin, voltando a atenção para o telefone.

Que se dane ele. Estou me movimentando para pegar minha mochila e me juntar a Mason e Pavan quando o professor pergunta:

— Alguém já tem algo pronto para apresentar? — Tinha começado a rondar a sala enquanto nos dividíamos em pares, mas agora retorna à frente e gesticula para um laptop na beirada de sua mesa. — Podem vir e conectar seus telefones para mostrar o que chamou a sua atenção, mesmo que não tenham feito uma análise completa do conteúdo ainda.

Há um coro de "nãos" em resposta, porque mal começamos, até Colin dizer:

— Ah, sim. Tem mesmo algo que me *chamou a atenção.*

— O que você está fazendo? — protesto enquanto o garoto se coloca de pé. — Ainda nem falamos sobre nada.

— Relaxa — ele abre um sorriso torto com uma piscadela arrogante que me faz querer jogar alvejante nos olhos. — Deixa comigo.

Desvio o rosto, enojada, e avisto Tripp nos observando do outro lado da sala com o cenho franzido. Assim que nossos olhares se cruzam, o dele se esquiva. Inclina a cabeça na direção de Abby e diz algo que a faz olhar na minha direção.

Faço uma carranca para Tripp, ainda que ele não esteja mais prestando atenção em mim. Babaca. Não é como se eu tivesse *escolhido* Colin.

Colin conecta o celular no cabo pendendo do laptop do sr. Forrest, e um vídeo do YouTube toma o quadro.

— OK, Colin, maravilha — diz o professor. — Mas isso não parece...

O estudante clica em algo no celular, e a música alta demais faz todos pularem, sobressaltados. Então o rosto de um homem entra em foco: cova pronunciada no queixo, nariz largo, olhos cinzentos que são juntos demais, cabelos volumosos e suspeitamente castanhos para alguém com aquela quantidade de rugas. Uma sensação de *déjà-vu* me toma, *já o vi antes, e recentemente,* no instante mesmo em que o homem anuncia: "Sou Gunnar Fox, e vocês estão assistindo a *Não cometa o crime,* a única série de *true crime* que não tem limites quando se trata de investigar o que significa sair impune."

O sr. Forrest inclina a cabeça para o lado, franzindo a testa.

— Isto não tem relação com a sua tarefa — diz.

— Espera — responde Colin.

A câmera recua para mostrar Gunnar Fox caminhando de maneira confiante em um ângulo estranho, como se o chão sob ele estivesse torto. "Esta primavera, vou lançar uma nova série chamada *Crianças Criminosas...* é sobre meninos e meninas envolvidos em casos de assassinato que podem não ser tão inocentes quanto aparentam. Vamos dar início a ela na semana que vem, com o caso de um professor de uma escola particular em Massachusetts, assassinado, cujo aluno abastado de treze anos deixou impressões digitais na arma do crime e, ainda assim, saiu impune...", Gunnar faz uma pausa e fita a câmera, "sem qualquer questionamento".

E em seguida, para meu choque, o rosto de Shane surge na tela. Parece uma foto de anuário da escola; está vestindo seu blazer azul-marinho e gravata listrada, sorrindo com confiança, igualzinho a como a versão da vida real faria.

Vida real. Que, tenho que lembrar a mim mesma, está acontecendo agora. Shane está a meros três metros de mim, olhando sem expressão para a tela enquanto Colin escarnece:

— Alguém quer explicar por que estamos deixando assassinos andarem soltos por esta escola?

Imagens pipocam na tela: fita de isolamento da polícia, o contorno de um corpo no chão e um campus cheio de árvores e edifícios de tijolos que não é a Saint Ambrose real. Quem quer que tenha feito aquela compilação fez um trabalho bem preguiçoso, e com produção de péssima qualidade, para piorar. Por um segundo, o silêncio é total na sala, mas logo todos começam a falar ao mesmo tempo.

— Qual é o seu *problema?* — guincha Charlotte, sua voz entoando por cima da balbúrdia. — Desliga isso!

— Colin, pelo amor de Deus... — O professor faz um movimento para pegar o laptop de volta, mas Tripp é mais rápido. Eu sequer o vi se levantar, mas está repentinamente ao lado de Colin, tirando o celular da mão dele e o desconectando com um puxão violento.

— Você é um grande babaca — sibila Tripp enquanto o quadro volta a ficar branco.

— Me devolve meu telefone! — exige Colin, tentando recuperar o aparelho. Tripp dá um salto ágil para trás, e Colin tropeça graças ao ímpeto dos próprios movimentos, dando uma pancada com o joelho na perna de uma mesa. Seu rosto se contorce enquanto leva um braço para trás e tenta golpear Tripp com selvageria, mas por muito erra o alvo.

— Meninos, parem com isso! — O sr. Forrest tenta sair de onde está, atrás de sua mesa, mas não olha por onde anda e acaba se enrolando em uma confusão de fios e cabos. Vira para a esquerda, depois direita, mas só piora sua situação e quase cai. — Não levantem a mão um para o outro! — ordena, pulando num pé só enquanto tenta se livrar do emaranhado que criou.

— Belo soco — provoca Tripp, segurando o celular do outro garoto acima da cabeça. Quase todos na sala estão de pé agora, formando um semicírculo ao redor dos dois... exceto Shane, que continua paralisado em sua cadeira. — Quer tentar mais uma vez?

— Se tentar, acabo com você. — Colin faz outra tentativa, em vão, de recuperar o telefone, que Tripp dribla com facilidade. — Você também estava naquela floresta. Você e...

Ele se vira para Charlotte, e Tripp se move com ele.

— Olhos em mim, Colin — diz ele, tirando a capa do celular e a atirando ao chão. Depois lança o próprio aparelho no ar, e o pega com apenas uma das mãos. — Ou posso acabar acidentalmente deixando isto aqui cair no chão enquanto você não está olhando.

— Melhor isso não acontecer, seu assassino — rosna o outro. — Bando de psicopatas malucos que se acham os melhores, vocês três. Acham que podem matar um professor sem nenhuma consequência.

— Vá se foder! — explode Tripp, os olhos brilhando enquanto transfere o celular de Colin para a mão esquerda e cerra a direita em um punho. Seu rosto transforma-se de súbito em uma máscara rígida, seu mau gênio o dominando a ponto de quase parecer uma pessoa diferente. E por um segundo, apenas uma fração de segundo, posso imaginá-lo perdendo o controle e fazendo algo terrível.

Aquela noção deveria me fazer querer recuar, mas, em vez disso, me catapulta para fora da cadeira. Forço caminho por entre meus colegas com um único pensamento: *pará-lo antes que faça algo que não pode desfazer.*

— Tripp, não! — grita Abby. Os braços dela estão firmes ao redor de Charlotte, que olha furiosa para Colin, como se esperasse incinerá-lo apenas com o olhar. — Vão expulsar você! Ele não vale isso!

— Briga! — grita um menino, e um grupo de outros alunos continua em coro: — Briga, briga, briga, briga!

Mason desliza para fora da sala, provavelmente para procurar ajuda, porque o sr. Forrest é inútil. Ele berra:

— Acalmem-se todos! Neste instante! — A plenos pulmões, enquanto arranca um cabo da tomada na parede em outra tentativa frustrada de se libertar. Um chiado eletrônico assalta a sala, uma menina grita, e Colin e Tripp continuam cercando um ao outro quando finalmente alcanço o segundo.

Tripp leva o braço para trás, e avanço para segurar a manga da camisa dele. Depois disso, tudo acontece ao mesmo tempo: agarro o ar, pois Shane se materializou atrás do amigo para puxá-lo para longe; Colin solta um berro como se fosse uma fera selvagem e cambaleia para a frente com outro soco desengonçado; e, quando me viro para encará-lo, ele está perdendo o equilíbrio e ao mesmo tempo perto demais.

Então a lateral de minha cabeça explode de dor, e desmonto.

— Me explica outra vez. Agora como se eu tivesse cinco anos — pede tio Nick depois de me buscar na enfermaria uma hora mais tarde. Teve que pegar um Lyft, para poder me autorizar a sair da escola e dirigir meu Volkswagen de volta para casa. A enfermeira se recusou a me deixar ir embora sem a presença de um parente adulto, e tio Nick era, de longe, minha melhor opção. A administração já o conhece bem da época em que trabalhou na escola como professor-assistente, e além disso ele é um aluno de mestrado com horário flexível. — Não é para eu contar aos seus pais que você levou um soco na cabeça porque...

— Porque vão ficar descontrolados — termina Ellie, do banco traseiro.

— Não é uma razão boa o suficiente — proclama meu tio. — Você pode estar contundida, Brynn.

— A enfermeira disse que não estou — rebato, embora as palavras exatas dela tenham sido: "Você não está exibindo sintomas neste momento, mas nem sempre aparecem de imediato, então não deixe de ser examinada pelo seu médico". É próximo o bastante da minha versão. — Não é como se eu tivesse desmaiado nem nada.

Assim que caí no chão, tentei me levantar, mas o sr. Forrest, que finalmente se desvencilhara dos fios, não deixou. Pediu que outro professor tomasse conta da turma e me levou à enfermaria com a ajuda de Mason, mesmo que eu tenha insistido que podia chegar lá sozinha. Agora estou com dor de cabeça, e tenho um hematoma na têmpora que meus cabelos prestativamente escondem, só isso.

— Deus do céu — murmura tio Nick, pisando com força desnecessária no freio em um sinal vermelho. — O que diabos está acontecendo naquela escola? Não costumava ser assim.

— Gunnar Fox aconteceu — respondo. — É um parasita enganador, sem credibilidade jornalística nenhuma. — É uma citação exata das palavras de Lindzi.

— OK, mas isso não lhe diz algo? Reabrir essas feridas antigas sobre Will está deixando as pessoas nervosas. Talvez você devesse pedir para o *Motivação* esquecer o caso.

— *Motivação* não é nada parecido com *Não cometa o crime!* — protesto.

— São os seus pais que deveriam fazer esse julgamento.

Ellie deixa escapar um *tsc* decepcionado.

— Está fazendo um ótimo trabalho tentando imitar o papai, tio Nick.

— Minha sobrinha. Levou um soco. Na *cabeça*! — rebate ele.

Minha irmã se inclina para a frente, entre os dois bancos.

— Preciso lembrá-lo do incidente do vaso, tio?

Ele solta um grunhido.

— Ellie. Para. Eu tinha dezesseis anos.

— E eu tinha *seis* — lembra ela. — Mas ainda assim levei a culpa no seu lugar, depois que você deixou o vaso favorito da mamãe cair quando ficou bêbado no churrasco de aniversário do papai.

— Eu não devia ter deixado isso acontecer — admite tio Nick. — Foi um ato terrível e irresponsável da minha parte. E olha só onde fui parar. Acobertando duas adolescentes.

— Pode me deixar fora disso — diz Ellie com arrogância, recostando-se outra vez em seu assento. — Sou apenas uma observadora e ocasional consultora neste drama. Não uma participante ativa.

— Então quer dizer que vai me acobertar, tio Nick? — pressiono.

Há um longo momento de silêncio, durante o qual, suspeito, tio Nick pondera sobre as palavras do anjinho em seu ombro, que insiste que seu irmão deveria ficar sabendo de tudo, contra o diabinho, que lembra a ele que meu pai pode ser um babaca moralista.

— Só se me deixa levar você à emergência para checar que está tudo certo com a sua cabeça — responde ele enfim. — Nada de dirigir até lá.

— Obrigada! — exclamo. Eu lhe daria um abraço... se não quisesse provar minha maturidade fazendo com que ele não acabasse entrando na contramão. — Você é o melhor tio do mundo. Amo você.

— Sou um fraco, é isso que sou — resmunga ele. — Só me prometa que vai manter distância dos envolvidos nessa confusão.

— Prometo — digo, mentalmente cruzando os dedos, enquanto respondo à mensagem preocupada de Charlotte.

Está tudo bem. Mal posso esperar para ir à festa amanhã!

Mas não diga a Tripp que estou indo. Quero que seja surpresa.

CAPÍTULO 13

TRIPP

— Seu pai disse que devíamos começar sem ele. Vai chegar um pouco atrasado para o jantar — comunica a sra. Delgado a Shane, sentando-se à cabeceira da enorme mesa de jantar. Shane e eu estamos um de cada lado dela; estou jantando aqui, e não no bar com minha mãe, e já coloquei o celular no silencioso, para não ter que ouvir as mensagens indignadas dela chegando. — Está ao telefone com Edward. Aquele vídeo não vai continuar no ar por muito mais tempo.

Não sei quem Edward é, mas suspeito que seja um advogado. Os Delgado têm pelo menos uma dúzia deles. Acho que é assim mesmo quando se é dono de uma das maiores empresas de incorporação imobiliária de Boston.

— Ótimo — murmura Shane, deixando o guardanapo cair no colo. Nossos pratos estão cheios de frango assado, vagens e alguma espécie de grãos redondos e fofinhos, tudo preparado pelo chef pessoal dos Delgado. De todas as coisas que o dinheiro pode comprar, poder comer refeições de aparência e gosto tão bons quanto esta aqui, sem precisar levantar um dedo, tem que ser uma das melhores. — Não é nem como se a internet fosse uma coisa infinita.

A sra. Delgado coloca a mão sobre a do filho. É uma mulher elegante, de cabelos escuros e se parece tanto com Shane que é até difícil acreditar que foi adotado.

— Pelo menos ele não usou seu nome — tranquiliza ela. Shane apenas suspira, e a sra. Delgado vira-se para mim. — Obrigada pelo que você fez, Tripp. Sempre foi um bom amigo para o Shane.

Abaixo a cabeça e finco meu garfo no... que quer que seja este grão. Cuscuz, talvez?

— Não foi nada. Eu que deveria agradecer. Teria provavelmente sido expulso se ele não tivesse me arrastado para longe.

Não me tocado daquilo, não de verdade, até cerca de uma hora depois de todo o ocorrido, que poderia ter jogado todo o meu futuro pelo ralo por causa do bosta do Colin Jeffries. Não apenas a Bolsa Kendrick, mas a bolsa que me mantém na Saint Ambrose. Depois de ter suportado doze anos naquela maldita escola, eu teria acabado com um diploma da escola pública de Sturgis. Se é que me aceitariam. Pelo menos já sei quem mandou aquelas mensagens de *assassino*, agora que Colin expôs a mim, Shane e Charlotte na frente da turma de tecnologia midiática inteira.

A sra. Delgado comprime os lábios, que é apenas mais um detalhe que trai a semelhança entre ela e Shane. Em geral, é a única maneira de se saber que estão com raiva.

— Marco e eu jamais deixaríamos isso acontecer — diz, com a confiança absoluta de alguém que sempre consegue o que quer. — Mas certamente faremos pressão para que seja este o destino de Colin Jeffries. Nunca deveriam ter permitido que entrasse na Saint Ambrose, para começo de conversa. — Toma um gole do vinho e acrescenta: — E como está a coitada daquela menina? Brianne, era esse o nome dela? — A sra. Delgado raramente presta atenção aos alunos da escola que não são amigos de Shane. Ela e Charlotte têm um bocado em comum nesse sentido.

Shane não se dá ao trabalho de corrigi-la.

— Charlotte disse que ela está bem.

— Você também devia perguntar — encoraja a mãe, com gentileza. Está falando com Shane, mas uma onda de vergonha quente me percorre. *Eu* deveria perguntar como Brynn está, levando-se em consideração que o soco tinha sido dirigido a mim. Mas venho evitando fazê-lo, porque enviar uma mensagem a Brynn parece o mesmo que abrir uma porta que deve permanecer fechada. Ela me desequilibra de uma maneira que detesto.

— Eu vou — responde Shane.

— Agora. — A sra. Delgado corta uma vagem ao meio. — Acho que podemos quebrar a nossa regra de celulares proibidos à mesa para que você possa agir como um cavalheiro.

— Está bem. — Shane suspira e tira o telefone do bolso. — Mas preciso pegar o número dela com Charlotte primeiro. Não o salvei.

Aí basta; também não posso ser o único babaca que não vai perguntar como Brynn está. Pego meu celular, ignorando a montanha de mensagens de Lisa Marie, e abro meus contatos. *Brynn Gallagher* continua lá, mas é completamente possível que ela tenha me deletado há muito, ou que use um número diferente agora. Para garantir, escrevo: *Oi, é o Tripp. Desculpa pelo que aconteceu hoje, espero que você esteja bem.*

Pronto. Cortesia cumprida.

O sr. Delgado entra na sala naquele momento, os cabelos prateados luzindo sob a luz do lustre. É pelo menos vinte anos mais velho do que a mulher, mas incrivelmente bem-cuidado para um homem na casa dos sessenta anos. Eu e ele às vezes jogamos squash no country club do qual os Delgado são sócios, e ele jamais perde o fôlego.

— Perdão, Laura — diz, dando um beijo na bochecha dela. — Demorou mais do que pensei que demoraria.

— Tudo certo?

— Edward vai entrar com um processo de difamação contra aquele pilantra de Las Vegas. — Ele se senta ao lado do filho. Sempre gostei do fato de que, apesar dos Delgado terem uma mesa ridiculamente enorme para uma família de três pessoas, eles nunca se sentam longe uns dos outros. — Isso deve fazer com que ele nos deixe em paz.

A sra. Delgado parece ter mais perguntas a fazer, mas tudo que diz é:

— E o vídeo foi tirado do ar?

— Logo será — responde o marido, as narinas dilatadas. Posso ver que é incrivelmente frustrante para ele que não possa simplesmente fazer tudo aquilo desaparecer com um cheque.

Meu celular vibra no bolso, e por alguma razão tenho certeza de que é Brynn. Seria grosseiro ignorá-la depois de um acidente, de modo que violo a política contra celulares à mesa dos Delgado uma segunda vez, para olhar as mensagens. E de fato ela me enviou uma foto, fazendo uma careta e segurando os cabelos para trás, expondo o hematoma impressionante na lateral da cabeça. *Devia ter sido você,* escreveu.

Não sei se me retraio de vergonha ou rio. O machucado não é engraçado, obviamente, mas a expressão dela é, e está evidente que se sente bem o bastante para mexer comigo. *Foi mal,* respondo.

Quer se redimir?

É uma pergunta pesada. *Como?*

Falei com o sr. Solomon, e ele me convidou para passar na casa dele amanhã às 14h. Você pode ir também?

Meus ombros relaxam. Não é como escolheria passar minha tarde de sábado, mas podia ser bem pior. *Com certeza,* envio.

CAPÍTULO 14

TRIPP

— Talvez eu tenha exagerado um pouquinho — diz Brynn quando entro em seu Volkswagen no dia seguinte. O carro está tão limpo que teria pensado que tinha acabado de sair da concessionária, não fosse pelo fato de que não tem aquele cheiro de automóvel novo. Quem quer que seja que normalmente ocupa o banco do passageiro (Ellie, provavelmente), é muito mais baixo do que eu, então tenho que empurrá-lo todo para trás. Feito isso, viro para procurar o cinto de segurança.

— Sobre o quê? — pergunto.

— Bom, tecnicamente não falei com o sr. Solomon. Deixei uma mensagem de voz.

Paro no meio do movimento.

— Você deixou uma... espera. Está me dizendo que ele não sabe que estamos a caminho? Vamos simplesmente aparecer lá de surpresa?

Um alerta vermelho começa a piscar e tocar no painel de controle de Brynn enquanto ela começa a sair para a rua outra vez.

— Você tem que colocar o cinto direito — diz ela com toda a calma. — E sim, é isso que estou dizendo.

— Não podemos — protesto.

— Por que não? Você disse que ele o convidou. Além do mais, pode ser que nunca nem ouça as mensagens. Muita gente não ouve, e aí o que seria de nós?

— Não seríamos inconvenientes, para começo de conversa.
— O alarme está me enlouquecendo, encaixo o cinto de segurança no lugar ainda que tivesse preferido poder estar fora daquele automóvel. — Sabe, para alguém que me chamou de mentiroso, você com certeza gosta de brincar com a verdade.

— Não chamei você de mentiroso. Chamei de *péssimo* mentiroso.

É, chamou, e vem me incomodando desde então. Por que ela diria algo assim? Talvez estivesse apenas procurando uma desculpa para me abalar, o que parece ter prazer em fazer. Acho que não posso culpá-la, e não é como se fosse perguntar. De modo que acabo apenas dizendo de maneira mal-humorada:

— Não teria vindo se soubesse disso.

— Você me deve uma. Tomei um soco no seu lugar. — Ajeita o gorro de tricô, que está tão afundado na cabeça dela que é impossível ver se o hematoma ficou pior. Ela parece perfeitamente saudável, porém as bochechas estão rosadas do frio e os olhos vívidos.

Observações essas que são feitas de maneira clínica e distanciada, só para garantir que eu não esteja sendo conduzido por uma pessoa contundida, e não por qualquer outra razão.

— Você não devia ter estado tão perto de mim naquela situação — rebato, antes de me dar conta de que é a coisa mais babaca que poderia dizer, culpar a vítima por ter levado um soco. Além do mais, me lembro de sentir a mão de Brynn roçar minha manga logo antes de Shane me puxar para longe. Ela estava lá porque queria me impedir de cometer um grande erro. — Foi mal. Não devia ter dito isso. Só estou...

Abalado. Você me abala, Brynn. Sempre abalou.

— Tudo bem — desconversa ela, abanando a mão. — Águas passadas. E sei que estou forçando um pouco a barra com o sr. Solomon, mas seria legal ter algo positivo para apresentar à sra. Kelso na segunda-feira. Ela teve uma semana pesada.

— Como assim?

— Bom, primeiro teve o incidente com a pintura do sr. Larkin. Aquilo a deixou muito chateada. Foi ela a encarregada da pintura, então se sente responsável pelo que aconteceu porque não a guardou em algum lugar mais seguro. Tinha deixado o quadro nos fundos do auditório, onde qualquer um poderia entrar. Mas, fora isso, quando pedi o número do sr. Solomon ontem, ela mencionou que alguém havia destruído todos os cartazes que ela fez para o comitê.

— Jogaram no lixo?

— Não. Riscaram o rosto do sr. Larkin em todos eles. Bom, *riscar* parece até uma coisa inofensiva, não parece? Mas foram tipo... riscos fortes em vermelho, cheios de raiva.

— Mas que merda. — Fico quieto por um momento, absorvendo a informação. — Alguém realmente não gostava do sr. Larkin, hein?

— A sra. Kelso acha que na verdade tem a ver com ela.

— Sério? — pergunto. Não consigo imaginar; a sra. Kelso é como se fosse a avó favorita de todos. Nem a autoproclamada ralé mexe com ela. — Por que ela pensaria isso?

— Acho que ela não consegue aceitar que alguém odiaria o sr. Larkin a esse ponto. — Brynn vira na Spruce Road, a longa e sinuosa rua que vai dar na casa do sr. Solomon. A maioria dos alunos de Sturgis sabe onde ele mora porque a casa fica colada no campo de futebol, e sempre passávamos por ela quando íamos comprar sorvete após os treinos. Ele costumava trabalhar no seu jardim durante os fins de semana, e acenávamos sempre que o encontrávamos do lado de fora. — Ainda mais porque já fazem quatro anos que ele morreu. Quero dizer, *você* consegue pensar em algum outro motivo?

Não gosto da maneira como faz aquela pergunta; como se houvesse uma resposta sinistra da qual apenas eu tenho conhecimento.

— Não — é só o que respondo, e me ajeito no banco para olhar para fora da janela.

Dirigimos em silêncio até Brynn passar por uma caixa de correio com o número 39 estampado nela e dizer:

— Chegamos. — Ela desacelera e vira na entrada que leva até a casa. Fecho o quebra-sol, esperando ver o mesmo pequeno bangalô imaculado do qual me lembro, mas não é o que está diante de nós. O quintal está repleto de ferramentas jogadas, entulho e uma lona azul semicoberta de gelo. Os canteiros sob as janelas e dois vasos grandes que margeiam a escada que leva à porta da frente estão cheios de plantas mortas. — Hum... temos mesmo certeza de que ele ainda vive aqui? — pergunta Brynn, estacionando ao lado de uma picape preta enferrujada.

— *Nós* não temos certeza de nada. Você é que inventou esta excursãozinha. — Ela morde o lábio, parecendo preocupada o suficiente para me abrandar, e respondo: — Sim, ele ainda vive aqui. É a picape dele.

— OK, bom... lá vai.

Saímos do carro e nos aproximamos dos degraus, passando por cima de uma confusão de tijolos soltos que parecem já estar ali há algum tempo. Brynn aperta a campainha amarelada, e um som alto ressoa. Aguardamos em silêncio por um minuto, e depois ela tenta novamente. Desta vez, ouço um barulho alto vindo de algum lugar lá dentro, mas ninguém abre a porta.

— Sr. Solomon? — chama Brynn, levando a mão em concha aos olhos para tentar enxergar através da vidraça empoeirada ao lado da porta. — É Brynn Gallagher, da Saint Ambrose. O senhor está em casa?

— Se está, não quer falar com você — digo enfim. — Vamos embora.

— Ainda não — insiste. — Posso jurar que ouvi alguém lá dentro. Talvez devêssemos tentar a porta dos fundos. — Ela não espera por uma resposta, apenas desce os degraus e circunda a casa. Após um momento de hesitação, eu a sigo.

O quintal dos fundos do sr. Solomon está em um estado ainda pior do que o jardim, com meia dúzia de carrinhos de mão enferrujados abandonados e vasos de plantas formando pilhas tão altas que estão envergados de maneira perigosa. Aquele espaço costumava ser aberto quando éramos crianças, mas agora está circundado por uma cerca baixa de madeira. Brynn está parada diante do portão, a testa franzida enquanto se atrapalha para abrir o trinco.

— O que você tá fazendo? — chamo, apressando o passo. — Não pode simplesmente sair abrindo as coisas.

— É o único jeito de chegar até a porta — explica, a cabeça abaixada. — Mas não entendo como isto funciona.

Tinha me esquecido de como Brynn é um caso perdido para tudo que requeira senso espacial.

— Você puxa e levanta — respondo, abrindo o trinco. — Mas não acho...

Um clique alto ressoa da direção da casa. A mão de Brynn agarra a minha, tão forte que chegar a doer. Está completamente rígida, olhos fixos à frente. Quando sigo seu olhar, me encontro fitando o cano de uma espingarda.

— Merda — murmuro em um sopro. Meu coração dá um pulo, cheio de pânico, e minha boca fica seca. Nunca tinha visto uma arma antes, a não ser as expostas em museus. Esta, mesmo a seis metros de distância, parece ter o tamanho de um canhão e ser letal. Meia dúzia de pensamentos guerreiam por espaço em minha mente ao mesmo tempo. *Vou sentir falta de Regina e Al. Não vejo minha mãe faz dois anos. Nunca cheguei a sair de Sturgis. Nunca me redimi de nenhuma das coisas erradas que fiz, e nunca me desculpei com...*

— Brynn — chamo, a voz rouca. — Sinto muito.

— Pelo quê? — sibila ela, apertando minha mão com ainda mais força. — Sabia que isto ia acontecer?

— Não, eu só... — Não sei como terminar a frase. Segundos se passam sem haver qualquer som, exceto o de nossa respiração, e meu campo de visão se expande para incluir o homem diante de nós. É baixo e tem cabelos brancos, veste uma camisa xadrez de flanela que é grande demais para sua estatura, e mesmo que metade de seu rosto esteja escondida pelo cano da arma, meus batimentos cardíacos desaceleram ao processar quem é ele.

Jamais teria esperado que o sr. Solomon fosse apontar uma arma para qualquer pessoa, então a situação toda é nova para mim, mas estou razoavelmente confiante de que ele não vai apertar o gatilho.

— Sr. S! — chamo. — É o Tri... Noah Talbot. O senhor me convidou para vir, lembra?

— Ladrões! — ruge ele. — Acham que podem entrar de fininho e levar o que é meu?

— Não. Com certeza não. — De alguma forma, sem sequer ter me dado conta, tinha levantado a mão que Brynn não estava segurando, como se fosse um antigo caixa de banco sendo roubado. — Só queremos conversar com o senhor.

— Ladrões malditos, invasores — rosna o idoso. Então abaixa a arma apenas um pouquinho, como se tivesse enfim registrado as minhas palavras. — Espere. Noah? — indaga, ainda desconfiado. — É você?

— Sou eu — confirmo. — Será que o senhor pode terminar de abaixar a arma?

Ele ignora o pedido e aponta com a cabeça para Brynn com rispidez.

— Quem é essa?

Brynn responde:

— Brynn Gallagher, sr. Solomon. Estudei na Saint Ambrose, o senhor se lembra?

— Não — responde ele com brusquidão. Mas enfim abaixa a espingarda, e eu e Brynn soltamos o fôlego de maneira audível. — Por que estão tentando invadir o meu jardim?

— É, Brynn, por que você está tentando invadir o jardim dele? — resmungo, o que me rende um olhar feio.

— Bem, na verdade, sr. Solomon, nós queríamos falar com o senhor sobre jardins. — Ela olha ao redor, para as ruínas do que costumava ser grande razão de alegria e orgulho para o idoso. — A escola está planejando construir um em homenagem ao sr. Larkin, tipo um memorial. Eu e Tripp... quer dizer, eu e Noah... estamos encarregados das plantas, mas não sabemos o que escolher. Não sabemos o que é melhor para um projeto assim. — O sr. Solomon apenas a encara, sem mover um músculo, e Brynn me lança um olhar desamparado. Não sei o que ela achou que aconteceria, mas tenho certeza de que não imaginava que estaria fazendo perguntas aos gritos a um homem armado com apenas uma cerca no caminho. — Então pensamos em vir falar com o senhor. — Não é uma pergunta, exatamente, mas sua voz se eleva de maneira esperançosa no final.

— Estou ocupado.

— Ah, sim. Nós devíamos... eu devia ter ligado. Bom, eu liguei, mas... enfim. Será que podíamos voltar? Outra hora, quem sabe?

— Vocês podem voltar — responde o idoso, a voz se abrandando enfim. — É sempre bom ver os meninos da Saint Ambrose. Mas não vou falar sobre jardim maldito nenhum.

— Não? — pergunta Brynn, incerta, olhando ao redor, para a ruína que é o quintal do sr. Solomon. — O senhor não, é, gosta mais de jardinagem?

— Gosto — responde ele. Os olhos de Brynn voam para mim, cheios de confusão.

Dou de ombros, dizendo apenas com movimentos labiais: *Ele não está completamente são.*

Ela finalmente nota que ainda está segurando a minha mão, e a solta como se a estivesse queimando, o que me deixa irritado por não ter tido a chance de largar primeiro.

— Eu talvez não tenha explicado direito — tenta outra vez. — O jardim é uma homenagem ao sr. Larkin, para celebrar...

— Eu sei o que é um jardim memorial — interrompe o sr. Solomon. — E não estou interessado em ajudar vocês com este. — Ele coloca a arma debaixo do braço e se vira na direção da porta, dizendo por cima do ombro: — Cuide-se, Noah. Vejo você na confeitaria.

— Que diabos? — murmura Brynn. Ela eleva o tom de voz para perguntar: — Por que não?

O sr. Solomon já está na porta, e em um primeiro momento acho que vai ignorá-la. Mas em vez de começar a girar a maçaneta, ele para com uma das mãos no corrimão e meio que vira o corpo para nos encarar.

— Porque aquele filho da mãe teve o que merecia — responde. Depois entra e bate a porta trás dele.

CAPÍTULO 15

BRYNN

— Ele disse *o quê?* — questiona Nadia.

Estamos jogando pingue-pongue em meu porão sábado à tardinha, Nadia e eu contra Mason e Ellie. Minha irmã está fazendo uma pausa em seu treino de flauta, e o restante de nós está matando tempo, porque embora eu não tenha certeza do horário que começa uma festa na casa de Charlotte Holbrook, uma vez que ela não se deu ao trabalho de me dizer, estou bastante certa de que não seria às 20h.

— Aquele filho da mãe teve o que merecia — repito.

Ellie joga a bola de volta para o lado de Nadia, e me atiro para rebater a jogada, porque a outra menina está me encarando boquiaberta. Não consigo, e a bola sai voando da mesa. Tio Nick está sentado a poucos metros de nós, percorrendo a coleção de discos antigos de meus pais, porque também vai a uma festa, e o tema é vinis da década de 1980. Ele se inclina para um lado, pega a bolinha de um canto e a atira para mim.

— Tem certeza de que era mesmo do Will que ele estava falando? — pergunta meu tio.

— Não sei de quem mais poderia ser — respondo, entregando a bola para Mason sacar.

Mason a pega de mim, mas não faz menção de recomeçar o jogo.

— Talvez estivesse confuso. Você disse que não a reconheceu, certo? — diz.

— Certo. Também não pareceu ter reconhecido Tripp num primeiro momento. Mas aí viu quem era, e ficou tudo bem depois disso, acho. Até ele... dizer o que disse.

— Que horrível — exclama Nadia. — Coitado do sr. Larkin. Primeiro o quadro, agora isso. Esta semana inteira foi uma afronta à memória dele.

Ellie dá tapinhas na palma da mão com a raquete de pingue-pongue, pensativa.

— Vocês acham que é possível que não conhecessem o sr. Larkin tão bem quanto acham? Talvez ele não fosse uma pessoa totalmente bacana o tempo inteiro.

Eu lanço um olhar feio em sua direção. É a única pessoa no porão, fora tio Nick, que sabe sobre meu estágio, e é a única que sabe a respeito do comentário de Ramon d'Arturo sobre nosso professor ter sido um suposto *buraco negro*. Ela está fazendo insinuações próximas demais a coisas que ainda não estou pronta para compartilhar.

— Eu o conhecia bastante bem — afirmo. — E todo mundo na Saint Ambrose o adorava. Inclusive o sr. Solomon.

Tio Nick se agacha, um álbum da banda Blondie em uma das mãos.

— Não coloque o Will num pedestal tão alto, Brynn. Era um ser humano como todos nós. Ele também criava confusão com as pessoas às vezes.

— Confusão? — repito. — O que quer dizer com isso?

— Você sabe. — Tio Nick continua a procurar pela pilha, até retirar um álbum do Simple Minds de lá. — Iiiiissso. Boa — exclama, alegremente. — "Don't, don't, don't, don't, don't you forget about me."

— Nerd — diz Ellie.

Limpo a garganta.

— Na verdade, *não* sei não — respondo. Tio Nick apenas pisca, confuso, para mim, nitidamente tendo perdido o fio da meada de nossa conversa anterior, de modo que acrescento: — O que você quis dizer quando disse que o sr. Larkin também podia criar confusão com as pessoas?

— Que ele discutia. Perdia a paciência — explica meu tio. — Não com vocês — retifica quando ergo as sobrancelhas. — Mas com pais de alunos. Eu escutava às vezes, quando estava ajudando nos deveres de casa. Em algumas ocasiões, chegava até a virar gritaria.

— Gritaria? — indaga Nadia. — Com quem?

— Na maioria dos casos, eu não saberia dizer quem. Estava tentando cuidar da minha vida. Mas vi Laura Delgado sair batendo a porta em mais de uma ocasião.

— A mãe do Shane? — pergunto. Não conheço bem a sra. Delgado, mas todas as vezes que a vi, ela sempre me pareceu uma pessoa polida e serena. — Nunca a classificaria como uma pessoa explosiva.

— Não era ela quem fazia a gritaria — emenda tio Nick. — Mas meu ponto é que já a vi sair de lá irritada. Will tinha um certo dom para provocar as pessoas. Talvez toda essa atenção da mídia esteja reabrindo velhas feridas. — Então parece se dar conta do que acabou de dizer (*toda essa atenção da mídia*, inclusive a potencial cobertura do *Motivação*, a respeito da qual ninguém mais sabe, exceto Ellie), e se apressa em continuar: — Ou vai ver você só calhou de pegar o sr. Solomon em um dia ruim. Ficar velho é uma droga, ou pelo menos é o que ouvi dizerem. — Ele se levanta, fazendo uma careta quando alguma articulação estala, e Ellie abre um sorriso torto.

— Machucou as costas, vovô Nick?

— Ah, vai tocar Mozart — rebate ele. — É isso, estou de saída. E vocês?

Olho para o relógio na parede; mal são 20h30.

— Acho que ainda está cedo demais.

— Um de vocês vai ficar sem beber para poder dirigir, certo? — indaga ele, naquele tom semiaustero que acha que o faz soar como meu pai.

Nadia tira a bola da mão de Mason e a deixa quicar com habilidade na raquete.

— Eu — diz ela. — Sempre.

Mason parece não ver a hora de ir embora do meu porão.

— Do jeito que você fala, até parece que todo fim de semana temos uma festa para ir. Esta vai ser a nossa primeira do *ano inteiro.*

— Hoje é dia 8 de janeiro — ela lembra a ele.

— Estava incluindo o Ano-Novo na equação.

— Bom, não inclua — rebate Nadia. — Ano novo, ficha social nova.

É possível que, em nossos esforços para parecermos muito ocupados e importantes para dar as caras cedo, tenhamos acabado chegando algumas horas atrasados.

— Bom, que animado — comenta Mason quando a casa enorme de estilo contemporâneo de Charlotte entra em nosso campo de visão ao fim da longa entrada. A parte da frente da construção é quase inteiramente feita de janelas, e todos os cômodos estão abarrotados de pessoas conversando, bebendo e dançando.

— Não vão deixar você entrar com essa atitude — escarnece Nadia.

— Imagino que os pais dela não estejam em casa — comento, que é outro detalhe que Charlotte deixou de mencionar.

— Acho melhor eu ficar por aqui — diz Nadia, desacelerando o carro até parar. — Parece que as pessoas estão bloqueando umas às outras, e não quero ficar presa. Vou estacionar na grama mesmo. — Há carros estacionados de ambos os lados da entrada que dá na casa, e Nadia adiciona a caminhonete Subaru ao fim da fila.

Eu me inclino para a frente de onde estou no banco traseiro para dar tapinhas nos ombros de meus amigos.

— Está bem. Vamos ver o que uma festa da elite tem a oferecer.

— Só se você parar de usar esse termo — diz Nadia.

Mason faz beicinho enquanto sai do carro.

— Para de ficar controlando nosso vocabulário.

Seguimos pelo restante da entrada, serpenteando em meio aos carros estacionados perto demais uns dos outros. Quando alcançamos a casa, todos paramos, olhos sondando a frente. Nadia é a primeira a perguntar:

— Cadê a porta?

É uma pergunta justa, pois tudo parece ser feito de janelas gigantes. Então um garoto irrompe lá de dentro, seguindo na direção de uma das vidraças, e a empurra para fora. Mal consegue passar por nós, antes de cair de joelhos e vomitar em um arbusto. Música reverbera da porta aberta enquanto Mason segura o cabo fino de prata que faz vezes de maçaneta e diz:

— Valeu pela ajuda.

— Não devíamos socorrê-lo? — indaga Nadia, olhando por cima do ombro.

Franzo o nariz.

— Com o quê?

O menino se levanta então, ainda segurando um copo de plástico, e acena para nós enquanto cambaleia porta adentro outra vez.

— Este — fala com a voz arrastada — foi um pouco demais.

— Começo auspicioso — comenta Mason. — Vamos.

A primeira coisa que noto ao sermos absorvidos para dentro da multidão é que não estamos vestidos corretamente para a ocasião. Bem, Nadia e eu não estamos. Os garotos usam suas roupas casuais de sempre, mas a maioria das meninas ostenta vestidos de festa bonitos. Algumas estão de salto, mas a maior parte está descalça, como se tivessem chutado seus sapatos para longe já faz algum tempo.

— Abby — chama Nadia, e viro para ver Abby Liu encostada contra a parede em um vestido curto vermelho, se abanando. — Você está bonita hoje. O traje para festa era semiformal?

Se Abby fosse um tipo diferente de pessoa, poderia ter aberto um sorriso de escárnio diante do fato de que somos obviamente convidados de segundo escalão, mas ela sorri de maneira gentil.

— Ah, não, é só uma coisa que algumas de nós resolvemos fazer de brincadeira. Com que frequência podemos nos arrumar assim, não é? — Ela volta a se abanar. — Eu estava indo pegar algo para beber. Vocês querem alguma coisa?

— Quero — diz Mason, fazendo que sim com a cabeça de maneira entusiasmada. — Ia gostar muito de beber alguma coisa.

— É lá na cozinha. Venham comigo.

Dou um tapinha no braço de Nadia.

— Podem ir na frente. Vou procurar um banheiro. — Meus amigos vão com Abby, e caminho em meio à multidão, até avistar uma longa fila de meninas em um corredor, o que só pode significar uma coisa. Eu me junto a elas com um suspiro, pensando em como a vida deve ser tão mais fácil quando se pode simplesmente sair e encontrar uma árvore qualquer. Quando termino o que tenho que fazer e chego à cozinha, meus amigos não estão lá.

Mas Charlotte está. Usa um vestido bronze de brilhos, seus cabelos estão presos de um lado com uma presilha de cristais. Pega o líquido vermelho de uma tigela de cristal com uma concha e coloca-o em copos, e quando me avista, acena e me oferece um deles.

— Ponche?

— Obrigada — digo e apanho o copo. — A sua casa é incrível.

— Ah. — Charlotte pisca os olhos para a cozinha ao redor (que é o dobro do tamanho da minha e tem tudo de ponta) como se nunca tivesse parado para pensar naquilo. — É, é legal. — Não consigo deter o suspiro divertido que solto, e os lábios dela se curvam em um pequeno sorriso. — Me expressei mal. Só queria que ficasse um pouco mais perto da escola, às vezes. Tenho inveja das pessoas que podem voltar para casa para almoçar rapidinho.

Nunca *voltei para casa para almoçar rapidinho* na vida. Mas ela foi simpática comigo a semana inteira, de modo que respondo:

— Bom, se você estiver desesperada, pode sempre dar uma passada lá na minha casa.

— Na sua casa? — Charlotte parece perplexa com a ideia, como se não tivesse lhe ocorrido até aquele momento que minha existência tem continuidade, mesmo quando não estou ao alcance de sua vista. Então volta a vestir a máscara de anfitriã e diz: — Você é um doce.

Eeeeee, termina nossa interação.

— Tripp está por aí?

— Está — responde ela, servindo mais ponche. — Mas eu não sairia procurando por ele agora se fosse você. Está tendo uma noite ruim.

— Uma noite ruim? Como assim?

Charlotte fita criticamente a fileira organizada de copos diante dela com olhos estreitados. Parecem todos ter a exata mesma quantidade de líquido, mas ela enche dois deles até o topo. Depois, franze a testa e entorna o conteúdo de um de volta no recipiente de cristal.

— Não é fácil, sabe.

— O que não é fácil? — pergunto, minha paciência se esvaindo diante de sua conversa vaga.

Charlotte parece se dar conta, e finalmente nossos olhares se encontram de verdade.

— Ver o que vimos. Aquele dia. Nunca vai embora.

— Ah — exclamo, surpresa diante da franqueza da menina e um pouco envergonhada que eu a tenha forçado. Às vezes me perco no modo repórter e esqueço que estou lidando com pessoas de verdade. Tomo um longo gole do ponche, que não é doce o suficiente para mascarar o alto teor alcoólico. — Sim, é evidente.

— Todos têm um jeito único de lidar com os problemas — continua Charlotte. — O do Tripp é às vezes beber um pouco demais quando algo o abala. — O rosto dela se endurece. — Algo como um jardineiro idoso que se transforma numa total fera selvagem.

— Ele contou sobre o sr. Solomon, né?

— Contou. E eu disse a *ele* que acho que fazer parte desse comitê é uma péssima ideia. — Ela me lança um olhar rascante, como se tivesse sido eu quem o recrutara. — Com ou sem bolsa.

— Que bolsa?

— Não sei como se chama — responde Charlotte. Óbvio; não precisa saber coisa alguma a respeito de bolsas escolares vivendo em uma casa como esta. — Mas um dos principais requisitos é serviço comunitário, então... — Ela para de falar quando um grupo de garotas ataca a fileira organizada de copos com ponche. — Uma de cada vez, por favor — protesta ela, e aproveito a oportunidade para me esgueirar para longe.

Olho o celular e vejo uma mensagem de texto de Mason que diz *GORFF ESTÁ AQUI E EU O AAAMO*, de maneira que tenho que presumir que (1) Mason, que notoriamente já fica bêbado com nada, andou mergulhando no ponche sem cerimônia, e (2) encontrou sua paixonite, Geoff. Avisto o suéter rosa de Nadia dentro de um aglomerado de garotas e decido que meus amigos estão se virando bem sozinhos, por ora.

Começo a caminhar pela casa. Um cômodo com enorme teto abobadado e uma televisão gigantesca na parede parece ser onde as pessoas estão bebendo com mais vontade, mas se Tripp está tendo uma noite ruim, não estará no meio de uma multidão. Não conheço a versão atual de Tripp tão bem assim, mas sei onde meu antigo amigo estaria. Saio da casa, tremendo sem o casaco que deixei em uma pilha em algum lugar da mansão, e olho ao redor para os grupos muito menores de pessoas espalhados pelo espaçoso quintal de Charlotte.

Há uma piscina coberta, uma fonte e uma espécie de garagem de aparência imaculada que é praticamente uma pequena casa. A construção é circundada por uma grade de ferro forjado com pilastras brancas em intervalos regulares, todas do mesmo tamanho e formato, menos a mais distante. Quando me aproximo, a irregularidade se transforma na silhueta de uma pessoa. Tripp está sentado no topo da plataforma estreita, as pernas balançando e a mão esquerda segurando uma garrafa quase vazia de uísque.

Paro ao pé da pilastra e grito:

— Como foi que você subiu aí?

Tripp pisca os olhos lentamente para mim, e estou quase certa de que não me viu chegar.

— Escalei — responde. Está sem casaco e a bainha da camisa social azul está metade para fora da calça, as mangas arregaçadas. Os cabelos louros bagunçados parecem prateados sob o luar; suas feições obscurecidas são finas e angulosas como as de uma estátua. *Ele é lindo,* penso, antes de forçar o pensamento para longe e o substituir com uma descrição mais apropriada. *E está muito, muito bêbado.*

— Charlotte me disse que você está tendo uma noite ruim.

— Charlotte está enganada — rebate Tripp, tomando um longo gole da garrafa. Quando termina, mal restam três centímetros de líquido lá dentro. — Estou tendo uma *ótima* noite.

— Já pensou em como vai descer daí?

Ele dá de ombros, despreocupado.

— Pulando.

— Você está a pelo menos três metros do chão.

— E tenho 1,80m de altura, então... — Dá de ombros outra vez. — Só tenho que pular mais um metro e pouco.

— Não é assim que as coisas funcionam.

Tripp termina o uísque e aponta a garrafa para mim.

— Você é divertida em festas, Gallagher. Sempre soube que seria.

— Só estou tentando... — Engulo o ar, surpresa, meu coração dando um salto para dentro de minha garganta quando Tripp de repente se lança para fora da coluna. Por um segundo não consigo nem respirar, aguardando pelo ruído terrível que certamente se seguirá, mas ele aterrissa de pé sem sequer estremecer, a garrafa ainda na mão. Ele a deixa no chão antes de fazer uma reverência profunda, e o fato de ainda assim não perder o equilíbrio me faz explodir de raiva. — Babaca! — exclamo, dando um soco no ombro dele. Que provavelmente dói mais em mim do que nele, porque Tripp é *sólido.* Agito a mão e me afasto, olhando feio para ele. — Você me assustou.

Tripp tira os cabelos da frente dos olhos.

— Por quê?

— Podia ter quebrado a perna! Ou coisa pior. E aí...

— Não — corta Tripp, avançando na minha direção, até estar perto o suficiente para me tocar. É quase 30cm mais alto do que eu, e tenho que levantar a cabeça para conseguir enxergar o rosto dele. — Estou perguntando por que você se importa? — Não respondo imediatamente; as palavras me escapam, por alguma razão. Ele continua: — Você não me suporta.

— Não é verdade — digo de maneira automática, porque é o que se diz a uma pessoa bêbada que está exibindo comportamento autodestrutivo. Demoro alguns segundos para me dar conta de que não estou mentindo.

— Devia ser.

Estudo o rosto dele. Parece cansado e infeliz; não há nem resquício da raiva visceral que vi quando quase socou Colin Jeffries. *Aquele não é ele*, penso, e depois forço o pensamento para longe, pois como posso saber, de verdade? Será que fomos um dia de fato amigos, se foi tão fácil para ele me rejeitar? Mas o comentário casual de Charlotte a respeito da bolsa continua rondando meu cérebro, me lembrando de como a vida na casa de Tripp sempre foi, e deve continuar sendo, tão precária, não importa quão estável e forte ele pareça na superfície.

De súbito não compreendo mais por que estou aqui. Bem, *compreendo* por quê, uma missão de reconhecimento para Carly, mas não me parece mais correto. De maneira alguma poderia lhe contar sobre esta conversa; não posso entregar a dor de Tripp a ela de bandeja assim, como se fosse apenas mais uma entrevista. Mas ainda há uma coisa que eu gostaria de saber, para minha própria paz de espírito:

— Por que você se desculpou?

Ele franze a testa.

— O quê?

— Hoje, na casa do sr. Solomon. Você pediu desculpas.

— Certo. Pedi.

— Pelo quê?

A voz de Tripp está firme, e se não tivesse visto provas abundantes de que não era o caso, teria quase acreditado que está sóbrio.

— Pelo que disse no oitavo ano. Na aula de educação física. Foi tudo mentira. O que você já sabe, obviamente. — Ele solta uma risada sem humor. — Sou *péssimo mentiroso.*

— Então por que você disse aquilo?

— Porque... — O pomo de adão sobe e desce uma vez, depois duas, enquanto ele olha para o chão. — Precisava que você me odiasse.

— Por quê? Porque você decidiu, do nada, que *você* precisava *me* odiar na época?

Tripp olha para cima então, seus olhos capturando os meus.

— Não, Brynn. Eu não odiava você na época. E não odeio você agora. — Enuncia cada palavra devagar e com todo o cuidado, como se precisasse se certificar de que não estou entendendo errado. — Nem um pouquinho.

— T! — A voz ressoante atrás de nós me faz pular de susto. Viro e vejo Shane vindo em nossa direção, com um sorriso enorme e uma expressão determinada estampada no rosto. — Está na hora de voltar lá para dentro, não acha não, parceiro? — Dou um passo atrás, um pouco sem graça por conta de minha proximidade com Tripp, e Shane me cumprimenta com um aceno rápido de cabeça. — Oi, Brynn, e aí? Pode deixar comigo agora.

— Deixar o que com você? — pergunto.

— Tripp não está num bom dia — responde o menino, soando como um eco da namorada enquanto levanta a garrafa vazia de Tripp do chão com dois dedos. A mão livre se fecha ao redor do bíceps do amigo. — Você não pode levar nada do que ele disser agora muito a sério.

— Nós estávamos só conversando — digo, me sentindo estranhamente defensiva. Tento encontrar os olhos de Tripp, mas ele está fitando o chão outra vez.

— Não, total, eu entendo — responde Shane. — Mas a hora de conversar acabou, OK?

Não espera uma resposta antes de levar Tripp para longe.

CAPÍTULO 16

TRIPP

Minha mãe enfim me venceu pelo cansaço, mas não o suficiente para que eu chegue na hora.

Estou exatamente quinze minutos atrasado para encontrar Lisa Marie no bar Shooters domingo à noite, porque fiz um pacto comigo mesmo. Se ela já não estiver me esperando lá (e não estará, porque nunca chega na hora), vou embora. Já tenho a mensagem de texto pronta na minha mente: *Desculpe, não pude esperar. Nos vemos da próxima vez que você estiver pela cidade.* Depois irei para casa, para me atirar na cama, porque minha cabeça ainda está latejando por causa de ontem na casa de Charlotte.

Da qual mal consigo me lembrar, tirando a parte em que quase contei a Brynn... o quê? Demais? Tudo? Ainda bem que Shane interveio a tempo.

Sabia que não devia ter mandado aquela mensagem a Brynn. Aquele momento de fraqueza depois que Colin a socou só me causou problemas.

Enfim, é bom ter um plano concreto quando se trata de minha mãe. De modo que fico irritado quando a recepcionista do restaurante me guia até uma mesa onde Lisa Marie parece estar aguardando há algum tempo, julgando pela garrafa de cerveja quase vazia diante dela. Não apenas não tinha chegado atrasada, mas era possível que tivesse até chegado com antecedência? Não é bom sinal. Nem um pouco.

— Ficou preso no trabalho? — pergunta Lisa Marie quando deslizo pelo assento de vinil vermelho. O Shooters é um daqueles estabelecimentos que vive mudando de dono; começou se chamando Steady Eddie's, depois Taverna de Midtown, depois de maneira otimista o batizaram de Lounge Paraíso, mas ninguém nunca se deu ao trabalho de reformar o interior. Sempre foi o lugar cativo da minha mãe quando vinha a Sturgis, e ainda penso no bar como sendo Steady Eddie's, porque costumávamos comer aqui todos os sábados quando eu era criança.

— É — respondo, aceitando um cardápio da recepcionista. Se é que finalizar minha inscrição para a Bolsa Kendrick com a supervisão enxerida de Regina pode ser considerado *ficar preso no trabalho.* Ela me entregou um selo, depois deixou uma fila de fregueses esperando para me acompanhar até a caixa de coleta de correio que fica na rua lateral da confeitaria e se certificar de que eu de fato a enviaria.

— Pensamento positivo — disse enquanto eu deslizava o envelope pela fresta da caixa.

— Estou positivamente certo de que não vai dar em nada — respondi.

Regina me deu um tapinha no braço com um suspiro.

— Se anima, garoto.

Agora, uma garçonete surge ao lado da mesa.

— Algo para beber? — pergunta a mim.

— Só água.

Lisa Marie revira os olhos.

— Peça um refrigerante. Viva a vida.

— Gosto de água — respondo, sem entonação.

— Estão prontos para pedir, ou precisam pensar mais um pouco? — pergunta a garçonete.

— Pensar bastante — respondo, uma vez que sequer tenho certeza de que ficarei para jantar.

— Ai, sério? Estou morta de fome — geme Lisa Marie. Quando não respondo, ela se vira para a garçonete e indaga: — Podemos pedir uma cesta de pães ou coisa assim?

— Vai levar só um minutinho — responde a mulher.

Lisa Marie cutuca meu pé com o dela.

— Vou pedir um hambúrguer.

Em vez de abrir o cardápio, o deixo na mesa e me recosto, deixando que meus olhos se fixem nos dela. Sei que isso a deixa nervosa; minha mãe sempre odiou contato visual prolongado. Sua aparência continua praticamente igual à da última vez que a vi, há dois anos, parecida demais comigo para minha inquietação, embora seus cabelos tenham ficado mais louros e os dentes estejam ofuscantemente brancos. Aliás, os lábios dela estão mais cheios também? Acho que podem estar.

— Como anda o Júnior? — pergunta.

— Meu *pai* está bem — respondo. Me irrita o fato de que ela nunca o chame de *seu pai*, como se o título fosse tão despropositado para ele como *mãe* é para ela.

— E como vai a escola?

Não. Não vamos fazer isto.

— Por que você está aqui?

Lisa Marie termina o resto de cerveja e olha para a janela.

— Continua não sendo grande fã de conversa-fiada, hein?

— Não — respondo. Posso até estar agindo de maneira calma, mas não me sinto nada calmo. Fico sempre à flor da pele quando minha mãe está por perto, me perguntando como o seu tipo particular de disfunção se manifestará desta vez.

A garçonete ressurge com minha água, uma cesta cheia de pãezinhos e manteiga embrulhada em papel alumínio.

— Queria mais uma também, por favor — diz Lisa Marie, levantando a garrafa de cerveja. Depois pega um pão, parte em dois e passa um quadradinho inteiro de manteiga em uma metade. — Então quer dizer que agora está tentando se inscrever nas faculdades, não é?

— Já mandei todas as inscrições. Terminei.

— E quando fica sabendo se foi aceito? — pergunta ela, antes de dar uma grande mordida no pãozinho.

Desembrulho meu canudo devagar.

— Em alguns meses.

Ela fica em silêncio por um momento, depois engole e diz:

— E a questão do dinheiro? Como você vai se bancar? — Outra mordida deixa uma linha de manteiga ao longo do lábio dela, e Lisa Marie pega seu guardanapo para se limpar.

— Ainda tenho que descobrir.

Ela ergue as sobrancelhas.

— Você precisa de ajuda?

— Óbvio que preciso — respondo, me perguntando por que está me fazendo perder tempo com isto, quando passei meses a perturbando para preencher os malditos documentos para solicitar ajuda financeira do governo federal. Ela finalmente completou o que precisava, que é toda a ajuda que poderia esperar de Lisa Marie.

— Bom, é por isso que estou aqui.

Algo se agita em meu peito naquele momento, e demoro alguns segundos para me dar conta de que senti uma pequena corrente de esperança na presença de minha mãe. Eu a sufoco, imediatamente. Não confio nela.

— Para me ajudar? — pergunto. — Com o quê?

Ela revira os olhos, como se devesse ser óbvio.

— A pagar a faculdade.

A garçonete retorna com a cerveja e pergunta:

— Prontos?

— Sim, graças a Deus. Não consigo esperar nem mais um segundo — responde minha mãe, e pede o seu hambúrguer.

— O mesmo para mim — digo. Minha voz está rouca e baixa, pois minha garganta ficou um pouco engasgada de repente. Esperança tola.

Entregamos nossos cardápios à mulher, e, quando ela vai embora, Lisa Marie apoia as mãos na mesa e me lança um grande sorriso branco demais. Quase respondo com outro, até ela dizer:

— Tem uma oportunidade empolgante sobre a qual queria conversar com você.

O caroço em minha garganta se dissolve no mesmo instante. Aquelas palavras soam como um comercial, não como uma oferta para cobrir parte da minha anualidade.

— Sério — digo.

— Então, você sabe, acabo conhecendo muita gente interessante no cassino. Às vezes ficamos jogando conversa fora por algum tempo, sobre coisas além dos jogos.

Deus do céu. Ela arranjou um namorado novo? Quer que eu o conheça? Ainda que ele seja rico e generoso, não sei se consigo suportar algo assim.

— Certo.

— Então, mês passado conheci esse cara — Fecho os olhos brevemente, mas eles se abrem no momento seguinte, quando ela continua: —, e parece que ele conhece Sturgis.

— Conhece? — A pele da minha nuca começa a formigar. — Por quê?

— Bom, ele é um repórter de *true crime,* e...

Não preciso ouvir o restante.

— Gunnar Fox — digo sem entonação. Eu deveria ter feito a conexão assim que o sr. Delgado o chamou de *pilantra de Las Vegas.* É uma cidade grande, mas minha mãe tem o tipo de energia negativa que atrai pessoas como ele.

As sobrancelhas dela se erguem.

— Você sabe quem ele é?

— Vi o episódio que ele fez sobre Shane, sim — respondo. — *Crianças Criminosas*? Que elegante.

— Gunnar quer revolucionar o gênero *true crime,* criar uma coisa diferente das séries velhas e batidas que dominam a mídia — diz minha mãe, como se fosse uma espécie de marionete de Gunnar Fox. — Tudo o que os canais mostram agora é só mais do mesmo. Não tem nada de fabuloso, sabe?

— Porque são séries de crime — digo. — Que falam sobre gente morta.

Lisa Marie abana a mão de maneira desdenhosa, como se estivesse afugentando qualquer negatividade que me impede de enxergar o panorama completo.

— Ele tem visão.

Pego um pãozinho, apenas para ter algo para destruir.

— Sou eu a próxima criança assassina, então? É essa a oportunidade? — pergunto. — Está me dando o aviso que Shane não recebeu? Muito obrigado. Vou me certificar de que a minha agenda esteja livre para poder ver Gunnar Fox me difamando no YouTube.

— Não seja ridículo — estoura Lisa Marie. — Aquela história do filho dos Delgado nunca fez sentido, e já está mesmo na hora de alguém colocar a boca no mundo. Mas você é diferente. Eu disse a Gunnar que meu filho jamais protegeria um delinquente daqueles, a menos que estivesse temendo pela vida dele.

— Você disse *o que* a ele? — Eu a fito, incrédulo. — Eu nunca falei nada disso, nem para você, nem para ninguém. Não é verdade. Você está inventando coisa agora?

— Não falou porque achou que não *podia* — insiste Lisa Marie com seriedade. — Finalmente entendi isso. Mas você está seguro agora, Trey. Tem pessoas que vão proteger você, e já pode contar o seu lado da história.

— Pelo amor de Deus. — Enfio um pedaço grande demais de pão na boca, fantasiando um pouco sobre começar a sufocar, para ela calar a boca. Mas a quem estou enganando? Não se calaria nem assim.

— É aí que entra a tal oportunidade. Gunnar sabe quanto vale a sua história, e quer pagar por ela. Dez mil para ser um dos convidados de *Não cometa o crime. Dez mil dólares.* E essa é só a oferta inicial. Aposto que conseguimos arrancar mais dele. Dá para imaginar?

Dá. É quase o bastante para cobrir um ano inteiro de despesas na Universidade de Massachusetts, e, depois disso, quem sabe? Poderia deixar para me preocupar depois que tiver saído de Sturgis. Mas assim que termino de engolir, respondo:

— Não.

Lisa Marie franze o cenho.

— Como assim *não*?

Continuo cortando meu pão em pedaços cada vez menores.

— Assim: não vou mentir na televisão, e se fosse escolher mentir? Não seria para o seu amiguinho Gunnar.

— Ah, vamos, Trey. Você nem pensou...

— Não preciso pensar. A resposta é não.

— Se você não contar o seu lado da história, ele vai contar por você.

Pauso na metade do movimento.

— Isso é uma ameaça?

— Lógico que não. Mas você não quer controlar a sua própria narrativa? Gunnar acha que daria uma história incrível. E ele não é o único atrás do caso do sr. Larkin, aliás. — Lisa Marie bebe um gole da cerveja. — Ouviu boatos de que o *Motivação* também está querendo fazer a cobertura. Sabe qual é? Aquela com a apresentadora que acabou de se mudar para Boston. Aquele tipo de série sempre escolhe um ângulo para explorar, e se eles não entraram em contato com você, adivinha só? — Inclina a garrafa para mim. — É você o ângulo. — Depois, adota sua voz mais persuasiva: — Docinho, eu ainda nem contei a melhor parte — diz. Quase rio, porque desde quando ela me chama de *docinho*? Mas então acrescenta: — Nós dois estaríamos juntos nisso.

A garçonete chega com nossa comida e desliza os pratos diante de nós enquanto faz perguntas sobre ketchup e bebidas que não posso responder, pois minha mente se esvaziou completamente. Logo volta a se encher, devagar, como se fosse uma planilha carregando dados aos poucos, e compreendo tudo. Por que minha mãe está aqui, por que de repente está interessada em minha carreira acadêmica, e por que parece uma versão pronta para as câmeras de sua persona usual.

Depois que a garçonete vai embora, pergunto:

— Gunnar Fox também ofereceu dinheiro para você, não foi? A mesma quantia? Não, provavelmente a metade. Mas somos um pacote; então, sem mim, você fica sem nada. Não estou certo?

A expressão inquieta dela é toda a confirmação de que preciso, mesmo antes de responder:

— Gunnar também está muito interessado na minha contribuição.

— Sua *contribuição*? — Quase rio. — E qual seria? Você nem estava aqui quando o sr. Larkin morreu. Já tinha ido embora há anos.

— Eu estava na cidade — retorque Lisa Marie. — Me lembro da atmosfera. Muito tensa.

Eu a encaro.

— Você não estava na cidade. Estava em Las Vegas, como sempre.

— Voltei para o show de primavera da Saint Ambrose, lembra?

Certo. O show de primavera, no qual a participação de todos os alunos é obrigatória, ainda que você jamais tenha cantado na vida. É sempre no final de maio, que nunca parece de fato primavera na Nova Inglaterra.

— Você voltou para o aniversário da Valerie — digo. — Por acaso calhou de o show ser na noite seguinte, e o sr. Larkin morreu duas semanas depois disso.

— Eu ainda estava lá, na casa dela. — Tem a decência de corar um pouco ao revelar a informação, porque havia deixado muito nítido na época que tinha que partir assim que o show tivesse terminado. — Acabou que não estava me sentindo bem na hora de sair para o aeroporto, então fui ficando.

— Por mais duas semanas? E não contou a ninguém?

— Estava gripada — explica Lisa Marie, fungando delicadamente. — Não queria que você pegasse.

Deus do céu, ela é tão mentirosa. Não sei o que é pior, que minha mãe tenha saído de Las Vegas para vir aqui tentar me cooptar, ou que eu tenha acreditado, por um minuto que fosse, que tinha vindo pensando em mim de verdade.

Quando coloquei minha inscrição para a Bolsa Kendrick na caixa de correio mais cedo, pensei, *faria qualquer coisa para ganhar.* Mas o que queria mesmo dizer era, *faria qualquer coisa para sair de Sturgis ano que vem.* Mas parece que não era bem verdade, afinal. Preferiria morar no quarto extra de Regina pelo resto da vida a entregar milhares de dólares de bandeja à mulher que me abandonou há oito anos e nunca olhou para trás.

Deixo de lado os restos de pão e pego meu hambúrguer.

— Diga a Gunnar que mandei meus cumprimentos e que ele pode ir se foder — digo, dando uma enorme mordida no sanduíche enquanto saio do banco.

— Noah Daniel Talbot! Você não entende do que está abrindo mão. Volte aqui e vamos ter uma conversa madura — chama Lisa Marie. Está finalmente usando meu nome de verdade, e meu nome inteiro, mas é pouco demais e tarde demais. Aceno meu adeus para ela por cima do ombro com o hambúrguer na mão e continuo andando.

CAPÍTULO 17

BRYNN

— Estas são, sem dúvidas, novidades interessantes — diz Carly.

É quarta-feira à tarde, e acabo de relatar a ela e a Lindzi tudo que se passou em Sturgis desde a infame discussão na Scarlet. Bem, quase tudo.

— Quais delas? — pergunto, pois, mesmo tendo deixado de fora minha conversa com um Tripp bêbado, muita coisa aconteceu entre Collin Jeffries, o vídeo de Gunnar Fox, a vandalização do quadro do sr. Larkin e dos cartazes da sra. Kelso, e minha visita ao sr. Solomon.

— "Aquele filho da mãe teve o que merecia" — repete Carly, pensativa, batendo com a caneta no caderno de anotações. Estamos em uma das menores salas de reuniões do *Motivação*, a Pavão, que é minha favorita, pois tem poltronas confortáveis. Ela me lança um sorriso torto. — Não que o restante do seu relatório não tenha sido cheio de surpresas. Tem certeza de que você está bem mesmo?

— Está tudo bem — respondo. Fiquei um pouco dividida se devia contar a Carly que havia levado um soco de Colin, ou que haviam apontado uma espingarda para mim, porque, na minha experiência, é esse o tipo de coisa que faz com que figuras de autoridade queiram trancafiar os outros longe do perigo para o bem deles por toda a eternidade. Mas Carly e Lindzi nem pestanejam, como se fosse apenas mais um dia de trabalho. E suponho que, para elas, de fato seja.

— Que bom. — Carly se recosta na cadeira e entrelaça as mãos diante do peito, contemplativa. — E você disse que o sr. Solomon nunca tinha feito esse tipo de afirmação antes?

— Não que eu já tenha ouvido. Mas Tripp diz que ele está um pouco senil, então pode ser que estivesse confuso.

— Inteiramente possível — concorda a mulher. Seus olhos brilham. — Você não acha que o sr. Solomon pode ter sido o *culpado,* acha?

— Culpado de quê? — Demoro alguns segundos para compreender o que ela quer dizer. — De matar o sr. Larkin? Meu Deus, não. De jeito nenhum.

— Foi uma rejeição muito rápida — comenta Carly. — Por quê?

— Porque ele é um velhinho fofo!

— Que apontou uma arma para você — argumenta ela.

— Achou que estávamos invadindo a casa dele.

— Ainda assim. Foi uma reação bastante intensa.

— Mas como é que ele poderia ter matado alguém como o sr. Larkin? — pergunto. — O sr. Solomon já era idoso e frágil naquela época.

Lindzi responde:

— Não teria precisado de muita força, na verdade. A arma do crime é menos pesada do que você esperaria.

Pisco, abobada, para ela.

— É? E como você sabe?

— Porque ontem recebemos as fotos das evidências da polícia de Sturgis. — Meu queixo cai quando Lindzi acrescenta: — Desculpe. Eu teria lhe dito imediatamente, mas o seu relatório era muito mais interessante. Vem olhar.

Ela aperta algumas teclas no laptop e o vira para mim. Antes que tenha tempo para me preparar, lá está: a pedra denteada e encharcada de sangue que pôs fim à vida do meu professor. A primeira coisa que me chama atenção é que Lindzi tem razão; não é nem de longe tão grande quanto eu imaginara. Tinha visualizado uma rocha, quase, algo de massa tão significante que ninguém poderia ter sobrevivido a uma pancada assim. Mas, na realidade, só tem quase o dobro do tamanho da minha mão.

— Não havia impressões digitais fora as de Shane, o que significa que o assassino estava provavelmente de luvas — comenta Lindzi. — Nada surpreendente, considerando que a temperatura mal chegava aos 4ºC aquele dia. — Ela amplia a fotografia, um dedo percorrendo a ponta da pedra na tela. — William Larkin foi atingido na parte posterior da cabeça. Logo na base do crânio. Um golpe parecido com um "soco de coelho" no boxe, que é proibido por ser bem letal. — Bile ameaça subir a minha garganta naquele instante, e tenho que engolir algumas vezes para forçá-la para baixo outra vez quando Lindzi continua a falar: — Pode ser que a pessoa que fez isto seja hábil, ou pode ser que tenha sido pura sorte. Bom, não foi sorte, obviamente, para William, que ou não estava ciente de que alguém estava atrás dele, ou estava no processo de fugir. O que quer que tenha acontecido, o golpe que matou William não foi autodefesa.

— Lindzi — diz Carly em tom de repreensão. — Você não pode fazer um monólogo desse sem aviso. Brynn está quase verde.

Lindzi olha para cima com uma careta envergonhada ao notar minha expressão. — Desculpa. Eu me empolgo às vezes.

— Tudo bem — respondo, puxando a pulseira. Mas quero parar de encarar aquela pedra, de modo que acrescento: — O que mais eles mandaram? — E logo desejo ter continuado quieta, pois fico subitamente aterrorizada com a ideia de que ela me mostre fotos do corpo do sr. Larkin em seguida.

Em vez disso, ela abre a imagem de uma corrente fina de prata.

— A polícia não quis compartilhar tudo conosco. Mas tem isto. William Larkin estava usando essa corrente quando morreu... bem, não exatamente *usando*, porque parece que quebrou quando ele foi atingido. Mas estava dentro da camisa dele.

— Mesmo? — pergunto, estreitando os olhos para a tela. — Nunca reparei nela antes. Ele nunca me pareceu do tipo que gosta de usar joias. — Noto uma imagem em miniatura de um homem na área de trabalho de Lindzi, mas é pequena demais para enxergar com nitidez, então pergunto: — Quem é esse?

— O seu diretor— responde Lindzi, ampliando o que é um artigo do *Sturgis Times*. — Ou reitor. É assim que vocês chamam nas escolas particulares, não é?

— Às vezes, sim.

A foto mostra Grizz na secretaria da Saint Ambrose com um sorriso radiante, mostrando para a câmera um grande envelope azul-turquesa coberto por adesivos. A manchete diz: *Lava-jato do fim de semana faz arrecadação de fundos da Saint Ambrose ultrapassar meta.* — E o misterioso envelope de dinheiro — diz Lindzi. — O dinheiro para a excursão escolar que foi furtado estava em outro envelope menor da própria escola; depois foi colocado dentro desse azul-turquesa que você está vendo aí, junto com a lista de doadores, e guardado na secretaria. — Ela abre um sorriso irônico. — Não é dos lugares mais seguros, especialmente depois dessa sessão de fotos. Enfim, a polícia encontrou o envelope menor da Saint Ambrose no armário de Charlotte Holbrook, mas não o turquesa.

— Eu já vi isso antes — digo, franzindo o cenho para a tela.

— O artigo?

— Não, o envelope.

— Na escola, provavelmente, não?

— Acho que não — respondo, devagar. — Bom, talvez, mas... parece fora de contexto.

— Fora de contexto como? — Carly dá o bote, como se minha resposta fosse de profunda importância. E então me sinto tola, porque honestamente não faço ideia.

— Não sei — admito. — Talvez só não tenha me dado conta do que era.

— Bom, nunca foi encontrado depois de desaparecido — revela Carly. — Embora todo o dinheiro tenha sido recuperado no envelope menor que encontraram no armário de Charlotte. — Recomeça a bater com a caneta no caderno, pensativa. — Você disse que Charlotte alegou não saber como tinha ido parar lá dentro, não é?

— É.

— Você acreditou nela?

— Eu... bom, sim — respondo devagar, tentando voltar à mentalidade que tinha aos treze anos. — Todos acreditaram. Para começo de conversa, ela não precisava daquele dinheiro. Mas ainda que Charlotte fosse algum tipo de cleptomaníaca na época, não sei por que teria deixado o dinheiro dando sopa no próprio armário. Já estava desaparecido fazia mais de duas semanas antes de o sr. Larkin morrer, então ela teria tido mais do que tempo suficiente para guardar o envelope em outro lugar.

— Houve qualquer tipo de repercussão para ela? — indaga Carly.

— Não. Grizz... quer dizer, o sr. Griswell... sequer me deixou falar sobre isso no jornal da escola. Disse que precisávamos nos curar.

Carly solta um suspiro de escárnio, e Lindzi pergunta:

— Qual foi a cronologia disso tudo? O sr. Larkin foi assassinado, e encontraram o dinheiro no dia seguinte?

— Dois dias depois.

— Como alguém poderia ter conseguido a senha do armário de Charlotte? — indaga Lindzi.

— Nem teriam precisado. Podem ter apenas deslizado o envelope para dentro... os nossos armários têm frestas grandes na frente. Costumávamos usá-las para deixar recados uns para os outros. — Aquilo se tornou um assunto delicado para mim depois do incidente na aula de educação física, quando Katie

Christo passou a me deixar mensagens zombeteiras sobre minha suposta paixonite por Tripp. *Trippstalker,* escrevera em uma delas, desenhando uma caricatura minha com corações no lugar dos olhos, fitando Tripp.

Tripp, que passou a semana inteira me evitando na escola e que não respondeu a nem uma única das várias mensagens que mandei perguntando: *Como você está se sentido?* Tripp, que nunca chegou sequer a tocar o dedo indicador no polegar inconscientemente na festa de Charlotte sábado à noite, o que significa que estava falando a verdade.

Precisava que você me odiasse.

Por quê? Porque você decidiu do nada que você *precisava* me *odiar na época?*

Não, Brynn. Eu não odiava você na época. E não odeio você agora. Nem um pouquinho.

— Então, se não foi a Charlotte, quem você acha que pegou o dinheiro? — pergunta Carly. — E por que iriam querer armar para ela?

— O quê? — Pisco, confusa, e me chacoalho de leve para colocar minha mente no lugar outra vez. *Foco, Brynn.* — Não tenho certeza.

Carly vira-se para Lindzi.

— Seria interessante, quando chegarmos à fase das entrevistas, ouvir quais eram as teorias que a polícia tinha sobre o furto. E se acham que existia qualquer conexão com o assassinato de William Larkin.

Lindzi faz que sim com a cabeça, os olhos no celular.

— Aqui tem algo interessante. — Ela o mostra para nós. — Acabei de ficar sabendo pelo Departamento de Relações-

-Públicas da Polícia de Sturgis. A doação feita pela Propriedades Delgado foi finalizada no dia 30 de abril de 2018. Cerca de um mês depois do sumiço do dinheiro e dezoito dias depois da morte de William.

— O *timing* é conveniente — comenta Carly. — E foi o único ano em que fizeram uma doação?

— Yep.

O olhar de Carly se estreita.

— Aqueles meninos sabem mais do que estão revelando.

Meu estômago se contorce de maneira desconfortável. Tenho certeza de que ela está certa, e por um segundo tenho igualmente certeza de que não quero saber a verdade. Parte de mim ainda se agarra com teimosia àquela imagem heroica que eu tinha de meus colegas no oitavo ano, os três guiando a polícia até o sr. Larkin para que os mecanismos da justiça pudessem começar a girar. Só que, é evidente, nunca de fato funcionaram.

— Vocês já chegaram a receber qualquer tipo de pista sobre o sr. Larkin? — pergunto. — Pelo site?

— Tivemos algumas dificuldades técnicas, então a seção dele só foi ao ar ontem — responde Lindzi. — Até o momento, só lixo e nada que preste, o que não é incomum. Depois de uma semana no ar, mais ou menos, devemos começar a receber informação de mais qualidade.

— Certo. — Carly olha as horas no Rolex fino em seu pulso. — Foi uma boa discussão, mas preciso fazer uma pausa. Já está quase na hora de pegar o telefone para ir à guerra com Ramon.

— Por causa do sr. Larkin? — pergunto.

Ela me dá uma risadinha pesarosa.

— Por tudo. Escuta, Brynn. Agradeço por tudo que você compartilhou conosco até agora, mas, por favor, certifique-se de manter distância de Richard Solomon. Não gostei do que ouvi hoje.

Faço que sim com a cabeça, e depois que ela sai, Lindzi diz:

— Brynn, você pode terminar de trabalhar aqui mesmo, se quiser. A sala não está agendada para nenhuma reunião pelo restante do dia, e notei que o Poço está um pouco tumultuado.

— Obrigada.

— Vou compartilhar os arquivos de fotos com você também — diz, levando o laptop ao peito. — Prometo que não há nada mais sanguinolento do que aquela pedra.

Passo a hora final do estágio dando os toques finais na planilha de mulheres assassinas de Lindzi. A discussão de grupo para expor a história será na semana seguinte, e Lindzi está trabalhando nela como se fosse uma prova final, para não ser pega desprevenida por outra visita de surpresa de Ramon d'Arturo. Já passa das 17h quando termino, e pego meu celular para olhar se tenho mensagens não lidas.

Meu grupo com Izzy e Olivia anda mais quieto ultimamente, mas ainda não está morto. Respondo às duas primeiro, dando minha opinião a respeito do mais recente drama de namoro de Izzy (*a mãe dele gosta de você, é só a cara dela mesmo*) e da pergunta semianual de Olivia sobre se deveria cortar a franja (*NÃO FAÇA ISSO*). Tenho uma série de notificações de Mason, que passou a maior parte da festa de Charlotte com Geoff e agora está remoendo cada mínima sílaba da conversa entre os dois. Nadia quer fazer planos de estudar para uma prova de matemática, e Ellie me enviou um clipe dela tocando "Despacito" na flauta, que é tão bom que tudo que posso fazer é responder com uma série de GIFs de aplauso.

Nada de Tripp.

Não está sendo tão ruim quanto pensei, estar de volta a Sturgis, exceto pelo fato de que Tripp Talbot continua sendo uma pedra tão grande no meu sapato agora quanto era no fim do oitavo ano. Quando estamos nos falando, ele me irrita. Quando não estamos, consegue ser ainda pior.

Meu laptop ainda está aberto, e antes de terminar de guardar minhas coisas, clico no drive de *Motivação* e abro a pasta de William Larkin. Lindzi havia dito a verdade; me deu permissão para acessar a subpasta nomeada fotos/imagens. Tiro fotos de tudo dentro da pasta com o celular, depois clico no vídeo do canal de TV aberta de Sturgis que tinha colocado para tocar em minha breve apresentação para os produtores.

— Gostei de trabalhar na Escola Eliot. Mas a Saint Ambrose é especial — diz o sr. Larkin da tela.

Pauso o vídeo, abro o Google e digito *Escola Eliot*. O endereço da página da escola aparece nos resultados, me levando a uma imagem aérea de um campus cheio de edificações de tijolos vermelhos em Providence, Rhode Island, cercado por uma vibrante vegetação outonal. Clico no link dizendo *Sobre nós* e leio a declaração de missão e a seção de leitura rápida antes de abrir a biografia do reitor da escola. A primeira frase diz: *Janathan Bartley-Reed é reitor da Escola Eliot desde o dia 1º de julho de 2013.*

Há um número de telefone no rodapé, e pego o celular para digitar. Não estou esperando resposta, uma vez que já passam das 17h, mas alguém atende no segundo toque.

— Escritório de Jonathan Bartley-Reed — diz uma voz feminina.

— Ah, oi. — Fico paralisada por um segundo, mas me recupero logo. — O sr. Bartley-Reed está?

— Desculpe, ele já saiu do escritório. Deseja deixar uma mensagem?

— Sim. Você poderia dizer a ele que Brynn Gallagher da — *De onde deveria dizer que estou ligando?* Motivação? *Não, provavelmente não* — Escola Saint Ambrose em Sturgis, Massachusetts, queria dar uma palavra com ele?

— Certo, sra. Gallagher. E seria a respeito do quê?

— Um ex-funcionário.

— Muito bem. Posso pegar o seu número? — Eu o recito, e ela diz: — Vou pedir a ele que retorne a sua ligação assim que possível. Tenha uma ótima tarde.

— Obrigada, você também — desejo e desligo.

Encaro o vídeo pausado na tela do computador. O sr. Larkin está sentado na beirada de sua mesa na sala de aula, exatamente como costumava fazer sempre que me dava seu discurso motivador no oitavo ano. *Se a vida te der limões, faça um bolo de limão.*

— Estou tentando — digo para o cômodo vazio.

CAPÍTULO 18

TRIPP

— Isso já devia ter *acabado* — diz Charlotte de maneira tensa, olhando furiosa para o celular. — Colin deu o showzinho dele. Por que ainda está nos incomodando?

— Tem certeza de que é mesmo Colin? — pergunto, deletando a minha própria mensagem de *assassino* recém-recebida. — Seria ousado, dadas as circunstâncias. — Colin está em casa no momento, suspenso, aguardando pelo que todos esperam que seja uma audiência muito breve e direto-ao-ponto que vai decidir sua expulsão certa.

E eu poderia estar aguardando junto com ele, em vez de estar passando meu período de estudo dirigido de quinta-feira na biblioteca, e agradeço em silêncio a Shane. Talvez não sejamos amigos apenas superficialmente no fim das contas, porque já é a segunda vez que ele me salva em menos de uma semana.

Tenho apenas uma lembrança vaga de quando me arrastou de volta para a casa de Charlotte na noite de sábado, mas me lembro da própria Charlotte me levar para o quarto dela no andar de cima, insistindo para que eu me deitasse no sofá, mesmo eu tendo tentado lhe dizer que a minha calça estava toda enlameada. Eu estava muito, muito preocupado com o fato. — Não tem problema — dissera ela de uma maneira altamente atípica. — Cuido disso amanhã de manhã. O que é um pouco de lama entre amigos?

Shane dá de ombros, alheio ao fato de para onde minha mente tinha viajado.

— Não é como se Colin tivesse um cérebro em pleno funcionamento também — comenta.

Charlotte franze a testa, mexendo na beirada das folhas de um livro-texto aberto para o qual não olhou uma única vez desde que chegamos aqui. — Não gosto disto. De nada disto. Não paro de ficar olhando aquele canal de YouTube horroroso para ver se postaram algo novo.

— Que canal?

— Você sabe qual. — Franze o nariz. — O daquele monstro do Fox.

Shane atira um braço por cima do encosto da cadeira da namorada.

— Já disse, amor, meu pai já deu conta dele. Gunnar Fox está enterrado sob uma avalanche de processos. — Seu tom é típico do Shane Delgado relaxado, mas noto certa tensão na sua expressão que me faz pensar que Gunnar Fox o abalou mais do que está deixando transparecer. Não é a primeira vez que vejo uma rachadura em sua aura de garoto de ouro recentemente, e isso me deixa nervoso. Se Shane não consegue aguentar a pressão de todo esse interesse renovado no sr. Larkin, que esperança temos eu e Charlotte?

A menina se move, inquieta na cadeira, e me pergunto se está contemplando o mesmo que eu.

— Mas o que foi que a sua mãe disse, Tripp? Que *Motivação* também está querendo cobrir o caso? Esse programa é sério.

— É. Mas só dá para acreditar em metade do que a Lisa Marie diz, são grandes as chances de ela ter inventado isso.

— Por que ela faria algo assim? — indaga Charlotte.

— Para me convencer a fazer o que ela quer.

— Esse é um comportamento muito tóxico — afirma ela, e solto uma risada.

— Se um dia você conhecer minha mãe, Charlotte, vai ver que esse é um termo bem fraco para ela.

— Mas você não vai, não é? — pressiona ela.

— Não vou o quê?

— Fazer a entrevista — responde, franzindo o cenho. — Gunnar Fox está tentando usar você. É provável que comece a dizer todo tipo de coisa horrível quando você estiver na frente das câmeras.

Charlotte não sabe da missa a metade. Não contei a ela ou a Shane o restante do que Lisa Marie havia dito: "Aquela história do filho dos Delgado nunca fez sentido, e já está mesmo na hora de alguém colocar a boca no mundo. Mas você é diferente. Eu disse a Gunnar, meu filho jamais protegeria um delinquente daqueles, a menos que estivesse temendo pela vida dele." Nenhum dos dois precisa ficar sabendo disso.

Antes que possa responder, Shane diz:

— É óbvio que ele não vai.

Charlotte relaxa no mesmo instante.

— Ótimo — diz com um suspiro de alívio, como se sequer precisasse da minha confirmação depois da de Shane. Sinto um lampejo de irritação que esteja tudo decido, aparentemente, só porque os dois resolveram que está. Não é como se qualquer quantia de dinheiro no mundo fosse me fazer concordar em falar com Gunnar Fox, mas às vezes me pergunto como seria minha vida se não passasse todos os segundos na escola flanqueado pelo rei e pela rainha da Saint Ambrose. Aquilo faz de mim... o quê? O bobo da corte deles? Ou algum tipo de cavaleiro, talvez um cujo único valor resida em manter os dois a salvo.

Talvez nem um, nem outro, mas já usei todas as minhas metáforas de realeza.

— Mudei de ideia a respeito de Brynn Gallagher, aliás — recomeça Charlotte, virando uma página do livro-texto. — Não acho mais que ela seja adequada para você, Tripp.

Fico aliviado diante da mudança de assunto, embora não tenha certeza de que este seja muito melhor do que o anterior.

— Desculpa, como é? Você não acha que ela seja *adequada* para mim?

— Não quero que você saia com ela — explica Charlotte, de maneira paciente, como se eu fosse uma criança cujo entendimento é limitado.

— Não estava planejando sair com ela. — Estava?

— Ótimo — responde Charlotte no mesmo tom satisfeito de antes, que volta a me deixar irritado.

— Qual é o seu problema com ela?

— Eu disse a ela para deixar você quieto no sábado, e ela fez o contrário.

Parece exatamente o que Brynn faria.

— Você não é a dona dela, Charlotte — argumento. — Brynn não tem que fazer o que você manda.

— Não é só isso. Eu joguei o nome dela no Google. Sabia que ela escreveu um artigo sobre *ereções* no jornal da antiga escola dela?

— Espera. O quê? — Começo a rir, certo de que ela está fazendo uma piada. Mas Charlotte nunca faz piadas.

— Estou falando sério. Bom, na verdade está mais para uma colagem. Olha só. — Ela mostra o celular, e me retraio.

— Charlotte, não vou ficar olhando para um monte de...

— É só o artigo no BuzzFeed. O restante todo está desfocado.

Pego o celular dela e começo a rir o suficiente para que Shane se interesse e venha olhar por cima do meu ombro.

— Ah, vamos. É óbvio que não foi a Brynn quem fez isto — digo. — Foi algum tipo de pegadinha.

— A assinatura dela está aí — argumenta Charlotte. A rainha da obviedade.

— Está, e é por isso que o babaca responsável pelo artigo achou engraçado — respondo. Mas é impossível explicar humor a Charlotte, até mesmo humor de péssima qualidade. Ela jamais consegue compreender.

— Mas a Charlotte tem razão — intervém Shane, entregando o celular de volta à namorada. — Brynn dá mais trabalho do que vale a pena.

Estou prestes a protestar *como diabos você sabe o que ela vale?*, mas estou cansado, de repente, de discutir com os dois. Cansado deles, ponto. De modo que quando avisto um vislumbre de cabelos acaju por entre as estantes à nossa esquerda, não hesito.

— Já volto — anuncio.

Eu me levanto e me sinto um pouco feliz demais em deixar Shane e Charlotte para trás. E em me aproximar da pessoa a quem acabaram de me mandar evitar.

Brynn está nas pontinhas dos pés, tentando e não conseguindo alcançar algo na prateleira superior. Bufa em frustração e coloca as mãos nos quadris, olhando ao redor, em busca de um banquinho, antes de me notar encostado na estante.

— O que você precisa pegar? — pergunto.

— *Middlemarch* — responde ela. Eu tiro o livro da prateleira e entrego a ela. — Obrigada. Bom ver que as suas mãos estão funcionando de novo. — Arqueio as sobrancelhas, e ela explica: — Achei que estavam quebradas quando você não respondeu a nenhuma das minhas mensagens.

— Foi mal. Estava ocupado.

— Ah, eu também. Não consegui falar com ninguém porque não tive nem dez segundos de bobeira nos últimos cinco dias.

Volto a me encostar na estante, cruzando os braços.

— Então o que você está me dizendo é que ficou contando os dias desde a última vez que falou comigo.

Ela cora de leve.

— Não. Estou dizendo que ser educado custa muito pouco tempo, então você devia tentar uma hora dessas.

— Vou tentar. Logo depois que terminar de ler o seu conjunto da obra no jornal da sua ex-escola. E que conjunto da obra.

— Ah, que bom. Que ótimo — diz Brynn, revirando os olhos. — Fico feliz que você tenha encontrado as fotos pornográficas. O pináculo da minha carreira jornalística. Espero que tenha achado a minha análise profunda e elucidativa.

— Aprendi um bocado — respondo, e ela solta uma risada relutante.

— Acho que não preciso nem dizer que não fui eu quem postou aquilo.

— Não destrua minhas ilusões.

Ela sorri e coloca uma mecha de cabelos atrás da orelha.

— Então, escuta, se você tivesse respondido às minhas mensagens, eu teria lhe dito que vou me encontrar com Wade Drury amanhã, depois da escola. O novo jardineiro? — acrescenta diante do meu olhar de confusão.

— Sei quem é, mas por quê? Eu disse para você que ele é um babaca.

— Bom, o sr. Solomon não foi de grande ajuda, foi? Talvez Wade tenha algumas sugestões para o jardim. No mínimo, pelo menos é improvável que esteja armado. — Ajeita a alça da mochila no ombro e continua: — Você está mais do que convidado a vir junto. Se ele *de fato* apontar uma arma para mim, não vai ser a mesma coisa se você não estiver lá.

— Não perderia essa oportunidade por nada — respondo, um pouco surpreso ao me dar conta de que é verdade.

— Na estufa, às 15h. Vejo você lá.

Brynn vira-se para ir embora, e digo para as costas dela:

— Isso quer dizer que estou perdoado? Você não me odeia por ter preguiça de digitar mensagens?

Brynn para e olha por cima do ombro.

— Não odeio você, Tripp — diz, um pequeno sorriso brincando em seus lábios. — Nem um pouquinho.

CAPÍTULO 19

BRYNN

— Divirta-se — digo a Ellie, bocejando enquanto abrimos as portas da Saint Ambrose na manhã de sexta-feira. Ela tem um ensaio da orquestra logo cedo, e por isso fui obrigada a acordar às 6h30, em vez de 7h, para levá-la à escola, e já estou sentindo falta da meia hora de sono extra.

— Não vou — suspira ela, balançando o estojo da flauta. — A maioria dos violinistas é nova, e o som deles parece o miado de gatos moribundos. — Chegamos ao auditório e ela acrescenta: — Quer ficar para ouvir?

— Depois desse comentário? Não, obrigada. Vou esperar na biblioteca. — Será útil usar o tempo extra antes das aulas para revisar minhas anotações sobre o sr. Larkin.

— Você que sabe — diz Ellie, e eu aceno antes de seguir para a escada, me deleitando com o fato de que não tenho que abrir caminho à força em meio a uma multidão de alunos para chegar lá.

A biblioteca sempre foi meu lugar favorito da Saint Ambrose. Fica no andar superior do prédio principal, pintada de um branco que nunca parece esmaecer. Uma das paredes é feita apenas de janelas, permitindo que a luz do sol se infiltre para dentro da área de leitura e dê à mobília de madeira uma coloração mel. Fica logo ao lado da sala do jornal, e quando estava no oitavo ano, eu costumava alternar entre os dois lugares como meus espaços de escrita.

Estou esperando encontrar a biblioteca vazia, mas a primeira coisa que vejo ao entrar é que minha mesa favorita já está ocupada por alguém: Charlotte Holbrook, franzindo o cenho em concentração enquanto escreve algo no caderno.

Paro na porta, pensando se não deveria mudar meus planos. Não deixei de notar o olhar feio que Charlotte me lançou ontem enquanto estava conversando com Tripp entre as estantes de livros, e tenho quase certeza de que está com raiva porque fui procurá-lo na festa depois de ela ter me dito para não ir. Mas, naquele instante, Charlotte olha para cima, para mim, e não quero que pareça que estou indo embora por causa dela, assim...

— Oi — cumprimento e abro minha melhor tentativa de sorriso despreocupado enquanto me sento do lado oposto da mesa. — Como andam as coisas?

Ela pressiona os lábios em uma linha fina, e tudo que recebo em retorno é um aceno de cabeça rápido. Parece que nosso breve momento de camaradagem chegou ao fim. Nota mental: Charlotte não gosta de ser desobedecida.

Pego minhas pastas com as informações sobre o sr. Larkin da mochila, e ficamos sentadas em silêncio, até que meu celular toca, me rendendo outro olhar gélido de Charlotte, mesmo ainda não precisando fazer silêncio. Eu a encaro de volta com firmeza, pensando *posso falar se eu quiser*, e passo o dedo pela tela para atender, sem me dar totalmente conta de que é um número de Providence.

— Alô, Brynn falando.

Um barítono intenso enche meu ouvido.

— Brynn, aqui é Jonathan Bartley-Reed, da Escola Eliot, estou retornando a sua ligação.

— Ah, olá — respondo, afobada. Não devia ter atendido. Quero perguntar a Jonathan Bartley-Reed sobre o tempo que o sr. Larkin passou trabalhando no colégio, mas não posso com Charlotte me vigiando como uma águia ressentida. — Muito obrigada pelo retorno.

— Peço perdão pela demora. Estou soterrado desde o início do ano — diz ele com uma risadinha grave. — Como posso ajudar?

— Hum... — *Melhor falar lá fora*, penso, me levantando tão depressa que dou uma pancada forte com o joelho na mesa. Deixo escapar um grunhido involuntário de dor e caio de volta na cadeira, amparando o joelho, enquanto Charlotte abre um sorrisinho zombeteiro.

— Está tudo bem? — pergunta o reitor, solícito.

— Tudo, estava só... Desculpe, bati com o joelho. Enfim, queria conversar sobre um antigo funcionário do colégio. A respeito das... — Charlotte continua me encarando, fazendo com que seja impossível pensar. — Preferências florais dele.

— Como?

— Estamos construindo um jardim em homenagem a William Larkin na Saint Ambrose, e...

— Perdão — interrompe o sr. Bartley-Reed. — Você é uma estudante da escola?

— Sou, mas...

— Está bem — diz, sua voz tomando um tom condescendente. — Embora seja sempre um prazer falar com alunos, receio que eu não seja a pessoa correta com quem falar sobre projetos escolares. Vou passar seu nome para um dos antigos colegas de William, e ele entrará em contato com você para conversar sobre seu jardim. Tenha um bom dia. — E desliga.

— Muito obrigada — respondo à linha muda, pois de jeito nenhum vou deixar Charlotte saber que acabo de ser dispensada. — Sim. Isso, correto. — Pauso por alguns segundos. — Isso já é uma grande ajuda... O quê? Ah, certo, ligarei mais tarde então... Foi um prazer falar com o senhor também — termino, abaixando enfim o celular.

Charlotte parece não comprar meu teatrinho nem por um segundo sequer.

— Bom, a segunda metade da ligação foi bem melhor do que a primeira, não?

Meu temperamento ruim se inflama, mas consigo manter a voz calma quando pergunto:

— Você tá com algum problema comigo, Charlotte?

— Tô — responde, mais incisiva do que teria esperado. — Acho que você devia ficar longe do Tripp.

— Não sei por que isso é da sua conta.

— Porque ele é meu amigo.

— E meu também — rebato, ainda que não tenha cem por cento de certeza de que é verdade.

— Ele não precisa da complicação extra de um relacionamento agora.

— Relacionamento? Não estou interessada em ter um *relacionamento* com Tripp.

Também não tenho cem por cento de certeza se aquilo é verdade. Embora devesse ser, levando em conta tudo que não sei a respeito do que Tripp fez quatro anos atrás. Ainda assim, uma imagem dele encostado na estante ontem lampeja pelo meu cérebro, ruguinhas se formando nos cantos dos olhos azuis enquanto brinca e faz piada comigo. Seu blazer impecavelmente passado, mas a gravata um pouco torta, de uma maneira que me fez querer consertá-la. Ou talvez usá-la para trazê-lo mais para perto de mim. Não tenho certeza de qual teria sido o melhor caminho a seguir.

Charlotte revira os olhos, como se soubesse exatamente o que estou pensando.

— Se você não pode ser honesta, então não tem motivo para ficarmos falando disso, não é? — pergunta. E parece ser sua deixa para voltar a me ignorar, mas seu olhar permanece cravado no meu, em desafio.

— Você nem me conhece.

— Conheço Tripp — rebate, jogando o cabelo para trás. — E conheço os homens.

Agora é minha vez de revirar os olhos.

— Odeio ter que informar isto, Charlotte, mas estar em um único relacionamento desde o ensino fundamental não te torna uma especialista. — Do nada estou com raiva e me sentindo fora de prumo, desejando poder estar tendo aquela conversa com alguém que não estivesse ao mesmo tempo me julgando e menosprezando, e a frustração torna minhas palavras afiadas. — Na verdade, isso só te torna ingênua. Então talvez seja melhor parar de dar conselhos quando você é incapaz de fazer qualquer movimento sem Shane.

Assim que as palavras escapam da minha boca, me arrependo. Não posso dizer a Charlotte para cuidar da própria vida quando se trata de Tripp e depois mencionar Shane daquela maneira. Mas antes que possa me desculpar, ela me surpreende ao se levantar, percorrendo a extensão da mesa e indo se sentar ao lado da minha pilha de livros. Seu rosto belíssimo está completamente vazio de emoção ao perguntar:

— Sabe como é sentir que os meninos tratam você como se fosse uma espécie de prêmio?

— Hum... — Hesito, sem saber se ela de fato quer uma resposta, até que o silêncio se estende por tempo suficiente para ser forçada a admitir: — Não. Não sei.

— O primeiro garoto por quem tive uma quedinha me disse que eu parecia uma princesa de contos de fada. Mas ele nunca queria falar comigo. Só ficar me olhando como se eu fosse algum tipo de *objeto.* Sempre foi assim comigo a vida inteira... ou pior, porque às vezes toda a atenção também chega a ser um pouco assustadora. Acho que eu tinha onze anos quando os garotos do ensino médio começaram a gritar e assoviar para mim.

— Sério? — pergunto, horrorizada. — Que nojo.

— Pois é. É degradante. Mas Shane sempre foi diferente. Mal me notava, no começo. Fui eu quem tive que correr atrás *dele.* — Quase dá um risinho, os olhos vivos e brilhantes de devoção. — Foi uma mudança boa, assim como o fato de que ele me tratava... me *trata*... como uma pessoa de verdade. Então, se estar com ele faz de mim uma pessoa um pouco ingênua, sabe de uma coisa? Ótimo. Que seja.

— Charlotte — digo com cuidado. Não sei bem o que motivou aquela súbita explosão de confiança, ou o que ela espera que eu responda. — Sinto muito que garotos possam ser... péssimos, às vezes. E eu não devia ter mencionado Shane daquela maneira. Não é da minha conta. Olha, realmente gostaria que você e eu... — Qual é o termo que estou procurando aqui? — Nos déssemos bem.

Ela me lança um sorriso sereno.

— Vamos nos dar perfeitamente bem se você não importunar os meus meninos.

Os *meninos* dela? — Plural? — balbucio. — Achei que estivéssemos falando sobre Shane.

— Tripp também é importante para mim — responde Charlotte, e mesmo que aquela seja uma das conversas mais estranhas que já tive na vida, ainda assim é bom saber que Tripp nunca tenha tentado dar em cima dela. — E ele não é tão forte quanto aparenta. Precisa de alguém que cuide dele.

E quem encarregou você disso?, penso, mas sei que não há por que dizer em voz alta. Ou por que continuar este diálogo.

— Entendido — digo, arrumando as folhas diante de mim. — Mas tenho muitos deveres para fazer, então...

Charlotte capta minha mensagem e pula de cima da mesa.

— E eu vou dar um pulo no Starbucks antes da aula — diz. Depois franze a testa para um de meus papéis espalhados. — Por que você tem isso aí?

Sigo seu olhar até um dos cartazes riscados do sr. Larkin que deixei junto com os meus outros documentos. — Ah, hum... passei por ele no corredor a caminho daqui, e me senti mal de deixá-lo lá — minto, rapidamente fechando o caderno, antes que ela note qualquer coisa relacionada ao *Motivação*. — Não consigo entender por que alguém faria algo assim.

— Não?

Pisco para ela, abobada.

— O quê? Você consegue? — Em seguida, um buraco se abre em meu estômago ao pensar na conversa que acabamos de ter. — Charlotte, o sr. Larkin foi um dos caras que a tratou... Ele...

— Ah, não — nega ela de maneira incisiva. — Nada do tipo. — Retorna à sua cadeira e recolhe seus livros, e solto um suspiro de alívio até ela adicionar: — Há mais de uma maneira de se ser péssimo, sabe.

— Hum? — pergunto, mas ela já virou na direção da porta.

Meus olhos caem até a gravata verde-limão do sr. Larkin, ainda visível sob os riscos vermelhos no cartaz do comitê, enquanto reflito sobre tudo que vi e ouvi na última semana. *O homem era um buraco negro. Aquele filho da mãe teve o que merecia. Há mais de uma maneira de se ser péssimo.* E me pergunto, meu estômago se revirando de maneira desconfortável outra vez, se eu de fato conhecia meu professor favorito.

TRIPP

QUATRO ANOS ANTES

Música reverbera de meus fones de ouvido, silenciando meus pensamentos inquietos enquanto olho ao redor, desorientado. Achei que conhecia bem aquelas matas, mas quando deixei Shane para trás, fui parar em um ponto mais à frente do que em geral percorro na trilha, e na verdade já tinha deixado de ser uma trilha há algum tempo. Agora seria um ótimo momento para perguntar a alguém com melhor senso de direção do que eu para onde virar, mas não posso.

Estou completamente sozinho na floresta.

Não posso enviar uma mensagem a Shane; ainda que tivéssemos trocado nossos números de celular, o que não fizemos, não há sinal aqui.

— Tudo bem — murmuro para mim mesmo, mas minhas palavras são engolidas pela música, e subitamente me parece um grande perigo que eu não possa escutar nada ao redor de mim.

Pauso a lista de reprodução e retiro os fones de ouvido, prestando atenção aos chilreados, ao farfalhar, aos ruídos crepitantes da mata. Olho para cima, procurando pelo sol, pois já devia estar para cair no horizonte em breve, se pondo atrás da escola. As copas das árvores acima de mim são densas, mas acho (não, tenho certeza) que o céu está mais claro à minha esquerda.

Viro para aquele lado, e dentro de alguns minutos chego a uma inclinação no solo, muito mais íngreme do que o caminho que eu vinha seguindo até então. Sei onde estou agora; é o cume próximo ao Parque Shelton, a parte mais elevada da floresta. Tinha saído ainda mais da trilha do que me dera conta, e estou muito mais perto da clareira onde acendem as fogueiras (onde Shane e Charlotte se encontrariam) do que gostaria. Eu tinha razão; a escola fica à minha esquerda.

Estou prestes a seguir o sol quando ouço movimento, um farfalhar mais próximo do chão agora, e o estalo alto de um graveto.

Em seguida, começam os gritos.

CAPÍTULO 20

TRIPP

De longe, acho que a menina perto do quadro de avisos na tarde de sexta-feira é Brynn: mesma altura, mesmos cabelos, a mesma pose, com as mãos nos quadris e a cabeça inclinada para o lado. Mas então ela se vira quando me aproximo, e a ilusão se desfaz; Ellie Gallagher não se parece em nada com Brynn. É interessante como os olhos podem transformar um rosto por completo.

— E aí, Ellie?

— Oi, Tripp — cumprimenta ela antes de voltar os olhos para o mural. Bate com o dedo em dois pedaços de papel em sucessão e diz: — Ver estes dois um do lado do outro me deu uma ideia. — *Esses dois* se referem a um cartaz arruinado do sr. Larkin e outro anunciando o Baile de Inverno. O tema é Transformação, e há uma fotografia de uma paisagem urbana neon com estrelas brilhantes.

— Sério? — pergunto, achando graça.

— Sério — confirma ela. — Acha que vão se importar se eu levar os dois? — Não espera pela minha resposta antes de remover as duas folhas com todo o cuidado do quadro e guardá-las na mochila. — OK, bom, a gente se vê — diz, acenando alegremente antes de desaparecer por um corredor.

Eu a assisto partir com uma mistura de confusão e aprovação. Ellie foi sempre uma menininha estranha, e é bom ver que não mudou.

— Era para você estar se encontrando comigo na estufa agora — diz uma voz por cima do meu ombro.

Lá está a verdadeira Brynn. Olhos verdes e tudo.

— Eu poderia dizer o mesmo de você. Está atrasada. Estou começando a achar que você não se importa com esse subcomitê do mesmo jeito que eu.

— *Ninguém* se importa com esse subcomitê do mesmo jeito que você — rebate Brynn, caminhando em sincronia comigo enquanto seguimos para a saída. — Queria mesmo falar sobre isso. Você já está ficando um pouco obcecado.

Rio, surpreso ao notar como me sinto *leve* perto de Brynn. Não me sinto desta maneira desde... desde o oitavo ano, provavelmente. Passamos por Abby Liu no corredor, cujos olhos nos percorrem rapidamente enquanto abre um sorriso pequeno e cheio de arrependimento, e sinto uma pontada de remorso. Eu teria lhe dado falsas esperanças de alguma forma? Não acho que tenha, mas é difícil saber como as outras pessoas interpretam as coisas. Deixo o pensamento de lado e respondo a Brynn:

— E não é *obsessão* mandar mensagens com setecentas fotos de samambaia para o seu copresidente? Aliás, você tinha uma favorita? — Brynn solta uma risada enquanto levanto o telefone, pronto para continuar a piada, mas há uma mensagem de verdade me aguardando.

Lisa Marie: *Aquele merdinha do Shane Delgado está causando problemas para Gunnar.*

Meu sorriso desmorona, e Brynn nota.

— Tá tudo bem?

Respondo com um *ótimo* a Lisa Marie e digo:

— Vai ficar melhor quando minha mãe voltar para Las Vegas de uma vez.

Paramos na saída, e Brynn ajeita o cachecol antes de empurrar a porta. A temperatura tem estado atipicamente branda para o mês de janeiro, mas está ventando hoje, e ela segura o gorro com uma das mãos e olha para mim.

— Ela está na cidade?

— Está — é só o que respondo, um peso se assentando em meus ombros como se nunca tivesse ido embora. Lisa Marie é a rainha de cortar o barato dos outros.

— Como é que, hum... — Brynn enfia as mãos nos bolsos do casaco, hesitante de súbito. — Como é que andam as coisas? Com ela?

— Melhores do que nunca — respondo com sarcasmo. — Lembra aquele vídeo cheio de merda que o Colin colocou para passar na aula?

Brynn faz uma carranca.

— Lembro.

— Bom, em um divertido golpe do destino, parece que Lisa Marie conhece o imbecil responsável, e tentou me comprar para participar do programa dele — digo. — Recusei, obviamente. Mas seria dinheiro na mão dela também, então não vai desistir fácil.

— Meu Deus, é sério? — Brynn parece perplexa. — Que horrível. Sinto muito.

No mesmo instante, desejo não ter dito nada. Odeio pena, e odeio ainda mais quando parte dela.

— As coisas são do jeito que são — respondo, colocando meu celular no silencioso, antes de enfiá-lo no bolso. — O sr. Larkin ficou popular de repente. Lisa Marie me disse que tem outro programa que pode estar atrás da história. *Motivação*, acho. Você conhece?

— Er. — Brynn afunda ainda mais as mãos nos bolsos quando a estufa entra em nosso campo de visão. — Conheço, sim.

— Melhor esse jardim memorial estar pronto para o horário nobre — brinco, sem conseguir evitar que a amargura em minha voz transpareça.

Quatro anos. Quatro anos que passei tentando ser discreto, trabalhando duro, tentando fazer tudo corretamente, seja lá o que isso quer dizer, para compensar uma única coisa muito errada. Achei que estava *tão perto* de sair de Sturgis e deixar tudo para trás, mas estou começando a pensar que me permitir aquela esperança era a maneira do universo de me foder, exercendo sua vingança ao me deixar rolar um pedregulho quase até o cume de uma colina, só para eu deixá-lo escapar no último segundo e acabar esmagado.

Não vou sair daqui. Permanecerei naquela floresta atrás da Saint Ambrose pelo resto da eternidade, tomando uma decisão que eu era novo demais para tomar, e o pior de tudo é que não sei se escolheria diferente hoje.

— Tripp? — A mão de Brynn toca meu braço. — Não temos que fazer isto agora.

— Ah, não, vamos lá — digo em um tom estridente e zombeteiro que não consigo controlar. — Vai acontecer. Vamos fazer o cacete de um *jardim*. — Bato palmas como um grande babaca; afinal, por que não alienar todos de uma vez?

— É disso que estou falando, mano — diz uma voz indolente diante de nós, e me dou conta de que chegamos à estufa. Wade Drury está parado à nossa frente, vestindo um macacão para neve, ainda que não esteja nevando, e um boné de beisebol que diz *Viva livre ou morra*. Cospe no chão, e toda a minha afronta se esvai. Este homem é um babaca; então, se eu continuar sendo um babaca também, as leis da matemática dizem que Brynn ficará em minoria. — Esta mocinha deve ser a Beth — acrescenta ele fazendo um cumprimento irônico com a aba do boné.

Brynn pressiona os lábios em uma linha fina antes de corrigir:

— É "Brynn", na verdade.

— Meu Deus. Vocês, crianças, e os seus nomes — comenta Wade, e solta uma risada de escárnio. — Os seus pais deviam ter chamado você de "Bentley" e ficado por isso mesmo. Ou "Beemer".

— Desculpa, o quê? — indaga Brynn, virando olhos perplexos para mim.

— Tentei avisar — digo.

Wade bate palmas, semelhante ao que acabei de fazer.

— Então, qual é? Estão fazendo um jardinzinho para um morto, e o Google não está sendo amigo de vocês? É trabalho demais para dois riquinhos, então por que não fazer Wade perder o tempo dele?

— Uau. — Brynn pisca algumas vezes antes de se virar para mim. — Não achei que teria que admitir isto nos primeiros trinta segundos desta reunião, mas... você tinha razão, Tripp.

— Valeu, Wade — digo antes de tomar o braço de Brynn e a levar para longe.

— Bom. Acho que fazer consultas com os experts não vai acontecer.

— Não, sabe de uma coisa? — digo, subitamente ansioso pela chance de me redimir pela maneira como tinha agido no caminho. Nada como ser confrontado com os Wade Drury do mundo para fazer alguém se dar conta de que não chegou ao fim do poço, nem quer chegar. Além do mais, não posso afastar a única pessoa além da minha chefe de cinquenta e cinco anos que me faz sentir um pouquinho de alegria que seja. — Devíamos voltar lá no sr. Solomon. Ele vai estar mais preparado para nos ver desta vez, e acho que podemos amolecer o coração dele. Não precisamos nem mencionar o sr. Larkin. É só fazer o sr. S começar a falar de plantas e pronto, teremos tudo de que precisamos.

— Espera, *agora?*

— Não, tenho que estar na confeitaria dentro de meia hora. Amanhã?

Ela morde o lábio.

— Eu não devia voltar lá.

— Quem disse? Os seus pais?

— Er, isso — responde Brynn, parecendo um pouco... agitada? Mas antes que possa perguntar qual é o problema, ela endireita os ombros e diz: — Mas sabe de uma coisa? Deixa pra lá. Não é nada de mais. Vamos, sim.

CAPÍTULO 21

BRYNN

É interessante as coisas que aprendemos sobre nós mesmos em um ambiente novo. Por exemplo, jamais pensei que assistir a alguém transportando caixas me faria achá-lo mais atraente; até ver Tripp fazendo exatamente isso na Confeitaria Brightside sábado à tarde.

— Fecha a boca — diz Mason, dando tapinhas gentis em meu queixo quando Tripp desaparece dentro da despensa de Regina com a última caixa de produtos que o entregador deixara ao lado da porta de entrada. — Essa babação toda está me fazendo perder a vontade de comer o meu croissant.

Minhas bochechas coram quando Nadia diz:

— OK, mas em defesa dela, você viu os braços dele?

— Aproveitei o espetáculo, sim — concorda Mason, bebendo um gole de café. — Mas em silêncio, com sutileza e dignidade. Brynn podia aprender alguma coisa comigo.

— Cale a boca — murmuro antes de enfiar um pedaço do bolinho de Pop-Tart na boca. Engulo e acrescento: — Falando em dignidade, Mason, como anda Gorff?

As orelhas dele ficam vermelhas, e Nadia ri. As mensagens exultantes e incompreensíveis de um Mason bêbado a respeito de Geoff no dia da festa de Charlotte tornaram-se nosso tópico favorito para mexer com ele. Às vezes gosto de mandar capturas de tela das mensagens dele durante as aulas só para ver suas orelhas ficarem escarlate.

— SKSKSKKS GORFF ESTÁ ME ESTALCANDO — Nadia diz, recitando a mais clássica das mensagens sobre Gorff. — O que você quis dizer com aquilo, Mason? Ele estava estacando você? Gorff estava achando que você é um vampiro?

Dou tapinhas no queixo, pensativa.

— Ou ele estava perseguindo você como um stalker? Foi um pedido de ajuda?

— Vai ver ele só estava perguntando se você queria um steak? — indaga Nadia.

— Certo, certo, vocês duas são hilárias — responde Mason, azedo. — E estão oficialmente desconvidadas para o meu círculo de dança quando eu e *Geoff* formos ao Baile de Inverno juntos.

— O seu círculo de dança? — pergunto.

— Vai ter luz negra — diz Mason. — É meu verdadeiro meio de expressão. — Depois faz uma estranha dancinha na cadeira, antes de terminar o resto do café. — Que pena que vocês vão perder.

— Não acho que seja possível perder uma coisa assim — retruco.

— Falando nisso. — Nadia fica um pouco corada também, o que quase nunca acontece. — Estava pensando em convidar o Pavan, mas queria perguntar a você primeiro, Brynn. Você se importa?

— Pavan Deshpande? — Pisco para ela, confusa. — Por que me importaria?

— Bom, vocês se beijaram uma vez. Ir com ele ao baile viola o código da sororidade?

— Isso aconteceu no sétimo ano — lembro a ela. — Então, não. Mas foi fofo da sua parte me perguntar.

— Você vai com o sr. Carregador Sexy? — pergunta Mason no mesmo instante em que Tripp retorna ao balcão.

— Shhh — sussurro, e meu estômago se revira. Perdi uma oportunidade ontem; quando Tripp mencionou *Motivação*, devia ter lhe contado que estou estagiando lá. Mas não tive coragem quando ele estava tão chateado por conta da mãe, e aí o momento passou.

Agora me dou conta, com uma pontada de culpa, de que não contei a Mason e Nadia tampouco. E por nenhum motivo bom o suficiente, a não ser pelo fato de que não disse nada desde o início e fui deixando o tempo passar. Não tenho certeza do motivo; talvez seja porque nunca tivesse esperado que se tornariam mais do que amigos casuais com quem almoçar. Mas são mais do que isso, e preciso abrir o jogo, especialmente agora que Carly está a todo vapor, coletando informações a respeito do sr. Larkin. É apenas questão de tempo até alguém da Saint Ambrose ficar sabendo que ele está no site do *Motivação*, e, depois disso, a notícia vai se espalhar como fogo.

Estou inspirando fundo, me preparando para começar, quando Tripp de repente se materializa ao lado da nossa mesa. Cheira a açúcar, e ainda está de mangas curtas, com a camisa de flanela (que tirou quando começou a transportar as caixas pesadas) jogada por cima do ombro, fazendo minha concentração se dissipar.

— Pronta? — pergunta. Vamos até a casa do sr. Solomon depois do horário de trabalho dele terminar.

— E como — responde Mason, e outra oportunidade é perdida. Mas não tem problema, porque talvez devesse explicar *Motivação* a Tripp primeiro, antes de mais ninguém.

— Vamos — digo, pegando o casaco. Vou contar tudo no carro.

* * *

Não conto nada no carro.

Estava pronta para dizer, mesmo. Mas então tio Nick ligou de Vermont, onde está usando o passe de esqui da família em uma viagem de fim de semana com os amigos da faculdade, porque ele nunca se lembra do código para ativá-lo.

— Mandei por mensagem antes de você viajar — reclamo.

— Eu sei, mas devo ter deletado por engano. Não estou encontrando.

— Bom, estou dirigindo e não posso procurar agora. Checa o seu e-mail, porque eu com certeza enviei para você em algum momento nos últimos três meses.

— Qual seria o assunto, tem ideia?

— Ai, meu Deus, tio Nick. Tenta "código de ativação".

Quando ele finalmente consegue encontrar, já estou parando ao lado da picape do sr. Solomon.

— Você salvou a minha vida, adorada sobrinha — diz tio Nick antes de desligar.

— Desculpa — peço a Tripp, estacionando o automóvel. — Meu tio é um pouco desorganizado.

— Sem problemas. Escuta. Antes de sairmos do carro, tem uma coisa que queria falar com você. — Tripp se vira para me encarar, um sorriso suspendendo os cantos de sua boca, e me dou conta de repente de como estamos perto. Perto o suficiente para eu poder afastar a mecha de cabelo ameaçando entrar no olho dele, se quisesse.

Não fique vermelha.

— O quê? — pergunto. Relaxada e casual, essa sou eu.

— Vamos concentrar nossos esforços na porta da frente desta vez.

Ah. Certo. O que achei que ele ia dizer?

— Boa pedida — concordo enquanto saímos do carro e fechamos as portas. Considero, brevemente, levantar o assunto *Motivação* antes de chegarmos à entrada, mas o caminho até lá não é nem de longe comprido o suficiente. Além disso estou começando a ficar ansiosa com a perspectiva de reencontrar o sr. Solomon, me perguntando se será o homem gentil do qual me lembro da Saint Ambrose, ou o que disse coisas horríveis a respeito do sr. Larkin depois de apontar uma espingarda para nós. — Vamos tocar a campainha até... — Paro no topo da escada sem aviso, fazendo com que Tripp esbarre em mim. Ele coloca a mão na minha cintura para estabilizar a nós dois antes de passar para o meu lado, e pergunto: — A porta tá aberta?

— Hum. Está — diz Tripp, olhando para a fresta entre a porta e o batente. Ele a empurra de leve, e a porta se abre um pouco mais, com um rangido sonoro. — Sr. Solomon? — chama. — É Tr... Noah Talbot. O senhor está em casa? — Não há resposta, e não se ouve qualquer som vindo lá de dentro. — Vai ver ele está no quintal dos fundos?

— Vou lá olhar. — Corro para dar a volta na casa, me certificando de manter uma distância segura da cerca. Mas o sr. Solomon não está em lugar algum. Retorno para reencontrar Tripp, que abriu a porta mais alguns centímetros. — Ele não está lá.

— OK, bom... — Tripp coloca as mãos nos quadris, a mandíbula tremelicando. — Talvez seja melhor entrarmos para ter certeza de que está tudo bem com ele. E avisar que deixou a porta aberta. Não imagino que tenha feito isso de propósito.

— Provavelmente não, mas acha mesmo que é uma boa ideia? Quer dizer, ele já ficou furioso quando tentamos abrir o portão lá fora.

— Vamos anunciar a nossa presença antes — diz Tripp, segurando a maçaneta para abrir a porta completamente. — Sr. Solomon! — grita. — Somos nós, Noah e Brynn. A porta estava aberta. Estamos entrando, está bem?

O silêncio em resposta faz com que os pelos em minha nuca se ericem todos. Tudo nesta situação me parece errado. Olho para trás, para a picape do sr. Solomon, torcendo para que ele esteja no banco do motorista, se preparando para ir a algum lugar, e só não o notamos. Mas o carro está vazio, bem como o saguão escuro por onde entramos. Um tapete listrado gasto cobre o chão, e um par de botas está jogado em uma bandeja de sapatos junto à parede. O lugar está bem empoeirado, e espirro antes de chamar:

— Sr. Solomon, o senhor está aí? — Não gosto de como minha voz soa estridente e fina.

— Você já esteve na casa dele antes? — indaga Tripp, parando ao pé de uma escada. O pequeno corredor diante de nós se divide em três direções; a cozinha fica logo adiante, a sala de jantar à direita e a sala de estar à esquerda.

— Não — respondo enquanto sigo para a cozinha. Está vazia, mas a luz no teto está acesa, e a máquina de café que avisto em cima do balcão, com o bule cheio pela metade, também está ligada. — Ele não está aqui. E já devia ter nos ouvido a esta altura se estivesse no primeiro andar. — Volto para a escada, e paro com a mão no corrimão. — Sr. Solomon? — chamo. — O senhor está em casa?

— Talvez seja melhor subirmos — sugere Tripp.

— É, talvez — digo, virando para olhar por cima do ombro para a sala de estar. — Podemos...

E então tudo para... minhas palavras, meus passos, meu coração... quando o vejo. A ponta de um pé com meia saindo de detrás de uma cadeira, bem na minha linha de visão.

— Ah, não — falo em um sopro, e Tripp se detém, congelado, diante do meu tom.

— O quê? — pergunta, cada linha de seu corpo ficando rígida.

Vá até lá, comando a mim mesma, fitando o pé imóvel, mas minhas pernas se recusam a obedecer. *Ande.* Dentro da minha cabeça, minha voz soa suave, quase cantarolante, como a que usava com Ellie quando era bebezinha e tinha um pesadelo. *Abra os olhos. Estou aqui. Está tudo bem*

— Está tudo bem — murmuro, e enfim começo a me mover. — Está tudo bem. — Não sei com quem estou falando, mas quanto mais perto chego, mais certeza tenho de que estou errada. Meu foco está completamente fixo na meia, e quando entro na sala, noto um buraco no calcanhar. Por alguma razão, é isso que força um soluço engasgado a escapar da minha garganta, mesmo antes de meus olhos enfim registrarem o restante da cena: o sr. Solomon caído e imóvel, seu pescoço virado em um ângulo horrivelmente antinatural, e a cabeça descansando em uma poça de sangue vermelho-escuro.

— Sr. Solomon — soluço, caindo de joelhos ao lado dele. — O senhor está... Pode me escutar? — Lógico que não pode; os olhos abertos estão tão sem vida que sei que não pode mais ouvir ninguém, mas não consigo parar de balbuciar: — Vou pedir ajudar. Vou ligar para a emergência. O senhor caiu? Sr. Solomon, o senhor caiu? — Ele está estirado diante da lareira, e a ponta da cornija acima dela também está manchada de sangue. Procuro pelo meu celular no bolso, mas não está lá. Está na mochila. Onde está minha mochila? Devo tê-la jogado no chão em algum momento. Olho para trás e a avisto no piso a alguns metros de onde estou, e quando me lanço para pegá-la, vejo Tripp.

Está rígido e fantasmagoricamente pálido, os olhos quase tão vazios quanto os do sr. Solomon.

— O que você fez? — pergunta, sem fôlego.

— Eu... quê? — indago, perplexa. — Como assim? — Não entendo a pergunta, uma vez que estivemos juntos o tempo inteiro e eu obviamente não fiz nada para causar aquela cena horripilante diante de nós. Está falando com o sr. Solomon? Tripp não responde, e não posso ficar esperando por uma resposta. Pego a alça da mochila e a arrasto para mim. — Temos que pedir ajuda. Talvez alguém possa ajudar...

Tripp cai de joelhos, encarando o sr. Solomon, mas por algum motivo acho que não está de fato o enxergando.

— Tenho que pensar — diz ele, afundando a cabeça nas mãos.

— Tripp, eu... — Estou perdida. É evidente que ele não está bem, mas o sr. Solomon está ainda pior, por isso o segundo tem que ser minha prioridade agora. Finalmente localizo o celular no fundo da minha mochila, mas minhas mãos tremem tanto que quase o derrubo. — Vou ligar para a emergência — anuncio. Se é para tranquilizar Tripp ou a mim mesma, não sei ao certo.

— Para de gritar — diz Tripp com voz rouca. Sua cabeça ainda está enterrada nas mãos. — Não consigo pensar com você gritando assim.

— Não estou gritando — digo, à beira das lágrimas. — Estou tentando usar *a porra do meu telefone.* — Enfim consigo digitar, e dentro de alguns segundos uma voz calma responde: — 9-1-1, qual é a sua emergência?

— Alguém se feriu — soluço, meus olhos se alternando sem parar entre o idoso caído e Tripp. Um deles está perfeitamente imóvel, e o outro está se balançando no chão, balbuciando para si mesmo. Quero, de maneira desesperada, ajudar os dois, mas não posso. Não sei como.

Não sei como ajudar ninguém.

CAPÍTULO 22

TRIPP

Paredes brancas, luzes ofuscantes, o cheiro forte de amônia.

— Os sinais vitais estão normais — diz uma voz. Sinto meu olho ser repuxado e vejo uma luz ainda mais ofuscante. — As pupilas parecem normais também. Não há nada de errado com ele fisicamente, então só posso acreditar que seja estresse pós-traumático.

— Não me surpreende — diz outra voz. — É o pior tipo de *déjà-vu* que se pode ter.

Alguém aperta meu ombro.

— Tripp, você vai ficar bem, prometo, mas estamos com dificuldade para entrar em contato com o seu pai. Para quem mais podemos ligar?

Não sei do que estão falando, ou por que precisam contatar meu pai. Mas sei a resposta para aquela pergunta, por isso respondo:

— Ninguém. Não tem mais ninguém.

Algumas horas mais tarde, estou sentado em uma sala da delegacia de polícia de Sturgis com Regina. Já recobrei os sentidos o suficiente para saber que Brynn ligou para ela, e ela fechou a confeitaria para estar aqui.

— Você não precisava ter feito isso — disse quando Regina me contou. — Eu podia ter... Devia ter pedido para ligarem para Lisa Marie.

— Não — responde ela. Sempre foi quem mais me encorajou a dar outra chance à minha mãe, mas nem mesmo ela pôde encontrar algo de positivo na entrevista sugerida com Gunnar Fox. Deu tapinhas em minha mão, que, para Regina, é o mesmo que um abraço de urso. — Não para isto.

Ela me encontrou no hospital, para onde fui levado junto com o corpo do sr. Solomon, porque aparentemente entrei em estado catatônico quando o vi. Não me lembro dessa parte, no entanto. Não lembro nada depois de Brynn segurar o corrimão, e a expressão em seu rosto quando exclamou "ah, não".

Regina disse que é uma benção.

— Ninguém precisa lembrar de algo assim — afirmou ela quando lhe contei.

Não serei de grande ajuda a meu velho amigo policial Patz, que se senta diante de nós e nos encara com algo que quase parece compaixão.

— Como você está? — pergunta.

— Bem — respondo automaticamente.

— Não precisa falar comigo agora. Podemos esperar até você estar se sentindo melhor, ou até seu pai poder estar presente.

— Ele está dormindo — respondo. — Só vai acordar daqui a algumas horas. Não tem problema. Falo com você agora. Não quero ter que voltar.

O policial olha para Regina.

— Acha que ele está mesmo bem para isto?

Ela dá mais tapinhas na minha mão.

— Se ele está dizendo que está. Mas por que a polícia está envolvida, Steven? Achei que o pobrezinho do velho Dick tinha caído e batido a cabeça.

Pobrezinho do velho Dick. O sr. Solomon, que costumava plantar flores gigantes e acenar para todos depois do treino de futebol. Sei, em teoria, que está morto, mas ainda não processei de fato o acontecido. Não parece real.

— Caiu — concorda o policial. — Mas é possível que também tenha havido um assalto envolvido. Não estamos conseguindo encontrar a caixa de pesca vermelha dele. Sabe qual é? — Regina faz que sim com a cabeça; recebeu pagamento saído daquela caixa várias vezes. — Talvez esteja relacionado, talvez não, mas vamos tratar a casa como uma cena de crime até sabermos mais. Já falamos com Brynn Gallagher, que foi de grande ajuda, então acho que já temos quase tudo de que precisamos. Qualquer coisa que Tripp adicionar será um bônus.

Não vejo Brynn desde a casa do sr. Solomon; não consciente, ao menos. Sei que ela estava no hospital, mas não me lembro de nada. Eu me sinto de repente nauseado, imaginando o que ela deve ter pensado de mim naquele estado. Bom trabalho entrando em colapso em meio a uma crise, Talbot.

Mas não é apenas vergonha que me deixa doente. É não saber o que posso ter dito enquanto estava fora de mim. *O que disse?*

— Não sei o que eu disse — afirmo de maneira abrupta, levantando os olhos, para encontrar os do policial.

Ele pega a caneta com voracidade.

— Sobre o quê?

Não. Não posso perguntar a ele. O que diabos estava pensando?

— Não sei o que *vi* — conserto. — Não lembro.

— Eu sei. Falamos com o médico que avaliou você. A sua memória pode voltar em algum momento, mas não há por que forçar a barra, ainda mais hoje. Vamos só falar sobre como vocês chegaram e entraram na casa, tudo bem? Talvez você tenha notado algo que Brynn não viu.

Tento ajudar o melhor que posso, mas percebo pela expressão resignada de Patz que não estou adicionando nada de útil. Após certo ponto, ele para de fazer anotações e apenas assente enquanto tagarelo.

— OK, bom, a boa notícia é que Brynn Gallagher é muito minuciosa — diz ele enfim, fechando o caderno. — Acho que é algo útil para uma estudante de jornalismo.

— Ex-estudante de jornalismo — corrijo.

— Bom, mas ela agora está naquele estágio — comenta Patz.

— Que estágio? — Olho para Regina, que parece igualmente confusa.

— Naquele programa, *Motivação* — responde o policial. — Você sabe, uma série de *true crime*? Ela nos contou durante a entrevista. O que é interessante, porque estivemos em contato com uma das produtoras a respeito... — Ele corta sua fala, franzindo o cenho quando nota minha expressão. — Você não sabia?

— Não — respondo, cerrando os punhos em meu colo, tão apertados que as articulações ficam brancas. — Não sabia.

CAPÍTULO 23

BRYNN

Arruinei tudo em todos os sentidos possíveis.

Com meus pais, que estão possessos por ter contado sobre o soco que recebi ou a arma que apontaram para mim. Tudo isso veio à tona quando eu estava dando meu depoimento à polícia, então precisei contar a eles também. Com Carly, que havia especificamente me dito para não retornar à casa do sr. Solomon e está sendo arrasada por Ramon d'Arturo por, nas palavras dele, "deixar uma criança colocá-la no meio de um potencial pesadelo de relações públicas". Com Nadia e Mason, que estão magoados porque não contei sobre meu estágio em *Motivação*.

E com Tripp, imagino. Mas não sei com certeza, visto que não respondeu a nenhuma das minhas ligações ou mensagens. Tentei passar na confeitaria esta manhã antes da igreja, mas apenas Regina estava lá, e balançou a cabeça quando me aproximei do caixa.

— Tripp não está, querida — disse. Al bateu com a rabo no chão, mas não se levantou, como se até ele estivesse decepcionado comigo.

— Mas ele está bem? — perguntei.

— Fisicamente, sim.

— E no restante?

— Vou deixar que ele mesmo responda isso — disse Regina. De maneira gentil, mas firme.

A única pessoa que não me odeia é Ellie, é com ela que estou em meu quarto, enquanto nossos pais estão ao telefone com Carly, discutindo se, e como, eu deveria ter permissão para voltar a trabalhar no *Motivação*. Ellie trouxe seu antigo kit de truques de mágica, como se ainda tivesse dez anos, e está remexendo o conteúdo da caixa enquanto fico estirada na cama e encaro o teto.

— Pensa pelo lado bom — argumenta ela —, o que aconteceu está colocando as fotos dos pênis no chinelo.

— Ainda está cedo demais para brincar com isso — resmungo, virando de lado para ficar olhando para a janela desta vez.

Espero outra afirmação boba de Ellie, porque é a sua abordagem usual quando está tentando alegrar alguém, mas em vez disso ela deixa um suspiro suave escapar.

— Eu sei. É normal ficar se sentindo mal por um tempo. Eu também estou. Coitado do sr. Solomon.

O caroço em minha garganta fica ainda maior, e lágrimas fazem meus olhos arderem.

— Tinha um buraco na meia dele — digo, e é o que me faz desmoronar. As lágrimas caem. Não sei por que aquele pequeno detalhe em particular me faz me sentir tão mal, mas sempre que penso nele, meu peito dói. Os braços de minha irmã me envolvem enquanto me dobro em posição fetal, soluçando tão forte que o restante de mim começa a doer também.

— Pelo menos ele teve uma vida longa, sabe? — diz Ellie, fungando e passando as mãos em meus cabelos. — E uma boa vida. Acho que ele era feliz. Talvez tenha até sido uma benção, que tenha acontecido antes de ele começar a ficar mais confuso e não poder mais morar sozinho. Não acho que ele fosse querer sair daquela casa.

— E se ele estivesse assustado? — engasgo. — No fim? E estava sozinho, e... — Paro de falar, chorando ainda mais. Já se passou um dia inteiro desde que encontramos o idoso, e não consigo parar de chorar por mais do que algumas horas. Enfim compreendo como Tripp deve ter se sentido naquela floresta há quatro anos.

— Não estava sozinho. Você estava com ele. — Ela não tem razão em nenhum sentido, pois o sr. Solomon já estava morto quando cheguei lá. Mas fiquei segurando a mão dele enquanto esperava pela ambulância, meu outro braço estendido para conseguir segurar o joelho de Tripp também, que era a única parte dele que eu conseguia alcançar. Foi um pouco ridículo, mas eu não podia deixar nenhum dos dois sem um pouco de contato humano.

Sento na cama, esfrego o rosto e respiro profundamente duas vezes, estremecendo.

— Pisei tanto na bola. Você tinha razão, Ellie. Devia ter contado a todo mundo o que estava fazendo no *Motivação* desde o começo.

Minha irmã faz uma careta.

— Gostaria de levar o crédito, mas não acho que eu tenha de fato dito isso. Tenho quase certeza de que fui sua cúmplice em todos os sentidos. — Dá de ombros e afasta uma mecha de cabelo do meu rosto. — Vai dar tudo certo. As pessoas só precisam de um tempo para digerir.

— Espero que sim. — Suspiro e pego o celular da mesa de cabeceira. A última mensagem que recebi é de Nadia, em resposta a uma série de pedidos de desculpas que enviei: *acho que só não consigo entender por que esconder uma coisa dessas.*

Não tenho uma boa resposta para ela. O que posso dizer? *Não estava nos meus planos retomar nossa amizade de verdade, foi mal!* Voltei a Sturgis com grande ressentimento do lugar, tratando os cinco meses que teria que passar na Saint Ambrose como uma ponte indesejada para chegar a um lugar melhor. Não me dei conta do quanto aquela atitude tinha se infiltrado nas minhas interações com as pessoas até me ver sozinha no meu quarto com apenas minha irmã de companhia.

— Tripp continua sem falar comigo.

— Acho que você vai ter que ser paciente com esse aí — diz Ellie. — Depois do que aconteceu com a mãe, isto deve estar parecendo um flashback da história com Gunnar Fox. — Ela deve notar minha expressão de desespero, pois se apressa em acrescentar: — Não estou dizendo que *seja* a mesma coisa. Mas pode ser como ele está *se sentindo* no momento. — Começa a brincar com um fio solto em uma das minhas fronhas e continua: — Mas também não sei se é a pior coisa do mundo você se afastar um pouco dele. Se as circunstâncias da morte do sr. Larkin não são bem o que parecem, bom, Tripp vai ser o centro das atenções dessa história, não vai? E você tem que admitir, a maneira como ele agiu na casa do sr. Solomon foi bem estranha. Sei que é traumatizante e tal, mas ele não disse algo parecido com "o que você fez"?

— Disse. E para eu parar de gritar também, mesmo eu não tendo gritado. Parecia que era para o sr. Larkin que ele estava olhando, não o sr. Solomon.

— O que foi mesmo que Tripp disse na festa da Charlotte? — Ellie se atira de barriga para baixo na cama com meu travesseiro sob seus braços. — Foi, *eu precisava que você me odiasse?*

— É. Mas estava falando do que aconteceu na aula de educação física. Foi antes de o sr. Larkin morrer.

— Hummm. — Ellie estreita os olhos. — OK. Então qual é a sua teria?

— Sobre o quê? Sobre o que aconteceu com o sr. Solomon, ou com o sr. Larkin?

— Os dois. Um ou outro.

— Ainda não tenho uma teoria. Estou coletando informações.

Ellie revira os olhos.

— Desculpa esfarrapada, Brynn. Você precisa ser mais como aquela garota, Ellery.

Alguns dias atrás, Ellie entrou em meu quarto enquanto eu assistia a uma entrevista no YouTube com Ellery Corcoran, a menina que ajudou a solucionar os assassinados de Echo Ridge que Tucker, um dos produtores do *Motivação*, queria cobrir. Carly decidiu que a história já era *notícia velha*, mas eu me interessei o bastante para querer pesquisar.

— Primeiro suspeitei que tivesse sido o namorado da vítima, porque é sempre o namorado, não é? — dizia Ellery no vídeo quando Ellie entrou. — Depois achei que podia ter sido o ex-namorado da minha mãe. Dois deles, na verdade. Ou meu vizinho, ou a irmã da minha amiga, ou alguns colegas diferentes...

— Uau — comentara Ellie. — Ela é minuciosa.

— Ela é uma grande confusão, isso sim — rebati, mas não podia evitar simpatizar com Ellery. Ela era cheia do que Carly falou em nossa entrevista: *paixão*. Enquanto isso, aqui estou eu, cuidadosamente documentando pedacinhos e fragmentos de dados sem jamais chegar a uma conclusão. O jornalismo de *true crime* é de fato muito diferente de qualquer coisa que eu já tenha feito antes; há coisas impossivelmente importantes em jogo. E estou amedrontada demais com a ideia do que posso vir a descobrir; a respeito do sr. Larkin, Tripp, ou de alguém em quem sequer pensei ainda.

Tudo o que respondo a Ellie agora é:

— Estou me esforçando.

— Bom, seja lá o que esteja acontecendo, você tem que admitir que Tripp é um pouco suspeito. — Ela tem razão, obviamente; sempre soube, mesmo enquanto continuava a me aproximar de Tripp, mas não posso deixar de franzir o cenho, e Ellie abre um sorrisinho torto. — Desculpa por pensar que o seu namorado é suspeito.

Atiro um travesseiro na cabeça dela em resposta, e quando ela desvia, acerto a tampa do kit de mágica.

— Por que você trouxe isso aí, aliás? Revisitando a infância? Ela se senta, empolgada.

— Ah, não. É para um projeto.

— Que projeto?

— Não vou contar — cantarola ela. — Preciso trabalhar sozinha nisto.

— Trabalhar sozinha? O que você...

Meu celular toca, me interrompendo, e o agarro, torcendo para que seja Tripp, Nadia ou Mason. Mas é um número de Providence. Considero deixar cair na caixa postal por um breve momento, mas como é onde fica a Escola Eliot, a curiosidade vence, e atendo.

— Brynn falando.

— Brynn, oi. Meu nome é Paul Goldstein. Sou professor de inglês na Escola Eliot, em Providence. O reitor Bartley-Reed me passou o seu número. Espero que não tenha problema ligar no fim de semana.

— Não, imagina — respondo, me arrastando para trás na cama, até estar recostada na cabeceira. Ellie pergunta com movimentos labiais *quem é?*, e eu aceno para ficar calada. — Obrigada por retornar.

— Sem problemas. Pelo que entendi, você está fazendo uma espécie de memorial para Will Larkin? E queria opinião sobre... — Ele pausa, como se estivesse verificando suas anotações. — Flores?

— Humm, sim e não. — Depois de tudo que se passou com o sr. Solomon, não podia estar menos interessada em plantas. — Quero dizer, se o senhor por acaso souber de alguma de que ele gostasse em especial, seria bom, mas o que eu gostaria mesmo de saber é se o senhor poderia compartilhar alguma lembrança que tenha dele. Como era trabalhar com ele, esse tipo de coisa.

— Lógico! — responde Paul Goldstein. Ele parece ser semelhante ao sr. Larkin: o tipo de professor que está disposto a encorajar alunos sempre que mostram iniciativa. — Bom, primeiro, Will era um professor de inglês brilhante. Conhecia os clássicos como a palma da mão, mas também gostava de trazer autores contemporâneos para a sala de aula. — Paul continua por mais algum tempo, descrevendo o estilo de ensino do sr. Larkin, e tudo em que consigo pensar são as palavras de Ramon d'Arturo: "O homem é um buraco negro." Paul Goldstein não poderia ser mais simpático se tentasse, perdendo um pouco de seu tempo livre em um domingo para compartilhar suas lembranças, mas não está me dizendo nada que eu já não saiba.

— Isso ajuda muito, obrigada — digo quando ele faz uma pausa para recuperar o fôlego. — Eu o adorava como professor, então concordo com tudo o que está dizendo. Também estava me perguntando: que tipo de coisa ele gostava de fazer fora da sala de aula? Como alunos, nunca pudemos ver esse lado dele.

— Bom, para ser muito sincero, eu não sei dizer. Will era uma pessoa muito reservada. Ele sempre vinha de bicicleta para o colégio, então sei que era um ávido ciclista.

Aperto o espaço entre meus olhos. *Ávido ciclista.* Fascinante. Posso praticamente ver Ramon d'Arturo caindo no sono em sua cadeira.

— Ele falava muito sobre a família?

— Não, não acho que ele costumava falar — responde Paul, e sinto uma pontada afiada de decepção, até ele emendar: — Bom, teve só uma vez.

— Ah? — Eu me empertigo. — Quando foi? — Ellie, que passara aquele tempo todo me observando, também endireita a postura diante da minha expressão. Ela se inclina mais para perto, para poder ouvir também.

Paul solta uma risadinha.

— Foi em uma festa dos funcionários da escola. Quando está todo mundo um pouco mais soltinho do que o usual, graças aos refrescos... Mas não mencione essa parte a ninguém — acrescenta ele depressa.

— Não vou — prometo.

— Will já havia aceitado o emprego na Saint Ambrose na época, e estava de partida dali a algumas semanas. Perguntei a ele qual era a atração do lugar, porque, você sabe... — Hesita. — Nenhuma ofensa a Saint Ambrose, ou Sturgis, ou qualquer coisa do tipo, mas não é bem, você sabe, um cenário...

— É uma porcaria — digo, torcendo para que minha impaciência não transpareça em minha voz. — Não tem problema, pode dizer. Todos sabemos que é.

— Não, não — diz Paul, mas volta a rir. — É só que uma posição na Eliot é considerada de muito prestígio nos círculos de ensino em escolas particulares, então fiquei curioso para saber por que alguém escolheria deixar um emprego assim tão cedo na carreira. Perguntei a Will, "o que o atraiu em Saint Ambrose?"

— E o que foi que ele disse?

— Bom, primeiro todas aquelas coisas típicas sobre um ambiente de ensino progressista, alunos de todas as classes sociais, você sabe. Então alguém comprou mais uma leva de bebidas... de novo, por favor não mencione isso. Não quero dar a impressão de que os professores da Eliot são um bando de bêbados.

Mas, enfim, depois de terminar a bebida, Will se inclinou para mim e disse, "quer saber qual é o verdadeiro motivo pelo qual estou indo para Saint Ambrose, Paul?"

— E qual era? — pergunto enquanto Ellie finge morder as articulações dos dedos.

— Ele disse, "quero estar na mesma escola que o meu irmão."

CAPÍTULO 24

TRIPP

Na terça-feira, acordo cedo para correr, depois do fim de semana estendido, como sempre. Quando volto para casa, tomo uma chuveirada, café da manhã, escovo os dentes e me visto para a escola, tudo no automático. Camisa abotoada, nó feito na gravata, blazer azul-marinho jogado por cima dos ombros. A única diferença entre hoje e um dia típico qualquer é esta: encho um frasco com o uísque Jim Beam do meu pai antes de seguir para a porta, e viro na direção oposta à da rua que leva a Saint Ambrose.

Não consigo encarar o colégio. Telefono para a secretaria enquanto caminho, imito a voz do meu pai e digo que ficaria em casa, doente. Ninguém fica surpreso. Todos sabem o que aconteceu na casa do sr. Solomon no sábado; meu celular está explodindo de mensagens de pessoas com quem não quero falar.

Inclusive Brynn. *Especialmente* Brynn.

Em quem não estou pensando, nem agora, nem nunca mais. Ela teve a audácia de *me* chamar de péssimo mentiroso? Ela é a *pior* mentirosa de todas, espionando o colégio inteiro para o *Motivação*. Espero que ela tenha um dia de merda lidando com as repercussões disso, e fico quase chateado de não estar lá para assistir.

Mas não o suficiente para dar as caras.

Não sei aonde exatamente estou indo, e não ajuda que já tenha quase terminado metade do uísque antes de ter andado dois quilômetros.

— Mais devagar — repreendo a mim mesmo depois de tropeçar em um buraco na rua. Se bem que aquilo é culpa da prefeitura, na verdade, por permitir que este monte de bosta conhecido como Sturgis continue caindo aos pedaços. Ainda assim, acho que não seria má ideia sair do meio da rua e ir para a calçada, e é naquele instante que algo chama minha atenção: a entrada arqueada de pedra para o cemitério de Sturgis. Talvez fosse este o meu destino o tempo inteiro. Onde o sr. Solomon logo estará, e onde o sr. Larkin dorme seu sono eterno há quatro anos, mesmo não sendo daqui.

Nunca me ocorreu, até o momento, ponderar por que não foi enterrado em outro lugar.

Sei onde fica o túmulo dele, mais ou menos. Preciso caminhar um pouco para encontrá-lo, porque não é como se eu visitasse o cemitério com frequência. Duas vezes ao ano, talvez? Não trago flores nem nada quando venho. Apenas fico parado ao lado da sepultura, como estou agora, e leio a gravação na lápide. *A águas nunca sulcadas ou a paragens com que nunca sonhastes*. É Shakespeare, a sra. Kelso nos disse durante o funeral. Acho que deve ter sido ela quem escolheu.

Então digo o mesmo de sempre:

— Sinto muito.

Não costumo seguir o pedido de desculpas com um gole de uísque, mas também não costumo vir aqui três dias depois de encontrar o cadáver de alguém, de modo que... é necessário abrir certas exceções.

— Acho que sou amaldiçoado. — Me ouço dizer. É novidade.

O vento fica mais forte, jogando meus cabelos dentro dos olhos, e os afasto para trás. Não trouxe um casaco, por nenhuma outra razão, fora o fato de que não queria vestir um, e provavelmente deveria estar sentindo frio. Mas não estou. Estou apenas entorpecido.

— Não sei quando começou — digo à lápide do sr. Larkin. — Talvez tenha sido com você, mas talvez antes. Quando Lisa Marie foi embora. Ou talvez tenha sido quando duas pessoas que nunca deveriam ter se juntado resolveram ter um filho que não queriam.

Desmorono pesadamente na grama. O solo é frio e duro debaixo de mim, sulcado com torrões semicongelados. Quando coloco o frasco de uísque no chão, ele cai na mesma hora. Ainda bem que tive a presença de espírito de tampá-lo primeiro.

— Mas isso também não é justo — continuo dizendo para a lápide. — Meu pai me queria. Só não sabia o que fazer depois de ter.

Tenho bastante certeza de que meu pai jamais ficou tão grato pelo fato de termos horários opostos do que neste fim de semana. Ele se desculpou milhões de vezes por estar dormindo durante a parte do dia dedicada ao hospital-barra-delegacia--de-polícia, mas pude notar que estava aliviado também. Quase tanto quanto eu.

— Está se sentindo melhor? — perguntou quando finalmente nos encontramos na noite de sábado. — Precisa de alguma coisa? Falar com alguém, ou...

— Estou bem — respondi.

Palavras menos verdadeiras jamais foram ditas, mas meu pai apenas assentiu.

— Regina foi provavelmente a melhor pessoa para estar lá — comentou ele.

E tinha razão; foi mesmo. E aquilo me aterrorizou, pois o que farei quando perder Regina? E vou, em algum momento, porque assim é a vida.

— Melodramático — digo ao túmulo, e depois sinto necessidade de elucidar: — Eu, não você. Você não é melodramático. Só...

Morto. Ainda. Sempre.

Eu me levanto um pouco cambaleante, segurando o frasco em uma das mãos, me sentindo nauseado e desesperado para ir embora. Mas para onde deveria ir? Estou cercado por nada, a não ser pedras cinzentas e galhos desfolhados. É então que meus olhos são atraídos por um ponto de cor, uma casa familiar de um tom vivo de azul, pela qual costumava passar de bicicleta quando minha mãe estava na cidade porque achava que ela talvez pudesse me ver e me convidar para entrar. A casa de Valerie, onde Lisa Marie está agora.

Lisa Marie. Pelo menos foi sincera sobre estar fazendo um programa sobre meu professor morto, ao contrário de certas pessoas.

De repente me parece uma ótima ideia ir encontrar minha mãe. E esse deve ser o primeiro indício de que estou mais bêbado do que tinha me dado conta. O segundo é o fato de que, quando alcanço a porta de Valerie, não consigo encontrar a campainha, então apenas giro a maçaneta, e ela obedece. Abro a porta e entro na casa.

Não sei muitos detalhes a respeito de Valerie, além de que estudou no ensino médio com minha mãe, é divorciada, mas não tem filhos, e corta cabelo na barbearia do Mo. Sempre foi simpática comigo, me chamado de "querido" sempre que a vejo. Às vezes me pergunto se é porque não lembra meu nome, mas é melhor do que ser chamado de "Trey".

A casa é pequena, com dois andares como a minha, mas é muito mais bem cuidada. Tem quadros pendurados nas paredes, várias almofadas de cores vibrantes e um carpete desta década. Também está silenciosa; a única coisa que ouço é um chuveiro ligado. Estou sentado no sofá macio de Valerie, olhando ao redor e me perguntando se é ela ou minha mãe quem está se arrumando, quando avisto uma distinta capa de celular floral na mesa de centro. Eu a reconheço como sendo de Lisa Marie, e há um pequeno celular dobrável ao lado dela.

A menos que Valerie prefira tecnologia ultrapassada, estou bastante certo de que é um celular pré-pago extra.

— O que você está tramando? — murmuro, pegando o iPhone de Lisa Marie primeiro. Quando o viro, a tela se ilumina com uma mensagem.

Gunnar: *Adorei. Podemos tentar com lágrimas agora?*

A última vez que Lisa Marie esteve em Sturgis, saímos para jantar, e ela fez um grande alvoroço porque queria de qualquer jeito gravar meu reconhecimento facial nos ajustes de segurança dela: "para eu poder ter sempre um pedacinho de você comigo", dissera. Estava na terceira cerveja àquela altura, e parece que ela não mudou os ajustes desde então, pois desbloqueio o telefone ao virá-lo para mim. A mensagem dizendo *podemos tentar com lágrimas* é a mais recente de uma longa série entre ela e Gunnar Fox. É em resposta a um vídeo que ela enviou na noite passada, e clico nele para assistir. Lisa Marie surge na tela, sentada neste mesmo sofá, vestindo uma blusa floral modesta e com uma expressão sofrida no rosto.

— Acho que já sabia, desde muito cedo, que Noah não era como as outras crianças — diz ela. — Sempre tive tanto medo do temperamento dele. É por isso que fui embora. Quando fiquei sabendo do professor, tudo em que conseguia pensar era: é verdade? O que sempre temi finalmente aconteceu?

Pauso o vídeo. "Acho que já sabia, desde muito cedo, que Noah não era como as outras crianças." Isto é real? É mesmo verdade? Este sou de fato eu, e só não consigo enxergar? Tudo se encaixa, certo? Talvez coisas ruins continuem acontecendo não porque sou amaldiçoado, mas porque *sou eu* a maldição. Até minha própria mãe pensa assim.

Tento recomeçar o vídeo, mas o telefone escorrega em minha mão, e acabo voltando à conversa entre Lisa Marie e Gunnar. São várias as mensagens, demais para ler todas, de modo que começo em algum ponto no meio.

Lisa Marie: *Ele não aceitou. Tentei de tudo.*

Gunnar: *Preciso disto, Lee.*

Gunnar: *Preciso pegar Shane Delgado de jeito, antes que o advogado do pai dele me pegue.*

Gunnar: O Não Cometa o Crime *pode acabar definitivamente se as coisas continuarem deste jeito.*

Gunnar: *O garoto é uma porra de um psicopata, sei que é. Mas o protegem como se fosse um príncipe.*

Lisa Marie: *Não sei o que você quer que eu faça.*

Lisa Marie: *Já tentei de tudo.*

Lisa Marie: *Meu filho é um merdinha teimoso.*

Gunnar: *E se tentarmos uma abordagem diferente?*

Lisa Marie: *???*

Gunnar: *Os três tramaram tudo juntos.*

Gunnar: *Noah não é a testemunha, você é.*

Gunnar: *Ele é a maçã podre que fez Delgado de cúmplice, e você não pode mais acobertá-lo.*

Gunnar: *Pago a você o que ia pagar a ele.*

Bile me sobe à garganta, e a engulo. As palavras começam a girar diante de mim, mas não antes que eu faça uma captura de tela da conversa e a envie para mim, junto com o vídeo. Quando termino, pego o outro celular. Não tem senha neste, e apenas um punhado de mensagens enviadas. Todas feitas com uma única palavra: *assassino* ou *assassina.*

Dois dos SMS foram para o meu número. Não sei os números de Shane e Charlotte de cabeça, mas quando procuro na minha lista de contatos, são os mesmos que vejo no celular dobrável. Parece que não foi Colin Jeffries quem enviou aquelas mensagens, afinal. Foi minha mãe.

Estou tão focado em vasculhar os dois celulares que não ouço quando o chuveiro é desligado, nem nada mais, até uma voz indignada dizer:

— O que diabos você está fazendo aqui? — Olho para cima e vejo Lisa Marie enrolada em um roupão azul felpudo, uma toalha branca na cabeça e uma carranca incrédula no rosto. — Você invadiu a casa da Valerie?

— Não. Estava aberta. — Minhas palavras estão espessas e arrastadas, tento falar devagar, embora não ache que esteja ajudando muito. — Mas vasculhei os seus celulares.

— Me dá isso! — Ela avança e me alcança em um instante, tomando os dois aparelhos de mim, e não resisto porque já tenho o que preciso. Bem, quase.

— É isto que não entendo... E, para seu governo: estou um pouco bêbado, o que pode estar exasperando o problema. — Essa não é a palavra certa, mas que se dane. — Entendo que você esteja disposta a mentir por dinheiro e dizer que sou um assassino, depois que eu me recusei a mentir por dinheiro e dizer que Shane é um assassino. Mas o que não entendo é por que você mandou mensagens para nós três, nos chamando de assassinos, antes mesmo de eu me recusar. E como foi que você conseguiu o número de Shane e Charlotte?

— Meu Deus — diz Lisa Marie, me estudando. — Você *encheu a cara* mesmo.

— Isso não é resposta.

Ela solta o ar.

— Você não vai nem lembrar a resposta, vai? Foi Gunnar quem conseguiu os números. Ele tem os recursos dele. E as mensagens foram só um floreio. Gunnar queria criar essa imagem que você estava sendo colocado no mesmo saco que aqueles dois, a ponto de estar sendo injustamente assediado. Mas você estragou tudo.

— Então, só para deixar as coisas bem explicadas. *Você* me assediou injustamente.

— Estávamos construindo uma narrativa, Trey. Você teria saído da história como um herói se tivesse me escutado.

— Não me chama assim.

Ela franze o cenho.

— O quê?

— Não me chama de "Trey". Esse não é o meu nome. Não é nem o meu apelido.

— É o *meu* apelido para você.

— É, bom. — Eu me ponho de pé, instável, desejando estar um pouco mais lúcido, pois uma vez que tenha dito o que tenho a dizer, nunca mais voltarei a falar com ela. — Você mentiu para a câmera e disse que sou um assassino desde o dia em que nasci em troca de dez mil dólares, então quer saber? Você não tem o direito de me chamar de nada. A única coisa que tem o direito de fazer é se mandar e se foder.

Sigo para a porta com Lisa Marie em meu encalço.

— Tudo o que você tinha que fazer era me *escutar*! — exclama. — Queria trabalhar com você, não contra você. Mas você tem que ser teimoso assim, soberbo pra cacete, como se o seu lugar fosse de fato naquela escolinha de nariz em pé. Você nunca nem me perguntou por que eu estava precisando do dinheiro. Estou com problemas de saúde, Trey. E meu plano de saúde é uma merda, meus cartões de crédito estão estourados, e o Júnior não ajuda em nada. Então, antes de você sair por aí enchendo a cara e julgando as pessoas, talvez pudesse pensar *nisso*.

Achei que tinha terminado de falar o que precisava com ela, mas ainda tenho mais uma coisa a dizer. Abro a porta, me viro para me apoiar contra o batente e a encaro uma última vez.

— Tenta com lágrimas agora — digo antes de bater a porta.

CAPÍTULO 25

BRYNN

Já faz quase uma semana desde que eu e Tripp encontramos o corpo do sr. Solomon, mas ainda não vi ou tive notícias do primeiro. Não tem aparecido na escola, que é um dos muitos motivos que fazem meu estômago revirar de preocupação, e não responde minhas ligações ou mensagens.

Já as mensagens de Charlotte, por outro lado, estão se acumulando, velozes e furiosas, em meu telefone:

Não estamos encontrando Tripp em lugar nenhum.

A culpa é sua.

Shane e eu queremos ir até a casa dele, mas não sabemos onde fica.

Onde fica a casa dele?

Só porque estou te pedindo um favor não significa que parei de culpar você.

Deixo o celular de lado, sem responder. Como diabos, depois de quatro anos de amizade, ela não sabe onde Tripp mora?

Se não fosse tão estranho, quase ficaria tentada a dar o endereço a ela, pois ele com certeza não abriu a porta para mim quando fui até lá. Mas parece outra traição entregar uma informação que Tripp poderia ter compartilhado centenas de vezes a esta altura, se quisesse.

De qualquer modo, eu deveria estar trabalhando.

Consegui meu estágio, mas por um fio. As regras que tenho que seguir agora são muitas: não posso estar envolvida em qualquer nova reportagem, perdi acesso a tudo, exceto o meu próprio disco rígido, e não tenho mais permissão para entrar no Poço. Pior ainda, o pedido por informações a respeito do sr. Larkin foi tirado do site do *Motivação*.

Quando tentei contar a Carly sobre o que Paul Goldstein me disse (que o sr. Larkin havia aceitado a posição na Saint Ambrose para poder estar na mesma escola que o irmão), ela levantou a mão antes que eu pudesse dizer mais do que algumas poucas palavras.

— Vamos parando por aí — disse. — Essa história já causou problemas mais do que suficientes.

Não me atrevi a protestar.

Minhas únicas tarefas agora são ajudar a atualizar o site, revisar documentos e compilar vídeos curtos. É tedioso e odeio tudo, mas é melhor do que ser demitida. Tenho um novo supervisor, um diretor de relações públicas chamado Andy Belkin. Antes de ser banida do Poço, Gideon me disse que os assistentes de pesquisa o chamam de "Andy Sem Graça".

— Então, sobre esses pacotes que você organizou. — Eu me sobressalto quando Andy surge acima da parede do meu cubículo, como se minhas ponderações ressentidas o tivessem convocado. Andy é do tipo que gosta de camisas de botões com mangas curtas, e hoje está vestindo uma versão amarelo-clara. Franze o cenho ao mostrar um maço de papéis grampeados que deixei na mesa dele quinze minutos antes. — Para os próximos, prefiro que você grampeie na diagonal.

— O quê?

Ele aponta para o grampo, que está paralelo ao topo da página.

— Você grampeou reto, e prefiro que seja na diagonal. — Pega meu grampeador e vira a folha de modo que seu grampo crie um triângulo na ponta da página. — Está vendo? Deste jeito. Só que, obviamente, mais alto, porque, neste caso em particular, tive que evitar o grampo já existente.

Por favor, me mate. Só me mate de uma vez, Andy, e acabe logo com isto.

— OK.

— Quer que deixe este aqui como referência?

— Não, acho que já entendi, Andy. Obrigada.

Ele desaparece, e descanso a cabeça na mesa para poder bater com ela muito discretamente.

Ainda é sexta-feira, mas parece que vivi uma eternidade esta semana. Uma eternidade triste, tediosa e isolada. Segunda foi um pequeno momento de alívio, feriado de Martin Luther King, mas na terça parecia que eu estava sendo julgada, *Saint Ambrose* versus *Brynn Gallagher,* com a escola inteira me olhando feio enquanto eu passava pelos corredores. *Espiã* foi o termo mais simpático de que fui chamada. Fui me esconder na biblioteca a cada instante livre que tinha, inclusive na hora do almoço.

A quarta-feira foi um pouco melhor. Enquanto estava guardando meus livros no armário, antes do primeiro sinal, Nadia se aproximou e cutucou meu braço.

— Por que você foi comer na biblioteca ontem? — perguntou. — Achou que não íamos deixar você sentar conosco?

— Er. — Foi exatamente o que tinha pensado. — Não queria colocar vocês em uma situação difícil ou coisa do tipo, então...

Nadia revirou os olhos.

— Você é a fofoca do dia, Brynn. Já, já vai ser notícia velha. É assim que são as coisas por aqui, e Mason e eu nunca prestamos atenção a isso. Mas seria legal se você fizesse um pouco de esforço para mostrar que está arrependida por ter nos deixado no escuro. Além de mandar mensagens pedindo desculpas.

Ela estava certa, óbvio. Enquanto estou agradecida por Nadia e Mason não terem me abandonado, sinto falta da amizade fácil de antes, e não sei bem como recuperá-la.

Em resumo, provavelmente mereço o purgatório de grampear dúzias de documentos segundo as especificações precisas de Andy. Mas ainda assim não gosto.

Quando termino minha compilação seguinte, sigo para uma sala de reuniões vazia, fecho a porta e tiro o meu celular do bolso. Carly não quis me deixar falar sobre o talvez irmão do sr. Larkin hoje, e é uma curiosidade que ainda preciso matar. Pressiono um nome em meus contatos e espero até uma voz irônica dizer:

— O que foi agora, meio-que-adorada sobrinha?

— O sr. Larkin tinha um irmão na Saint Ambrose? — pergunto a tio Nick sem rodeios. — Você chegou a conhecer alguém, ou a saber de alguém, enquanto trabalhava lá?

— O quê? — Ele soa perplexo. — Um irmão? Não. Por quê?

— Falei ao telefone com um professor da escola em que o sr. Larkin trabalhava antes de ir para a Saint Ambrose, e ele me disse que o sr. Larkin havia contado a ele que estava vindo trabalhar aqui para ficar junto com o irmão. O que é estranho, não é? É a primeira vez que ouço falar em um irmão.

— Você está de brincadeira? — A voz do meu tio torna-se atipicamente fria. — Depois de tudo que aconteceu, você ainda está correndo atrás de informações sobre Will?

Minha garganta fica seca. Liguei para tio Nick sem pensar, achando que podia conversar com ele, como sempre fiz.

— Entrei em contato com a escola antiga dele antes do sr. Solomon morrer, e só me retornaram...

— Você é inacreditável, sabia? — A vergonha me mantém calada, e ele solta um suspiro. — Eu coloquei o meu pescoço na reta por você.

— Desculpa... — Começo, mas estou falando para o vazio. Ele desligou. Meu tio, que quase nunca perde a cabeça, finalmente explodiu.

Deveria ter suspeitado que seria assim; já tinha causado problemas o suficiente para tio Nick com meus pais. Minha mãe, em especial, ficou furiosa por ele não ter contado a eles sobre o soco que Colin me deu na escola. Ela passou metade do fim de semana olhando feio para meu tio e resmungando coisas como "não me lembro de ter aceitado um terceiro adolescente na casa, mas parece que foi exatamente isso que aconteceu".

Pego o caminho mais longo para retornar ao meu cubículo, passando pelo escritório de Lindzi, porque não posso deixar de ter esperança de que, se ela me vir, vai acenar e me chamar para entrar, como costumava fazer. Posso estar errada, mas quando Lindzi passou pela Scarlet, enquanto Carly declarava as novas regras, o olhar que me lançou pela janela pareceu solidário. Seria bom ver um rosto amigo agora. Ao me aproximar da sala dela, no entanto, posso ouvir que está ao telefone, por isso demoro no corredor, para ver se parece que está para desligar em breve.

— Então você não quer nem falar sobre isso? — pergunta. Uma pausa, e depois: — Eu sei, Carly. Não discordo, mas a dica parece legítima. E se as pessoas tiverem passado esse tempo todo olhando para a história do Larkin pelo ângulo errado? E se for o caso da *polícia* também? — Fico de orelhas em pé quando ela adiciona: — Olha, me deixa mandar tudo para o seu e-mail, certo? E partimos daí.

Mande para o meu também, penso enquanto Lindzi desliga. Ela teria mandado, uma semana atrás. Ouço um ruído de teclado, e ela irrompe porta afora do escritório, seguindo tão depressa na direção oposta que sequer me nota. Encaro as costas dela, depois encaro o escritório vazio.

O laptop de Lindzi está *bem ali.* A tela sequer teve tempo de escurecer.

Olho para trás por cima do ombro para o corredor deserto, e dou alguns passos na direção da sala. Depois, mais alguns. E então...

— Aí está você, Brynn. — A voz nasalada de Andy me sobressalta, e, quando viro, está acenando para mim com páginas grampeadas. — Bom trabalho, mas achei que tivesse dito que queria impressões frente e verso? — Ele me entrega as folhas com um olhar de expectativa. — Estes são documentos muito importantes, a equipe de produção precisa deles para entender o panorama competitivo. Precisam estar perfeitos.

— Eu... — Tomo as folhas da mão dele de maneira automática, mas não consigo tirar os olhos do laptop de Lindzi. Tão perto, e ainda assim tão distante. — Desculpe. Vou me lembrar disso.

— Tudo bem, mas vamos voltar agora e refazer tudo, certo? Por que você não vem comigo, e te mostro onde tem mais papel?

Meus ombros caem de decepção enquanto me preparo para segui-lo. Mas então... não posso. Não posso deixar a oportunidade passar.

— Andy — chamo, um pouco sem ar. — Posso encontrar com você na minha baia? Eu estava a caminho do banheiro, na verdade.

— Ah. — Ele franze a testa e pressiona os lábios, mas apenas por um segundo. — Certo.

— Obrigada. Não vou demorar. — Aguardo até ele ter virado o corredor e depois corro de volta para a sala de Lindzi. Continua vazia, e o laptop ainda está desbloqueado. Coloco a papelada de Andy na mesa e viro a tela de Lindzi na minha direção. O Microsoft Outlook está aberto, e abro a pasta de enviados para ver o último e-mail que ela mandou: *Histórico de Larkin (?)*, para Carly Diaz. Abro e o encaminho para o endereço de Gmail que tenho para quando não quero usar meu e-mail real. Naquele instante, escuto vozes, próximas demais, e uma delas soa um bocado como a de Lindzi. Não há tempo de deletar o que enviei, de modo que terei que torcer para que a produtora não note.

Tampouco há tempo para sair da sala.

Empurro o laptop de volta para a posição em que o tinha encontrado (acho), pego a papelada de Andy e pulo para o mais longe da mesa que consigo.

— Oi! — cumprimento Lindzi animadamente quando entra, acenando com o maço de papéis para ela. — Andy queria que eu entregasse isto a você.

— Ai, meu Deus, Brynn, você quase me matou de susto — diz Lindzi, levando a mão ao peito. Pega os documentos e franze a testa. — Por que ele queria me dar isto?

— Ele... — O que Andy dissera mesmo? — Ele disse que você precisava avaliar o panorama competitivo.

Ela revira os olhos.

— Isso já é forçar a barra um pouquinho, mas obrigada.

— De nada — respondo e me atiro para fora de lá, para terminar de grampear papéis até chegar a hora de ir para casa e olhar meu Gmail.

As notas de Lindzi são curtas e precisas, como ela.

> A maioria das dicas que recebemos pelo site era inútil, mas uma delas dizia "parece com alguém que eu conhecia, mas o nome dele era Billy Robbins". Entrei em contato, e a pessoa alegou ter crescido em New Hampshire com alguém que se parecia muito com William Larkin. Fiquei me perguntando se ele mudou de nome em algum momento, e fui pesquisar nos bancos de dados do tribunal em todos os seis estados da Nova Inglaterra. Encontrei uma forte possibilidade: um

jovem que mudou o nome de William Dexter Robbins para William Michael Larkin há onze anos.

Depois, procurei pelo nome William Robbins. Há várias pessoas chamadas assim, e nenhuma delas parecia ser a correta, mas acabei encontrando um artigo sobre um homem de New Hampshire chamado Dexter Robbins. Está no anexo.

Por favor, leia e me diga o que acha.

Lindzi

Clico no arquivo anexado e abro um artigo do jornal *New Hampshire Union Leader* publicado há quatorze anos.

HOMEM DE LINCOLN DECLARA ESPOSA E FILHO BEBÊ DESAPARECIDOS

A polícia de Grafton County lançou um alerta para Lila Robbins, de 26 anos, e Michael Robbins, de 3 anos, moradores de Lincoln, depois que o marido de Lila Robbins, Dexter, de 42 anos, ao retornar de uma excursão de caça com o filho de 15 anos de um casamento anterior, informou à polícia que os dois estariam desaparecidos.

Dexter Robbins alega que a esposa e o filho foram vistos pela última vez na casa da família no dia 5 de março, uma sexta-feira, quando Robbins e o filho mais velho partiram para o chalé de um amigo nas White Mountains.

Robbins não tinha uma foto mais recente da esposa do que a do anuário do ensino médio. Um dos vizinhos do casal afirma não estar surpreso que Lila e Michael tenham desaparecido.

"Dexter governa aquela família com punho de ferro", disse o vizinho, sob a condição de que seu nome seja mantido em anonimato. "Mal víamos Lila. Até me surpreende que ele a tenha deixado sozinha por um fim de semana inteiro. Ele não deixava que ela fosse a lugar algum, à exceção da igreja."

A família Robbins faz parte de uma igreja fundamentalista localizada em Cross Creek, New Hampshire, que, entre outras coisas, não acredita que seus membros devam receber tratamentos baseados na medicina moderna. "Michael tem asma, mas Dexter não faz nada a respeito", afirmou o vizinho. "Sempre que via a criança, o pobrezinho estava ofegante.

"Se Lila viu uma chance de fugir, não acho que ninguém a culparia por ter aproveitado", concluiu o vizinho.

Eu me recosto na cabeceira da cama e estudo as duas fotografias que acompanham o artigo; uma foto granulada de uma jovem de cabelos louros platinados e maquiagem pesada, e outra de um menininho pequeno de cabelos escuros sendo carregado por um adolescente. A legenda da primeira foto diz: *Lila Robbins, aos 18 anos.* Da segunda, *Michael Robbins, de 3 anos, com o meio-irmão, William.* Os rostos dos dois meninos não estão particularmente visíveis, mas posso quase imaginar, se a boca soturna do menino mais velho estivesse repuxada em um sorriso, que ele poderia se parecer um pouco com o sr. Larkin.

O filho mais velho de Dexter Robbins, William, tinha quinze anos quando o artigo foi escrito. Há quatro anos, ele estaria com vinte e cinco anos, a mesma idade do sr. Larkin quando morreu. O outro menino, a criança de colo que desapareceu com a mãe, teria treze anos quando o sr. Larkin morreu, e dezessete hoje. A minha idade, e a idade dos meus colegas de classe.

Quero estar na mesma escola que o meu irmão.

CAPÍTULO 26

TRIPP

O funeral do sr. Solomon aconteceu na sexta-feira, mas não compareci.

Também tive aula na sexta, mas tampouco compareci. Ou ao trabalho. É interessante como você pode simplesmente parar de fazer as coisas, e o mundo continua a girar. Teria sido bom saber disso antes de desperdiçar tanta energia no que acaba não fazendo a menor diferença. Todo aquele tempo eu poderia ter passado fazendo nada.

Fui à loja de bebidas no sábado, porque o estoque de álcool do meu pai acabou, mas a mulher no caixa me escorraçou de lá às gargalhadas. Ela que acabou sendo motivo de piada, pois um homem no estacionamento não viu problema algum em comprar o que eu quisesse em troca de uma gorjeta de vinte dólares.

— Aqui — disse ele. — Não bebe tudo de uma vez, cabeção. — Comecei a usar o blazer da Saint Ambrose como casaco porque o frio não me incomoda, e também porque não consigo encontrar meu casaco de verdade.

Ele também acabou sendo motivo de piada para mim, porque *bebi* tudo de uma vez, sim.

Meu pai me deixa recados. Não os leio. Disse a ele que estou com febre.

Às vezes vejo o vídeo que Lisa Marie fez, e as capturas de tela do celular dela, e penso em enviá-los a Shane para que o sr. Delgado possa destruir minha mãe e Gunnar Fox de uma vez só. Penso que me daria grande satisfação, de uma maneira que nada mais dá, não fosse pelo detalhe de que o sr. Delgado teria que ouvir o que ela disse a meu respeito.

Acho que já sabia, desde muito cedo, que Noah não era como as outras crianças.

Lisa Marie estava mentindo, mas ao mesmo tempo não estava, porque uma criança normal faria o que fiz e depois seguiria com a vida por quatro anos como se nada tivesse acontecido? Ainda não me lembro de ver o corpo do sr. Solomon, mas tem que ter sido isso o que finalmente me arrancou de meu estado de negação e me atirou direto para dentro do inferno.

Lisa Marie apenas me lembrou que aquele é meu lugar.

Mas durante a maior parte do tempo eu me encolho no sofá e durmo, recuperando todo o sono que perdi nos últimos quatro anos. É isto que ninguém fala a respeito de se estar envolvido em um assassinato: costuma deixar você acordado à noite.

— Tripp. Tripp! Acorda e levanta a bunda daí.

Alguém está chacoalhando meu ombro com violência. Solto um grunhido e abro meus olhos, depois imediatamente volto a fechá-los, quando a luz queima minhas retinas. Mas não preciso ver o rosto da pessoa. Conheço aquela voz.

— Você está cheirando que nem uma cervejaria e a sua aparência está um lixo — diz Regina.

— Bom ver você também — resmungo.

— Que febre que nada. Sabia que estava mentindo. *Senta.* — Ela me obriga a sentar no sofá. — Fechei a confeitaria por sua causa. O mínimo que você pode fazer é levantar.

— Não pedi para você fazer isso.

— Não, você só me deixou lá sozinha por uma semana para poder beber até cair. — Dá um tapa na minha bochecha, mas não com força suficiente para me machucar. — Escuta. Sei que você viu algo terrível semana passada, e que fez você pensar na outra coisa terrível que viu antes. Sei que sua mãe é um caso perdido e extremamente nociva, e que seu pai desistiu há um tempão. Tudo isso é uma grande pena. Mas você não é o único que já passou por maus bocados ou que teve azar na vida, Tripp Talbot. Você tem um teto sobre a sua cabeça, uma boa educação, e o bom-senso que Deus lhe deu. É mais do que muita gente tem. Então levanta daí e segue em frente. Se vai passar o dia inteiro deitado, então pode pelo menos ficar na despensa e dar comida ao Al enquanto isso. — Ela franze o nariz e se afasta. — Mas, primeiro, vá tomar a droga de um banho.

Ela tem razão sobre a última parte. Faz tempo que estou precisando de uma chuveirada, por isso cambaleio escada acima, arranco as roupas que estou vestindo há dias e ligo a água quente. Por alguns minutos, enquanto a água martela meu crânio e ombros, e o cheiro de limpeza do sabonete e do xampu me cercam, penso que talvez deva seguir o conselho dela. Saio e me seco, escovo os dentes, coloco roupas limpas. Embora minha cabeça esteja latejando e minhas mãos tremendo, me sinto um pouquinho normal. Então me olho no espelho, vejo as olheiras e a barba por fazer, e tudo que vejo é *ele*.

Acho que já sabia, desde muito cedo, que Noah não era como as outras crianças

Regina é uma boa pessoa. A melhor que conheço, e não devia ter que lidar com *ele*. De modo que, quando a ouço entrar no banheiro lá embaixo, pego o blazer da escola, o visto depressa e saio correndo pela porta da frente.

Como sempre, não sei aonde estou indo. Minha casa fica em uma rua importante da cidade, e começo a atravessar sem olhar, fazendo com que um carro derrape para me evitar, buzinando alto.

— Punheteiro — resmungo, mesmo tendo sido minha culpa. Outro carro se aproxima, vindo da direção oposta, mas muito mais devagar, e os faróis piscam quando chega perto.

Conheço aquele Range Rover; andei nele dezenas de vezes. O vidro da janela do motorista começa a descer, e Charlotte enfia a cabeça para fora. Está vestindo um casaco branco com capuz de pele falsa, batom vermelho vibrante e uma expressão exasperada.

— Shane e eu procuramos você pela cidade inteira — diz. — Entra.

CAPÍTULO 27

BRYNN

Ellie entra na cozinha sábado à noite enquanto estou mergulhada em massa, usando uma espátula e toda a força que tenho nos braços, pois não consegui encontrar a batedeira. Metade dos equipamentos de cozinha ainda está em caixas desde a mudança de Chicago.

— O que você está fazendo? — pergunta, colocando um brinco na orelha.

— Cookies com gotas de chocolate — respondo, limpando o suor da testa, mas deixando um risco de massa granulosa em seu lugar. Em seguida, volto a atacar o preparo. — Pensei em deixar de presente na casa da Nadia e do Mason amanhã. Você sabe, uma demonstração de amizade.

Ellie se aproxima do balcão e tenta colocar um dedo dentro da minha receita, mas o estapeio para longe.

— OK, mas a Nadia não come glúten, come?

Continuou mexendo, até registrar suas palavras.

— Droga — xingo, deixando a espátula cair dentro da tigela. — Você está certa. Ugh. Por que sou uma amiga tão horrível? — Levanto o recipiente para jogar tudo dentro da pia, mas Ellie me detém.

— Você ainda pode levar para o Mason — argumenta. — E não é uma amiga horrível. Só não presta muita atenção a esse tipo de coisa.

— Mas devia — retruco, me escorando, derrotada. — Prestar atenção nos detalhes deveria ser minha *especialidade*. Como posso dizer que quero ser jornalista quando sequer lembro que uma das minhas melhores amigas é alérgica a glúten?

Ellie dá de ombros.

— Inteligência acadêmica não é a mesma coisa que inteligência social.

— Quando foi que você ficou tão sábia? — murmuro.

Mas ela tem razão a respeito de Mason; cookies viriam a calhar. Ele passou o funeral inteiro soluçando no ombro de Nadia como se estivesse de coração partido. Quando lancei um olhar confuso para ela, sussurrou:

— Os dois costumavam ser próximos. — Que me parece, mais uma vez, algo que eu deveria saber.

— Sempre fui — responde Ellie com simplicidade. — Você só nunca deu muita bola para isso, até o seu círculo social ter encolhido e — Ela olha ao redor da cozinha com ar de expectativa, como se estivesse esperando convidados chegarem — sobrar só eu. — Tento chicoteá-la com um pano de prato, e quando ela desvia, a barra de sua saia gira em um movimento fluido, e noto como está bonita.

— Por que você está toda arrumada?

— Vou ao cinema com Paige Silverman — responde ela, olhando para o relógio do micro-ondas. — A mãe dela deve chegar a qualquer minuto.

— É um encontro?

— Taaalveeez — responde Ellie de maneira afetada. — Se ela tiver sorte. — Uma buzina soa lá fora, e minha irmã avança para a tigela, furtando uma porção de massa de cookie com o dedo antes que eu possa detê-la. — Devem ser as duas — diz, colocando o dedo na boca. Depois, faz uma careta e cospe a massa na pia. — Brynn, eca! Quanto sal você colocou nisso aí? Está horrível.

— Coloquei a quantidade que dizia no pacote — digo, pegando o saquinho descartado para ler o verso. — Uma colher de sopa.

— Deixa eu ver. — Ellie toma o pacote de mim e balança a cabeça. — *C.C.* quer dizer "colher de chá", não de sopa, sua boboca. Colocou o triplo de sal que deveria.

— *Merda* — exclamo com uma onda de fúria que sei que é desproporcional para a situação, mesmo quando bato com a tigela dentro da pia com violência. Desta vez Ellie não tenta me impediu.

— Compra uns cookies de supermercado mesmo para ele. E, aproveitando a deixa, tenha uma boa noite! — deseja a caminho da porta.

Afundo em uma cadeira à mesa da cozinha depois que ela se vai, contemplando todas as más escolhas recentes que me deixaram sozinha em casa em uma noite de sábado, sem outra companhia senão massa de cookie salgada demais. Pego o celular e passo os olhos pelas minhas mensagens, só para o caso de ter deixado alguma passar sem ler, mas não. Em seguida, abro meu Gmail novamente e releio o artigo do *Union Leader*, mesmo já o tendo decorado.

Se o sr. Larkin é de fato William Robbins de New Hampshire, então quer dizer que Michael Robbins, o menininho de colo, é o irmão que o sr. Larkin havia mencionado a Paul Goldstein? Por quem ele aceitou o trabalho em Saint Ambrose? Se sim, há boas chances de que o sr. Larkin estivesse falando sobre um de meus colegas de classe. Mas não deve ter entrado em contato com ele, pois quem quer que tivesse sido nunca o mencionou quando o sr. Larkin morreu.

Continuo estudando a foto do anuário de Lisa Robbins, dividida entre achar que ela parece familiar e achar que só estou *desejando* que me parecesse familiar. Lila era genericamente bonita aos 18 anos, mas quem sabe qual seria sua aparência hoje? Se tinha vinte e seis anos quando desapareceu há quatorze anos, teria quarenta agora.

Pesquisei por *Dexter Robbins* no Google ontem à noite, e não consegui encontrar resultado algum, exceto por alguns minutos de uma reunião na prefeitura da cidade dele há três anos, na qual ele se opôs veementemente a um aumento nos impostos sobre a propriedade imobiliária. Lisa Robbins é um fantasma; a única menção a ela que encontrei foi naquele artigo do *Union Leader* sobre seu desaparecimento com o filho Michael. Se Dexter ainda está procurando pelos dois, não fez contato com a mídia desde que aquele primeiro artigo o pintou como o vilão da história. É impossível encontrar Lila e Michael

Talvez porque, como aquele vizinho insinuara, eles não *queiram* ser encontrados.

Abro o rolo de câmera e percorro todas as fotos das evidências que tirei quando ainda tinha acesso aos arquivos do *Motivação.* Lá está a pedra ensanguentada que ainda me faz estremecer. A corrente de prata que continua a me confundir, pois jamais vi o sr. Larkin portando algo assim, ou qualquer outro tipo de joia. E o envelope azul-turquesa cheio de adesivos que...

Ah. Meu Deus.

A lembrança me engole como se fosse uma onda rebentando e me deixa igualmente sem fôlego. Sei onde vi aquele envelope agora, e definitivamente não foi na Saint Ambrose. Fico de pé em um pulo e pego minhas chaves porque *finalmente* encontrei algo que posso fazer.

Quando Charlotte atende a porta, não está nada feliz em me ver; usando termos brandos.

— Não estou dando uma festa hoje — diz, embora sem dúvida esteja vestida para uma. Nossos guarda-roupas para uma noite de sábado em casa não são nem um pouco parecidos, de modo que presumo que Shane esteja em algum lugar lá dentro. Ela veste uma blusa preta brilhante e jeans; seus lábios estão com um batom vermelho vivo, e os olhos estão ressaltados por algum tipo de sombra cintilante. Eu, por outro lado, me dou conta de que ainda tenho massa de cookie na testa, que limpo depressa quando noto seus olhos resvalarem para lá. — E ainda que estivesse...

Coloco o pé entre a porta e o batente antes que ela possa fechá-la.

— Estou procurando Tripp.

— Não o vi — responde ela com calma. É muito melhor mentirosa do que Tripp, de modo que teria acreditado nela se Regina não tivesse me dito que o viu entrando em um Range Rover preto na tarde de hoje. Vi o carro de Charlotte no estacionamento da Saint Ambrose, e não é do tipo que se avista com frequência no bairro de Tripp.

— Charlotte, por favor. É importante.

— Ah, é? — Arqueia as sobrancelhas perfeitas. — Também era importante quando pedi o endereço dele, e você não me passou.

— OK, mas, sério, como é que você não sabia?

— Tchau, Brynn. — Ela tenta fechar a porta outra vez, e coloco o pé mais para dentro.

— Você pode pelo menos dizer a ele que estou aqui?

— Você devia tentar mandar uma mensagem.

— Já *mandei* — digo, minha frustração aumentando. — Ele não me responde.

— Então se toca — rebate Charlotte, e desta vez consegue fechar a porta na minha cara. Depois disso, como a frente inteira da casa é feita de janelas, tenho que assistir a seu rabo de cavalo balançando enquanto ela se distancia e desaparece ao virar em um corredor.

— Ughhh — murmuro, chutando o degrau da entrada. Sabia que a probabilidade era baixa, mas ainda assim tinha tido esperança de que Tripp talvez viesse até a porta.

Estou na metade do caminho para voltar ao carro quando viro e olho para a casa outra vez, com as mãos nos quadris. Tripp não estava lá da última vez que procurei por ele, então talvez também não esteja agora. Vou me esgueirando pela lateral da casa, torcendo para conseguir entrar no quintal por ali, mas é todo cercado. Caminho a esmo por alguns metros, até avistar uma luz na garagem chique de Charlotte. Ou talvez não seja uma garagem no fim das contas.

Tripp deve ter escalado a cerca para chegar no topo daquela pilastra de pedra onde estava sentado na última vez que o encontrei aqui. Se ele consegue, sem dúvida também consigo.

Mas não vejo como poderia escalar a parte de ferro forjado, a grade; as pontas dela parecem afiadas o suficiente para me empalar. A coluna de pedra me parece uma aposta mais segura, mas o rodapé é muito próximo do chão para ajudar a me alavancar. Então agarro o topo reto e tento subir usando as pontas das botas para escalar a pedra áspera, mas consigo apenas elevar o corpo cerca de 15cm. Assim que tento me movimentar, escorrego para baixo outra vez.

A única maneira de se chegar ao topo, parece, é fazendo uma flexão de braço gigante, e agora reconheço a falha em meu plano. Tripp é 30cm mais alto do que eu e tem muito mais força nos braços. Ainda assim, tenho que tentar. Estou agarrada ao topo da pilastra, os músculos tensos, quando uma voz arrastada indaga:

— Mas quê... e não dá para ser mais enfático do que isto... *porra* você está fazendo?

CAPÍTULO 28

BRYNN

— Procurando você — respondo, ofegante, soltando a pilastra e caindo de volta para o chão de maneira nada graciosa. Tripp está do outro lado da cerca, vestindo uma camiseta e seu blazer da Saint Ambrose, o rosto por barbear e os cabelos bagunçados. — Achei que você pudesse estar naquela... garagem, ou seja lá o que for, então estava tentando pular a grade. — Bato as palmas das mãos para limpar a poeira e acrescento: — A última parte deve ter sido óbvia.

— Você chegou a pensar em usar o portão? — pergunta Tripp naquele tom de voz cuidadoso que usa quando está tentando soar menos bêbado do que de fato está. Leva a mão para puxar algo a alguns centímetros à direita de onde estou, e uma seção da grade de ferro se abre para fora. Estou repentinamente muito grata por estar escuro demais para que ele note o rubor subindo às minhas bochechas.

Como, dado o motivo pelo qual vim até aqui, ele ainda consegue me fazer corar?

— Você sabe que não gosto de portões — rebato, passando para o outro lado antes que Tripp mude de ideia.

Ele me olha de cima a baixo com aqueles olhos cheios de cílios longos, franzindo a testa.

— Estou com raiva de você — diz, devagar. — Mas não lembro por quê.

— Então não deve ter sido nada de tão ruim assim — resmungo, batendo com a ponta da bota no chão.

— Por que você está aqui, Brynn?

Poderia fazer a mesma pergunta a ele, mas não sei quanto tempo temos antes que Tripp resolva me entregar a Charlotte e Shane ou que pare de ser coerente por conta do álcool. — Preciso falar com você. Quer entrar na garagem um minuto? Você parece estar com frio.

Tripp olha para a construção atrás dele.

— Não é uma garagem. É uma casa de hóspedes. E não estou com frio. — Ele me observa tremer por um instante e acrescenta: — Mas você está, então vamos.

Quando entramos na casa de hóspedes, nem posso acreditar que a tenha chamado de garagem antes. O interior é lindo, a maior parte do espaço dominada por uma sala de estar que contém um sofá modular flanqueado por poltronas de couro, e uma pesada mesa de centro feita com madeira de carvalho. Estantes de livros recobrem uma parede, e uma luminária de bronze alta lança um círculo de luz quente e amarelada no carpete de cor luxuosa.

Tripp cambaleia um pouco e tira o blazer antes de desmoronar em um canto do sofá. Removo meu casaco e me sento na beirada do mesmo sofá, um pouco distante dele. Estou surpresa por ele não oferecer resistência, mas também não acho que estava brincando quando disse que não se lembrava por que estava com raiva de mim. Está mais do que nítido que ele não está bem, e fico com o peito apertado, mesmo sabendo, finalmente, por que não conseguia confiar de todo nele.

— Certo — começo. — Preciso falar com você porque lembrei uma coisa. Sobre aquele dinheiro da excursão que desapareceu no oitavo ano. — Pauso, procurando por qualquer tipo de sinal que o tópico significa algo para ele, e não acho que estou errada quando ele se retesa um pouco.

— Eram dois envelopes — continuo. — Um menor, onde estava o dinheiro. Foi esse que encontraram no armário da Charlotte. E outro, maior, azul-turquesa e coberto de adesivos, onde colocaram o envelope menor junto com a lista de doadores. Nunca o encontraram. Mas me lembro de tê-lo visto, depois do desaparecimento. — Espero um momento para ver a reação dele, mas não há uma desta vez. — Eu o vi no seu quarto enquanto estávamos fazendo o dever de casa.

— Não viu, não — nega Tripp na mesma hora. Depois esfrega o dedo polegar no indicador, e sinto um lampejo de triunfo. *Mentiroso. Peguei você.* Mas o lampejo vai embora tão rápido quanto veio, pois... de súbito, Tripp tem um motivo para querer manter o sr. Larkin quieto, não tem? Se furtou o dinheiro, e nosso professor descobriu...

Não. Estou tirando conclusões precipitadas. Ainda não fiz todas as perguntas necessárias, nem de longe, e, além disso, não paro de pensar no que Tripp disse na casa do sr. Solomon, quando parecia estar lembrando da morte do sr. Larkin. "O que você fez?" Não "o que foi que fiz"? Acho que sua voz rouca e horrorizada dentro de minha cabeça é a razão pela qual vim procurar por ele sem hesitação, nunca imaginando que pressioná-lo para falar a verdade poderia ser perigoso. Que *ele* poderia ser perigoso. Estou bastante certa de que a única pessoa para quem Tripp representaria perigo, especialmente neste momento, é ele mesmo.

— Vi, sim — insisto. — Sei o que vi. — Engulo em seco e continuo: — Você pegou aquele dinheiro, Tripp?

Ele passa a mão pela lateral da cabeça, depois pela barba por fazer, e em seguida pela nuca.

— Estou tão cansado — declara pesadamente.

— De quê?

— De tudo.

— Você pegou o dinheiro? — repito.

Ele deixa a mão cair sobre o seu colo e responde:

— É, peguei. O que posso dizer? Sinto muito. Foi idiota. — Depois esfrega o polegar outra vez, e alívio me domina. *Adeus, motivação.*

— Não, não pegou.

Os olhos dele lampejam com surpresa.

— Acabei de dizer que peguei.

— E estou dizendo que sei que não pegou. Foi Charlotte? — Podemos fazer isto por processo de eliminação, se necessário.

— Está bem, sim, foi ela. Só estou tentando ajudá-la. Ela não queria fazer mal a ninguém. — Os dedos se movem outra vez, e acho honestamente chocante que ele não se dê conta de que tem aquela mania. É infalível.

— Não. Também não foi ela.

Tripp franze o cenho.

— Qual é a sua, Brynn? Você pergunta, eu respondo, e depois me diz que estou mentindo. Por que está aqui, se não acredita em nada do que digo?

— Porque vou saber quando você estiver falando a verdade.

Ele solta uma risada sem humor.

— Vai, é? Porque você é mágica assim.

Quem ele está protegendo? O envelope estava na casa dele, portanto a lista de pessoas que poderiam tê-lo deixado lá é curta. Poderia ir listando todos os amigos dele, mas faz mais sentido começar mais perto de casa.

— Foi Lisa Marie? — Não acho que Tripp mentiria pela mãe, e ela estava em Las Vegas, de qualquer modo, mas quero testar sua reação.

Ele responde de imediato, as mãos imóveis:

— Não.

— O seu pai?

— Não — repete, e esfrega o polegar.

— Bingo — digo baixinho.

Ao contrário de mim, Tripp nunca foi de ficar corado, mas agora as bochechas tomam uma coloração vermelha profunda enquanto seu queixo cai.

— Como é que você sabe disso? — pergunta em um sopro, perplexo demais para fingir qualquer coisa. Depois tenta voltar atrás, balbuciando que estava só brincando comigo, mas não está sóbrio o suficiente para conseguir me convencer.

— Não vou entregar o seu pai, Tripp — prometo com uma pontada, pois solucionar o furto poderia ser a peça-chave para o verdadeiro mistério, mas jamais tive mais certeza de algo do que tenho disto: Tripp precisa falar sobre o que aconteceu naquela época. — Só quero entender. Como o dinheiro foi parar no armário da Charlotte?

Ele afunda a cabeça nas mãos e permanece em silêncio por um longo tempo. Estou prestes a repetir a pergunta quando ele olha para cima.

— Jura que não vai contar?

Faço uma cruz por cima do coração.

— Juro.

— Encontrei o envelope no fim de semana anterior à morte do sr. Larkin, quando estava procurando um martelo no porão. Estava debaixo da bancada de trabalho do meu pai. Reconheci na hora o que era. Ele deve ter pegado durante todo aquele fiasco das prateleiras, você sabe, quando estava trabalhando naquele projeto para Grizz e depois ele acabou desfazendo tudo? Levei lá para cima, para o meu quarto, e tentei pensar no que fazer. Decidi que ia levar o dinheiro de volta para a escola e deixar na secretaria quando ninguém estivesse olhando, mas perdi a coragem e deixei em casa na segunda. Que foi quando você viu o envelope.

Ele entrelaça as mãos com tanta força que as veias em seus antebraços ficam saltadas.

— Perdi a coragem na terça e na quarta também. Aí o sr. Larkin morreu, e não fui à escola na quinta. Parecia que aquela merda de envelope estava me vigiando o dia inteiro. Então, na sexta-feira, eu já estava perdendo o controle, tipo "tenho que me livrar desta porcaria, chega de enrolar", e o levei para a escola. Achei que podia ser discreto e deixar na reitoria quando ninguém estivesse prestando atenção. Estava quase chegando quando vi o policial que Grizz levou para revistar os nossos armários. Não sabia para o quê ele estava lá, mas entrei em pânico do mesmo jeito. Tirei o envelope menor de dentro do outro para poder enfiá-lo no armário mais próximo, que acabou sendo o da Charlotte. Depois passei o envelope grande pela fragmentadora de papel na sala de artes.

— E você nunca contou nada à Charlotte?

— Nunca contei nada a ninguém.

Minha cabeça está rodando. É horrível que o pai dele tenha furtado o dinheiro, mas... não pode ser por isso que Tripp está no fundo do poço, pode? Não seria para tanto. Há algo mais acontecendo. Estou tentando decidir qual é a melhor maneira de arrancar mais detalhes dele quando Tripp se vira para me encarar.

— Foi por isso que falei todas aquelas coisas para você — revela.

— Aquelas coisas... — começo, e depois compreendo. — Na aula de educação física.

— É. — Engole em seco. — Sabia que você tinha visto o envelope na noite anterior. Fiquei com medo de que você fosse escrever sobre ele no *Sentinela da Saint Ambrose* e que meu pai fosse acabar na prisão. Tentei fazer com que ninguém pensasse em dar muito crédito a você se cobrisse a história. Para eles acharem que você estava inventando coisas para se vingar de mim. Ou talvez para você ficar envergonhada demais para sequer tentar.

— Não tinha nem me dado conta do que o envelope era. Só fui me tocar há pouco tempo.

— Legal. — Tripp abaixa a cabeça. — Que bom saber que afastei você por nenhuma razão.

— Você podia ter falado comigo sobre tudo. Éramos amigos, lembra?

— É — diz ele, dando de ombros. — Mas você se importava mais com o jornal do que comigo.

— Não é verdade! — protesto, magoada. Tripp apenas deixa um suspiro escapar. Quero continuar a discutir, mas... o que acontece é que minha mentalidade costumava ser bastante preto-no-branco naquela época. Talvez eu não me importasse *mais* com o jornal do que com ele, mas com certeza teria sentido uma forte compulsão de terminar a história. É provável que tivesse pensado que, como contar a verdade é a coisa correta a se fazer, objetivamente falando, tudo terminaria bem. Então termino com: — Você poderia ter sido menos brutal na aula de educação física.

O olhar de Tripp está focado no círculo que a luminária faz no tapete.

— Nem lembro o que falei — murmura. E esfrega o dedo polegar com o indicador.

— Lembra, sim — digo, e ele se joga contra o sofá.

— Como? — implora, a voz rouca.

— Por que você escolheu mentir sobre isso em específico? Não importa, mas estou curiosa.

Tripp deixa escapar uma risada amargurada.

— Não faz mais diferença se eu contar agora, faz? Você vai saber se não contar, porque é alguma espécie de maga da verdade maldita. — Passa a mão pelos cabelos. — Eu era apaixonado por você naquela época, Brynn, e tive medo de que, se não fizesse você me odiar a ponto de nunca mais querer falar comigo de novo, eu acabaria contando tudo. Tinha uma parte pequenininha e idiota em mim que quase *queria* entregar a história toda para você, porque aquilo te deixaria feliz. Que estranho, não é? Eu tinha que me livrar daquela parte.

As mãos dele não se movem.

Fico em silêncio, e Tripp solta aquela risada abafada outra vez.

— Finalmente fiz você calar a boca, hein?

— Você era... Nunca me disse nada — gaguejo.

— Por que diria? Você não gostava de mim do mesmo jeito. E vamos não esquecer que eu tinha treze anos e era basicamente um desastre. Mas aí está, Brynn. Toda a verdade para você. Satisfeita?

— Não — respondo, e ele solta um suspiro. — Desculpa, mas nada disso é ruim o suficiente para justificar... tudo isto. — Gesticulo para ele. — Você não vai à escola ou ao trabalho faz uma semana, e tenho quase certeza de que não esteve sóbrio durante esse tempo todo também. A sua aparência está um horror. — Essa última parte não é bem verdade, mas ele *deveria* estar um horror, e é o que importa. — Está escondido na casa de hóspedes da Charlotte. Não pode ser só porque seu pai pegou um dinheiro que não era dele, ou porque você... gostava de mim e depois me cortou da sua vida. — Não consigo me forçar a dizer *apaixonado;* aquele era o álcool falando, e, de qualquer forma, aconteceu já faz quatro anos e nós dois éramos crianças na época. — O que não está me contando?

"O que você fez?" Para quem era aquela pergunta? É a chave para tudo, e neste momento há apenas três pessoas em quem consigo pensar: Shane, Charlotte ou o pai de Tripp.

— Não — diz ele, baixo, mas firme.

— Não o quê?

— Já chega.

— Tripp, acho mesmo que você tem que...

— Não tenho que nada. — O olhar dele se torna subitamente afiado. — Lembrei por que estou bravo com você. Está trabalhando para aquele programa de televisão. Você estava me usando esse tempo todo, não estava?

— Não — respondo. — Não estava, juro que não. Sinto muito por não ter contado sobre o *Motivação*. Devia ter contado. Mas nunca compartilhei nada do que você me disse com eles. — Tripp apenas balança a cabeça, e acrescento: — Vou me demitir, Tripp. Vou mandar um e-mail e me despedir agora mesmo se você me disser o que aconteceu para deixar você desta maneira.

— Não, não vai.

— Vou sim, agora. — Abro uma nova mensagem com o endereço de Carly e digito: *Sinto muito, mas tenho um conflito de interesses e não posso mais trabalhar como estagiária do* Motivação. *Muito obrigada pela experiência. Reconheço que foi uma grande oportunidade e serei grata para sempre.*

Mostro minha tela a Tripp, e ele retorce os lábios.

— Não vai mandar.

Tomo um fôlego profundo, *lá vai nada, adeus, estágio, foi ótimo enquanto durou, até a Era do Andy Sem Graça, pelo menos*, e aperto enviar. Depois abro a pasta de enviados e a mostro para ele.

— Está vendo?

— Isso foi burrice — resmunga. — Nunca prometi que ia contar nada.

— Eu sei. Mas quero que você saiba que pode confiar em mim.

Ele desvia o olhar.

— Não tenho nada mais a declarar.

Não preciso nem olhar para as mãos dele para saber que é mentira.

— Me dá só uma chance, Tripp. Por favor. Não acha que pode te ajudar a se sentir melhor?

— Não sei — responde ele, a voz oca. — Acho que nunca vou me sentir melhor, para ser sincero. Não acho nem que deveria.

Não parece haver nada que eu possa dizer para convencê-lo, mas também não posso simplesmente desistir. Chego mais perto, até estar bem ao lado dele, e tomo seu rosto em minhas mãos, sentindo os ângulos proeminente das maçãs de seu rosto e sua barba macia enquanto cravo meu olhar nele. — Tripp, se você não liberar o que quer que seja que tem aí dentro, tenho medo de verdade de que vá acabar matando você. E logo.

Ele afasta a cabeça com violência, os olhos queimando dentro dos meus.

— Não faz isso — diz, a voz rouca. — Não... você não pode me tocar desse jeito quando sabe como eu... Merda. — Ele desmorona contra o sofá, os olhos fechados, e me forço a ignorar a parte de mim que quer perguntar *quando sei como você o quê?* Não é hora para aquela conversa. — Estou tão cansado — repete ele. — De tudo.

Não respondo, pois não sei o que dizer. Usei todas as ferramentas do meu arsenal limitado de persuasão. Apenas fico sentada lá, em silêncio, por tanto tempo que acho que Tripp deve ter caído no sono. E no momento mesmo em que vou tocar na manga de ua camisa para ver se está acordado ou não, ele diz, com os olhos ainda fechados:

— Começou logo antes do projeto de coleta de folhas.

TRIPP

QUATRO ANOS ANTES

Estou quase na porta da Saint Ambrose, me aprontando para me encontrar com Shane no limiar da floresta, para começar a coleta das folhas para o projeto, quando os ouço.

— Não tem mal-entendido. Alguém viu. Um dos alunos finalmente contou aos pais, e os pais vieram me contar.

É o sr. Larkin, falando com alguém na sala de aula dele. Estou prestes a continuar caminhando quando uma voz familiar me faz parar.

— Tem certeza de que o aluno estava falando a verdade? — pergunta meu pai.

Paro e pressiono o corpo contra a parede, mesmo que não haja ninguém por perto para me ver. Tinha ficado até depois das aulas para a monitoria de matemática, e todos os outros estudantes já tinham ido embora há muito tempo. Meu pai nunca mencionou que viria à escola, e não sei *por que* ele viria, a não ser...

— É uma fonte confiável — garante o professor. Uma longa pausa se segue e então ele continua: — Você está tentando negar? Se está, posso ligar para a polícia...

— Não — diz meu pai, pesadamente. Outra pausa, até ele acrescentar: — Não estou negando. Vou devolver tudo, está bem? Até o último centavo.

Merda. Merda. Merda. Meu coração começa a martelar em meu peito e seguro a alça da mochila com mais força; minha mochila idiota que, mais uma vez, não está carregando o envelope azul-turquesa. Esperei tempo demais para devolvê-lo, e agora o sr. Larkin sabe. *Ele sabe.*

— Não é tão simples assim — retruca o professor.

— Por que não? — indaga meu pai.

— Porque é roubo. A administração precisa ficar ciente, e as autoridades também.

Não, não, não, não, não, não, não.

Uma ponta de rispidez invade a voz do meu pai.

— Você acabou de dizer que não envolveria a polícia se eu...

— Nunca disse isso — interrompe o sr. Larkin.

— Anda, Will — diz meu pai, e posso quase ouvi-lo engolir sua raiva antes de adicionar em um tom mais calmo: — Não podemos deixar isso só entre nós?

— Não — responde o outro. De maneira curta e grossa, como se sequer cogitasse a possibilidade.

— Você não entende o que isto significaria para Tripp. Não é só uma questão de dinheiro. É...

— Tripp não é assunto meu — corta o sr. Larkin, no tom de voz mais frio que já o ouvi usar. Mal soa como a mesma pessoa que conheço.

Os dois continuam discutindo, e meu estômago continua se revirando, até que o professor finalmente diz:

— Tudo isso me parece ser problema *seu*. Não *meu*. Agora, se me dá licença, tenho um compromisso.

Eu me escondo atrás do armário de troféus enquanto ele irrompe porta afora.

— Você não entende, Will! — grita meu pai atrás dele, a voz rouca e quase desesperada. — Não pode fazer isso! — Entra no corredor, as mãos nos quadris enquanto observa o sr. Larkin se distanciar. — Você não pode fazer isso — repete em tom mais baixo.

Meu coração continua a martelar no peito enquanto viro no corredor, devagar, sem que meu pai me veja e me esgueiro por uma porta lateral. Saio do prédio e, quando chego ao estacionamento, meus olhos recaem sobre em cena indesejada: o sr. Larkin, caminhando na direção da exata mesma floresta onde eu deveria estar. Congelo onde estou, indeciso. Não quero topar com ele, não depois de tudo que acabei de ouvir. Será que deveria voltar lá para dentro e falar com o meu pai? Mas a ideia me deixa nauseado demais para considerá-la a sério, de modo que continuo caminhando.

O sr. Larkin age tipicamente como os adultos agiriam; em vez de pular a cerca, segue até o fim da Saint Ambrose, até chegar a uma interrupção na cerca, o ponto onde a nossa termina e a de um quintal vizinho começa. Já eu sigo para o atalho das crianças, que é uma parte mais baixa da cerca que é fácil de pular. Atiro a mochila para o outro lado e aguardo alguns minutos para garantir que o sr. Larkin está longe, a caminho de onde quer que esteja indo.

"Tripp não é assunto meu", dissera ele. As palavras não deviam ter machucado tanto assim, pois tenho um problema muito maior. Amanhã a escola inteira ficará sabendo que meu pai é um ladrão.

O sinal toca, indicando que é o fim do período de monitoria na Saint Ambrose, e tomo aquilo como minha deixa para pular a cerca. Depois sigo para o bosque de bétulas, onde poderei ver Shane quando ele chegar.

Shane, claro, está atrasado, e discutimos até finalmente seguirmos caminhos distintos. É um alívio estar sozinho, escutando música enquanto adiciono folhas à minha coleção, até me dar conta de que não sei mais onde estou. Tiro os fones de ouvido, reencontro meu caminho perto do Parque Shelton, e começo a voltar para a Saint Ambrose.

Então começam os gritos.

Irrompo em meio às árvores para seguir o som, e paro de súbito, quando avisto algo azul no mar de marrom e verde. O casaco de Charlotte. As mãos cobrem sua boca, mas não estão sendo de grande ajuda para abafar os gritos. Shane está parado ao lado dela, uma pedra grande na mão e uma expressão abobada no rosto. Está olhando para baixo, fitando o chão, e...

Meu Deus.

O sr. Larkin está caído de costas, imóvel de uma maneira absolutamente antinatural, os olhos esbugalhados encarando o nada. As folhas ao lado da cabeça dele estão manchadas de vermelho.

— Ele... — Não completo a frase e me aproximo, mesmo que todas as células em meu corpo me digam para fugir.

— Não sei — responde Shane, rouco. Ainda está segurando a pedra, e... diabos, está literalmente pingando de sangue. As mãos dele estão sujas, e assisto com horror quando um pingo de vermelho cai na calça do seu uniforme.

Talvez o sr. Larkin tenha tropeçado, penso. Tropeçou e caiu de cabeça naquela pedra. Mas, de alguma forma, não é essa a impressão que a cena dá. De jeito nenhum.

— Shane — chamo com o tom de voz calmo que uso quando não quero assustar o chihuahua neurótico do meu vizinho. — O que você fez?

— Nada — responde ele na mesma voz rouca.

— Por que está segurando essa pedra?

— Eu... Ela estava bem do lado dele.

Algo brilha no chão ao lado do professor. Eu me ajoelho para olhar melhor, e meu coração pula para dentro de minha garganta. Por um segundo, não consigo respirar, não consigo fazer nada, exceto fitar o disco de prata reluzente caído entre as folhas. "Minhas medalhas da sorte", é como o meu pai sempre as chama enquanto gira o chaveiro em um dedo.

Por que uma das medalhas do meu pai está jogada ao lado do corpo do sr. Larkin? Porque o professor tem que estar morto, certo? Não me atrevi a verificar o pulso dele, mas ninguém é capaz de ficar imóvel assim durante tanto tempo, a menos que...

Charlotte não se cansa.

— Para de gritar — digo, nervoso. — Não consigo pensar com você gritando assim.

Ela começa a ofegar então, com enorme dificuldade para manter a si mesma sob controle, e eu rapidamente pego o disco de prata e o escondo no bolso. Olho de relance para Shane, para ver se notou meus movimentos, mas está encarando a pedra ensanguentada que tem nas mãos.

— Ouvi gritos — revela ele, de repente. — Tipo discussão. Depois, silêncio, e... e vi o sr. Larkin. Caído aí, desse jeito.

Meu sangue, já correndo frio graças à presença da medalha, se torna gelo em minhas veias.

— Ouvi gritos — repete Shane.

Eu também tinha ouvido gritos mais cedo.

Uma série de imagens percorre meu cérebro. As coisas que vi e ouvi: o meu pai e o sr. Larkin discutindo, o sr. Larkin o interrompendo e seguindo para a floresta. E as coisas que imagino: meu pai indo atrás dele, encontrando-o, perdendo a cabeça e fazendo algo terrível.

Algo que não se pode desfazer.

E agora? Tenho que pensar. Meu pai... ele não queria fazer isto, eu sei. Estava apenas tentando... Meu Deus, estava tentando me proteger, não estava? Ele disse ao sr. Larkin: "Você não entende o que isto significaria para Tripp." Deve ter vindo até aqui para implorar outra vez, mas perdeu as estribeiras no momento errado.

Foi um acidente, tenho certeza. Mas isso não importa quando alguém está morto, certo? Vão levar meu pai preso, e depois me levarão embora também.

Enfio a medalha ainda mais fundo no bolso enquanto cuidadosamente esquadrinho o chão à procura de qualquer outra coisa que meu pai poderia ter deixado para trás. Quando estou convencido de que não há mais nada, retorno minha atenção a Shane. Nossos olhares se cruzam, e o dele está muito mais focado agora.

— Ouvi gritos — repete, e meu estômago se revira. Ele se deu conta do que ouviu... ou de *quem* ouviu? Não posso deixá-lo falar as palavras em voz alta e tornar tudo real.

— Não, não ouviu. — Não tinha planejado dizer aquilo, mas assim que o faço, sei que foi a decisão certa. Bom, não *certa*... nada nesta situação é certo... mas é minha única escolha. Shane não é do tipo que pensa sozinho. É o típico garoto que vai com a maioria, que está sempre satisfeito em poder seguir a deixa de alguém, e, neste exato momento, preciso que siga a minha.

Shane pisca, abobado, e continuo:

— Você entende que impressão isto tudo dá, Shane? Você está segurando a pedra que deve ter sido usada para matar o sr. Larkin. As suas impressões digitais estão na arma do crime. — Só posso torcer para que as do meu pai não estejam. Mas... não. Ele estava de luvas quando o vi no corredor, e não deve ter tirado quando saiu. Não devia haver mais nada conectando ele à cena, contanto que eu conseguisse manter Shane sob controle.

— Eu não... Foi... — Shane deixa a pedra cair com um baque, sobressaltando Charlotte de tal maneira que o soluço dela fica preso na garganta. Ela dá uma fungada e seca os olhos com mãos trêmulas enquanto Shane acrescenta:

— O sr. Larkin já estava assim quando cheguei. Tudo o que fiz foi pegar a pedra do chão.

— Acredito em você — garanto. — Mas se você sair por aí dizendo às pessoas que ouviu uma discussão na floresta que ninguém mais ouviu... — Olho de relance para Charlotte, para ver se vai me contradizer, mas ainda está esfregando os olhos — Enquanto está com as mãos cobertas de sangue... Vai parecer ter culpa no cartório. Como se estivesse inventando. —

Shane engole em seco, encarando as mãos, e continuo forçando agora que tenho uma abertura: — Você pode até ir parar na prisão pela morte do sr. Larkin.

Charlotte fica pálida enquanto Shane balbucia:

— Sério?

— Sério. Acontece o tempo todo — garanto, como se fosse algum especialista em crimes, e não apenas um menininho aterrorizado.

Charlotte agarra o braço do outro, o trazendo para perto de si.

— Não podemos deixar Shane ser preso — diz ela com urgência, e rapidamente agradeço aos céus pela obsessão que Charlotte tem por Shane. Se estivéssemos com qualquer outra pessoa, tenho certeza de que ela seria mandona o suficiente para querer discutir comigo, e me perguntar, talvez, por que estou insistindo tanto nesta história. Mas Shane? Shane, ela só quer proteger.

— Não vamos. Só precisamos de uma narrativa simples e unificada. Vamos dizer que entramos na floresta juntos, que nunca chegamos a ver ou ouvir mais ninguém, e que encontramos o sr. Larkin deste jeito. Shane pegou a pedra sem pensar, e depois nos demos conta de que precisávamos pedir ajuda. Certo? — Os dois concordam com a cabeça. — Ótimo. Agora, prestem atenção, porque os detalhes são importantes, e nossas histórias têm que ser idênticas. O que vamos dizer é o seguinte.

CAPÍTULO 29

TRIPP

Nem consigo acreditar que contei a ela.

Consegui ficar de boca fechada por quase quatro anos, e agora Brynn Gallagher, entre todas as malditas pessoas, sabe que meu pai matou o sr. Larkin e que eu o acobertei. Com um plano ingênuo, infantil e estúpido que *acabou dando certo.* Durante semanas depois do acontecido, tive medo de que a pressão se tornasse intensa demais para Shane e que ele acabasse cedendo sob ela. Ou que Charlotte, depois de eu ter acidentalmente plantado aquele envelope de dinheiro no armário dela, mudaria sua versão da história para desviar a atenção.

Mas nada disso aconteceu. Shane, Charlotte e eu nos tornamos testemunhas quase heroicas, que inspiravam solidariedade, e ninguém (com a possível exceção do policial Patz) jamais suspeitou que éramos apenas um bando de mentirosos que ensaiaram bem suas falas.

— Nós contamos a nossa história à polícia — eu explicara a Shane e Charlotte —, e depois nunca, nunca mais falamos sobre isso outra vez. Nem entre nós, nem com ninguém mais. Assim não corremos o risco de acidentalmente dizer algo errado.

Às vezes, ainda não consigo acreditar que escapamos ilesos. Que nenhum de nós jamais tenha deslizado, ou ficado cansado das mentiras, ou chegado ao ponto em que a verdade simplesmente vem à tona à força, não importa o quanto tentemos sufocá-la.

Até agora.

Não consigo olhar para Brynn, não consigo suportar pensar qual expressão deve estar fazendo. E então o medo começa a tomar conta do meu corpo, cravando as garras em meu coração e pulmões, até ser impossível respirar. Ela vai contar a alguém; claro que vai. Como poderia não contar? O que foi que fiz, o que foi que fiz, o que foi que fiz...

— Tripp, não! — Brynn está sacudindo o meu braço. Eu me desvencilho, incapaz de olhar para ela. — Não foi isso que aconteceu. Não pode ter acontecido.

— A sua bússola mágica da verdade está quebrada, Brynn — digo com amargura. — Foi o que aconteceu.

— Não — insiste, puxando meu braço com mais força. — Você precisa me escutar. Eu e o meu pai... nós também estávamos na escola aquele dia. Eu estava trabalhando até tarde no jornal, e ele foi me buscar. Só que, quando tentou ligar o carro, o motor não queria funcionar. — A fala dela é apressada e urgente, as palavras atropelando umas às outras. — Então ele saiu do carro e começou a olhar em volta, procurando alguém que pudesse ajudar a recarregar a bateria. Não tinha mais ninguém no estacionamento, então voltei para dentro da escola, para ver se conseguia encontrar um professor, e aí vi o seu pai.

— Viu meu pai fazendo o *quê*? — pergunto, com o estômago revirado.

— Ele só estava parado perto do armário de troféus. Pedi ajuda, e o seu pai saiu comigo para o estacionamento. Pegou os cabos da mala do carro dele e os conectou ao nosso.

— A que... a que horas foi isso? — pergunto com a voz espessa.

— Já disse. Foi depois da aula.

— Mas quando? — pressiono. O meu pai sempre teve um físico decente, e consegue se movimentar com agilidade quando quer. Quando *precisa*. Se o carro do pai de Brynn tiver parado de funcionar mesmo meia hora que fosse depois do desentendimento entre meu pai e o sr. Larkin, nada disso importa. — Que horas exatamente?

— Não sei, mas... — Brynn franze o cenho por alguns instantes agonizantes, e depois sua expressão relaxa. — Ah! O sinal depois da monitoria tocou logo depois que pedi ajuda ao seu pai, então foi... naquela hora. Umas 15h30, talvez?

— O sinal depois da monitoria — repito. Fito meus tênis, lembrando como tinha pulado a cerca logo depois do sinal... apenas alguns minutos depois do sr. Larkin, ainda muito vivo, ter passado. — Tem certeza?

— Absoluta. Porque seu pai disse "parece que você foi salva pelo gongo" que nem um bobão. — Ela tenta abrir um sorriso que ainda não posso retribuir e acrescenta: — Acabou que não era problema da bateria, então meu pai chamou o reboque, e o seu pai me levou para casa. Ficou um pouco lá comigo, minha mãe e a Ellie, até o meu pai voltar da oficina. Ele estava lá quando a polícia ligou. Tripp, Deus do céu. — Quando enfim olho para Brynn, seus olhos contêm iguais medidas de compaixão e horror. — Como é que você não sabia disso? Ele não contou para você onde estava naquela hora?

— Ele disse... disse que foi a Saint Ambrose para deixar uma fatura, e depois começou a dizer mais alguma coisa, mas... interrompi. — Em todas as ocasiões que o meu pai tentou dizer uma palavra na delegacia, a menos que se tratasse de mim, tentei cortá-lo.

Não podia impedir que a polícia falasse com ele sozinho, é óbvio, então ele deve ter falado sobre o problema com o carro. Eu mesmo nunca perguntei, no entanto. Durante meses, sempre que ele tentava puxar o assunto daquele dia, eu o interrompia. Estava olhando para meu pai através de uma lente tão distorcida que tudo a respeito dele parecia suspeito e errado. Toda a minha atenção estivera focada em me certificar de que Shane, Charlotte e eu tivéssemos nossas histórias na ponta da língua, que eu nunca deixasse escapar que meu pai havia discutido com o sr. Larkin logo antes da morte dele e que ninguém soubesse da...

— A medalha — digo de maneira abrupta. — O disco de prata que encontrei ao lado do corpo do sr. Larkin. Achei... Podia jurar que era do meu pai.

— Bom, talvez fosse. Ele pode ter perdido em algum outro dia, mas é de fato estranho que você tenha encontrado aquilo lá, justo naquela hora. — Os olhos dela tomam um brilho súbito. — Espera. O sr. Larkin estava usando uma corrente de prata quando morreu. Tinha se rompido, então... a medalha pode ter caído dela quando ele foi atacado. — Ela se agita na poltrona, recuperando a empolgação. — Você a guardou?

— Não sei. — Assim que voltei para casa aquele dia e tive a oportunidade, enfiei a medalha nos fundos de uma gaveta sem sequer olhar para ela. E não voltei a olhar desde então, de modo que é inteiramente possível que continue lá, mas não consigo me desprender do passado tão depressa assim. Não quando há tanto em risco.

— Brynn, olha, preciso que você... Você tem que ser totalmente sincera, está bem? Tem *certeza* de que meu pai nunca saiu de perto de vocês? Em nenhum momento?

— Certeza absoluta. Eu estava com ele, e os meus pais também. Meu pai mesmo foi à delegacia para dizer que havia estado no estacionamento aquele dia, e aí contou o que aconteceu com o nosso carro. Ele foi basicamente uma testemunha do álibi do seu pai. Não que alguém tenha pensado que ele precisava de um, porque *não* precisava. Meu Deus. — As mãos dela estão segurando as minhas agora, apertando com força. — Não dá para acreditar que você passou esse tempo todo achando que seu pai havia matado o sr. Larkin. Você só precisava ter *perguntado*. Se nós dois ainda estivéssemos nos falando na época, eu teria mencionado que ele nos ajudou. Seu pai pode até ser um ladrão, mas não é um assassino.

Não é um assassino.

A história que criei há quatro anos era apenas isto, uma história. Não era a vida real. Eu devia estar sendo tomado por alegria e alívio neste instante, mas tudo dentro de mim continua entorpecido. Não me sinto melhor. Ainda sinto que sou amaldiçoado.

— Mas eu acobertei tudo — digo. — Ou achei que tivesse. Estava disposto a... Deixei o sr. Larkin ser enterrado, e nunca disse...

Estou começando a afundar nas almofadas outra vez, mas Brynn me puxa para voltar a ficar reto.

— Não — recusa ela com firmeza. — Não comece a se torturar com um novo crime antes mesmo de ter aceitado que o antigo não era real. Você tinha treze anos, amava seu pai e estava assustado. Não tinha mais ninguém além dele, o que é uma posição aterrorizante para uma criança. Então pare de ficar bebendo até cair pra afogar as mágoas só porque você decidiu protegê-lo. Isso não te torna uma pessoa ruim. Além do mais — acrescenta, soltando minhas mãos como se tivesse decidido de repente que não era apropriado —, temos um problema diferente a considerar agora.

— Ah, temos? — Solto um som que não chega a ser uma risada. — Um problema maior do que eu perjurar, só que não de verdade, no meu depoimento sobre o assassinato do meu professor?

— Sim. Porque olha só. Grande parte da razão pela qual Shane não ficou encrencado na época... mesmo com as impressões digitais dele cobrindo a arma do crime... tem a ver com o fato de que você disse que ele e Charlotte passaram o tempo inteiro junto com você. Que vocês três chegaram na floresta juntos, que nunca perderam uns aos outros de vista, e que encontraram o sr. Larkin juntos. Você não era amigo do Shane na época, então ninguém acreditou que mentiria sobre o que aconteceu. Enquanto isso, você achava que estava protegendo seu pai, mas ele não precisava de proteção. — A compreensão começa a tomar forma dentro do meu cérebro, e meu queixo cai enquanto Brynn finaliza: — A pessoa que você acabou protegendo, no final, foi Shane.

Há muitas coisas que eu deveria dizer em resposta àquilo, mas a única em que consigo pensar no momento é:

— Cacete.

A porta da casa de hóspedes se agita naquele instante, e nós dois nos sobressaltamos. Ela se abre com um rangido alto, fazendo com que uma rajada do ar frígido de janeiro nos ataque, e, pela primeira vez naquela semana inteira, sinto frio. Uma silhueta surge e se transforma em uma figura familiar depois que entra e se encosta no batente da porta. Seu olhar se alterna entre mim e Brynn antes de finalmente se deter em mim.

— O que está acontecendo, T? — pergunta Shane.

CAPÍTULO 30

TRIPP

— Oi. — Eu me forço a cumprimentar enquanto Brynn pula de volta para o lugar de antes, mais afastado. Minha boca está seca como um deserto de repente, a cabeça lateja e os músculos doem. É como se todo o mal que fiz a meu corpo na última semana tivesse finalmente vindo acertar as contas comigo. — O que você está fazendo?

— O que *ela* está fazendo? Essa é a pergunta certa — rebate Shane, levantando o queixo para Brynn.

— Vim pedir desculpas — responde Brynn, dobrando uma perna sob o corpo. Eu sequer tive a chance de notar que ela estava praticamente no meu colo até ela ter pulado para longe. — Por causa do programa. E para dizer a Tripp que já saí de lá. Não estou mais trabalhando no *Motivação.*

— Bom para você. Se é que é mesmo verdade — diz Shane, cruzando os braços. O rosto dele é como uma máscara, a expressão fria e hostil. Quanto de nossa conversa ele ouviu?

— Ainda não explica por que está aqui, se a minha namorada mandou você ir embora.

— Foi minha culpa — digo. Minha mente pode estar lenta, mas tenho bastante confiança na veracidade daquela afirmação. A maioria das coisas é minha culpa.

— Eu já estava de saída — diz Brynn, colocando-se de pé. Vira-se para mim. — Acho que devia vir comigo, Tripp. Seu pai deve estar preocupado.

— O pai dele está no trabalho — responde Shane antes que eu tenha a chance. — Tripp está muito bem onde está. Eu e Charlotte estamos cuidando dele, então que tal você cuidar da sua vida?

— Ei — começo, mas Brynn já está falando.

— E *cuidar dele* significa deixá-lo sozinho com um bar cheio de bebida à disposição? — pergunta, gesticulando com o braço, apontando na direção de uma mesa lateral repleta de garrafas de bebidas alcoólicas.

— Ele queria ficar sozinho — defende-se Shane, a mandíbula tremelicando.

Pisco os olhos e, por um segundo, vejo o Shane de quatro anos atrás, menor, mas ainda assim um dos mais altos em nossa turma, os olhos vazios e as mãos cobertas de sangue. "Tudo o que fiz foi pegar a pedra do chão." Este tempo todo achei que estava usando Shane como um escudo para meu pai. Nunca me ocorreu que pudesse ser o contrário, e ainda não consigo processar tudo aquilo. Ele está se comportando como um babaca arrogante neste momento, óbvio, mas ainda é meu amigo.

Não é?

— Essa não é a parte mais importante do que eu disse — estoura Brynn.

— Você tem muitas opiniões para alguém que nem devia estar aqui — rebate Shane, avançando na direção dela com um olhar ameaçador. Brynn dá um passo involuntário para trás, e finalmente consigo me levantar e me colocar ao lado dela.

— Deixa ela em paz, Shane. Só está tentando ajudar.

— Você é o animalzinho dela, T — rebate Shane, cheio de desdém. — Ela só está usando você.

— Não sou... Você não tem ideia do que está dizendo. — Quem me dera. Teria sido uma maneira muito melhor de afogar minhas mágoas. — Olha, obrigado por ter me procurado hoje. E por me dar um lugar onde ficar. Mas... — Estou prestes a dizer *Brynn tem razão,* mas só vai deixá-lo furioso outra vez. — Preciso mesmo voltar pra casa. Tenho que falar com meu pai.

Ainda bem que Shane não tem a mesma habilidade de poção mágica da verdade que Brynn tem, porque aquilo foi uma mentira. Quero dizer, tenho mesmo que falar com papai em algum momento, mas... nem sei por onde começar. Nossa relação passou por uma mudança radical há quatro anos, e agora voltou a mudar nos últimos cinco minutos, e ele sequer sabe de nada.

— E dizer o quê? — pergunta Shane.

A voz dele contém um desafio. Quanto da nossa conversa escutou? Ainda não consigo saber.

— Só quero dizer que estou bem. Ele andou preocupado comigo.

Shane ergue as sobrancelhas.

— E você de repente se importa com isso porque...?

Porque ele não é um assassino. Surpresa! Mas talvez você seja?

Não. Isso é loucura. Só porque papai não matou o sr. Larkin, não quer dizer que Shane o tenha matado. Estou exausto, e se continuar mais tempo aqui, vou começar a dizer parte disso tudo em voz alta.

— Estou de saída — anuncio. — Diz para Charlotte que agradeço...

E em apenas alguns poucos passos rápidos Shane está colado em mim, os punhos cerrados nas laterais do corpo. Somos quase exatamente do mesmo tamanho, eu um pouco mais alto, e ele um pouco mais parrudo. Não sei quem venceria em uma briga, porque nunca brigamos.

— É sério? — pergunto.

— Você está esquecendo quem são os seus amigos — diz Shane com a voz baixa.

— Não, não estou. Só tenho mais do que dois amigos.

— Nós aceitamos você quando ninguém mais estava nem aí — sibila ele.

— Vocês *me aceitaram*? — Teria rido se não estivesse com tanta raiva. — Não sou um órfão.

Ele retorce os lábios.

— Podia até ter me enganado.

— Parem com isso! — exclama uma voz autoritária da entrada. Shane se afasta antes que meu cérebro possa processar seu último comentário e ordenar ao restante de mim: *é, vamos dar uma porrada nele por isso.* Charlotte marcha até nós, e eu devia agradecê-la, porque se tivesse mesmo tentado atacar Shane, ele com certeza teria me dado uma surra. Mas ela olha feio para mim antes que eu possa dizer qualquer coisa. — Estou vendo que escolheu o seu lado — afirma friamente.

Massageio minha têmpora que pulsa.

— Não tem lado nenhum para escolher, Charlotte.

Ela deixa escapar um som que é educado demais para se dizer que ela bufou. É mais um *hmmph*.

— Sempre há lados. E ela precisa sair da minha casa — adiciona sem olhar para Brynn.

— Já estou de saída. — Brynn segue para a porta, nitidamente feliz com a deixa.

Não quero ir embora assim, mas estou começando a achar que não há uma maneira melhor de fazer isso, especialmente depois desta noite cheia de revelações. Por um segundo, quando Shane e eu estávamos nos encarando, fui tomado por uma certeza súbita e paranoica de que ele não iria me *deixar* sair.

— Obrigado por tudo — murmuro ao passar por eles.

Charlotte bufa elegantemente mais uma vez.

— Nos vemos da próxima vez que você desmoronar.

Brynn não volta a falar até alcançarmos o portão.

— Uau — sussurra quando o abro e saímos. — Intenso. — Não respondo, e ela adiciona com um olhar para trás por cima do ombro: — Você acha que Shane nos ouviu?

— Não sei.

— Meu carro está...

Antes que ela possa terminar, tropeço em uma raiz e saio voando. Brynn tenta agarrar meu braço para impedir a queda, mas tudo que consegue é acabar caindo comigo.

— Ai. — Faz uma careta, rola para ficar de lado e depois se agacha. Eu continuo estatelado lá, desorientado demais para me levantar.

— Me lembre de não trazer você junto comigo da próxima vez que precisar fazer uma saída rápida — brinca e estende a mão para mim. — Anda. Sei que você precisa descansar, mas não aqui.

Pego a palma estendida e me sento, mas a puxo mais para perto antes que ela possa me alavancar para levantar.

— Ei. Obrigado. Sério. Não sei se algum dia vou conseguir te agradecer da maneira amuada pelo que você fez por mim hoje.

Ela arqueia as sobrancelhas.

— Amuada?

— Isso.

— Você não quis dizer *adequada*?

— Estou tentando fazer algo aqui, Brynn — resmungo.

Os olhos dela brilham.

— Talvez não devesse estar tentando isso no quintal da Charlotte.

— Está bem. Certo. — Eu me levanto, ainda segurando a mão dela. — Basta você saber que estou agradecido. Estou explodindo de gratidão, tanta que poderia até beijar você.

Brynn congela, os olhos esbugalhados. Ah. Certo. Talvez tenha... não, *com certeza* disse que fui apaixonado por ela, então é possível que pense que quero literalmente beijá-la. Também é possível que seja de fato verdade.

Ela se recupera com um sorriso irônico.

— Melhor você ficar sóbrio antes, OK? Aí conversamos sobre isso.

CAPÍTULO 31

BRYNN

— Mais café, querida? — Regina se aproxima com um bule de café, Al em seu encalço.

— Por favor — respondo, e ela enche minha xícara enquanto ignora a de Tripp, que está vazia.

— Mais uma vez — diz ele, humildemente —, sinto muito mesmo.

— Eu e Al perdoamos você, mas não significa que estamos prontos para ficar de conversinha — responde Regina com frieza, no instante mesmo que Al cutuca a perna de Tripp com o nariz para exigir carinho. — Traidor — diz ela ao cachorro, depois serve mais café a Tripp, antes de retornar ao balcão.

— Obrigada por não me despedir.

Estamos na confeitaria na manhã de domingo, mas Tripp é apenas um freguês hoje, visto que Regina não quer que ele trabalhe até, nas palavras dela, "você ter passado pelo menos vinte e quatro horas sem fazer um papelão".

Ele está barbeado, com os olhos focados e bem-vestido, e cheira a alguma espécie de sabonete cítrico. Sua aparência e expressão em geral estão bem mais leves do que me lembro desde que o vi em meu primeiro dia na Saint Ambrose, todas as dúvidas remanescentes a respeito do que vim aqui para dizer a ele desaparecem em um instante. Limpo a garganta e começo:

— Tripp, escuta. Depois de tudo que aconteceu ontem, estive pensando e... tenho algumas ideias sobre o sr. Larkin que queria compartilhar com você e saber a sua opinião, mas só se você estiver de acordo. Ou prefere que eu esqueça tudo?

— Esquecer tudo o quê?

— O sr. Larkin. O caso. Tudo.

Ele franze a testa.

— Tipo... nunca mais falarmos sobre ele?

Soa um bocado como um tal pacto feito na floresta, mas não vou comentar.

— Não vou mais falar dele para ninguém, se é o que você quer.

Quando estava na cama ontem, sem conseguir dormir, as palavras de Tripp no dia da casa de Charlotte não paravam de rodopiar em meus pensamentos: "Você se importava mais com o jornal do que comigo." Ele de fato acreditava naquilo, e me dei conta, com um sentimento de arrependimento pungente, de que não quero ser aquela mesma garota obstinada que Tripp conhecia no oitavo ano, ou a garota que passou por cima de tudo e de todos em Sturgis no mês passado, em uma tentativa desesperada de provar o seu valor. Nunca me senti tão sozinha quanto durante o tempo em que as pessoas ficaram furiosas comigo por estar trabalhando em segredo para o *Motivação,* o que já tinha sido bem ruim. Mas foi ainda pior ver como a minha obstinação e foco restrito magoaram meus amigos, família e especialmente Tripp.

Esta é a parte que ainda preciso deixar evidente.

— Você é muito mais importante para mim do que uma história, Tripp. Sinto muito que eu nunca tenha demonstrado isso antes.

Tripp fica calado por algum tempo, os olhos fixos no chão.

— Sinto muito também — diz, enfim. — Pelo que disse na aula de educação física, óbvio, mas também por... todo o resto. Eu costumava visitar o túmulo do sr. Larkin algumas vezes ao ano, para me desculpar porque o assassinato dele nunca seria solucionado por minha causa. Mas mesmo quando estava parado lá, falando com a lápide, sabia que era só um monte de palavras vazias. Não mudaria nada.

— Você visitava o túmulo do sr. Larkin? — pergunto, meu coração se partindo um pouco ao imaginar. — Deve ter sido difícil.

— Era o mínimo do mínimo que eu podia fazer. — Tripp faz uma careta antes de encontrar meus olhos. — Você não precisa largar tudo, Brynn. Anda. Me conta o que está pensando.

— OK, bom, é o seguinte. — Respiro bem fundo antes de abrir o artigo do *Union Leader* em meu celular. — Lembra que eu disse ontem que a sua mentira havia protegido Shane, e não seu pai? — Ele faz que sim com a cabeça, e explico tudo que descobri até então: que o sr. Larkin tinha um irmão na Saint Ambrose, que é possível que tenha mudado seu nome de "William Robbins", e que, se de fato mudou, podia ser o filho de um homem controlador de New Hampshire cuja segunda esposa sumira com o filho bebê e nunca mais fora encontrada. — Acho que o menininho que desapareceu, Michael, pode ser um dos nossos colegas de classe. A idade bate, então estava tentando pensar quais pessoas se encaixariam, e aí pensei em... — Sopro o café enquanto Tripp pega meu celular. — Shane.

— Shane? — repete ele, os olhos colados na tela.

— É. Só o conhecemos no jardim de infância, e ele não mora em Sturgis, então não fazemos ideia de como era a vida dele antes disso.

— Ele foi adotado — diz Tripp. — De um orfanato.

— Talvez. Ou talvez seja só uma história que inventaram para acobertar a verdade. — Tripp pisca, estupefato, e continuo: — Talvez Laura Delgado seja na verdade Lila Robbins, e ela queria esconder a identidade dos dois. Ela tem a idade certa, mais ou menos. Por volta de quarenta e poucos anos.

— Assim como metade dos pais na nossa escola — argumenta Tripp. — E tem vários alunos na Saint Ambrose de outras cidades. Que também não sabemos nada sobre as famílias.

— Certo. Mas olha só... — Odeio dizer o óbvio ao novo e melhorado Tripp, porém: — Apenas um deles foi encontrado parado ao lado do corpo do sr. Larkin com a arma do crime na mão.

Tripp estuda a fotografia de Lila Robbins por um instante, o cenho franzido.

— Esta não é a sra. Delgado — diz, mas a voz não soa inteiramente confiante. — Pelo menos não acho que seja. Ainda que ela tenha pintado os cabelos, o nariz desta garota é grande demais.

— Narizes podem ser alterados. E o nome "Laura" não é tão distante assim de "Lila", se alguém quisesse mudar de nome, mas sem deixá-lo tão diferente.

— Mas aquele menino... Michael Robbins, ele tinha asma, não tinha? Shane não tem.

— Tem certeza? Você sabe tudo sobre ele?

Os músculos da mandíbula de Tripp se retesam antes de admitir:

— Não. Não somos... não somos o tipo de amigos que contam essas coisas um para o outro. Mas nunca o vi com uma bombinha. E ele joga lacrosse. Não dá para fazer isso com asma, dá?

— Dá, se for tratada. Vários atletas de elite têm asma. — Tamborilo o queixo, pensativa. — Pode ser invisível, então provavelmente não é a melhor pista para seguirmos. Mas também não é só isso. Meu tio Nick me contou que ouviu o sr. Larkin e a sra. Delgado discutindo, quando ele ainda era assistente da nossa turma no oitavo ano.

— Discutindo? Sobre o quê?

— Ele não soube dizer. Mas o *timing* é interessante, não é? Foi bem na época em que o sr. Larkin poderia ter contado que sabia quem ela era de verdade.

Tripp libera uma respiração longa.

— Então você acha que Shane é um menino desaparecido de New Hampshire que matou o próprio irmão?

— É uma teoria.

— E Charlotte, o quê? Não tem nenhum problema com nada disso? Nunca disse uma palavra?

— Charlotte podia não ter estado lá — argumento. — Você não faz ideia de quanto tempo fazia que os dois tinham se encontrado antes de você chegar. Mas ainda que ela tivesse visto tudo, é possível que o acobertasse. Que ainda esteja acobertando.

Charlotte sempre foi devota a Shane; nada de novo aí. O que *é* novo, porém (pelo menos para mim), é a maneira como os dois beiram o fanatismo quando se trata de querer manter Tripp perto. Mas depois de o encontrarem em seu momento mais vulnerável, deixaram ele sozinho. Por um lado, é possível argumentar que estavam dando espaço a Tripp. Por outro, que não queriam de fato *ajudá-lo* tanto quanto queriam se certificar de que ele ficaria calado. Parece que sempre que Tripp tem uma "noite ruim", como Charlotte me disse durante sua festa, eles tentam mantê-lo quieto.

— Mas lembra o que eu disse que Shane falou naquele dia? — pergunta Tripp. — Que ele ouviu gritos. Achei que estivesse falando do meu pai e do sr. Larkin, mas... talvez tenha de fato sido aquele andarilho. Talvez tudo tenha acontecido exatamente como a polícia disse que aconteceu na época. — Engole em seco. — A não ser, você sabe, pela parte em que escondi evidências.

— Você acusou Shane de ter inventado os gritos — contra-argumento. Tripp abre a boca para protestar, mas antes que possa, continuo: — Sei que só fez aquilo para proteger o seu pai, mas pode ser que você estivesse certo ainda assim. É de fato o tipo de coisa que alguém poderia dizer se estivesse tentando desviar a atenção. *Você* ouviu gritos?

— Estava com os fones de ouvido, escutando música durante a maior parte do tempo. Não escutei nada até tirá-los, e aí ouvi Charlotte gritar.

— E ela ouviu gritos?

— Não sei — admite ele. — Nunca dei chance a ela de dizer nada. Coloquei um fim na conversa inteira porque queria que os dois seguissem o meu plano.

— Há uma boa chance de que Shane estivesse se protegendo. Quero dizer, ele estava na cena do crime quando o sr. Larkin morreu. É uma coisa que Carly sempre diz... *proximidade importa.*

— OK, mas se for assim, o colégio inteiro tinha proximidade. — Quando inclino a cabeça para o lado, confusa, Tripp elucida: — Mais ou menos. Tipo, a floresta fica logo atrás da Saint Ambrose. Os alunos vão fazer trilhas lá com frequência. Até os professores vão. Mas ninguém nunca suspeitou... De Grizz, por exemplo. Ou da sra. Kelso.

— Da sra. Kelso? Sério? — pergunto, mesmo que eu tenha brevemente considerado uma linha de raciocínio semelhante, quando comecei a repensar tudo que sabia a respeito do caso. Fiquei imaginando se, talvez, pudesse ter havido algum desentendimento ou ressentimento entre o sr. Larkin e um colega de trabalho que eu nunca tivesse notado.

— Ou o seu tio.

— Tio Nick? — Franzo a testa. — Por que alguém suspeitaria *dele*?

— Proximidade — repete ele. — Ele estava trabalhando aquele dia?

Não quero que Tripp comece a perder o foco com algo que não importa, só porque ele não quer ter *esta* conversa. Em vez de responder, pego o celular e amplio o artigo de jornal.

— Olha, o que estou dizendo é que Shane podia estar aterrorizado. Dexter parece ser o tipo de homem que é maníaco por controle, que dominava a esposa e deixava o filho sofrer. Se Shane tinha uma vida nova maravilhosa, com ele e a mãe se sentindo seguros com o sr. Delgado, talvez ele tivesse tido medo de que o sr. Larkin fosse levar Dexter Robbins até eles, e que tudo acabaria explodindo.

Tripp parece um pouco verde.

— Meu Deus. Crianças criminosas, saindo impunes de assassinatos. Você está me dizendo que Gunnar Fox estava certo?

— Bom, tem muito mais nuances envolvidas, mas... talvez?
— Ontem à noite, enquanto dava carona a Tripp de volta para casa, ele me contou a respeito do vídeo de Lisa Marie, no qual ela fingia acreditar que Tripp podia ter assassinado o sr. Larkin. Quando chegamos, eu o convenci a enviar uma mensagem a ela avisando que se o vídeo jamais fosse publicado, Tripp entraria em contato com o *Motivação* e mostraria as mensagens de Gunnar oferecendo dinheiro a Lisa Marie em troca daquela farsa. — Lisa Marie respondeu?

— Ainda não. — Ele faz uma careta. — Isto tudo é tão doentio. Acha mesmo que é possível? Quero dizer, o sr. Delgado é quase um cão de guarda ao redor da família. Ele não poderia apenas ter colocado um bando de advogados atrás desse Dexter Robbins? Um homem assim nunca teria ganhado custódia, ou direitos de visitação, ou seja lá o que for com o que Shane poderia estar preocupado.

— Não sei se podemos ter certeza disso. O Direito de Família é complexo, e o fato de Lila Robbins ter levado o filho para longe sem o consentimento do pai pode ser visto como sequestro, mesmo que ela tivesse boas razões para fazer o que fez. Além do mais, se a sra. Delgado for realmente Lila Robbins, não temos ideia de quanto da história ela revelou ao novo marido. Talvez ele ache *mesmo* que Shane era órfão. Me pergunto se... — Penso em todos aqueles cartazes arruinados do sr. Larkin. — Talvez Shane tenha sido o responsável por riscar o rosto do sr. Larkin em todos aqueles anúncios do comitê do jardim. Tipo como se a presença dele na escola outra vez, depois do trauma de tudo que aconteceu na floresta aquele dia, fosse demais para ele.

— Shane não é do tipo de cara que faz pichação. Se não quisesse ficar olhando para alguma coisa, simplesmente arrancaria da parede e jogaria fora.

— Pode ser. Mas, de qualquer forma, isso tudo é o de menos. O principal é... — Hesito, não querendo forçar a barra e fazê-lo pensar que eu não estava sendo sincera quando disse que abandonaria o caso. Ele se mostrou tão arrependido de tudo que aconteceu com o sr. Larkin antes que quero me certificar de que esteja considerando todos os ângulos. — Em algum momento, você devia contar a alguém que não estava com Shane e Charlotte o tempo todo. — Quase digo *contar à polícia,* mas sequer chegamos ao tópico da doação de 250 mil dólares que a Propriedades Delgado fez à polícia de Sturgis ainda. Não sei bem em quem podemos confiar que seja objetivo quando se trata deste caso, mas apostaria minhas fichas em Carly primeiro.

Um rubor toma conta das bochechas de Tripp.

— Eu sei — murmura, abaixando a cabeça. — Só não estou pronto para isso ainda. Porque aí também teria que contar que meu pai pegou o dinheiro, não é? E eu e ele nem conversamos sobre isso ainda, e...

— Tudo bem — digo depressa, aliviada que ele esteja ao menos considerando contar. — Você não tem que fazer nada agora. — Seguro sua mão, e ele tem um pequeno espasmo sob meus dedos. Solto no mesmo instante, envergonhada que continue esquecendo o que ele me disse na casa de hóspedes de Charlotte: "Não... você não pode me tocar desse jeito quando sabe como eu..."

Ainda não é o momento certo para completar aquele pensamento. Eu me pergunto, brevemente, se tal momento vai de fato chegar um dia, porque gostaria mesmo de saber.

— Mas é bom continuarmos trocando informações — continuo, deixando as palmas descansarem em meus joelhos. — Já descobrimos muito mais coisa sobre o sr. Larkin do que achei que descobriríamos. E se conseguirmos encontrar respostas para algo que já aconteceu faz tanto tempo... — Eu me empertigo na cadeira quando um novo pensamento me ocorre. — Se pudermos fazer *isso*, talvez também possamos descobrir respostas para...

Paro, me dando conta de que quase levantei outro tópico doloroso.

— Outras questões — termino, murchando, antes de tomar um gole de café morno.

— Outras questões? — Tripp me encara com firmeza. — Não era isso que você ia dizer.

Bebo outro gole. Quase entornei o café, na verdade.

— Era, sim.

— Anda, Brynn. Não combinamos de sermos honestos um com o outro daqui pra frente? Que outras questões? — Quando não respondo de pronto, acrescenta: — Você está achando que não consigo aguentar o que quer que seja porque fiquei em estado catatônico desde que você voltou para Sturgis?

— É possível.

— Já passou. Posso aguentar.

Eu lanço um olhar preocupado para ele. "Não é tão forte quanto aparenta", Charlotte disse durante nosso confronto na biblioteca, mas... não acredito. Charlotte não faz ideia do peso que Tripp carregou durante aqueles quatro anos anteriores.

— Bom, só me ocorreu que ainda não falamos sobre uma coisa no meio de toda esta história do sr. Larkin, que é, humm... o sr. Solomon.

— O sr. Solomon? — Tripp se retrai, mas tenho a impressão de que está mais confuso do que relembrando o momento em que encontramos o corpo do antigo jardineiro do colégio. — E por que falaríamos disso?

— Porque a polícia ainda não tem certeza se ele caiu e bateu com a cabeça, ou se foi empurrado. E se ele fez aquele comentário a respeito do sr. Larkin na nossa frente, também pode ter feito o mesmo na frente de outras pessoas. Talvez até das pessoas erradas.

Tripp pisca, ainda confuso.

— Mas foi um assalto.

— Pode ter sido uma distração apenas.

— Você está dizendo... — Balança a cabeça de modo definitivo. — Olha, de jeito nenhum Shane teria feito qualquer coisa assim contra um velho indefeso, está bem? Impossível.

— Não é isso que estou dizendo. — E eu *definitivamente* não vou comentar que Tripp contou aos amigos o que o sr. Solomon havia nos dito, mesmo sabendo que ao menos falara com Charlotte. Não estou querendo causar uma recaída aqui.

— É só que o sr. Solomon morreu sob circunstâncias suspeitas depois de falar do sr. Larkin, então... como disse antes, é bom trocar informações.

Tripp fica em silêncio por um momento, depois mete a mão abruptamente dentro do bolso.

— OK, falando nisso... Encontrei. — Não posso evitar; deixo um ruído de surpresa escapar quando ele coloca o disco de prata na mesa. — A medalha. A que estava ao lado do... você sabe.

— Do corpo do sr. Larkin — sussurro, e ele assente. Tomo a medalha nas mãos; é mais ou menos do tamanho de uma moedinha e tem um buraco pequeno no topo, como se fosse de fato um pingente. Há um emblema de um cão rosnando com as palavras *Taverna Cachorro Louco* na frente, e depois *Morda Primeiro.* A parte de trás tem o nome "Billy" gravado em letras maiúsculas.

— Você tinha razão — diz Tripp. — É o nome do sr. Larkin, então tinha que ser dele. — O menino se recurva. — Queria ter olhado com mais atenção na época. Podia ter me poupado, e a muita gente também, um monte de problemas.

— Shane ou Charlotte viram você pegando isto?

— Acho que não.

Estudo a medalha, franzindo o cenho.

— Nunca ouvi ninguém chamar o sr. Larkin de "Billy", mas pode ter sido um apelido de infância. Mesmo que ele tenha mesmo mudado o nome de "William Robbins" para "William Larkin", ainda serviria. — O emblema do cão é em alto-relevo, e passo o polegar por cima dele. — Você procurou essa taverna no Google?

— Não. — Os lábios de Tripp estão repuxados para cima. — Achei melhor deixar essa parte com você.

Deixo a medalha de lado, abro o Google e digito o nome.

— Existem algumas "Tavernas Cachorro Louco" — anuncio, percorrendo os resultados. — Inclusive uma que fica em North Woodstock, New Hampshire. — Pauso e tamborilo o queixo, pensativa. — Fica bem perto de Lincoln, de onde Dexter Robbins é. E se... Meu Deus. Acha que podia ter sido *Dexter* quem estava na mata aquele dia? E que foi ele que Shane ouviu discutindo com o sr. Larkin?

— A floresta está ficando popular, se for o caso. — Tripp pega a medalha e a vira em sua palma. — Posso perguntar a Shane... Você acha que eu devia?

— Quebrar o pacto? Não sei se queremos abrir essa caixa de Pandora com Shane, ainda mais depois da maneira como ele agiu ontem à noite. Talvez seja melhor continuar pesquisando um pouco mais primeiro. — Aperto o ícone de direções e abro o Google Maps. — Essa taverna fica a duas horas daqui, então...

Tripp olha para cima com um meio-sorriso.

— Então o quê?

Sinto borboletas no estômago. Vasculhei todas as minhas lembranças do ensino fundamental e não encontrei qualquer sentimento que não fosse de amizade por Tripp naquela época; por mais que gostasse do menino, não pensava nele daquela forma. Mas agora é diferente, e não é só porque perco minha linha de raciocínio sempre que ele sorri. Apesar de todo o peso que teve que suportar sobre os ombros pelos últimos quatro anos (e mesmo antes disso), ele não é uma pessoa amarga. Continua tendo esperança no futuro, trabalhando duro e sendo leal, e engraçado, ainda que a última parte seja muitas vezes à minha custa.

Tiro a medalha da mão de Tripp e a coloco no aro do meu chaveiro, depois o agito na frente dele.

— Então, o que você acha de uma pequena excursão?

CAPÍTULO 32

TRIPP

A paisagem desolada de janeiro vai passando do lado de fora da minha janela enquanto eu e Brynn nos dirigimos a New Hampshire. Estou perdido em pensamentos, tentando absorver tudo que ela acabara de me dizer a respeito de Shane, mas é impossível quando sequer processei completamente a verdade sobre o meu pai.

Não que eu tivesse passado os últimos quatro anos com medo dele, ou preocupado que ele fosse machucar mais alguém. Mesmo quando ainda acreditava que ele havia matado meu professor, *também* acreditava que tinha sido um erro único e terrível que ele jamais voltaria a cometer. Ainda assim, saber o que ele havia feito (e que eu me tornara seu cúmplice ao acobertá-lo) envenenou nosso relacionamento por completo, a ponto de eu ter passado a maior parte do ensino médio o evitando.

Hoje de manhã, antes de sair para me encontrar com Brynn na confeitaria, fiz mais barulho do que o usual ao me arrumar, meio que torcendo para acordar o meu pai. Pela primeira vez em anos, queria falar com ele. Nem sei o que teria dito, como se diz a alguém que você acreditou que ele tinha sido capaz *daquilo*? Não sei se consigo, mas teria sido bom... não sei... enxergá-lo de maneira diferente, acho.

Mas nem uma calamidade conseguiria acordá-lo, e ele continuou dormindo. Antes de sair, digitei uma mensagem perguntando: *podemos conversar alguma hora esta semana?*, e depois imediatamente a deletei. Ele não saberia o que fazer com aquilo. Só o deixaria preocupado.

Ou seja, não recebo mensagens do meu pai enquanto estamos passando pela autoestrada 93 Norte, mas Charlotte não para de fazer meu celular se iluminar.

Você foi muito grosseiro ontem, escreve ela.

Mas ainda assim pode vir ao Baile de Inverno comigo e Shane.

A menos que esteja pensando em convidar Brynn.

Não sei o que pensar de Charlotte, ou do que ela de fato sabe sobre o que aconteceu naquele dia na floresta. Não faço ideia se ela e Shane estavam juntos quando descobriram o corpo. Sempre presumi que sim, mas eu estava errado sobre tantas coisas. Nas mensagens dela, porém, Charlotte continua a mesma de sempre: um pouco imperativa, um pouco mandona, e interessada demais na cena social da Saint Ambrose. Me sinto confortável ao redor daquela pessoa, de modo que, por ora, pelo menos, vou considerar que está sendo sincera em suas mensagens.

Não estava planejando ir ao Baile de Inverno, ou, se acabasse indo, não estava planejando levar ninguém, mas...

Olho de soslaio para Brynn, que está dirigindo como se estivesse absorta em pensamentos. Estamos há quase meia hora em silêncio, escutando música, mas é um tipo bom de silêncio. O tipo que não é necessário preencher com bobagem porque se está com medo de que, caso se estenda por muito tempo, a outra pessoa vai começar a fazer perguntas que você não quer responder.

Brynn conhece todas as minhas verdades agora. Foi ela quem as arrancou de mim e as colocou sob uma luz que eu sequer sabia que existia. E não está apenas me tolerando hoje; está me lançando aqueles olhares fofos de rabo de olho que fazem com que todas as minhas terminações nervosas vibrem em frenesi. Venho dizendo a mim mesmo há semanas que os olhares não significam nada, pois não mereço coisas boas. Mas talvez signifiquem algo, e talvez eu mereça coisas boas.

"Você é muito mais importante para mim do que uma história, Tripp." Se não conhecesse Brynn, aquilo não me soaria muito promissor, mas conhecendo...

— Charlotte voltou a falar comigo — relato.

Não era bem como queria começar, mas fazer o quê?

— Que bom. — Parece sincera, mesmo que seu relacionamento com Charlotte já estivesse tenso por algum tempo. — Espero que ela não culpe você pela noite passada.

— Ela mandou mensagem falando sobre o Baile de Inverno.

— Boa mudança de assunto. — Você vai?

— Ah. — A expressão de Brynn fica tristonha. — Bom, tinha planejado ir com Nadia e Mason e os acompanhantes deles, mas não sei se seria muito legal. Para eles. Estão meio que furiosos comigo por não ter contado sobre o *Motivação.*

— Você podia se demitir de novo — sugiro. — Foi um belo gesto. — Ela solta uma risada. — Ou podia ir comigo.

Sinto uma breve pontada de culpa, pois Charlotte esteve a meu lado durante anos, e não estou tentando irritá-la. Mas ela não pode escolher meus amigos (ou minha namorada) por mim.

Brynn tira os olhos da estrada por um breve momento para encontrar os meus.

— Isso é um convite?

— Você vai me obrigar a pedir duas vezes?

— Não — responde, colocando uma mecha de cabelos atrás da orelha. — Para a segunda pergunta, quero dizer. Sim para a primeira. Se você ainda quiser.

— Quero — digo. A palavra sai com um pouco mais de fervor do que eu planejava.

— OK, que bom. — Ela abre um sorriso rápido e começa a estacionar, anunciando: — Chegamos.

A Taverna Cachorro Louco é uma construção atarracada e cinza com uma porta vermelha e uma placa exibindo o mesmo cão rosnando que está gravado na medalha. Há várias motocicletas Harley-Davidson estacionadas do lado; quase o dobro do número de carros. O estacionamento está bastante cheio para uma tarde de domingo.

— Acho que é um bar de motociclistas? — pergunta Brynn, um pouco incerta.

— É o que parece — respondo, grato por ter conseguido encontrar meu casaco de inverno e não ter mais que usar o blazer da escola em seu lugar. Já vamos chamar bastante atenção naturalmente, isso *se* nossa entrada for permitida. — Tem certeza de que quer mesmo entrar?

— Acabei de passar duas horas dirigindo para chegar aqui, então sim — responde Brynn, desligando o motor. Ao sairmos do carro, ela adiciona: — Se não der em mais nada, tenho pelo menos que ir ao banheiro.

— Entre por sua conta e risco — digo ao mesmo tempo que dois homens emergem do bar e se demoram à porta, conversando. Suas aparências são exatamente o que se esperaria de motociclistas: corpulentos e vestidos em couro da cabeça aos pés, com barbas cheias e mullets impressionantes. Sinto um pico de ansiedade, de súbito desejando que Shane estivesse aqui comigo, mas, assim que nos aproximamos, um deles abre a porta e se afasta.

— Senhorita — diz, com polidez exagerada, que poderia soar como zombaria, não fosse o sorriso amigável em seu rosto. — E meu senhor.

— Fica de olho na sua menina lá dentro — recomenda o outro com uma piscadela. Os dois parecem achar que somos hilários, e talvez pirralhos de doze anos.

— Podia ter sido pior — murmura Brynn quando a porta se fecha atrás de nós.

Pisco os olhos, deixando que se ajustem à súbita escuridão. A única fonte de iluminação lá dentro vem das janelas, a luz do sol pálida banhando o piso de madeira riscado. Um lado da taverna está todo tomado por mesas de sinuca, e a maioria delas está ocupada. O outro é uma mistura de mesas tipo cabine e mesas altas diante de um longo bar com as palavras *Morda Primeiro* gravadas no centro.

— Ah, de jeito nenhum — exclama a mulher atrás do bar quando nos aproximamos. É gorda, seus cabelos têm faixas grisalhas e veste uma camiseta preta apertada que deixa à mostra várias tatuagens. A no antebraço direito diz *Fiona* dentro de um desenho de videiras e flores. — Não me interessa se as identidades falsas de vocês são excelentes. São menores de idade.

— Não viemos beber — apazigua Brynn, abrindo um sorriso doce. — As suas tatuagens são muito bonitas. O seu nome é Fiona?

— É o nome da minha filha. Sou Rose, a dona. E vocês são?

— Sou Brynn, e este é Tripp.

— E o que posso fazer por vocês, Brynn e Tripp, se não vieram aqui para beber?

Brynn se apoia contra o bar.

— Queria falar com alguém sobre um homem chamado Dexter Robbins.

Rose ergue as sobrancelhas.

— Dexter não é mais dono do bar, querida.

Brynn e eu nos entreolhamos, e tento não transparecer estar tão chocado quanto estou. Ainda que o faro de Brynn estivesse absolutamente correto para muitas coisas, eu tinha esperado que esta viagem não desse em nada. Com certeza não havia imaginado que acertaríamos o alvo logo de primeira.

— Ah, não tem problema — responde ela, soando um pouco afobada. — Não estava procurando Dexter em pessoa...

Rose descansa os antebraços sobre o balcão.

— Então por que perguntou por ele?

— Bom... — Brynn toma um fôlego, e posso quase vê-la se encouraçando para colocar as cartas na mesa. — Sou estagiária de um programa de televisão de *true crime* chamado *Motivação,* e estamos procurando informações sobre a morte de um homem chamado William Larkin. — Ela fala a meia-verdade de maneira fluida... pelo menos na minha opinião. Ainda não entendo como ela descobriu minhas mentiras com tanta facilidade ontem à noite.

— William Larkin? — Rose dá de ombros. — Nunca ouvi falar nele.

— É possível que ele tenha mudado de nome — explica Brynn, pegando o celular. Vislumbro a foto que ela abriu, a fotografia oficial do sr. Larkin como parte do corpo docente da Saint Ambrose, antes de ela mostrar a Rose. — Mas aqui está ele. Há quatro anos.

Rose, que ao mesmo tempo parecia estar achando graça e entediada desde que chegamos, fica rígida de repente. Seus olhos se arregalam e ela toma o celular de Brynn, a expressão ficando tensa.

— Isto é algum tipo de piada?

— Não, claro que não — garante Brynn, depressa. — Jamais faria piada com algo assim. É William Larkin na foto. Era o nosso professor do oitavo ano na Escola Saint Ambrose, em Sturgis, Massachusetts. Recentemente ficamos sabendo que ele pode ter se chamado William Robbins no passado. — Ela estava se saindo bem, fingindo que sabe do que está falando, até sua voz se elevar nervosamente no final.

— Billy. — Rose enuncia o nome devagar, ainda franzindo o cenho. — Billy morreu?

— Você o reconhece? — indaga Brynn.

Rose engole em seco e devolve o celular a Brynn.

— Fui eu quem deu essa gravata a ele quando ainda era uma criança, era uma piada. A vida lhe dá limões, você sabe. Parece que ele finalmente cresceu o suficiente para usá-la.

— Ele dizia que era a gravata da sorte dele — revela Brynn, e Rose fecha os olhos. — Será que... Podemos falar sobre ele com você?

— Esperem aí — diz a dona do bar, virando-se para a fileira de garrafas atrás dela. — Vocês dois não podem beber enquanto conversamos, mas eu com toda certeza posso.

— Comprei este bar do Dexter — conta Rose alguns minutos depois, quando nos acomodamos em uma das mesas estilo cabine com uma cesta de chips de tortilla e bebidas. Cerveja para ela, refrigerantes para nós dois. — Depois que ele se converteu a uma religião qualquer e decidiu que beber era pecado. O que é um monte de bosta, se vocês querem saber a minha opinião. — Levanta a garrafa no ar. — O Jesus em que eu acredito beberia uma cerveja com você.

— Amém — digo, e Brynn me chuta sob a mesa.

Rose aponta o gargalo para mim.

— Não você, especificamente. Jesus respeita a idade legal para consumo de bebidas alcoólicas.

Brynn limpa a garganta.

— Você e Dexter eram amigos?

— Pertencíamos ao mesmo círculo social — explica Rose com um dar de ombros. — A comunidade dos motociclistas aqui é bem próxima, e Dexter costumava ser um na época. Sempre gostei mais do filho do que dele. Billy era um menino doce. Mas solitário. Sem mãe. Ela morreu quando ele ainda era bebê. Ele idolatrava o pai, mas não acho que Dexter prestasse muita atenção no filho. Achava que cuidar de crianças era trabalho da mulher, o cretino machista, então deixava o Billy por conta própria.

Esmaga um chip.

— Então Dexter se casou outra vez, se converteu e decidiu se livrar do Cachorro Louco. Não tive mais muito contato com ele depois disso, mas Billy passava por aqui às vezes. Acho que continuava se sentindo muito sozinho. Dexter teve outro filho e ficou obcecado com a ideia de ser o líder espiritual da nova família. Dizem por aí que ele talvez tenha levado as coisas longe demais. Longe demais-demais.

— Demais desse jeito? — pergunta Brynn, mostrando o artigo do *Union Leader* a Rose.

Ela faz que sim com a cabeça.

— O desaparecimento de Lila e Mikey causou grande comoção por aqui, até boatos começarem a circular sobre como Dexter praticamente mantinha a coitada da mulher prisioneira e se recusava a tratar a asma do filho. As pessoas pararam de se esforçar para encontrar os dois depois disso. — Ela toma um gole da cerveja. — É uma pena que Lila não tenha levado Billy também, mas acho que não podia. Não era filho biológico dela.

Brynn é a jornalista aqui, mas também estou curioso.

— Então quando foi que o sr. Larkin mudou de nome? — pergunto. É estranho chamá-lo por um nome que Rose não conhece, mas chamá-lo de "Billy" seria pior ainda.

— Bom, nunca fiquei sabendo disso. Perdemos contato, como é de praxe quando crianças crescem e começam a cuidar das próprias vidas. A última vez que o vi, estava no primeiro ano de faculdade. Deu uma parada rápida aqui enquanto estava a caminho de algum outro lugar. Ele me disse que havia cortado laços com o pai, o que me pareceu uma boa notícia, embora eu tenha me perguntando quanto tempo duraria. Foi bom revê-lo, mas... — Ela para de falar e começa a mexer em uma pele solta no dedo. — Ele estava diferente. Mais severo do que costumava ser.

— Como assim? — indaga Brynn.

Os lábios de Rose se retorcem.

— Billy continuava todo cheio de charme, como sempre, mas a doçura de antes não estava mais lá. Talvez a vida a tivesse arrancado à força de dentro dele. Ou quem sabe foi Dexter. — Quando Brynn e eu trocamos um olhar horrorizado, ela se apressa em acrescentar: — Não estou falando de abuso físico, pelo menos acho que não. Mas de abuso de todas as outras maneiras. Billy passou a vida tentando impressionar o pai, sem receber nada em troca, especialmente depois que Mikey nasceu. Mikey teria... talvez a sua idade agora. — Ela estreita os olhos para nós, pensativa. — Muito novo para estar trabalhando em um programa de TV, em outras palavras.

— Eu sei — admite Brynn. — Para ser sincera, fui contratada em parte porque contei a história do sr. Larkin durante a minha entrevista. — Ela me lança um olhar culpado, e dou de ombros. *Águas passadas.* — Mas tem sido difícil encontrar muita coisa a respeito da vida pessoal dele. Ninguém conseguiu encontrar nenhum familiar ou amigo dele quando morreu. Mas também não sei quanto se esforçaram. — Brynn franze o cenho e parte um chip de tortilla em dois. — Quero dizer, alguém deixou uma dica para nós com o nome antigo dele até bem depressa.

Rose deixa escapar um suspiro pesado. Contar a ela sobre o assassinato do sr. Larkin foi a pior parte da conversa, de longe.

— Que pena. Eu não fazia ideia. Nunca ouvi falar de nada disso, nem nas notícias, nem pelo Dexter. Será que ele sabe? — Toma outro gole de cerveja. — Como é que vocês dois descobriram este lugar, se ninguém conseguiu encontrar a família dele?

— Por causa disto — diz Brynn, tirando o chaveiro da mochila e mostrando a medalha de prata. — Era do sr. Larkin, mas só, er... — Ela me olha de relance. — Foi encontrada recentemente.

Rose estende a mão para tocar a medalha, virando-a para que a gravação dizendo *Billy* esteja visível para ela.

— Foi Lila quem mandou fazer isto. Quando Billy fez treze anos. Ela sabia que o menino amava este lugar. Também fez uma para Mikey, mas disse ao Billy que ele tinha que guardá-la até o irmão ter mais idade. Vocês encontraram a outra também?

— Não — respondo. E tinha procurado com cuidado. Será que deixei algo passar? É possível, mas se deixei, a polícia devia ter encontrado em seguida. — Só esta.

— Tenho que perguntar — corta Brynn, inclinando-se para a frente. — Existe alguma chance que... É possível que Dexter Robbins tenha sido a pessoa que matou o sr. Larkin? Ele faria algo assim ao filho?

— Por Deus! — exclama Rose. — Gostaria de pensar que não. Mas Dexter era capaz de muitas coisas sombrias. Eu também jamais teria acreditado que ele trataria Lila daquela maneira.

— Onde está Dexter agora?

— Não sei. — Rose dá de ombros. — Não o vejo faz anos. A última vez que ouvi falar nele, ainda era devoto da igreja, mas estava trabalhando em uma loja de penhores. Não sei como isso pode ser mais divino do que um bar, mas tudo bem. Duvido que ele tenha mudado muito, então Lila tinha razão em continuar desaparecida. — Pega um chip de tortilla e o aponta para nós. — Homens como Dexter são um vespeiro. Para que cutucar se você não precisa, certo?

CAPÍTULO 33

BRYNN

— Você perdeu a saída — comenta Tripp.

— Eu sei.

— Deixa eu adivinhar. — Tamborila os dedos no console central do carro. — Foi de propósito?

— Pensei, já que estamos aqui... — Faço uma curva fechada para a esquerda para entrar em um centro comercial, seguindo para uma loja que notara a caminho da Taverna Cachorro Louco.

Loja de Penhores Superior.

— Brynn, anda — diz Tripp quando estaciono na frente dela. — O que você está tramando?

— Talvez seja aqui que Dexter Robbins trabalha — digo. — Fica logo depois do bar que ele tinha.

— Você perdeu a cabeça? — Tripp vira no assento para me olhar feio. — Você ouviu o que Rose disse. Não cutuca o vespeiro

— Não vou tentar falar com ele, nem nada — me defendo. — Se ele continua sendo tão religioso quanto era antes, provavelmente nem está trabalhando em um domingo. O que faz com que hoje seja o dia perfeito para dar uma investigada nele. E aí posso vir procurá-lo depois, se precisar.

— E por que você precisaria? — indaga Tripp, franzindo o cenho. — Não me importa o que você pensa que Shane, ou sei lá quem, pode ter feito. Você não pode colocar um homem desses no rastro dele. Além disso, foi você mesma quem disse na confeitaria, talvez tenha sido Dexter Robbins na floresta aquele dia. Talvez tenha matado o sr. Larkin, e nós devíamos ficar bem longe de alguém assim.

— E vou. Só quero saber mais sobre ele.

Tripp não parece convencido, mas tudo que diz é:

— Bom, você está sozinha nessa. Pode me deixar fora disso. — Hesito, me perguntando se ele se arrependeu da permissão que me dera para continuar investigando nosso professor, até ele sorrir e empurrar de leve meu ombro. — Vai logo de uma vez.

— Não demoro — prometo, e irrompo porta afora.

Nunca estive dentro de uma loja de penhores antes, e esta é mais elegante do que esperara. É um espaço longo e estreito, com vitrines de vidro margeando os dois lados, e uma cabine aos fundos com uma placa neon que diz EMPRÉSTIMOS. Há várias guitarras penduradas em uma das paredes, e na outra, estantes cheias de eletrônicos. Há quase uma dúzia de pessoas lá dentro olhando as prateleiras, e dois empregados atrás de balcões vestindo camisetas com o nome da loja. Um deles é uma mulher, e o outro é jovem demais para ser Dexter, e sinto meus ombros, que eu sequer percebera que estavam tensos antes, relaxarem ao me aproximar da mulher.

— Posso ajudá-la? — pergunta ela.

— Oi. Por acaso Dexter Robbins trabalha aqui?

— Não — responde sem qualquer resquício de reconhecimento.

— Tem outras lojas de penhores nas redondezas?

— Mais ou menos nas redondezas, se você estiver de carro. — A campainha da porta soa quando alguém mais entra no estabelecimento, e os olhos dela resvalam para um ponto acima de meus ombros. — Mas não é meu trabalho ajudá-la a encontrar esses lugares.

— Justo — digo, me perguntando quantas lojas mais posso visitar antes que a paciência de Tripp se esgote.

A resposta é três.

— Está bem — declara Tripp, finalmente, quando entro no carro após uma conversa amigável, mas infrutífera, com o dono de outro estabelecimento chamado Loja de Penhores & Música Império. Nunca tinha me dado conta, até uma hora atrás, de como a compra e venda de guitarras é importante para esse tipo de loja. — Chega. Tenho mais o que fazer, e isto não está levando a lugar nenhum. Ia ser bem mais rápido se você voltasse para casa e começasse a ligar para todas as lojas de penhores em New Hampshire.

— Isso... faz muito sentido, para ser sincera — admito. — Mas posso fazer uma última paradinha? O homem na Império disse que tem mais uma loja logo no fim da rua.

Tripp afunda na poltrona.

— Se isto aqui contar como o nosso primeiro encontro, quero que fique registrado que está sendo uma porcaria.

Abro um sorriso para ele, porque é muito fofo quando está irritado. E quando não está também.

— Não conta.

— Ótimo — diz Tripp, fechando os olhos. — Então não vejo nenhum problema em pedir para você me acordar quando tiver acabado.

Demoramos menos de cinco minutos para chegar ao estabelecimento adequadamente chamado Última Chance, e o estacionamento está bem menos cheio do que os dos locais anteriores. O único outro veículo à vista é uma picape vermelha esmaecida que está parada bem em frente à janela. Estaciono a algumas vagas dela, e Tripp abre os olhos quando um homem alto e barbado com um boné vermelho vibrante e moletom cinza sai pela porta da frente carregando um saco de lixo abarrotado. Ele o atira em uma caçamba próxima, espalma as mãos e volta para dentro.

— O lugar está bombando — observa Tripp. — Esta é com certeza a loja de penhores menos popular de New Hampshire.

— É — concordo, sentindo uma estranha relutância para sair do carro. Havia algo de reconfortante na movimentação dentro das outras lojas; aqui, me sinto exposta demais. Mas é minha última parada, então... — Já volto.

Não há campainha na porta, mas ela se abre com um rangido longo e prolongado das dobradiças. O homem que saíra com o lixo é a única pessoa no estabelecimento, posicionado atrás de um mostruário de vidro sujo exibindo uma variedade de relógios.

— Precisa de ajuda? — pergunta ele, ajeitando o boné de uma maneira que me permite notar que seus cabelos são escuros, entremeados de fios brancos, assim como a sua barba.

Não consegui encontrar fotos de Dexter Robbins on-line, mas este homem parece ter mais ou menos a mesma idade, o que me deixa reticente em mencionar o nome.

— Eu estava, er... — Minha mente se esvazia ao me aproximar do balcão, e sigo com a primeira desculpa que me ocorre. — Querendo saber se vocês compram joias?

Boné Vermelho abre um sorriso sardônico.

— A placa neon gigante na janela não respondeu à pergunta? — Aponta para trás de mim.

Não preciso virar. COMPRAMOS OURO tinha piscado e ofuscado meus olhos enquanto eu abria a porta.

— Verdade. Desculpa — digo, forçando um sorriso que ele não retribui. Puxo a manga esquerda do casaco para cima, expondo minha pulseira de pendentes. — Quanto você acha que consigo por isto?

— Me deixa dar uma olhada.

Faço contato visual pela primeira vez. Os olhos dele são vazios e frios, percorrendo meu rosto sem grande interesse. É provável que saiba só de olhar que não vou vender coisa alguma, da mesma forma que sei que não descobrirei nada de útil aqui. Não temos qualquer utilidade um para o outro, e não gosto da aura dele, mas ainda assim me vejo estendendo o pulso.

Ele bufa e acena, como se estivesse me chamando para me aproximar.

— Vou precisar olhar mais de perto.

Relutante, abro a pulseira e a jogo dentro da palma aberta dele. Ele a deixa sobre o balcão e pega uma lupa de joalheiro da prateleira atrás dele. Enquanto se curva por cima do bracelete, passo os olhos pela papelada desorganizada que está amontoada atrás dele. Parecem vários recibos, para itens que foram deixados lá ou comprados, mas tenho dificuldades para ler o que dizem de cabeça para baixo. Me aproximo um pouco no mesmo instante em que ele levanta a cabeça.

— Quatorze quilates — diz, os olhos brilhando. Não são castanhos como eu pensara; têm um pouco de verde neles também. Como os do sr. Larkin. Meu coração engasga em meu peito enquanto ele acrescenta: — Parece leve. Posso pesar, mas é provável que tenha menos do que dez gramas de ouro aqui. Minha estimativa é que valha cento e vinte e cinco, talvez.

— Ah, certo. Estava esperando um pouco mais. — De súbito, a única coisa que quero no mundo é ter a pulseira de volta ao meu pulso. Eu a tiro de debaixo da lupa, não me importando se estou sendo grosseira, e deixo o chaveiro sobre o balcão para poder fechá-la. — Obrigada por olhar, vou ficar com ela.

Ele dá de ombros.

— A decisão é sua.

O fecho é delicado e difícil de manusear, e Boné Vermelho boceja enquanto luto com a pulseira. No instante em que finalmente consigo fechá-la, olho para meu chaveiro e me dou conta, com o estômago revirado, de que esqueci que tinha deixado a medalha da Taverna Cachorro Louco nele. Está exposto no balcão, o emblema do cão virado para baixo e a gravura dizendo *Billy* visível. Congelo, a mão ainda em meu pulso, e arrisco uma olhadela de soslaio para Boné Vermelho, rezando para que seus olhos tenham voltado para a papelada.

Não voltaram. Estão fixos na medalha, que brilha com intensidade sob a luz fluorescente.

— O que diabos... — começa ele, o rosto se franzindo inteiro.

Avanço para minhas chaves e consigo agarrá-las antes dele. Ele fita o espaço vazio no balcão onde o chaveiro estava anteriormente, depois a mim, e arrepios percorrem meus braços. Os olhos dele estão estreitos, e cada linha de expressão e ruga em seu rosto parece ter sido esculpida em pedra.

— Onde diabos você conseguiu isso? — pergunta com a voz rouca. — Quem é você?

Não hesito. Há um balcão entre nós, e aproveitarei toda a vantagem que a barreira representa para mim, pois tenho certeza absoluta de que não quero continuar esta conversa. Dou um giro e corro para a porta, a abro com violência e me lanço na direção do carro. Quando ouço um grito atrás de mim, já destranquei as portas e estou deslizando para dentro.

Tripp está com o assento reclinado, os olhos fechados, e se sobressalta com o barulho alto da porta batendo.

— O que foi? — pergunta, recolocando a poltrona na vertical enquanto meto a chave na ignição. Assim que o motor liga, dou marcha à ré e saio depressa demais. Boné Vermelho está do lado de fora agora, e começa a correr na nossa direção enquanto troco de marcha. É o bastante para me fazer girar o volante com brusquidão, pisar no acelerador e irromper para fora do estacionamento.

— Brynn, mas que inferno? — pergunta Tripp, olhando para trás enquanto passo por cima de uma calçada em minha pressa de voltar para a estrada. — Qual é o problema daquele cara?

Minha garganta está quase fechada, e não consigo falar, até que uma olhadela no espelho retrovisor me assegura que ninguém está nos seguindo. Ainda assim, ultrapasso em muito o limite de velocidade, querendo colocar o máximo de distância possível entre meu carro e a loja de penhores Última Chance.

— Acho que aquele pode ser Dexter Robbins.

— O quê? Por quê?

Ah, Deus. Me mata ter que admitir como fui descuidada, mas...

— Coloquei as chaves no balcão, e ele viu a medalha da Taverna. Ele, hum, pareceu reconhecê-la.

— Reconhecê-la como?

— Perguntou onde eu tinha conseguido aquilo.

— Pode ser que ele só tenha gostado dela. São até bem legais.

— É, mas... — Minha cabeça está latejando, e queria poder voltar no tempo e refazer aqueles últimos quinze minutos da minha vida: jamais ter entrado naquela loja, para começo de conversa, ou, pelo menos, ter colocado meu maldito chaveiro no bolso. — O logotipo estava virado para baixo, e *Billy* para cima. Foi isso que chamou a atenção dele. E ele ficou... furioso.

— Bom, que merda — diz Tripp. — Isso não é bom. — Viro na Rota 112, e ele acrescenta: — Mas não acho que esteja nos seguindo. Não tem mais ninguém na estrada, fora um Lexus, e.... — Aguarda o carro passar e relata: — É uma mulher dirigindo, sozinha. Você não disse o seu nome, não é? Nem deixou nada lá?

— Não — respondo, meu pulso começando a desacelerar. — Dei minha pulseira para ele olhar em dado momento, porque estava fingindo querer colocá-la à venda, mas peguei de volta.

— Tudo bem então. — Ficamos em silêncio por alguns momentos, até ele acrescentar: — Você conseguiu o que queria, não é? Se aquele era mesmo Dexter, agora já sabe onde encontrá-lo.

— É... — respondo, mas sei que não o farei. Mesmo com quilômetros de distância entre Boné Vermelho e eu, e com os meus batimentos cardíacos quase de volta ao normal, não sinto que ter fugido depressa daquele jeito tenha sido bobagem. Sinto como se tivesse escapado de um predador, porque é exatamente o que ele me pareceu quando viu aquele pingente. Sua expressão se alterou por completo em uma fração de segundo, de entediada para ameaçadora. Por mais que deseje saber o que aconteceu ao sr. Larkin, parece que há limites para até onde estou disposta a ir para isso.

CAPÍTULO 34

BRYNN

— O que é isso? — pergunta Mason quando deixo a caixa de papelão cair entre ele e Nadia durante o intervale de almoço na segunda-feira.

— Um diorama — digo, girando para que eles possam ver. — Do quinto ano. Lembram? O sr. Hassan nos mandou recriar uma cena de um livro com as pessoas com quem mais tínhamos vontade de sair em uma aventura. Escolhi *As crônicas de Nárnia: o leão, a feiticeira e o guarda-roupa*, e vocês dois.

— Meu Deus — exclama Nadia, rindo enquanto olha pelo visor. — Você guardou isto?

— Guardei. Você não acreditaria na quantidade de coisa da Saint Ambrose que tenho guardada no sótão. — Tirei o diorama de dentro de uma caixa ontem, depois de voltar de New Hampshire, determinada a usar parte da minha energia nervosa para o bem, e não para o caos.

— Olha como sou bonitinho — comenta Mason, examinando o mini-Mason. — Meu cabelo é tão *volumoso*. — Depois franze a testa. — Espera. A Katie Christo e o Spencer Okada não estavam aí também?

— Estavam, mas Spencer acabou sumindo em algum momento, e arranquei a Katie no oitavo ano, depois que ela começou a me chamar de "Trippstalker" — explico. Depois pego minha mochila e retiro dois potes Tupperware lá de dentro. Coloco o que tem a tampa vermelha na frente de Nadia, e o de tampa azul diante de Mason. — E aqui tem cookies de chocolate. Sem glúten para você, Nadia. Com uma quantidade normal de sal.

— OK... — diz Mason, confuso. — Bom saber.

Nadia pega o pote.

— Para que tudo isto, Brynn?

— É um pedido de desculpas. Sei que não sou a pessoa mais atenciosa, mas dou, sim, muito valor à nossa amizade. Sempre dei. Sinto muito por não ter sido honesta a respeito do estágio... que larguei, aliás... e espero que vocês me perdoem.

— Ahhh, olha só para você. Tanto crescimento pessoal. — Mason me envolve com um braço e acidentalmente descola o mini-Mason do diorama. — Ooops. Mas posso ficar com ele? Curti o meu colete de lã.

— Ele é todo seu — respondo com um olhar esperançoso para Nadia.

Um sorriso repuxa os lábios dela.

— Se eu disser que já tínhamos superado tudo faz uma semana, ainda podemos ficar com os cookies?

— Podem — digo, e um dos maiores nós em meu estômago se desfaz. — Isso também quer dizer que ainda podemos ir todos juntos ao Baile de Inverno?

Nadia revira os olhos.

— Nunca paramos de poder. Você é tão dramática. Por que você largou o estágio, aliás?

Ugh. Por mais que fosse adorar ser totalmente honesta e direta, não posso explicar tudo a ela sem entrar em detalhes que prometi a Tripp nunca contar a ninguém.

— É uma longa história. A propósito, fui convidada para ir ao baile com alguém também. Mais ou menos.

Mason ergue as sobrancelhas.

— Isso tem algo a ver com o fato de que Tripp Talbot finalmente ressurgiu das cinzas e retornou aos corredores sagrados da Saint Ambrose?

— Talvez. Tive que ir atrás dele. — Algumas bandejas fazem barulho quando mais pessoas se sentam à mesa, e empurro o meu diorama para o lado, a fim de abrir espaço.

— Atrás dele? — repete Nadia. Levo um dedo aos lábios quando um dos novos ocupantes da mesa nos lança um olhar confuso.

— É uma pena que você se livrou da Katie, de verdade — comenta Mason, colocando sua versão em miniatura no bolso dianteiro da mochila. — Ela era um oráculo.

Dois dias depois, estou sentada de pernas cruzadas na cama após a escola, organizando minhas anotações sobre o caso do sr. Larkin. Estou me sentindo muito mais calma do que estava depois de encontrar o talvez-Dexter, a ponto de quase achar que estava sendo dramática. *Quase.* Mas não o suficiente para telefonar para a Loja de Penhores Última Chance e confirmar que ele de fato trabalha lá.

Ellie entra e se atira teatralmente na cama ao meu lado, escondendo o rosto com um braço. — A mamãe vai supervisionar o baile no sábado — geme.

— O quê? — pergunto, olhos fixos em meu laptop.

— Não tinha gente suficiente, então a associação de pais pediu ajuda, e ela se voluntariou — explica e solta um suspiro. — Que vergonha.

— Sério? — Eu dou minha total atenção a ela agora. Meus pais e tio Nick estão demorando muito mais do que Tripp e meus amigos para aceitar minhas desculpas, mas talvez aquele seja um sinal de que mamãe, ao menos, está começando a ceder. — Isso é ótimo. O que ela disse?

Ellie faz uma careta.

— Humm, que ela vai ao baile? Não foi bem uma conversa longa. Interrompi para poder subir aqui e me lamentar, mas você me decepcionou com essa sua atitude estranhamente animada. — Ela levanta o tronco se apoiando no antebraço para olhar meu computador. — O que tem de tão interessante aí?

Abro a fotografia de Lila Robbins aos dezoito anos.

— Esta pessoa se parece com a sra. Delgado, na sua opinião? Um pouquinho que seja?

Ellie rola para olhar a tela.

— Ela lembra alguém — diz, enfim. — Mas vários alguéns. Ela tem um daqueles rostos, sabe? Poderia ser a sra. Delgado, acho, mas não a vejo tem um tempo. Você contou a Carly sobre isso?

— Não. Ela quer conversar comigo semana que vem, mas é complicado. Não era para eu ter tido acesso àquele artigo do

Union Leader, lembra? Além disso, Tripp ainda não está pronto para falar que o pai dele pegou aquele dinheiro, mas se ele *não* falar sobre isso, então *também* não pode falar sobre o fato de não saber o que Shane e Charlotte podem ter feito ao sr. Larkin antes da chegada dele lá. — Expliquei toda a história a Ellie (depois de receber a permissão de Tripp), pois ela já sabia de tanto que fiquei com medo de que fosse acabar deixando algo escapar. Além disso, argumentei com Tripp, ele poderia pensar naquilo como uma espécie de treino: mais alguém sabe da verdade, e o mundo não acaba. Ellie encarou as coisas numa boa, como sempre, e vem me ajudando a pensar em como agir desde então.

— Um enredo bem complicado.

— De fato. — Suspiro, fechando o laptop.

— Seria útil saber quem está vandalizando a foto do sr. Larkin? — pergunta Ellie, puxando a ponta da trança.

— Seria, lógico. Mas a sra. Kelso já quase desistiu disso. Nem está mais distribuindo os pôsteres.

— Humm. — Os olhos de Ellie brilham de uma maneira de que não gosto, mas, antes que possa perguntar do que está falando, ela fica de pé em um pulo e segue para minha cômoda. — Você tem algum crucifixo, ou, tipo, um rosário? Vou me fantasiar de Madonna da década de 1980.

— Não — respondo, voltando a pegar o computador.

— Uma bijuteria, então?

— Pode pegar o que encontrar — digo, focando a fotografia do ensino médio de Lila Robbins outra vez. Fechar e reabri-la múltiplas vezes se tornou uma espécie de hábito, pois sempre que faço isso, espero que seja *aquele* o momento... o momento em que poderei dizer com cem por cento de certeza que ela é a mãe de Shane. Mas a certeza continua me escapando, mesmo que, estudando seu rosto outra vez, esteja mais convencida do que nunca de que a conheço.

Só não sei *como*.

CAPÍTULO 35

TRIPP

— Tripp! — A voz sai da cozinha me sobressaltando quando volto para casa na tarde de quarta-feira, pois estou acostumado ao silêncio quando abro a porta da frente. — Quer vir até aqui e explicar que merda é esta?

Provavelmente não. Não sei por que meu pai está acordado, ou por que está gritando, mas nunca é um bom começo.

— O que foi? — pergunto, deixando a mochila cair no chão e me encostando no batente da porta. E então congelo, pois mal consigo enxergar meu pai detrás de todas as garrafas de bebidas alcoólicas que ele enfileirou diante dele na mesa da cozinha: as que entornei na semana passada e escondi nos fundos do armário da pia, com a vaga intenção de as substituir por novas algum dia desses. Não toquei nas cervejas que ele deixou na geladeira, por isso não achei que ele notaria o resto.

— O que foi é que vim procurar um produto para limpar o ralo quando cheguei em casa hoje de manhã e encontrei tudo isto. E nenhuma delas foi bebida por mim.

— Ahhh. É — digo, esfregando a nuca, sem graça. As palavras me escapam, pois meu pai parece prestes a explodir, e isso nunca é bom sinal.

— *Ah, é?* — repete ele. — Você está fazendo a limpa no meu armário de bebidas agora? — Quando não respondo, a carranca dele fica ainda mais pronunciada. — O que diabos está acontecendo com você, Tripp? Todas estas garrafas estavam cheias na semana passada. Você deu uma festa ou coisa do tipo, ou... — Para de falar, a compreensão enchendo seus olhos. — Ou bebeu tudo sozinho? Você passou todos os dias da semana passada caído no sofá. Estava mesmo doente?

Posterguei esta conversa pelo tempo que podia, mas acho que chegou a hora.

— Não estava doente — admito, me sentando pesadamente na cadeira diante dele. — E, sim, bebi tudo sozinho.

— Meu Deus, Tripp. — Ele ainda parece furioso, mas agora a fúria está mesclada com preocupação. — Por que você fez isso?

— As coisas não andavam uma maravilha.

Ele solta uma gargalhada irônica, passando a mão pela mandíbula.

— Belo eufemismo. Eu não sabia... — Ele pega uma das garrafas e a gira na mão, fitando o rótulo como se contivesse algum tipo de resposta. — O que eu não sabia?

Engulo em seco.

— Lembra quando o sr. Larkin morreu?

O meu pai pisca os olhos. O que quer que estivesse esperando que eu fosse dizer, não era aquilo.

— Óbvio que lembro.

— Bom, um monte de coisa andou acontecendo e tem a ver com isso. Projetos em homenagem a ele na escola, e dois programas querendo fazer a cobertura do caso...

— Espera. O quê? Sério?

Aquela já é outra conversa complexa, mas precisamos tirar esta do caminho primeiro.

— Sério. Então andei pensando muito sobre o que aconteceu naquela época, e o que acontece, pai, é que... — Fito dentro dos olhos cansados e confusos dele. *Vamos fazer isto.* — Sei a respeito do dinheiro da excursão escolar.

Ele deixa a cabeça pender para o lado, achando graça.

— Excursão escolar... — Então um lampejo de compreensão cruza seu rosto, junto com uma emoção que não sei decifrar. — Certo. O dinheiro roubado — termina.

— É. Eu, hum, encontrei o envelope aqui. Debaixo da sua bancada de trabalho. — Não consigo encará-lo nesta parte, de modo que fito o piso de linóleo rachado. — E tentei levar de volta para a escola, mas fiquei nervoso e acabei jogando para dentro do armário da Charlotte, e foi lá que Grizz encontrou.

— Ahh! — exclama meu pai, sua voz pesada de arrependimento. — Eu fiquei me perguntando se tinha sido você quem levou de volta para a Saint Ambrose, mas como nunca disse nada, torci para que tivesse sido... Bom. Acho que era esperar demais, mesmo. — Finalmente levanto o rosto, porque não entendo aquela reação, e ele acrescenta: — Mas por que aquilo deixou você tão chateado, depois de todo este tempo?

— Por causa de tudo que aconteceu com o sr. Solomon e...

— Ah, Deus, lógico. — Meu pai cora, e, pela primeira vez desde que começamos a conversar, ele parece envergonhado. — *Lógico.* Céus, você viu o coitado do homem caído, morto, na sala de estar, e deixei você sozinho para lidar com a situação toda por conta própria, não foi? — A voz dele fica rouca. — Me desculpa, Tripp. Eu me acomodei demais porque me habituei ao fato de que você sabe se cuidar sozinho. Eu também teria bebido até cair no seu lugar.

Há um breve momento em que penso, *na verdade...* Quando estou a ponto de contar qual é o verdadeiro problema, no que acreditei que ele foi capaz de fazer há quatro anos. Mas deixo o momento passar, pois não consigo imaginar um cenário em que ele não ficaria desolado com a descoberta. Em vez disso, digo:

— Só quero entender por quê, pai. Por que você pegou aquele dinheiro? Quer dizer, sei que seria útil, mas não somos...

— Tripp — interrompe ele. — Não fui eu quem pegou o envelope.

Pisco para ele, confuso.

— Mas você acabou de dizer...

Mas ele nunca disse que tinha sido ele. "Eu fiquei me perguntando se tinha sido você quem levou de volta para a Saint Ambrose, mas como nunca disse nada, torci para que tivesse sido... Bom. Acho que era esperar demais, mesmo."

Óbvio. *Óbvio.*

— Lisa Marie? — pergunto.

Ele faz que sim com a cabeça.

— Ela pegou o dinheiro durante o show de primavera. Eu não sabia disso na época, claro. Era para Lisa Marie ter ido embora no dia seguinte, mas não foi. Continuou na casa da Valerie. — Sua mandíbula tremelica. — Topei com ela no supermercado uma semana depois, o que me deixou furioso, porque ela não passou nem poucas horas que fosse com você enquanto estava aqui. Fui na casa da Valerie para dizer umas verdades a ela, e vi a pontinha do maldito envelope saindo da bolsa dela. Nem tentou esconder, mesmo que todos os pais na escola já soubessem que tinha desaparecido àquela altura.

Eu o encaro, sem palavras, e ele segue em frente:

— Então trouxe o envelope comigo. Estava tentando decidir qual seria a melhor maneira de devolver o dinheiro quando desapareceu aqui de casa e ressurgiu na escola. Convenci a mim mesmo de que a sua mãe devia ter mudado de ideia, que ela tinha passado aqui enquanto eu estava fora e que tinha buscado o dinheiro e o devolvido.

Papai deixa escapar uma risada sem humor diante de qualquer que seja a expressão em meu rosto.

— Pois é, eu sei. É tão provável quanto porcos começarem a criar asas, mas eu queria acreditar. Até porque a única outra opção era que você o tinha encontrado, e eu não queria ter aquela conversa com você. Sinto muito, Tripp. — Solta o ar de uma respiração profunda. — Evitei um bocado de conversas difíceis com você ao longo dos anos.

— Mas... — Estou vasculhando minha memória, tentando entender. — O sr. Larkin... estava investigando o furto, e ele... — Não. Não posso contar ao meu pai que ouvi a discussão entre os dois; isso nos levará para mais perto da verdade do que eu tinha sido capaz de acreditar.

Mas meu pai termina por mim:

— Ele sabia que tinha sido a sua mãe. Um aluno a viu e contou a ele. Tentei convencer Will a não falar nada. Não só porque teria sido difícil para você na escola se as pessoas descobrissem que tinha sido a sua mãe, mas também porque... Tudo em que conseguia pensar é como você ia ficar magoado se soubesse que ela estava na cidade aquele tempo todo e nunca tinha vindo te ver. Mas Will não queria saber. Fiquei furioso com ele na época, mas, pensando bem, é óbvio que ele tinha razão. — Meu pai deixa escapar outro suspiro. — Aí ele morreu antes de conseguir dizer qualquer coisa, e eu escolhi o caminho dos covardes e fiquei quieto.

Ele *ficou quieto*. É esse o pecado mais grave do meu pai. Não assassinato, nem mesmo furto. Ficar quieto porque não queria que eu soubesse que minha mãe não dava a mínima para mim. O que sequer aparece na minha lista mental de Razões Pelas Quais Minha Vida É Uma Merda, pois ela havia mostrado sua verdadeira cara na semana passada. A única surpresa é que ela não mentiu no bar, quando me disse que estava na cidade na época em que o sr. Larkin morreu.

— Sinto muito — digo. — Nunca devia ter pensado que tinha sido você.

— Por que não? — indaga meu pai. — Eu também não contei nada do que estava acontecendo pra você. O que mais poderia imaginar, quando encontrou o envelope aqui em casa? A questão, Tripp... é que não sei mais o que dizer da sua mãe já faz muito tempo. Eu não a entendo. Nunca consegui explicar por que faz as coisas que faz, então parei de tentar. E isso acabou refletindo em quase tudo entre você e eu, e... aqui estamos. — Bate em uma das garrafas vazias com os nós dos dedos. —

Você falta uma semana inteira de escola, bebe o armário de bebidas inteiro, e eu nem noto. Você não tem que se desculpar por nada, mas eu tenho. Sinto muito.

— Tenho sim, na verdade.

Na verdade. Aqui está o momento novamente. *Na verdade, pai, achei que você tivesse feito coisa muito pior do que roubar, e é por isso que basicamente te ignorei durante quatro anos inteiros, e passei cada momento da minha vida tentando ir embora de Sturgis para poder ficar o mais longe possível de você.*

— Não, não tem — diz ele de maneira enfática, com um brilho mais intenso nos olhos do que vejo há muito tempo. — Não vou deixar você se sentir mal por nada disto, Tripp. Sou eu o adulto aqui, e você pode finalmente ser a criança. Pelo menos um dos seus pais deveria te dar o direito a isso. Antes tarde do que nunca, certo?

Não me sinto uma criança desde aquele dia na mata atrás da Saint Ambrose, e não me parece ser o tipo de coisa que se pode recuperar. Ainda assim, faço contato visual com ele, engulo em seco e respondo:

— Certo.

— OK. — Ele se levanta e recolhe todas as garrafas, as abraçando no peito. — Que tal eu tratar de reciclar tudo isto, e depois pedirmos comida do Palácio Dourado?

Ele abre um sorriso cansado e hesitante, que retribuo.

— Ótimo.

O momento passa outra vez. Talvez para sempre.

CAPÍTULO 36

BRYNN

— Como estou? — indaga Ellie, posando da porta.

— Linda. E surpreendentemente parecida com a Madonna — respondo, calçando os sapatos. Minha irmã está de vestido preto com saia rodada e botas também pretas, os cabelos estão propositalmente volumosos e há uma pilha de colares de prata ao redor de sua garganta. — *Por que* Madonna mesmo?

— Eu estava olhando os discos antigos que tio Nick levou para aquela noite dos anos 1980 e me inspirei. Além do mais, quando você é Madonna, as pessoas esperam que você vá dançar com elas. — Antes que possa perguntar por que aquilo importa (minha irmã nunca teve vergonha de dançar com quem quisesse), ela entra no quarto e acrescenta: — Você está bonita. Somos, tipo, opostos. O bem e o mal.

Meu vestido é curto, brilhoso e de uma cor prateada pálida, e meus cabelos estão alisados com prancha. De modo que, sim, contrastamos, mas tenho certeza de que ninguém acharia Ellie a irmã Gallagher malvada. Tentei manter a cabeça baixa a semana inteira, mas a memória da Saint Ambrose não é tão curta quanto Nadia disse que seria. Ao menos não precisarei desbravar o Baile de Inverno sozinha.

— Tem certeza que não quer ir conosco? — pergunto. Tripp deve estar para chegar a qualquer momento, e Mason virá nos buscar com a minivan da mãe dele, junto com Nadia, Pavan e o lendário Geoff.

— Nah, vou só pedir ao tio Nick para me levar mesmo — diz Ellie. Nossa mãe pegou um resfriado feio e está de cama, grogue de tanto remédio, e tio Nick, em um ato de heroísmo, abandonou seus planos de sábado à noite e se ofereceu para supervisionar o baile no lugar dela. Ele me fez girar em um passo de dança um pouco nerd quando nos contou, acho que finalmente fui perdoada. — Ele tem que chegar cedo, e Paige está no comitê, então vou ajudá-la a terminar de arrumar as coisas. — Ela me sopra um beijo e pega a mochila a seus pés antes de virar-se para a escada. — Vejo você lá.

— Tchau — me despeço e coloco a prancha de cabelo na tomada outra vez para dar os retoques finais.

Quando termino de me arrumar e desço, meu pai está esperando no corredor.

— Não vejo Tripp faz um tempo — diz ele, ajustando os óculos. Meu pai e tio Nick são como Ellie e eu; bastante parecidos, e, se a idade dos dois fosse mais próxima, as pessoas poderiam confundir os dois. Tio Nick é, em essência, uma versão mais jovem de meu pai com mais cabelo e óculos mais modernos. — Vai ser bom colocar a conversa em dia.

Meu Deus. A ideia que meu pai tem de *colocar a conversa em dia* com meus amigos é fazer piadas de ciência que não são engraçadas para mais ninguém além de si mesmo.

— Acho que combinamos de nos encontrar lá fora — digo, olhando o celular. Tripp acabou de chegar (está com o carro do pai hoje), e Mason está apenas alguns minutos atrás dele.

— Vou só dar um alô rápido — garante meu pai, me acompanhando, passo por passo, até a porta.

— Pai... — Meu protesto é interrompido pela campainha.

— Sempre soube que esse menino é bem-educado — comenta meu pai, sorrindo ao abrir a porta para revelar Tripp de terno azul-marinho, os cabelos mais bem penteados do que nunca. — Olá, Tripp, entre. Bom ver você.

É *muito* bom vê-lo, porque, uau, está maravilhoso. Shane Delgado pode até ser o rei da Saint Ambrose, mas Tripp sem dúvida vai deixar a competição acirrada com esse terno que está usando. Os olhos azuis brilham ao me fitar, antes de virar sua atenção para o meu pai.

— Oi, sr. Gallagher. Como vai o senhor? — Depois, seus olhos voltam direto para mim. — Você tá incrível, Brynn.

— Você também — respondo, corando enquanto pego meu casaco.

Meu pai pergunta a Tripp sobre o pai dele, e depois sobre a escola, e é tudo tão notavelmente não constrangedor que nem sequer avanço para a porta ainda aberta quando vejo faróis piscando atrás do carro de Tripp.

— Mason chegou. É melhor irmos.

— Divirtam-se. E cuidado. Avise ao seu tio se precisarem de qualquer coisa — recomenda meu pai. Estamos na metade dos degraus quando ele acrescenta: — E, o que quer que façam, não confiem nos átomos.

— Pai, não — gemo, ao mesmo tempo em que Tripp pergunta:

— Por quê?

— Porque são os responsáveis por tudo! — diz meu pai antes de fechar a porta com um sorriso torto satisfeito.

— Foi quase. — Suspiro.

— Sabe, eu até que senti falta das piadas de ciência — comenta Tripp. Pega a minha mão, o que é uma surpresa agradável, ao mesmo tempo em que a porta da minivan é aberta e Pavan coloca a cabeça para fora.

— Vocês ficam lá atrás — diz. — Foi mal.

— Vocês dois não tiveram alguma coisa no passado? — murmura Tripp ao meu ouvido. — É para eu ficar enciumado?

— É sim — sussurro. — Pavan tinha um bocado de charme para um moleque de doze anos.

— Mais do que eu, pelo menos — diz Tripp, segurando a minha mão enquanto tomo impulso para subir na van um-pouco-alta-demais-para-mim.

Mason e Geoff, que está no banco do passageiro, viram-se ao mesmo tempo enquanto eu e Tripp nos esprememos no banco de trás.

— Mas olha só como vocês dois estão todos chiques — comenta Mason. — Já conhecem Geoff, não é?

— Claro. — Aceno para ele, que me lembra uma versão adolescente de Chidi, da série *The Good Place,* antes de fazer contato visual com uma Nadia sorridente. Então faço o movimento de fechar a boca, pois não há por que envergonhar Mason em seu primeiro encontro.

— Mas também pode me chamar de "Gorff" — diz Geoff, e quase engasgo com minha risada de surpresa.

— Vai ser uma boa noite — comenta Mason enquanto sai da calçada da minha casa.

Espero que seja. Estou me sentindo leve e alegre pela primeira vez em algum tempo, sem mencionar as borboletas em meu estômago sempre que meus olhos encontram os de Tripp. Ele voltou a segurar minha mão, e está percorrendo minha palma com o dedo polegar enquanto faz piada com Pavan e Nadia, e me arrepio, mesmo estando quente dentro do carro.

Não que tudo esteja repentinamente perfeito. Tenho medo de que, ao aparecer comigo no baile hoje, Tripp esteja arriscando amizades muito importantes para ele, e a ideia de encontrar Shane e Charlotte também me deixa nervosa. Mas tentarei esquecer tudo isso, e todas as minhas teorias, e me divertir. Seria um crime desperdiçar como Tripp está bonito de terno.

O estacionamento da Saint Ambrose está quase lotado quando chegamos, e Mason tem que pisar com força no feio quando uma picape vermelha nos corta em alta velocidade para pegar uma vaga livre.

— OK, está bem — resmunga, desacelerando para esperar meia dúzia de nossos colegas que seguem para a entrada. — Não sabia que estacionar seria um tipo de campeonato esportivo.

— Ali. — Aponta Nadia quando um Volvo começa a sair de uma vaga próxima.

Mason ajusta o carro com cuidado entre as linhas no chão e solta um suspiro de alívio quando estaciona, depois vira e diz:

— Vamos criar boas lembranças, meninos.

Pavan abre a porta, e todos descemos. Enquanto Mason tranca o carro, tomo a mão de Tripp para seguir o restante de nossos amigos, mas ele resiste.

— Espera um segundo — diz, encostando-se na lateral da van. Envolve minha cintura com o braço. — Posso ficar cinco minutos sozinho com você?

— Para quê? — pergunto enquanto meu estômago executa uma pirueta lenta. Tripp umedece o lábio inferior, e meus olhos seguem o movimento com êxtase. Parece subitamente ridículo que tenhamos passado todo esse tempo juntos e nunca nos beijado.

— Pavan pode até ser charmoso — diz ele, me puxando para perto —, mas gostei de você primeiro.

Um arrepio percorre minha coluna, e penso, do nada, em como eu e Nadia costumávamos mandar uma à outra um GIF de Michael Scott, de *The Office,* gritando "vai acontecer!" quando algo pelo qual estávamos esperando finalmente acontecia.

Vai acontecer. Talvez eu não tenha esperado tanto quanto Tripp, mas, de súbito, parece que foi uma eternidade.

— O sétimo ano vem antes do oitavo — lembro a ele, inclinando a cabeça para cima. Ele é tão alto que agradeço por estar de saltos.

— Gosto de você desde o sexto ano.

— Ah, é? — Minhas mãos sobem pelo peito dele até segurarem de leve as lapelas do terno. Está gelado do lado de fora, e ele não está de casaco, mas sequer parece notar o frio. — Três anos fazendo dever de casa juntos, e você nunca me disse nada.

Meu tom é brincalhão, mas o olhar dele é intenso quando responde:

— Aqueles anos foram tortura.

Quero continuar conversando sobre isto para sempre, mas também quero... mais. É a tensão mais agonizantemente maravilhosa que já senti.

— É muito tempo para passar gostando de alguém e nunca tomar uma atitude — digo.

Linhas de expressão se formam nos cantos dos olhos de Tripp.

— Bom, teve uma pausa em todo o meu desejo por você quando se mudou.

Tento fazer biquinho de brincadeira, mas não consigo. Minha boca se recusa a se franzir. — Uma pausa, hein? Até quando?

— Provavelmente até aquele dia na estufa.

Arqueio as sobrancelhas.

— Quando Wade Drury zombou do meu nome?

— Não. Antes disso. Quando a sra. Kelso nos colocou juntos no comitê. Que foi — Finge olhar um relógio de pulso — a primeira vez que nos falamos desde que você foi embora, acho.

Está ficando um pouco difícil de respirar.

— Foi rápido.

— O que posso dizer? Sou uma pessoa coerente. — Os olhos dele se suavizam quando me puxa mais para perto, o que não achei que seria possível. Pensei que eu já tinha eliminado todo o espaço entre nós. — Brynn, posso...

— Pode. — Antes que ele tenha tempo de dizer qualquer coisa mais, pressiono meus lábios contra os dele. Meus braços envolvem seu pescoço, e as mãos dele me apertam com mais força, me levantando do chão quando nosso beijo se aprofunda.

No mesmo instante já estou sem fôlego; Tripp não está apenas me beijando como alguém que queria fazer isso há anos. Está me beijando como se fosse a *única* coisa que jamais quis fazer. Respondo com igual intensidade, me sentindo febril enquanto meus dedos se enganchan nos cabelos dele, cada novo beijo tão carregado e ardente que chega quase a ser demais. Se ele me soltar, vou desmoronar no chão.

Felizmente, ele não solta. Ao menos não até que uma buzina alta se faz ouvir por cima do barulho de sangue pulsando em meus ouvidos e alguém grita:

— Arranjem um quarto!

Eu me afasto enquanto Tripp me põe de volta no chão com gentileza, bem a tempo de ver as luzes traseiras do Range Rover de Charlotte passar por nós. Óbvio. Ninguém sabe como arruinar um momento como Charlotte Holbrook. Ainda que, para crédito dela, não tenha sido Charlotte quem gritou.

— Sinto muito — pede Tripp, tão sem fôlego quanto eu. Passa a mão pelos cabelos, parecendo tonto. — Não queria... Meu Deus, foi...

— Eu não sinto muito.

Um sorriso lento se abre no rosto dele.

— Nem eu.

Eu me obrigo a dar um passo para trás, pois agora que estou mais consciente de meus arredores, me dou conta de que temos uma plateia muito maior do que apenas Charlotte e quem quer que seja que estivesse com ela dentro do carro. Parece que metade da escola chegou ao mesmo tempo, e a maior parte de meus colegas está sorrindo torto ao passar por mim e Tripp.

— É melhor entrarmos, não é? — pergunto.

— Se temos mesmo — concorda Tripp, afastando uma mecha de cabelos do meu rosto antes de voltar a tomar minha mão. Flutuo ao lado dele até entrarmos no prédio principal, quando meu lado prático toma as rédeas. Ansiedade, mais cabelos desgrenhados e o que é agora provavelmente uma completa ausência de gloss labial requerem uma parada rápida no banheiro.

— Já encontro você, está bem? — digo, passando o dedo polegar pela boca de Tripp para limpar o brilho rosado. — Preciso ir ao banheiro.

— OK — responde ele, plantando um beijo rápido e doce em meus lábios que não deveria ter me deixado tonta como deixou. Parece que estou *bem* encrencada.

O banheiro está lotado de meninas conversando empolgadas, mas a maioria está lá para fofocar e retocar a maquiagem, por isso não há fila para as cabines. Depois de ter usado o banheiro, lavo as mãos, escovo os cabelos e retoco o brilho labial.

De volta ao corredor, a música reverbera do ginásio, mas antes que eu possa seguir para lá, algo chama minha atenção ao final do corredor. É um pôster do sr. Larkin com, mais uma vez, riscos vermelhos intensos cruzando o rosto do homem.

Caminho até ele, desviando de uma carteira que foi colocada contra a parede ao lado do cartaz. O que é estranho, pensando bem; nunca vi uma mesa neste corredor antes. Ainda mais estranho, uma caneta vermelha solitária descansa no tampo dela, a tampa a alguns centímetros para o lado, como se alguém tivesse rapidamente pichado o pôster e saído correndo. Mas por que aquela caneta estaria aqui? O vândalo do sr. Larkin a teria trazido e deixado para trás, ou...?

— Aí está você! — Olho para cima e vejo Ellie meio caminhando, meio dançando na minha direção, bijuterias balançando a cada passo. Ela para quando alcança a carteira, as mãos nos quadris enquanto examina o panfleto. — Ah, que bom. Olha só para isso.

— Estou olhando. Por que isso é bom?

— Porque... — Ela pega a caneta e pisca para mim. — Minha armadilha funcionou.

CAPÍTULO 37

TRIPP

Eu me recosto na parede do ginásio, deixando meus olhos se ajustarem à cena diante de mim. Há luzes negras em todos os cantos do salão, iluminando a imensa silhueta de uma cidade feita de papel neon que recobre toda uma lateral do ginásio. O comitê do baile estava entregando pulseiras e colares fluorescentes aos convidados na entrada, e a maioria dos meus colegas os colocou ao redor dos pulsos ou pescoços. Todas as pessoas de branco ou cores vívidas estão brilhando. Balões de cores neon flutuam pelo espaço, enfatizando o efeito surreal da decoração, mas estou apenas meio que prestando atenção. Não paro de olhar ao redor à procura de Brynn, porque não acho que consiga passar muito mais tempo sem beijá-la.

Aqueles cinco minutos do lado de fora da minivan de Mason podem muito bem ter sido os melhores da minha vida.

Avisto o vestido claro dela serpenteando por entre a multidão e seguindo na minha direção, e começo a sorrir como um idiota, até me dar conta de que não está sozinha. Não é que eu desgoste de Ellie, mas gostaria muito mais dela se estivesse em algum outro lugar neste momento.

Quando Brynn se aproxima, porém, posso notar que seu sorriso parece um pouco tenso.

— Ellie tem um plano — diz ao parar do meu lado.

Antes que possa perguntar do que ela está falando, Ellie pega minha mão direita. Estou perplexo demais para protestar quando ela vira minha palma para cima como se a estivesse lendo, depois a solta e faz o mesmo com a esquerda.

— Está limpo — informa ela.

Pisco, confuso.

— O que foi isso?

Ela levanta a própria mão, que está brilhando com alguma espécie de resíduo verde.

— Estou procurando pelo meu par.

— Não acredito que você checou Tripp — diz Brynn, cruzando os braços com firmeza contra o peito. — Eu disse que não tinha sido ele.

— Foi mal, mas não dava para confiar na sua palavra — explica a irmã. — Você não é exatamente a sua versão mais racional quando se trata dele.

— Alguém vai me contar o que está acontecendo? — pergunto.

— Vá em frente — diz Brynn, levantando o queixo para a outra. — É o seu plano brilhante.

— Você fala como se *não* fosse brilhante. — Ellie faz biquinho. Depois, vira-se para mim. — Usei o meu velho kit de mágica para cobrir uma caneta vermelha com pó ultravioleta e deixei perto de um cartaz do sr. Larkin. Agora qualquer um que tenha usado a caneta para riscar o rosto dele vai ficar com a mão assim. — Mostra sua palma outra vez. — O pó deixa a pele verde na luz ultravioleta. Ou luz negra.

— Isso... OK, até que *é* brilhante — admito. — Ellie abre um sorriso radiante e franzo a testa quando me dou conta do que quer dizer. — Espera aí. Você está dizendo que achou que podia ter sido *eu*?

— Não abro exceções. Falando nisso. — Ela se aproxima da irmã, que faz uma carranca para ela.

— Ah, *para*! — protesta Brynn.

— Não posso dar privilégios a ninguem — explica Ellie com severidade, virando as mãos de Brynn antes de liberá-las. — OK, você está limpa.

— Já tem algum suspeito? — Estou achando graça, ainda que não fosse assim que eu quisesse passar meus primeiros minutos em um salão de dança com Brynn (que, aliás, fica muito fofa quando está irritada com alguém que não sou eu). Eu a abraço e deixo um beijo no topo e sua cabeça, e Brynn relaxa contra meu peito.

Ellie faz uma careta.

— Eca, héteros.

— Você pode ir embora quando quiser — lembra Brynn.

— Não posso — retruca ela, olhando para nossa esquerda. — Preciso que Tripp me escolte até a corte real. — Sigo o olhar da menina e vejo Shane e Charlotte cercados por vários amigos deles. Amigos *nossos*. — É o quartel general da elite ali, e eles são nossos principais suspeitos.

Lá vamos nós outra vez.

— Já disse, pichação não é o negócio do Shane.

— Mas você está pensando nele como Shane Delgado — argumenta Ellie. — Não Michael Robbins.

— Shhh — sibilo, embora não haja ninguém perto o suficiente para ouvi-la com a música alta. Ainda é impossível para mim acreditar na teoria bizarra de Brynn. A ideia toda é surreal: que Shane, o menino de ouro da Saint Ambrose, também possa ser filho de Dexter Robbins. E meio-irmão do sr. Larkin. — De qualquer jeito, eles não estão falando comigo no momento.

— Ah, por favor. — Ellie revira os olhos. — Está me dizendo que aquelas pessoas não abririam caminho como o Mar Vermelho se você fosse até lá?

Brynn entrelaça os dedos nos meus.

— Assim ela faz você parecer tão poderoso — brinca, olhando para mim e batendo os cílios. E pronto, pois me vejo subitamente incapaz de dizer não, mesmo quando ela sequer me pediu algo diretamente.

— Está bem, mas prepare-se para ser rejeitada — aviso.

Ellie abre um sorriso grande e inabalável.

— Esse é o espírito.

Acaba que Ellie tinha mesmo razão; a força do hábito faz com que todos abram caminho quando nos aproximamos do grupo cercando Shane e Charlotte, até a menina virar, levantando o queixo em um trejeito imperioso.

— Ora, vejam só quem é — diz, apertando o braço de Shane. Seu vestido é branco e brilha sob a luz negra, e os cabelos estão para trás em um penteado complicado, que é meio trança, meio coque, com uma variedade de grampos brilhantes mantendo tudo preso. Seus olhos percorrem Brynn e a mim, ignorando Ellie por completo. — O mais novo casal infame da Saint Ambrose.

— Oi, Charlotte, será que dá para termos uma trégua? — pergunto. E não é apenas para ganhar tempo para Ellie. Independente do que aconteceu nos últimos dias, ou do que Charlotte possa saber, ela é minha amiga de anos. — Eu não estava bem aquele dia na sua casa, então me desculpa se fui ingrato. Estou melhor agora.

— Também sinto muito — oferece Brynn. — Não devia ter ido à sua casa daquele jeito.

Charlotte, que tinha amolecido um pouco quando falei, volta a parecer gelo.

— Você não sente muito coisa nenhuma, Brynn — diz, voltando o olhar para meu braço que ainda envolve os ombros de Brynn. — Conseguiu exatamente o que queria.

— Ai, meu Deus, eu amo esta música! — exclama Ellie de súbito, e antes que qualquer um de nós possa reagir, ela se agarra a Shane. Ele está perplexo demais para protestar quando a menina levanta uma das mãos dele no ar primeiro, depois a outra. — Vem, vamos dançar! — diz ela, girando a palma dele.

Charlotte ainda está espremendo o braço de Shane, e o puxa para trás, para fora do alcance de Ellie.

— Qual é o seu problema? — chia ela. — Não toque nele.

— Você devia vir dançar também — diz Ellie, avançando para a mão de Charlotte. Seria mais fácil abrir um torno de aço do que afastar Charlotte de Shane, no entanto.

— Para com isso. Vai *embora*! — A reação de Charlotte é desproporcional à situação, ainda que o comportamento de Ellie tenha ido de excêntrico a esquisito bem depressa.

— Amor, relaxa — diz Shane.

Ellie parece entender que é hora de recalcular a rota e solta o pulso da outra. — Foi mal! — diz, recuando e se abanando. — Às vezes meu amor pela dança me deixa um pouco afobada. — Depois vai embora, passando por mim e Brynn e murmurando "não foi ele" antes de desaparecer na multidão.

— Ela caiu de cabeça quando era criança — explica Brynn, observando enquanto a irmã se aproxima do tio e pega as mãos dele. Ellie não estava brincando sobre "não abrir exceções". — Mais de uma vez.

— Então. — Limpo a garganta, sem saber como acabar com o silêncio constrangedor que de repente caiu sobre nós quatro. Bom, não silêncio, exatamente, visto que a música continua tocando alta, mas sem dúvida continua sendo constrangedor. — Estão se divertindo?

Charlotte ainda está olhando feio na direção de Ellie.

— Estava, até aquela esquisita chegar.

— Ei! — protesta Brynn ao mesmo tempo em que Shane se desvencilha da namorada e diz:

— Meu Deus, *chega*. Ela é só uma criança.

A voz dele é alta, e as palavras estão um pouco arrastadas; seu rosto está corado e suado. Andou bebendo, o que não é incomum para Shane durante um evento social da Saint Ambrose, mas se recusar a aguentar o gênio de Charlotte é. Ela pisca os olhos para ele, pasma demais para falar, e ele rosna: — Cansei disto. — E se afasta.

— Cansou do quê? — pergunta Charlotte. Shane não para, seguindo para um canto onde o time de lacrosse está reunido, e Charlotte corre atrás dele. — Cansou do *quê?* — repete.

— Bom, agora a noite deles acabou mesmo — digo.

— Foi mal — diz Brynn. — Ellie inventa essas ideias e...

— Não tem problema. Não foi uma ideia ruim. E fico feliz de saber que não foi o Shane quem vandalizou o pôster. Sei que não prova que ele não tenha feito algo mais — acrescento antes que Brynn possa me interromper com mais uma de suas teorias. — Ou que ele não seja *outra* pessoa na verdade. Mas ainda assim é bom saber.

— Entendo — diz Brynn. Os olhos dela estão fixos no canto do time de lacrosse, onde Charlotte e Shane estão discutindo.

— Anda, Brynn. — Eu a giro de modo que esteja me encarando, e a puxo para perto para começar uma dança lenta, ainda que a música tocando seja um rap. — Para de olhar para o Shane como se quisesse interrogá-lo. Qualquer que seja o seu superpoder de arrancar a verdade dos outros, não vai funcionar nele.

— Eu sei. Só funciona em você.

— Qual é o segredo? — pergunto, e torço para que ela de fato me conte, ou não sei se conseguirei me livrar dessa suspeita chata de que ela ainda está à espreita, esperando para pegar uma mentira minha.

Ela levanta a mão e esfrega o dedo polegar com o indicador.

— Você sempre faz isto quando não está falando a verdade.

Pisco, abobado.

— Faço?

— Sempre. Desde que éramos crianças.

— Nossa — digo, e ela abre um sorriso largo. — Que conveniente para você.

Ficamos balançando de um lado para o outro por um minuto, até Brynn se colocar nas pontinhas dos dedos e deixar um beijo leve em meus lábios, as mãos deslizando pelos meus ombros até envolverem meu pescoço. Eu a beijo de volta, com mais força, me deleitando com fato de que sei como nós dois nos encaixamos agora. Minhas mãos descem pelas costas dela, sempre parando na curva da cintura, ainda que eu preferisse não ter que parar, mas o tio dela está em algum lugar aqui no salão, e estamos cercados por outras pessoas, e...

— Arranjem um quarto — diz alguém, mais educadamente do que quem quer que tivesse gritado a frase no estacionamento. Brynn se afasta, e nos viramos para ver Mason dançando ao nosso lado com Geoff. A música é um ritmo latino agora, e os dois estão se movimentando de acordo. Se bem que, quanto mais os dois entram em foco, mais tenho a impressão de que Mason mal consegue acompanhar Geoff.

— Você é bom de dança, Gorff — brinca Brynn com um sorriso.

— Eu sou — concorda ele. — Os meus avós obrigaram a família inteira a aprender. Me concede esta dança? — Ele estende a mão. Brynn aceita e deixa que ele a gire antes de mergulhá-la para trás.

— Ah! — exclama Brynn, sem fôlego. — Você é bom *mesmo.*

— Não fica com ciúmes — diz Mason. — Ele só tem olhos para mim.

— Não estou — digo de maneira não muito convincente enquanto Geoff continua rodopiando com Brynn. — Mas o *timing* de vocês é terrível.

— Eles vão voltar já, já. Neste meio-tempo, vamos dançar nós dois. — Ele estende a mão, as sobrancelhas erguidas como se estivesse me desafiando a aceitar. Sorrio, pronto para aceitar a palma estendida, quando... *merda.*

Mas que merda.

Fico paralisado onde estou, até que a mandíbula de Mason se trinca, e ele deixa a mão cair.

— Que se dane — resmunga. Acha que estou sendo um babaca, mas não é isso. Não compreendo o que acabo de ver. Ou talvez seja mais correto dizer que entendo bem demais.

A palma da mão de Mason está verde-neon. Como a de Ellie.

CAPÍTULO 38

BRYNN

— O seu namorado novo é meio escroto — comenta Mason enquanto o levo para fora do ginásio.

— Não é verdade — digo, mas não posso culpar Mason por pensar aquilo. Não entendi o que aconteceu, quando Geoff, ainda dançando, me levou de volta para onde Tripp e Mason estavam esperando, parados, a atmosfera encontrava-se bem constrangedora, sem falarem ou sequer olharem um para o outro. Então Geoff levou Mason para longe aos giros, e Tripp me contou o que tinha acontecido. Corri atrás de Mason, inventei uma desculpa qualquer da qual nem me recordo mais para poder levá-lo comigo, e cá estamos.

Meus olhos esquadrinham o corredor. Aonde posso levar Mason para que não sejamos interrompidos durante... qualquer que seja a conversa que estamos prestes a ter? Passamos pelo cartaz vandalizado do sr. Larkin, e não consigo me forçar a olhar para meu amigo para ver se mostra alguma reação ou não. O que está *acontecendo*? O que aconteceu? Minha cabeça está girando, dividida entre pensar que há alguma explicação simples, inocente e totalmente não relacionada para tudo isto, e tentar encaixar Mason dentro de tudo que descobri nas últimas semanas.

— Aqui — digo, abrindo a porta do auditório. É cavernoso, mas está vazio, e ao menos é um espaço fechado. Sigo em frente, para as escadas que levam ao palco, onde com certeza poderemos notar se alguma das portas for aberta.

— Você vai me dizer para que tudo isso em algum momento no futuro próximo? — indaga Mason.

— Vou. — Eu me sento nos degraus, e Mason faz o mesmo a meu lado. — É o seguinte. Sabe como os pôsteres do sr. Larkin estavam sendo vandalizados?

Mason não sabe dissimular. Seus olhos se arregalam no mesmo instante, antes que ele possa se controlar, e mesmo depois disso, pisca rápido demais.

— Hum, sei. Claro.

Meu Deus. Calor me sobe às bochechas enquanto tomo um fôlego profundo, tentando acalmar meu coração que agora está martelando em meu peito.

— Bom, Ellie queria descobrir quem era o responsável. Ela deixou um dos cartazes no corredor, com uma caneta cheia de pó ultravioleta em uma mesa logo ao lado. Assim, se alguém pegasse a caneta para riscar o pôster, o pó deixaria um resíduo nas mãos da pessoa que seria visível na luz negra. — Pego a mão de Mason e a viro para que sua palma, nua sob a iluminação normal do auditório, esteja para cima. — Que nem a sua ficou. Foi por isso que Tripp agiu daquele jeito quando você o convidou para dançar.

Mason arranca a mão da minha.

— Tripp estava vendo coisas.

— Eu também vi. Antes de sairmos do ginásio.

Ele tensiona a mandíbula.

— Não sei o que você quer que eu diga. Peguei a caneta. E daí?

E daí? Queria mesmo, de verdade, que aquela fosse uma pergunta válida, mas sei que não é. O tempo inteiro que passamos conversando, a quantidade de coisas que deixei passar vem me deixando quase tonta. Tiro o celular do bolso do vestido e o desbloqueio com mãos trêmulas.

— Acontece que andei investigando tudo que aconteceu com o sr. Larkin. Sozinha, mais ou menos, agora que já não estou mais estagiando no *Motivação*. E descobri que o sr. Larkin mudou de nome, e que tinha uma madrasta e um irmão da nossa idade e... — O que foi mesmo que Ellie tinha dito? "Inteligência acadêmica não é a mesma coisa que inteligência social." Sou a pessoa mais socialmente estúpida do universo. — Mason, esta é a sua mãe, não é?

Passo o artigo do *Union Leader* a respeito de Lila e Michael Robbins para ele, e observo a expressão dele ruir.

Eu devia ter percebido de cara. Fui à casa de Mason muitas vezes entre o quarto e o oitavo ano. Mas na época a mãe dele já era muito mais velha do que Lila Robbins naquela fotografia do jornal, de cabelos escuros, em vez de louros platinados. A sra. Rafferty usa óculos e jamais está de maquiagem, e é possível que tenha feito uma plástica no nariz. Mas ainda assim.

As similaridades deviam ter chamado a minha atenção, e talvez tivessem, se eu não estivesse tão focada em Shane Delgado. Além disso, não sabia que o pai de Mason não era seu pai biológico até *este exato segundo.*

— É, é ela. — Mason me entrega o celular de volta, os olhos marejados. — Eu... Eu nunca falei nada disso para você porque já faz muito tempo e porque...

— Porque não queria que eu soubesse que o sr. Larkin era seu irmão?

— Meio-irmão — corrige ele com amargura.

— Você pode me contar o que aconteceu? — Estou segurando o telefone com força, e minha mente ainda está às voltas com tudo. Estou me lembrando de mais detalhes agora, e um deles é que Mason e a família estavam na Flórida, visitando os avós, quando o sr. Larkin morreu. Só retornaram após o funeral. Qualquer que tenha sido o desespero que Mason e a mãe possam ter sentido há quatro anos, não pode tê-los levado nessa direção, que é a mais sombria possível. E mesmo que não haja nem uma pequena parte de mim que acredite que Mason seja capaz de machucar qualquer pessoa, minha própria falta de percepção me deixou abalada o suficiente para agora me sentir profundamente aliviada em saber que ele não estava nem perto da cena do crime.

— Nem sei por onde começar — responde Mason, rígido.

— Você se lembra do seu... pai? — engasgo na palavra.

— Óbvio que sim. — Uma centelha de raiva anima a voz de Mason. — Morei com ele por quase quatorze anos. Meu *pai* é meu pai.

— Eu sei. O que quis dizer é: você se lembra do... Dexter?

— Não — responde ele. Está com as mãos entrelaçadas entre os joelhos. — Não me lembro de nada. Só sei o que minha mãe me contou. Ela era muito jovem, e ingênua, e ele não parecia tão ruim no começo. Mas ficou pior, e rápido. Eu estava sempre doente, parece, e ele não fazia nada a respeito. Nem deixava minha mãe sair de casa sem ele.

— Você tem asma — digo. É o detalhe menos importante, sei disso, mas ainda assim... é outra coisa que deixei passar despercebida.

— Já faz um tempo que estou assintomático. O problema crônico nos meus pulmões continua lá, provavelmente, mas não me incomoda mais como antes. — Ele me lança um olhar irônico. — Mas, sim, tenho uma bombinha. Só não costumo usar com frequência.

Faço que sim com a cabeça, absorvendo a informação.

— Então sua mãe fugiu quando você tinha três anos?

— É. Minha mãe me disse que ficávamos literalmente trancafiados dentro de casa quando ele não estava lá. Tinha transformado o lugar inteiro em uma espécie de fortaleza. Barras nas janelas e cadeados nas portas. Só não se preocupou em colocar barras em uma janela, porque achou que era pequena demais. Mas não era. Foi a que ela usou. Não levou mais nada além de mim. — Ele solta um fôlego profundo e trêmulo. — Minha mãe não tinha família. Os pais morreram quando ainda estava no ensino médio. Mas o sr. Solomon era um bom amigo do pai dela, então foi para ele que ela ligou quando escapou. Ele...

— Espera — interrompo. — O sr. Solomon aqui da escola?

Mason faz que sim com a cabeça.

— Ele foi até lá para nos buscar, aí nos trouxe para Sturgis e ajudou a minha mãe a encontrar emprego e apartamento. Até a apresentou ao meu pai. Ela adotou o sobrenome dele quando os dois se casaram e depois mudou o meu. E tudo ficou bem, por um tempo.

— Até o sr. Larkin chegar?

— Achei que ele era o máximo. — A voz de Mason falha. — O professor bacana que tinha todo esse interesse em *mim*. Sempre me fazendo várias perguntas. Mas, um dia, acho que uma semana antes de morrer, ele me pediu para passar na sala dele depois da aula para falarmos da minha redação sobre Shakespeare. Fiquei todo animado, porque achei que tinha ido muito bem e que talvez fosse ganhar um prêmio ou coisa do tipo. — Balança a cabeça. — Em vez disso, ele me contou quem ele era.

— O que você disse?

— Nada. Não consegui falar durante todo o tempo que passei na sala. Só fiquei lá sentado, em silêncio total, enquanto ele falava. Primeiro achei que ia ficar tudo bem, porque ele se desculpou por como as coisas aconteceram quando eu era pequeno... se desculpou por não ter podido impedir o pai de ser horrível daquele jeito. Mas ele também só me chamava de "Mikey", e ficava tentando me entregar uma medalha com o nome escrito no verso. Não queria... não *podia* aceitá-la, estava congelado ali... e acho que aquilo o deixou furioso. Ele a enfiou na minha mochila e me disse que eu era um Robbins, e que minha mãe não tinha direito de me esconder do pai dele. — A maneira como as mãos de Mason se fecham em punhos ao dizer "o pai *dele*" não passa despercebida por mim. — Aí ele disse...

disse que o aniversário do Dexter seria na semana seguinte, e que ele ia contar a ele onde eu estava. Dá para imaginar? Foi a última coisa que ele me disse antes de ir embora... "Você vai ser o melhor presente de aniversário que o pai já recebeu."

— Ai, Mason. — Deslizo a mão para segurar a dele. — Sinto muito. Deve ter sido apavorante.

— Foi, sim. — Mason baixa a voz até tornar-se quase um sussurro. — Devo ter ficado sentado lá por quase uma hora depois de tudo, totalmente em choque. Não sabia o que fazer. Contei aos meus pais, e eles falaram com o sr. Solomon, que disse que o melhor seria nós fugirmos de novo. Mas seria muito mais difícil fazer isso uma segunda vez, sabe?

— Então o sr. Solomon sabia que o sr. Larkin tinha ameaçado você? — pergunto. De repente, o antigo jardineiro da escola rosnando "aquele filho da mãe teve o que merecia" faz sentido. Não sei se é algo que ele teria dito se estivesse completamente são, mas ao menos não é mais sem noção.

Mason faz que sim com a cabeça.

— Ele foi conosco para a Flórida quando visitamos os pais do meu pai. Sei que disse a vocês que tinha sido uma decisão de última hora viajar daquele jeito, mas na verdade foi o resultado de uma reunião intensa com um advogado da família para pensar em estratégias, e aí... enquanto estávamos fora, o sr. Larkin morreu.

— E ele nunca disse nada ao pai sobre vocês?

— Acho que não teve oportunidade. Ficamos esperando as consequências, mas nunca vieram. — Aperto a mão dele, e ele continua: — Achei que tinha superado tudo, acho que superei a maior parte, mas... — Olha ao redor do auditório. — Eu estava aqui durante o recesso de fim de ano com o conselho estudantil, fazendo cartazes para a peça do nosso ano, e acabou a tinta da caneta vermelha... Então fui procurar outra nos bastidores. Encontrei, e foi aí que vi o cavalete com a pintura do sr. Larkin. Estava coberta, e fiquei curioso, então levantei o pano e... nem sei. Tudo ficou embaçado por alguns segundos, e... fiz o que fiz.

— E depois continuou fazendo? — pergunto, tentando ao máximo manter o julgamento e a crítica fora de minha voz. — Em todos os cartazes da sra. Kelso?

Mason se retrai, depois estende a mão que não estou segurando, a abrindo e fechando, como se estivesse procurando o resíduo verde que vimos no ginásio.

— Não estou orgulhoso do que fiz, pode acreditar. Foi sacanagem com a sra. Kelso, e com... — Engole em seco. — Com o sr. Larkin. Não é que eu quisesse que ele morresse, ou que não desejasse que as coisas pudessem ter sido diferentes entre nós. Mas quando você passou a maior parte da vida se escondendo, às vezes a pressão se torna demais. — Deixa a mão cair em seu colo e encontra meus olhos. — Você não tinha mesmo ideia de nada antes de hoje?

— Nenhuma. Na verdade, criei toda essa teoria na minha cabeça de que Shane Delgado era o verdadeiro Michael Robbins.

— Shane? — Mesmo fazendo uma careta ao ouvir seu antigo nome, Mason consegue soltar uma risada. — Deve ser a primeira e última vez que me confundem com Shane Delgado. — Depois sua expressão se torna pensativa. — Mas engraçado você comentar isso, porque, por acaso, Shane estava lá.

— O quê? — pergunto, confusa. — Shane estava onde?

— Na sala, quando o sr. Larkin me contou quem ele era. — Olho boquiaberta para ele, que explica: — Bom, ele estava dentro do armário, na verdade. Dormindo, como sempre. Depois que o sr. Larkin foi embora, continuei lá sentado na minha carteira, ainda em choque, e, de repente, Shane cambaleia para fora do armário, bocejando, e passa por mim para sair da sala. Acho que nem me notou.

— Espera, então... — Massageio minhas têmporas, que de repente começaram a doer. — Ele ouviu a conversa de vocês? Shane sabe que o sr. Larkin era seu irmão?

— Bom, sempre me perguntei isso. E fiquei preocupado por um tempo. Quer dizer, ele estava *lá*. Mas nunca comentou nada, nem agiu de maneira diferente comigo. — Solta uma risada leve. — Em outras palavras, continuou a me ignorar como sempre.

Não consigo nem começar a digerir tudo isto agora. Bem quando estava pronta para riscar Shane da minha lista de suspeitos, descubro que é possível que ele saiba quem o sr. Larkin é de verdade por todo esse tempo. Mas... por que ele se importaria? Que diferença aquilo poderia fazer para Shane? Antes que eu possa seguir aquela linha de raciocínio, porém, Mason pergunta:

— O que você vai fazer agora?

— Sobre o quê?

— Sobre... — Acena com a mão para o entorno de nós. — Tudo isto. Vai... Vai contar a alguém? — Sua voz falha outra vez. — Já tenho quase dezoito anos. Não acho que seria obrigado a falar com Dexter contra a minha vontade, mas minha mãe... Não sei que tipo de problema pode significar para ela, ter fugido como fez, e...

— Mason, não — respondo depressa. — Não vou dizer uma palavra. Isso é assunto da sua família. — Mas, ao falar, não consigo parar de pensar em como acidentalmente mostrei a medalha de *Billy* ao talvez-Dexter na loja de penhores. Deveria contar a Mason, provavelmente, mas o alívio em seu rosto é tão evidente que não consigo me forçar a dizer.

"Homens como Dexter são um vespeiro", Rose dissera. "Para que cutucar se você não precisa, certo"? Mas não a escutei.

— Ellie ou Tripp vão dizer alguma coisa? — indaga Mason.

— Não. Ellie é um túmulo, e Tripp... tem os seus próprios demônios quando se trata daquele dia. — Mason arqueia as sobrancelhas, parecendo interessado, apesar de continuar em um estado de semichoque, e empurro seu ombro de leve. — Nem pergunta. Não é minha história para contar.

— Você está guardando um bocado de segredos, Brynn. Cuidado. Esse tipo de coisa desgasta as pessoas depois de um tempo. Eu que sei... — Apenas sorrio de maneira tensa, e ele acrescenta: — E agora?

Relaxo os lábios.

— Agora você volta para o ginásio e vai dançar com o seu par.

Mason solta uma risadinha engasgada.

— Ah, claro. Por que não? Dançar até cair.

— Tem uma ideia melhor?

Ele suspira e se levanta.

— Não, na verdade.

Eu o imito.

— Posso abraçar você?

Ele quase não consegue responder:

— Por favor. — Nós nos agarramos e seguramos firme, e deixo que ele seja o primeiro a se afastar. — Está bem — diz, esfregando os olhos. — Vou lá encontrar Geoff. Você vem?

— Já, já.

Mason me lança mais um sorriso e diz:

— Vejo você lá dentro.

Eu o observo partir, depois volto minha atenção para o celular, que está cheio de mensagens de Ellie e Tripp perguntando se está tudo bem. Meu cérebro está cheio e exausto demais para responder qualquer coisa além de *tudo certo. Explico depois.* E então ouço algo. Um farfalhar leve, vindo de detrás da cortina do auditório. Congelo, meu coração bombeando sangue sonoramente em meus ouvidos. Antes que perca a coragem, avanço para a cortina e a afasto.

Um lampejo de branco desaparece em um corredor, e o sigo.

— Charlotte! — grito, quase tropeçando por cima de uma caixa de papelão vazia. — Para! Sei que é você.

De onde estou, posso ver que ela parou, um pé no último degrau que leva para os bastidores. Os grampos de cristal nos cabelos dela reluzem sob a luz fraca.

— Quanto da nossa conversa você ouviu? — indago, e é uma pergunta ridícula. É óbvio que escutou tudo.

Deus do céu. O que fiz a Mason *agora*?

Charlotte vira para me encarar, as feições tão vazias de expressão que ela até lembra uma estátua.

— *Mason* é o irmão do sr. Larkin?

— Você não pode dizer nada para ninguém. Por favor, Charlotte. Não é seguro para ele. — Estou tagarelando, minhas palavras atropelando umas às outras enquanto caminho para ela, devagar, as mãos entrelaçadas como se estivesse rogando. — Você entende isso, não entende? O pai dele é um monstro e... — Paro quando me aproximo o suficiente para notar marcas de lágrimas secas no rosto dela. — Espera. Por que você está aqui? O que aconteceu?

— Nada. Só precisava ficar um tempo sozinha. — Charlotte cruza os braços de maneira rígida, mas não consegue impedir que outra lágrima escorra pela face. Depois, sua expressão inteira se torna chorosa, e ela revela: — Shane terminou comigo.

— Ah, Charlotte. Sinto muito. — E sinto mesmo. Queria que nosso relacionamento não fosse tão ruim no momento para que eu pudesse abraçá-la, mas estou bastante certa de que ela odiaria que eu fizesse isso. — Vai ver é só temporário? Ele parecia bem bêbado.

— Não acho que seja — responde, com tristeza genuína na voz. — Eu faria qualquer coisa por ele... absolutamente qualquer coisa... Mas ele está cansado, foi o que me disse. Cansado de estar em um relacionamento. Mas o que ele queria mesmo dizer é que está cansado de *mim*.

— Posso ajudar em alguma coisa? Podemos sair daqui e ir beber um café, quem sabe, ou...

Ela balança a cabeça com veemência, como se só de penar já ficasse horrorizada, e fico feliz por não ter arriscado um abraço. — Não. Vou voltar para casa. E não direi nada sobre Mason, prometo. — Meus joelhos ficam fracos de alívio, e estou prestes a agradecer efusivamente quando ela continua: — Mas você devia parar, Brynn.

— Parar com o quê?

— Essa... toda essa imitação barata de *Veronica Mars* — responde, agitando a mão em um círculo. — É perigoso, e se continuar assim, pode acabar descobrindo algo que preferiria não saber.

— Tipo o quê? — pergunto enquanto ela me dá as costas. — Charlotte? Tipo o quê?

Não há resposta, salvo os ruídos que os saltos dela fazem, e depois o rangido das dobradiças quando ela abre a porta e vai embora.

CAPÍTULO 39

TRIPP

— É bastante coisa pra absorver — comenta Ellie quando Brynn termina de nos contar sobre Mason.

— Eufemismo do século — acrescento. Meus olhos resvalam para o centro do ginásio, onde Mason está perdido em uma dança lenta com Geoff, sua cabeça descansando no ombro do outro menino. Toda aquela exuberância de antes se foi, o que me deixa me sentindo um merda por ter sido o responsável por causar todos os acontecimentos depois de notar a luminosidade verde na palma da mão dele.

Ainda assim, nunca pensei necessariamente que ele acabaria se revelando como o irmão secreto do sr. Larkin. O tempo todo que Brynn passou com ele no auditório, fiquei me perguntando se não era apenas por ele não gostar do professor. Ou se tinha feito aquilo com o cartaz por conta de um desafio ou coisa assim.

— Vocês não podem dizer nada — avisa Brynn. — Prometi a ele. — Morde o lábio, me lançando um olhar. — E Charlotte prometeu que também não diria nada. Espero que esteja falando a verdade.

— Se ela prometeu, então era verdade — garanto. Brynn arqueia uma sobrancelha, cética, e continuo: — Olha, sei que Charlotte não é a pessoa mais simpática do mundo, mas ela tem palavra. Nunca me decepcionou. Nunca quebrou o nosso pacto na floresta, mesmo quando acidentalmente plantei aquele envelope roubado no armário dela.

— Contou a ela que foi você? — pergunta Ellie.

— Nem ferrando — respondo tão depressa que ela solta uma risada.

— É, eu também não teria contado. Ela é um pouco aterrorizante.

Brynn cruza os braços.

— Então voltamos à estaca zero, sem a mínima ideia de quem pode ter matado o sr. Larkin. Não foi Mason, não foi o sr. Solomon e provavelmente não foi Shane, porque ele não tem mais motivo para querer fazer algo assim. — Ela me oferece um meio-sorriso. — Não foi você...

— Obrigado pelo voto de confiança.

— E não foi o seu pai. Quem resta? Dexter, acho, ou...

— Talvez esta seja a sua deixa para dar um tempo, Brynn — interrompe Ellie. — E passar uma pequena parte do Baile de Inverno dançando de verdade. É um conceito revolucionário, eu sei, mas você devia tentar.

— Dancei com Geoff, e olha o que aconteceu — resmunga Brynn.

— Então você devia se limitar a mim de agora em diante — digo e estendo a mão, mas antes que Brynn possa tomá-la, alguém meio que me agarra por trás. — Mas o quê... — exclamo antes de compreender que é o braço de Shane enganchado em meus ombros.

— T — chama com a voz arrastada, me puxando para o canto do time de lacrosse. — Quase não vi você a noite inteira. Está com raiva de mim? Não queria ter ficado todo irritado daquele jeito com você na casa da Charlotte. Só estou muito estressado, sabe?

— Sei. Tá tudo bem. — Deixo que ele me puxe, pois talvez seja esta a maneira de Shane de dizer que precisa conversar. — Está tudo certo?

— Charlotte e eu terminamos. — Shane para no meio do caminho, um braço ainda ao redor do meu pescoço. — Ela foi para casa, e me sinto meio mal, mas... também um pouco aliviado, sabe?

— Sei — repito. Não posso culpá-lo por querer ficar solteiro pelo menos por um tempo enquanto ainda é adolescente. Ou quem sabe namorar alguém com quem não tenha descoberto um cadáver. — Ela vai superar.

— Melhor assim. Vai ser um recomeço.

— É. Seria bom para vocês dois.

— É só que... as coisas ficaram tão enroladas depois daquele dia na mata. E você disse que não podíamos falar sobre o que aconteceu, porque essa é a regra, certo? É como *Clube da Luta*, só que não somos o Clube da Luta. Somos o Clube do Cadáver. — Shane solta um longo fôlego que cheira a uísque. — Que nome ruim.

— Desculpa, Shane. Eu não queria... — *Não queria silenciar você. Só não queria expor meu pai como um assassino.* — Você quer conversar?

— Talvez eu devesse ter contado sobre a briga — diz ele. — Porque, tipo, e se fosse importante? Não disse nada, e agora aquele merda do Gunnar Fox está todo... — Agita o braço, quase nos fazendo cair.

— Que briga? — pergunto, o estabilizando.

— A que ouvi na floresta. Nunca contei nada à polícia.

Aí está: a oportunidade perfeita para perguntar a Shane o que tinha ouvido aquele dia. Sei que Brynn disse para não abrir a caixa de Pandora, mas Shane está praticamente caindo de dentro dela, e tenho que admitir: quero saber. — O que tem? Foi... Foi o sr. Larkin que você ouviu?

— Foi. Ele estava gritando com alguém sobre o dinheiro da excursão escolar.

Olho para ele boquiaberto, sem saber o que dizer. *O dinheiro da excursão escolar.* Era exatamente o que temia que Shane fosse dizer quatro anos atrás, pois pensava que era com meu pai que o sr. Larkin estava discutindo. Mas agora sei que não era, então com quem diabos ele estaria brigando por causa daquilo? Provavelmente não com Dexter Robbins, ao menos. — O que ele disse?

— Não deu para ouvir tudo. Não queria chegar perto demais. Mas aí a gritaria parou, e vi alguém indo embora, e... não era o sr. Larkin.

— Você viu quem era?

— Acho que sim. Quero dizer, eu estava longe, mas tenho quase certeza de que conhecia aquela pessoa.

— Quem?

Neste momento me dou conta de que deveria detê-lo e buscar Brynn, pois ela com certeza iria querer ouvir aquilo. Mas, antes que eu consiga, Shane diz: — Nick Gallagher.

Meu coração dá uma engasgada em meu peito, depois parece quase parar.

— *O quê?* — pergunto, no instante em que ouço alguém sonoramente engolir ar em surpresa atrás de mim. Viro e...

Não tenho que buscar Brynn. Ela está bem ali.

Seus olhos estão arregalados e enormes no rosto pálido. Antes que eu possa dizer uma palavra, ela gira e começa a correr, abrindo caminho à força pela multidão. — Brynn, espera! — chamo, encarando as costas dela. Mas Shane ainda está todo jogado por cima de mim, me segurando. Avisto Ellie a alguns metros de distância, com expressão confusa o bastante para me fazer concluir que não escutou nada.

— Ooops — diz Shane. — Não estou fazendo nada certo hoje, estou? Preciso de uma bebida. Vem, você também precisa. — Ele tenta me guiar para o canto do time de lacrosse.

— Cara, *agora não* — digo, me desvencilhando. Mas quando enfim consigo me libertar, Brynn não está mais à vista. Ellie está desbravando o mar de pessoas, esticando e virando o pescoço à procura da irmã.

Não consigo assimilar o que Shane acaba de me dizer. Quando Brynn perguntou "quem resta?" na lista de suspeitos no assassinato do sr. Larkin, eu com certeza jamais teria dito *seu tio.* Eu a alfinetei na confeitaria, perguntando sobre o álibi dele, verdade, mas tinha sido apenas para provar que qualquer um da Saint Ambrose poderia ter estado na floresta aquele dia.

Nunca de fato achei que Nick Gallagher pudesse ter estado lá, ou que tivesse qualquer razão para querer ferir nosso professor. E por que os dois teriam brigado por causa do dinheiro da excursão? Não foi o Nick quem roubou; foi minha mãe.

Nada disto faz sentido. Tenho que encontrar Brynn e fazer com que Shane volte a ficar sóbrio de alguma forma, e depois... não sei. Vou pensar nisso mais tarde.

Abro caminho até o centro do ginásio e vejo que Ellie já está quase na saída. Quando alcança a porta, ela para, olhando para os dois lados. Então uma figura se coloca atrás dela, a bloqueando de vista. Quem quer que seja olha por cima do ombro e...

— Não — digo em voz alta, congelando onde estou. Mesmo a distância, reconheço aquele rosto, e sua aparição é completamente fora de contexto.

Você não devia estar aqui. O que está fazendo?

Mas não há tempo de fazer perguntas. Ellie está no corredor agora. Ela vira à direita, provavelmente querendo sair do prédio para procurar a irmã. Acelero o passo e tento chegar até ela em meio a este mar de gente, pois a pessoa que não deveria estar aqui está logo atrás dela.

CAPÍTULO 40

BRYNN

Vejo o tio Nick no instante em que ele está abrindo a porta do carro, e cruzo o estacionamento correndo para alcançá-lo, antes que possa deslizar para dentro.

— Onde é que você pensa que vai? — grito, por pouco evitando uma área congelada no chão que teria me feito cair estatelada.

Ele arqueia as sobrancelhas diante da severidade do meu tom.

— Voltando para casa. Onde está o seu casaco? Está congelando aqui fora.

Não sinto o frio. Não sinto nada.

— Por que já está indo para casa? O baile ainda não terminou.

Tio Nick tira a mão da porta, a fim de ajustar os óculos.

— Estou um pouco cansado. Já não sou mais tão jovem, sabe.

Ele me lança um sorriso que não posso retribuir.

— Tio Nick, preciso...

Alguém ri. O som vem de longe, e quando me viro, vejo que é apenas um casal correndo de mãos dadas na direção da estufa. Ainda assim, me deixa sobressaltada o suficiente para fazer com que eu abra a porta do passageiro e suba no carro do meu tio.

— Preciso falar com você.

— OK — responde ele, com cautela. Ele se senta ao volante e fecha a sua porta, colocando a chave na ignição. — Vou só ligar o aquecimento para você se esquentar.

— Então... — Não há jeito fácil de dizer isto; tenho apenas que falar de uma vez. — Tio Nick, você estava discutindo com o sr. Larkin na floresta no dia em que ele morreu?

Ele fica paralisado.

— O quê?

Pauso, querendo viver por mais alguns segundos neste espaço em que não sei nada de ruim. Quando cruzei o ginásio correndo, à procura do meu tio, lembranças lampejaram pelo meu cérebro: tio Nick me aconselhando a esquecer o assassinato do sr. Larkin. Tentando me estimular a investigar outros casos em vez daquele. Dizendo que o sr. Larkin tinha *um dom para provocar as pessoas*. Tudo me pareceu tão inocente, tão típico de quando meu tio está tentando soar como meu pai que jamais imaginei que ele tivesse algo a esconder.

Se *de fato* estava discutindo com o professor na floresta aquele dia... Se Shane não estiver enganado, ou mentindo... então o que *mais* ele pode ter feito? Minha voz treme ao dizer:

— Shane falou que ouviu você, e que viu você. Acabou de contar ao Tripp.

— Ahh. — Tio Nick deixa escapar um fôlego profundo. Então se vira para mim, e assim que vejo sua expressão, afundo o rosto nas mãos. — Brynn? — chama ele, a voz falhando. — O que você... Pode, por favor... Olha, me deixa explicar, está bem?

— N-não p-posso... — soluço, incapaz de terminar a frase. Pois só de olhar para meu tio, *sei.*

Sei que ele não machucou o sr. Larkin, e estou tendo um colapso nervoso de alívio.

— Merda, desculpa — diz tio Nick. — Não queria... Eu devia ter contado na época, mas foi tudo tão estranho. Pedi ao Will para me encontrar, porque, bem, tinha recebido uma carta anônima no dia anterior à morte dele... — Algo macio roça minhas mãos, e as abaixo para pegar os lenços que meu tio está tentando me entregar.

Não estou chorando, mas esfrego os olhos ainda assim.

— Carta? De quem?

— Anônima — lembra ele com gentileza. — E não era nem para mim, na verdade. Deixaram na caixa de correio da escola, mas quando estavam fazendo a distribuição, colocaram no compartimento errado... Gallagher, em vez de Griswell. Estava endereçada ao reitor, mas eu a abri antes de notar o nome no envelope. Quem quer que tenha escrito, disse que foi o sr. Larkin quem tinha roubado o dinheiro.

— *O quê?* — Torço os papéis em minhas mãos.

— É. A pessoa disse que o viu roubando, e exigiu que ele fosse demitido. Eu não sabia o que fazer... Will estava encarregado da investigação interna, pelo amor de Deus. Eu tinha certeza de que não tinha sido de fato ele...

— Não foi — interrompo. — Foi a mãe do Tripp. — Tio Nick pisca para mim, perplexo, e acrescento: — Essa já é uma outra história. Continue.

— Bom, passei aquela noite inteira preocupado. No dia seguinte, decidi que ia falar com Will, fora da escola. Perguntei se ele queria ir me encontrar no Parque Shelton para uma caminhada. Depois de um tempo, contei sobre a carta. E ele... Deus, foi como se, de repente, tivesse se transformado em outra pessoa. Começou a gritar que eu estava atrás do emprego dele e que eu mesmo devia ter escrito aquela carta. Que era *eu* quem devia ser demitido. Eu não conseguia acalmá-lo de jeito nenhum, mal conseguia espaço para falar, então acabei só... indo embora.

— Você foi embora? — repito.

— É. Você sabe como sou em confrontos — diz meu tio, e é verdade. Ele mal consegue lidar com meu pai; não consigo nem imaginar como se sairia contra o lado sombrio do sr. Larkin. — Achei que seria melhor deixá-lo baixar a bola, tentar de novo mais tarde, e aí, do nada... fiquei sabendo que ele tinha morrido. — Tio Nick engole em seco. — Não sabia o que fazer. Levou alguns dias para a polícia vir me interrogar, e àquela altura o dinheiro já havia sido recuperado. A carta me pareceu uma piada de mau gosto. Queria nunca ter comentado nada com Will, e fiquei com medo de que, se contasse à polícia que ele havia gritado comigo sobre uma possível demissão logo antes de morrer...

— Você seria culpado.

— É. Não foi nada corajoso da minha parte, sei disso. Mas foi o que aconteceu. — Ele solta o ar de maneira ruidosa, como se estivesse aliviado por finalmente ter revelado tudo. — Não me dei conta de que alguém tinha nos ouvido. Por que Shane nunca disse nada antes?

Estou emocionalmente esgotada demais para explicar o pacto que Tripp fez com Shane e Charlotte na floresta.

— Você guardou a tal carta anônima?

Antes que meu tio possa responder, a porta de trás se abre de supetão, nos sobressaltando.

— Mas que merda? — grita tio Nick enquanto giro na poltrona, sem palavras ao ver Tripp mergulhar para dentro do carro. Está ofegante, os olhos perturbados, e primeiro acho que ele me seguiu e escutou tudo. Mas se é o caso... por que a expressão de terror? São boas notícias, a menos que ele não acredite em meu tio.

— Graças a Deus! — exclama, rouco, e pisco para ele, ainda mais confusa. Então ele espalma o encosto da poltrona do tio Nick e acrescenta depressa: — Precisamos ir. Ainda podemos encontrá-la. Acabaram de sair.

— Encontrar quem? — pergunto, desorientada.

Tripp me ignora, os olhos fixos à frente, dando pancadas ainda mais fortes no encosto do meu tio enquanto grita:

— *Anda!* Agora! Vai!

— Ir aonde? — indaga tio Nick, o rosto contorcido com preocupação. — Tripp, você precisa se acalmar um segundo. Por favor. Explique o que está acontecendo.

Tripp toma um fôlego profundo, se estabilizando, antes de dizer entredentes:

— É a Ellie. Precisamos encontrar a Ellie. Vire à esquerda, no estacionamento. Eu os vi saindo por lá.

Um abismo se abre no meu peito.

— Ellie? — repito, trêmula.

Tripp enfim encontra meus olhos, e o medo nos dele faz meu estômago se revirar.

— Brynn, ele está aqui. Não sei como, nem por quê, mas está aqui e acabou de *levá-la,* cacete. Jogou Ellie para dentro da picape e saiu dirigindo.

Tio Nick entra em ação, trocando de marcha e afundando o pé no acelerador em um único movimento fluido. Ele acelera na direção da saída enquanto pergunto em um fio de voz:

— Quem levou a Ellie? — Ainda que tenha a sensação desnorteante de que já sei a resposta.

Como um vespeiro.

Tripp tensiona a mandíbula.

— O homem da loja de penhores.

CAPÍTULO 41

TRIPP

— Que loja de penhores? — pergunta Nick Gallagher enquanto sai do estacionamento da Saint Ambrose. — E para onde estou indo?

— Eu sabia. *Sabia* que era Dexter Robbins — diz Brynn em um quase gemido, tirando o celular do bolso. — É tudo culpa minha.

— O que é sua culpa? — insiste Nick. — E quem é Dexter?

— Ai, meu Deus — geme Brynn, agarrando o braço do tio. — Só dirige, está bem? — Apesar de tudo, a energia entre os dois parece normal, por isso presumo que Nick tinha uma boa explicação para dar ao fato de estar na floresta com o sr. Larkin naquele dia. Mas esse está longe de ser nosso maior problema no momento, então nem pergunto. A última coisa de que precisamos é um Nick distraído. Temos que encontrar Ellie, e rápido, antes que ela acabe ferida e eu passe o resto da vida me odiando por não tê-la alcançado a tempo.

Não devia ter parado de correr, nem por um minuto, quando me dei conta de que o homem da loja de penhores Última Chance estava em nosso ginásio. E quando o vi começar a seguir Ellie, devia ter empurrado todos os meus colegas entre nós para fora do caminho. Pois, quando consegui sair do prédio, o homem já estava enfiando a menina dentro da picape. Tudo que pude fazer foi correr atrás deles, tarde demais, e depois correr de volta para a escola, procurando ajuda. Antes de chegar lá, avistei Brynn no carro de Nick.

— A localização dela ainda está ativada no Snapchat — anuncia Brynn, sem fôlego. — Parece que estão na Binney Street.

— O que diabos está acontecendo? — insiste Nick. — Ellie está bem?

Brynn o ignora e gira no assento outra vez para olhar para mim, seu rosto a própria imagem da infelicidade.

— É minha culpa — repete. — Nunca deveria ter entrado naquele lugar. Ele deve... deve ter visto a placa do carro e nos encontrado. Meu Deus. — Cobre a boca com a mão. — Mas espera. Nós o vimos no estacionamento hoje, não foi? A picape que cortou Mason. Nem me dei conta... Mas por que ele levaria *Ellie*?

— O que... está... *acontecendo*? — rosna Nick entredentes. Está dirigindo depressa demais para as ruas de Sturgis, mas não há quase outros veículos.

Brynn se vira para a frente outra vez.

— Dexter Robbins é o pai do sr. Larkin. Também é um filho da puta abusivo, e acho... — A voz dela falha. — Acho que não sabia que o filho estava morto até... recentemente.

— O pai do Will? — pergunta Nick, confuso. — Não estou entendendo.

— Só continua... — Brynn começa a dizer, mas então entramos na Binney Street, e avisto luzes traseiras diante de nós, emoldurando uma placa que começa com o número seis. É tudo que me lembro da picape que passou acelerada por mim, e me inclino para a frente entre os bancos de Nick e Brynn.

— São eles — digo quando a silhueta do automóvel entra em foco.

— Ah, graças a Deus! — exclama Brynn. A cabeça de Elie está visível no banco do passageiro, espremida contra a janela (e o mais distante de Dexter possível).

— E agora? — pergunta Nick, desacelerando para se manter a alguma distância da picape vermelha. — Ellie está em perigo? O que esse homem quer?

— Não sei — admite Brynn, quase às lágrimas. — Faz ele parar.

— E como vou fazer isso? Não posso... não quero que ele comece a agir de maneira inconsequente. Não com Ellie dentro do carro.

— Vou ligar para a polícia — digo, pegando o celular. O que provavelmente já devia ter feito lá atrás, mas não estava pensando racionalmente.

— Boa ideia — diz Nick.

— Não perca os dois de vista — implora Brynn enquanto faço a ligação.

— Ele está acelerando — anuncia Nick, seguindo a picape que está fazendo uma curva brusca. — Acho que me viu.

— 9-1-1, qual é a sua emergência? — diz uma voz em meu ouvido.

— Alguém raptou a minha amiga — digo. — Estão em um carro. Uma picape. Nós estamos seguindo os dois, e... — Nick faz outra curva brusca atrás de Dexter, e quase deixo o celular cair.

— Vocês estão em um veículo em movimento? — pergunta a voz.

— Estamos — respondo, observando as luzes das lanternas tremularem diante de nós. Não sei bem onde estamos. Não pode ser tão distante da Saint Ambrose, mas a rua é escura, e os postes de luz são escassos. Não consigo ver nada além de aglomerações de árvores dos dois lados. — Estamos em Sturgis, acho, ou pode já ser Stafford, mas...

— Senhor, preciso pedir que pare o carro para continuar esta conversa.

— Não sou eu dirigindo. Estamos seguindo uma picape vermelha da Ford. O número da placa é seis, três, sete, zero...

Passamos por um buraco enorme na rua, e desta vez meu telefone sai voando.

— Merda! — xingo, me inclinando para a frente, a fim de procurar por ele.

— Isto é perigoso — diz Nick. — Ele está indo rápido demais, e essas ruas estão muito escuras. Temos que parar e falar com a polícia.

— Não! — exclama Brynn com urgência enquanto tateio o chão do carro à procura do celular. Não consigo alcançar; serei obrigado a tirar o cinto de segurança. — Não podemos perder Ellie de vista. *Por favor,* tio. Por favor, não o deixe escapar. Você não pode...

Então ela grita.

Ouço o guincho dos freios, e Nick vira o volante violentamente para um lado. Meu corpo é atirado para a frente com força, contra o cinto de segurança, enquanto o carro gira e depois se choca em algo com tanta intensidade que cada parte de mim fica aturdida. Brynn continua aos berros, e acho que também devo estar, ou talvez Nick, mas... não.

Ele não está fazendo qualquer ruído.

O carro parou, o motor ainda ligado. Os faróis iluminam o tronco nodoso da árvore contra a qual nos chocamos, visível através do para-brisa ainda intacto. Os airbags não se inflaram, ou porque o carro de Nick é antigo a ponto de não os ter, ou o impacto não foi grande o suficiente para ativá-los. O que me parece impossível, mas... ainda estou inteiro. Quando me inclino para a frente, para olhar Brynn, parece que ela também está. Mas Nick...

Nick está caído por cima do volante, imóvel.

— Brynn — chamo, tirando o cinto com mãos trêmulas. — Vocês estão bem?

— Eu estou — responde ela em um fiapo de voz. — Mas não sei o... — Ela gira para olhar para mim, os olhos aflitos percorrendo meu rosto antes de se virar para o tio e colocar a mão, hesitante, no braço dele. — Tio Nick? Tudo bem?

Ele dá um leve grunhido, mas não se move. Ainda assim, alívio me toma e recomeço a procurar o celular.

— Eu estava na linha com a emergência. Deixa...

— Tripp — chama Brynn na mesma vozinha baixa. — Olha.

CAPÍTULO 42

TRIPP

Levanto a cabeça. Em um primeiro momento, tudo que consigo ver é a árvore, mas então noto movimento à direita dos faróis. A figura de um homem se faz visível, em frente a uma picape vermelha parada no acostamento. O homem que achamos que é Dexter Robbins está bem à nossa frente, fitando o para-brisa. Quando o encaramos de volta, ele levanta a mão e nos chama com o revólver que está segurando.

Um *revólver.* Merda.

Para fora do carro, diz o gesto.

— Você fica — digo a Brynn. — Eu vou.

— Não — retruca ela, abrindo a porta antes que eu tenha a chance de protestar, e nós dois saímos do carro depressa demais para duas pessoas que estão prestes a confrontar um homem armado. Alcanço Brynn no instante em que o desconhecido levanta o telefone para apontar a luz do flash para nós.

— Mais uma — diz ele. Primeiro acho que está surpreso que eu e Brynn estejamos os dois aqui, mas depois acrescenta: — Vocês são gêmeas?

— Irmãs — corrige Brynn, tremendo em seu vestido sem mangas. Quero abraçá-la, ou lhe dar meu paletó, mas não quero arriscar movimentos bruscos. Ao contrário da situação com o sr. Solomon, estou certo de que a arma deste homem não é apenas para assustar. — Está tudo bem com ela?

Ele ignora a pergunta e não tira a luz ofuscante de nós, tornando impossível para mim enxergar qualquer outra coisa.

— Era você na loja. Não a outra. Não é de admirar que ela não estivesse me dizendo porra nenhuma.

Apesar de tudo, sinto uma pontada de admiração por Ellie. Ela poderia ter contado muita coisa a ele, mas não abriu a boca.

— Queremos falar com ela — digo. Dexter abaixa o telefone o suficiente para que possamos ver Ellie se movendo no banco do passageiro da picape vermelha, mas há algo limitado nos movimentos dela. Como se estivesse presa.

— Estou pouco me fodendo para o que vocês querem.

— Você é Dexter Robbins? — pergunta Brynn.

— Sou eu quem faz as perguntas aqui. Você estava com a medalha do Billy. Por quê?

O que já é uma resposta por si só.

— Eu... meu Deus. — Brynn retorce as mãos, depois lança um olhar desesperado para trás, para o ainda inerte Nick. — Ele foi meu professor. Eu o conhecia como William Larkin. Nem sei se você sabe, mas ele... ele morreu, faz quatro anos. — Faz uma pausa, esperando por uma reação.

Dexter solta um suspiro de desdém.

— É, eu sei. Quando você apareceu com aquela medalha, anotei o número da sua placa e pedi para um colega meu do Departamento de Trânsito investigar de quem era. Depois disso, fui pesquisar sobre *você*, para tentar descobrir qual era a sua. Acabei parando na página da sua escolinha metida a besta, e lá estava ele... maldito *William Larkin*. Sendo homenageado com uma merdinha de jardim. — Fico chocado diante do asco na voz dele; não há sequer uma ponta de pesar ou arrependimento. — Foi tarde, aquele lá. Um traidor que me rejeita e troca de nome não é filho meu. Mas aí é que está...

Seu tom de voz se torna pensativo ao continuar:

— Há quatro anos, já fazia uma eternidade que eu não falava com Billy. Então, do nada, ele me manda um e-mail, se vangloriando porque havia encontrado o irmão mais novo na escola onde ele estava dando aula. Disse que traria o menino para o meu aniversário, mas depois disso? Nunca mais fiquei sabendo dele. Achei que ele estava só blefando, como sempre, ainda mais porque nunca tinha nem se dado ao trabalho de me dizer que era professor. Mas ele não estava mentindo sobre isso, no fim das contas... então pensei, talvez também não estivesse mentindo sobre Mikey.

Não consigo pensar em nada para dizer em resposta, mas Dexter não está olhando para mim. Sua atenção está fixa em Brynn.

— O meu filho mais novo. Ele teria mais ou menos a sua idade, e se tem uma coisa que sei sobre a mãe dele é que ela gosta de criar raízes. Se foi aqui que Mikey cresceu, então é provável que continue aqui também. Vi que a escola de vocês ia dar um baile hoje, então resolvi vir dar uma olhada. Achei que fosse reconhecer Mikey na mesma hora, mas o lugar estava lotado. — Amargura se insinua na voz dele. — Ou vai ver já faz mesmo tempo demais. Aí vi *você*... ou achei que era você... e pensei, *aquela garota me deve algumas respostas.* — Solta outro suspiro. — A sua irmã não estava muito disposta a ajudar, então a trouxe para dar um passeio e mostrar que estou falando muito sério. E aqui estamos. Agora vou perguntar a você a mesma coisa que perguntei a ela: onde está o meu filho?

— Eu... eu não sei — responde Brynn, e engole em seco. — Aquela medalha só estava comigo porque eu estava trabalhando no caso do sr. Larkin para um programa de TV de *true crime.* Nem sabia que ele *tinha* um irmão.

— Acho que está mentindo — diz Dexter.

— Não estou — insiste Brynn. Os dois se encaram por alguns segundos em silêncio angustiante, até ela continuar: — Posso, por favor, ver a minha irmã? E pedir ajuda? Acho... — Lança um olhar ansioso por cima do ombro para o carro de Nick. — Acho que o meu tio se machucou.

— Espero que sim — responde Dexter de maneira grosseira. Depois inclina a cabeça para o lado. — Você fala um bocado, não é? Mas nada que eu queira ouvir.

— Olha, será que dá para... — começo, mas o homem me silencia com um movimento do revólver.

— Que tal se tentarmos uma tática diferente, então? — Os olhos dele retornam a Brynn. — Faço uma pergunta, e se não gostar da sua resposta, coloco um buraco de bala na sua irmã. Vamos começar devagar, com a mão dela, quem sabe, e partimos daí.

— Não! — grita Brynn quando Dexter começa a dar passos para trás na direção da picape. — Para! Conto o que você quiser! — Sinto meu estômago embrulhar, porque é óbvio que ela vai, ela *tem que* contar... mas isso significa expor Mason. O que quer que aconteça depois, ela nunca irá se perdoar.

— Estou ficando sem paciência, menininha — rosna Dexter, ainda se movendo. — Você e a sua irmã estão prestes a descobrir o que acontece com pessoas que tentam me passar a perna.

Há um momento quando ele abaixa a arma e se aproxima do banco do passageiro em que penso: *será que consigo alcançá-lo a tempo?* E sei que não, mas já estou me preparando para tentar quando um ronco súbito enche meus ouvidos. Vejo movimento em minha visão periférica, o que me faz virar o tronco, e Brynn deixa escapar um grito de surpresa quando Nick Gallagher dá a marcha à ré para se afastar da árvore e acelera para a frente logo em seguida. Não estamos no caminho dele, mas ainda assim agarro Brynn e a puxo para longe, por reflexo. Caímos os dois no chão enquanto o carro passa desenfreado por nós. Ouvimos um baque nauseante, e depois silêncio total, salvo pelo ronco baixo do motor.

— Meu Deus — murmura Brynn, seu rosto enterrado em meu ombro. — O que ele... O que aconteceu?

Eu me sento devagar, amparando Brynn com um braço, e tento compreender a cena diante de mim. O carro de Nick está parado a alguns metros à frente de nós, fumaça saindo do escapamento e obscurecendo os pneus. A picape continua no acostamento, com a figura escura de Ellie movendo-se lá dentro.

E Dexter Robbins não está à vista.

CAPÍTULO 43

TRIPP

— Pode entrar, Tripp. — A sra. Gallagher abre a porta da frente com um sorriso fraco. — Que bonitas — diz, apontando com o queixo para as flores em minha mão. — Deixa eu pegar um vaso para elas, já levo tudo lá para cima em alguns minutos. Brynn está no quarto. — Baixa a voz e acrescenta: — Que bom que ela concordou em ver você. Faz muito tempo que está trancafiada lá, sozinha.

Queria entregar as flores a Brynn pessoalmente, mas a sra. Gallagher parece estar cheia de uma energia nervosa que precisa de uma válvula de escape, de maneira que as entrego a ela.

— Como está o Nick? — pergunto, tirando os tênis e os deixando perto da parede.

Os olhos dela ficam marejados.

— Os sinais são positivos. Estamos esperançosos.

Faz uma semana desde que seguimos Dexter Robbins do Baile de Inverno até a fronteira entre Sturgis e Stafford, onde ele morreu quando Nick Gallagher jogou o carro semidestruído em cima dele. Nick perdeu a consciência quase imediatamente depois disso, e está no hospital desde então. Sua situação é muito pior do que a minha ou a de Brynn, pois não havia colocado o cinto de segurança antes de sair batido atrás de Ellie. Recobrou a consciência o suficiente para neutralizar Dexter, mas o impacto de bater na árvore e depois no homem foi tão traumático que os médicos o colocaram em coma induzido até o inchaço em seu cérebro diminuir.

O que presumo que ainda não tenha acontecido.

Tirei Ellie da picape de Dexter logo depois de Nick derrubá-lo, e usei uma de minhas chaves para cortar a fita adesiva que prendia os pulsos dela.

— Estou bem — me garantiu ela, a voz surpreendentemente firme. — E Brynn? — Olhei por cima do ombro então, e vi Brynn parada lá, com os braços balançando nas laterais do corpo e uma expressão vazia em seu rosto.

— Não sei — respondi. E ainda continuo sem saber.

Naquela noite, a polícia nos levou ao hospital, e Brynn estava como eu havia ficado após encontrarmos o corpo do sr. Solomon: praticamente catatônica. Fiquei assustado, porque pensei que ela talvez tivesse se ferido no acidente e ninguém quisesse me contar. Mas então uma das enfermeiras me puxou de canto.

— Não tem nada de errado com ela, só está profundamente triste — me contou a mulher. — Está dizendo que é tudo culpa dela.

Então entendi, porque se alguém entende como é se sentir daquela maneira, sou eu.

No caso de Brynn, ela está lidando com o efeito dominó de ter acidentalmente guiado Dexter até a Saint Ambrose. Ela se culpa por todas as coisas ruins que aconteceram depois disso, inclusive a morte de Dexter e o fato de que Nick o atropelou.

Pelo menos é o que Ellie me disse. Não fui informado de nada disso diretamente por Brynn, pois ela não está falando comigo. Nem com ninguém.

Está trancada no quarto, sozinha, desde sábado passado. De certo modo, é até bom, pois Sturgis se transformou em um verdadeiro circo desde o Baile de Inverno. Há vans de imprensa em todos os cantos, com repórteres enchendo as ruas do Centro de Sturgis e a Saint Ambrose, analisam avidamente cada detalhezinho da história. O *Motivação* estava em vantagem por já saber parte da informação de antemão, e Carly Diaz tem aparecido no ar constantemente. Assisti a apenas um episódio, no qual Rose, da Taverna Cachorro Louco, explicava que tipo de marido e pai Dexter Robbins havia sido. Mason e a mãe revelaram suas verdadeiras identidades assim que ficaram sabendo da morte do homem, e Rose parece determinada a garantir que não haja consequências desfavoráveis para a sra. Rafferty por conta da sua decisão de fugir com Mason tantos anos atrás.

Não acho que haverá. Com Dexter fora de cena, não há mais ninguém vivo que possa querer que os dois sejam punidos.

Brynn contou a Ellie como Nick e o sr. Larkin haviam discutido no dia em que o professor morreu, e Ellie repassou a informação à polícia. O que acabou sendo uma boa coisa, acho, porque Shane decidiu que estava cansado de ficar calado e fez o mesmo. Quando o policial Patz me interrogou outra vez, contei toda a verdade que podia sem chegar perto demais de revelar o que um dia pensei sobre o meu pai. Disse que havia encontrado a medalha com a gravação dizendo *Billy* na floresta, mas não sabia que pertencia ao sr. Larkin, e que menti sobre ter estado o tempo todo com Shane e Charlotte porque estávamos assustados.

Ambas as confissões são tecnicamente verdadeiras, de modo que minhas mentiras são em grande parte apenas por omissão. Por sorte, Patz não tem a mesma habilidade de Brynn para saber quando não estou sendo honesto, ou talvez não se importe.

— Vocês eram apenas crianças — disse quando terminei. Pela primeira vez, me ocorreu que ele talvez tenha sempre acreditado naquilo. A aura de suspeita que eu sentia vindo dele era provavelmente apenas minha própria culpa me ludibriando.

Era minha intenção contar a ele que havia sido Lisa Marie quem pegou o dinheiro da excursão. Era mesmo, mas, quando o momento chegou, não consegui forçar as palavras a saírem. Meu pai se ofereceu para me levar de volta e contar ele mesmo, mas fico postergando. É difícil focar em qualquer coisa até ter certeza de que Nick e Brynn ficarão bem.

Todos na imprensa querem falar comigo, Shane e Charlotte, mas estamos tentando não chamar a atenção. Enquanto isso, os repórteres estão fazendo a festa com as contribuições filantrópicas dos Delgado, ainda que eles e a polícia de Sturgis insistam que não houve *quid pro quo* no caso daquela generosa doação no ano da morte do sr. Larkin. Não acredito nisso nem por um segundo; é evidente que o sr. e a sra. Delgado queriam limpar a barra de Shane na época. É o que fizeram a vida dele inteira;

por que parariam justamente quando as impressões digitais do filho foram encontradas em uma arma de crime?

Seria bom para Shane se tudo o que aconteceu fizesse com que seus pais começassem a deixar que ele cuidasse da própria vida. Acho que sabe se virar bem melhor sozinho do que muita gente acredita.

Estou absorto em pensamentos enquanto subo a escada para o quarto de Brynn quando uma voz me chama:

— Tripp. — A porta de Ellie está aberta, e a menina está sentada de pernas cruzadas na cama, diante do laptop. — Oi — cumprimenta e abre um sorriso fraco. — Brynn acabou de acordar.

Olho para a porta de Brynn, que ainda está fechada.

— É melhor esperar, ou...

— Não, pode entrar. Ela está empolgada para ver você. — Ellie parece mais desejar que isso seja verdade do que de fato acredita nisso, o que faz meu coração afundar um pouco no peito.

— Que bom — digo, mas não me movo. — E você, como está?

— Estou... — Ela deixa a frase por terminar antes de dar de ombros. — Igual.

— Então continua sendo dura na queda — digo, e ela solta uma risada.

— É. Tão dura na queda que fui raptada no estacionamento do colégio. — Ela fecha o computador e o empurra para o lado. — Meus pais vão me fazer ir ao analista, para eu poder reviver tudo semanalmente. Mal posso esperar.

— Pode ser bom falar com alguém.

— Pode ser. — Ela percorre a estampa da colcha com um dedo. — Não é nem o que Dexter fez comigo. Mal me lembro dessa parte; é como se tivesse me dissociado o tempo inteiro que passei na picape dele. Mas tudo que aconteceu depois... o tio Nick ferido... — Ela engole em seco e depois faz uma careta. — Ugh. Foi mal. Não é *você* que vai ser pago para ouvir este monte de merda.

— Não me importo.

Ellie acena, me mandando embora.

— Vai lá ver a minha irmã.

— Quer ir comigo até a confeitaria depois? — pergunto impulsivamente. Ellie arqueia as sobrancelhas, um pouco curiosa, e continuo: — Minha chefe não está abrindo ao público, para evitar os repórteres. Só está deixando os fregueses regulares entrarem. Então tem um monte de doces e pães que precisam ser comidos. Além disso, ela também tem um cachorro peludão que é expert em ganhar carinho.

— Entendi. — Ellie faz que sim com a cabeça. — Quero. Vou gostar de ir.

— Maravilha. Venho chamar você quando acabar. Quem sabe Brynn não quer vir junto. — Não tenho grandes esperanças, mas nunca se sabe.

— OK — responde Ellie, parecendo um pouco mais animada. — Ah! — acrescenta antes que eu possa virar. — Adivinha quem me mandou aquelas flores?

Ela aponta para um buquê enorme e extravagante sobre a cômoda. Quem quer que tenha sido, estava tentando impressioná-la.

— Paige?

— Não. Mikhail Powers.

— Quem?

— Alô? — Ellie inclina a cabeça para o lado. — *Mikhail Powers Investiga?* O Quarteto de Bayview? Posso acabar sendo a próxima Maeve Rojas.

— Não sei o que significa metade do que você acabou de dizer.

Ela revira os olhos.

— Precisa assistir a mais programas de *true crime*, Tripp.

— Levarei isso em consideração — respondo, embora não consiga pensar em mais nada que fosse gostar *menos* de fazer do que aquilo.

Atravesso o corredor e bato de leve à porta de Brynn.

— Pode entrar — responde ela em uma voz que mal é audível. Está na cama, apoiada em uma meia dúzia de travesseiros, vestindo uma camiseta da Saint Ambrose. Os cabelos estão soltos, escorridos e sem vida por cima dos ombros, e seu rosto está totalmente sem expressão.

— Oi — digo, fechando a porta depois de entrar. — Como você está?

— Tudo bem. — Seus olhos estão menos anuviados do que na noite em que Dexter morreu, mas ela ainda parece... o que foi mesmo que a enfermeira disse? *Profundamente triste.*

— Posso sentar? — pergunto. Ela concorda com a cabeça, e me sento na pontinha da cama. Disse a mim mesmo que as palavras certas me viriam quando eu a visse. Espero que seja o caso. — Está se sentindo um pouco melhor? — *Belo começo, Tripp.* Ela apenas dá de ombros. — Está planejando voltar para a escola logo?

Brynn morde o lábio inferior.

— Alguma hora.

Poderia até dar um soco em mim mesmo por ter feito aquela pergunta. Nem mesmo me importava com aquilo, e ainda que me importasse, não sou exatamente um exemplo de pessoa que comparece às aulas logo após uma crise. Não sei por que perguntei, a não ser pelo fato de que, de repente, parece impossível falar com Brynn da maneira como sempre falei. Tenho medo demais de dizer a coisa errada e acabar fazendo com que ela se sinta ainda pior.

— Ainda estou bem cansada — diz Brynn. — Não sei por quanto tempo ainda vou ter energia para conversar.

— Certo, não vou ficar incomodando — digo, como se seu próximo cochilo fosse um compromisso de suma importância que ela não pode perder. Então nós dois encaramos a colcha. Isto tudo já é agonizante, e apenas um minuto se passou desde que entrei. Não sei bem por que ela concordou em me ver, quando está evidente que não me quer aqui. Talvez devesse ir embora.

A ideia me enche de alívio momentâneo, até pensar: *covarde. Ela não fugiu quando era você quem estava precisando de ajuda.*

— Lembra o que você me disse na casa de hóspedes da Charlotte? — pergunto.

Brynn pisca, confusa.

— Não? Quer dizer, falei um monte de coisa. Qual delas?

— Você disse "quero que você saiba que pode confiar em mim". Logo depois de largar o seu estágio. — Faço uma pausa, mas ela não reage. Sequer volta a piscar os olhos. — Não sei se largar o meu emprego na confeitaria vai ter o mesmo efeito, mas eu faria qualquer coisa para mostrar que você pode confiar em mim. Pode me contar tudo que estiver pensando, não importa se for horrível, porque é provável que eu já tenha pensado igual. E recentemente.

Os olhos dela ficam marejados, mas as lágrimas não escorrem. Por alguns segundos torturantes acho que ela não vai me responder, ou pior, que vai virar de costas. Então ela chega para a esquerda, como se quisesse abrir espaço na cama.

— Você pode... vir mais para perto? — pede com dificuldade, puxando as cobertas para o lado.

Vou me sentar ao lado de Brynn, minhas pernas ocupando todo o comprimento da cama, e, com todo o cuidado, envolvo os ombros dela com um braço. Ela agarra minha camiseta e esconde o rosto em meu peito. Por alguns minutos, ficamos assim, sem falar, e então ela diz, com a voz abafada:

— Queria nunca ter voltado a Sturgis.

— Eu entendo.

— Queria não ter aceitado o estágio no *Motivação.* Ou ido à casa do sr. Solomon, à Taverna Cachorro Louco, ou ao Baile de Inverno. Nada disso teria acontecido. — A respiração dela começa a ficar irregular. — Às vezes, queria até não ter encontrado você. Bom, não exatamente, porque já nos conhecemos faz muito tempo, mas... queria que não tivéssemos voltado a nos falar.

— Faz sentido — digo, e é verdade. Depois que o sr. Solomon morreu, pensei na minha própria versão daquilo a respeito de Brynn.

— Estou com tanto medo pelo tio Nick — diz, sua voz falhando. — E tão triste por ele também, porque ainda que acorde...

ele matou Dexter. Vai ter que conviver com isso, e... ele não suporta nem a ideia de matar aranhas. Ele as coloca do lado de fora, sempre.

— Ele estava protegendo a Ellie.

— E isso também é minha culpa. Minha irmã foi raptada porque eu estava correndo atrás de uma *história*. Porque não quis largar o osso, mesmo com todos me avisando que devia parar.

— Eu disse para você *não* parar — lembro a ela.

— Não quando se tratava de Dexter. Você tentou me deter.

— Você não queria que nada disso acontecesse.

— Mas aconteceu. — Ela está chorando agora, soluços de corpo inteiro que parecem grandes demais para caber dentro de alguém tão pequeno, e queria que houvesse uma maneira de eu absorvê-los. Eu a abraço pelo que me parece uma hora, embora não deva chegar nem a dez minutos. Ouço alguém subindo as escadas, a mãe dela, talvez, trazendo as flores, e depois voltando lá para baixo, sem bater à porta. Enfim, os soluços de Brynn começam a diminuir, transformando-se em engasgos baixos ocasionais, e uma das mãos agarradas em minha camiseta se abre para descansar sobre meu coração. Ela suspira, como se o batimento constante fosse reconfortante.

— Posso contar uma coisa para você? — pergunto.

A cabeça dela se move contra meu peito.

— Pode.

— Não sei de muita coisa, mas isto é o que sei: você não estava só correndo atrás de uma história, tentou ajudar pessoas que estavam sofrendo a encontrar paz. Sei que segredos podem corroer as pessoas por dentro, e que a verdade pode partir o seu coração, e às vezes é difícil decidir o que é pior. — Posso sentir minha camiseta ficando mais molhada, mas Brynn está chorando baixinho agora. — Sei que alguém pode ter as melhores intenções, e ainda assim causar os piores resultados. E sei — Eu a trago mais para perto e descanso meu queixo sobre o topo de sua cabeça — que você não vai se sentir assim para sempre.

— Mereço me sentir assim.

— Não merece. Juro que não.

Brynn fica quieta por tanto tempo que pensaria que ela adormeceu se houvesse qualquer músculo remotamente relaxado em seu corpo. Mas a postura dela é tão rígida, e a respiração tão superficial, que tudo que posso pensar é que nada do que disse fez qualquer diferença. Ela está determinada a se autopunir, e quem sou eu para dizer que não deve? Entendo a compulsão; fiz o mesmo durante quatro anos. Talvez estejamos presos em um tipo de ciclo que é impossível de se quebrar.

É aí que Brynn deixa escapar um fôlego profundo e trêmulo e diz:

— Está bem. — Após outra longa pausa, ela levanta a cabeça e esfrega os olhos antes de cravá-los nos meus. — Não falei sério. Não me arrependo de ter voltado a falar com você.

O alívio toma conta do meu peito, mas tento não deixar transparecer.

— Não tem problema se...

— Estou tentando fazer algo aqui, Tripp — diz Brynn.

Embora eu reconheça no mesmo instante as minhas próprias palavras daquele dia no quintal de Charlotte, ebriamente agradecendo Brynn por ter arrancado de mim a verdade sobre o dia em que o sr. Larkin morreu, não estou certo de que foi intencional, até ela me oferecer uma sombra de seu sorriso típico. É a melhor coisa que vi a semana inteira.

— Não me arrependo — repete. — Estou agradecida.

Eu provavelmente não deveria, mas...

— Agradecida o suficiente que poderia até me beijar? — pergunto, para que ela saiba que entendi a referência. Depois faço uma careta para não pensar que estou de fato tentando fazer com que ela me beije quando ela acabou de parar de chorar.

— Ainda não — responde Brynn, deixando a cabeça descansar em meu peito outra vez. Deixa a mão sobre meu coração, que começa a bater mais rápido quando ela diz:

— Mas logo, logo.

CAPÍTULO 44

BRYNN

— Então me liga quando ouvir isto — digo ao correio de voz de Tripp.

Não há nada que precise dizer a ele que não possa ser dito por mensagem; apenas as novidades depois da visita que fiz ao escritório do *Motivação*, mas, às vezes, só quero mesmo ouvir sua voz.

Faz apenas uma semana que ele foi me visitar em meu quarto, mas o mundo já parece diferente. Mais tarde naquela mesma noite, ficamos sabendo que o estado do tio Nick havia melhorado o bastante para os médicos decidirem começar a diminuir a medicação. Ele acordou alguns dias atrás, e ainda que tenha uma longa jornada de recuperação pela frente, estava se comportando tanto como sempre que não consegui parar de chorar.

— Você está deixando o meu lençol todo molhado, adorada sobrinha — disse com a voz rouca.

— Sinto muito — solucei, e ele me deu tapinhas fracos na mão.

— Não sinta. Estou bem. Você está bem. Ellie está bem. Todo o resto...

Acabou adormecendo antes de terminar a frase, mas meu pai está cuidando de *todo o resto*. Está em uma missão pessoal para se certificar de que, assim que o irmão se recupere totalmente, ele tenha todo o apoio legal de que precisa para lidar com o que aconteceu com Dexter e o sr. Larkin.

É a maneira que meu pai encontrou de se desculpar por ter sido sempre tão severo com tio Nick. Acho que todos compreendemos agora por que meu tio nunca seguiu com a vida após a faculdade. Ele e Tripp estavam presos no mesmo purgatório pelos últimos quatro anos, com medo de dizer a verdade e sempre se perguntando se poderiam ter feito algo de diferente para salvar o professor.

Tenho acompanhado as aulas e feito meus deveres em casa, com Nadia e Mason se alternando para me trazer todas as lições e trabalhos. A primeira vez que vi Mason, não conseguia parar de me desculpar, até ele me mandar, com gentileza, calar a boca.

— Você não queria que nada disso acontecesse — me disse, e ainda que Tripp viesse martelando as mesmas palavras dentro de minha cabeça, foi um alívio ouvi-las de Mason. — E você nunca nem teria descoberto quem eu era se eu não tivesse enlouquecido e me tornado um vândalo mesquinho, então... teto de vidro, é isso que estou querendo dizer.

Então me devolveu o mini-Mason para "me fazer companhia", o que me fez chorar, como basicamente tudo tem feito nos últimos dias.

Na tarde de hoje, quando minha mãe me levou até Back Bay para me encontrar com Carly, a primeira vez que estive longe de casa por tanto tempo desde que tudo implodiu no Baile de Inverno, não tinha certeza do que deveria esperar quando cheguei ao escritório do *Motivação*, mas até que foi muito bacana. Carly contratou um serviço de bufê e arrumou toda a comida na Scarlet, e quase todos os empregados do programa foram me cumprimentar. Inclusive Andy, cujo presente, um cacto com flores, me deixou com vergonha por um dia ter pensado nele como "Andy Sem Graça".

Depois, me reuni com Carly e Lindzi apenas para me desculpar por ter roubado os arquivos.

— Sei que devia estar possessa com você — disse Carly. — Mas estou até meio que impressionada. Alguma chance de você querer voltar um dia?

— Não — respondi, tão depressa que Lindzi soltou uma risada nasalada.

— Me manda uma mensagem, se mudar de ideia — pediu Carly.

E quase mandei no instante em que cheguei ao elevador. Depois de tudo, todas as mentiras e trauma e feridas e morte, me deixa mais do que agitada ainda não sabermos o que aconteceu com o sr. Larkin. Algo continua me incomodando, no fundo do meu cérebro, um fio solto me implorando que o pegue e siga, mas sempre que tento, ele me escapa.

Estou no quarto fazendo os deveres de casa quando o meu celular toca, e meu coração dá um salto quando vejo o nome de Tripp. Arrasto o dedo para a direita e atendo:

— Oi.

— Oi. Como foi com Carly?

— Bem. Ela me ofereceu o meu trabalho de volta.

— Lógico que ofereceu. — Ele jamais duvidara. — Você aceitou?

— O que você acha?

— Acho que não, mas que deveria.

— Certo — digo, antes de acrescentar: — Espera, sério? Por quê?

— Porque você é uma repórter nata. E sente falta do estágio.

Ele tem razão, mas não estou pronta para admitir.

— O que você está fazendo? — desvio.

— Deletando o meu e-mail. Não ganhei a Bolsa Kendrick.

— Ah, não, que pena — digo, meu coração afundando em meu peito por ele.

— Ah, tudo bem. — Ele soa surpreendentemente bem, talvez porque já não esteja mais nem de longe tão desesperado para cortar laços com o pai quanto estava um mês atrás. — Martina merecia mais do que eu.

— Quer fazer algo mais tarde? — pergunto.

Ele demora tanto a responder que quase repito a pergunta.

— Eu meio que já estou fazendo algo — diz, enfim. — Algo bem difícil.

— Ah, é? — pergunto, me empertigando na cadeira. O tom dele se tornou sério. — O quê? — Outra longa pausa, até eu continuar: — Seria mais fácil se você tivesse companhia?

Tripp solta um longo suspiro.

— Talvez?

— Quer que eu vá até aí?

— Não estou em casa — responde, antes de me enviar um endereço por mensagem.

Em um primeiro momento, não vejo Tripp quando chego à pequena casa pintada de azul intenso nos limites do cemitério de Sturgis. Então avisto meu namorado, sem casaco, acenando da trilha mais próxima do cemitério. Ainda veste o blazer da escola, os cabelos louros reluzindo sob a luz pálida do sol de fevereiro, e as bochechas vermelhas do frio.

— Oi — chamo por cima do muro de pedra baixo que separa o terreno do cemitério e o da casa azul, de quem quer que seja. — Dando uma caminhada?

— Gosto daqui. É sereno. — Quando chega ao muro, ele se inclina sobre ele, toma meu rosto nas mãos e me beija até eu esquecer que devíamos estar fazendo algo difícil.

— Também gosto daqui — digo, sem fôlego, quando ele me libera. Tripp abre um sorriso largo e pula por cima da parede enquanto continuo: — Mas estacionei na entrada da casa de alguém.

— Eu sei. É para lá mesmo que estamos indo — revela Tripp, virando-se para a porta da frente. — É aqui que Lisa Marie está morando. É a casa da amiga dela, Valerie.

Forço meu corpo a acompanhar o passo dele, ainda que meu primeiro instinto seja parar.

— Você vai visitar sua mãe?

— Não. — As feições de Tripp se rearranjam em uma expressão estoica, como se ele estivesse se preparando para receber notícias ruins. — Ela não está lá. Nem Valerie. Estão fora para o último happy hour de Lisa Marie antes de voltar para Las Vegas amanhã. — Ele sobe os degraus correndo e, para minha surpresa, leva a mão para dentro da caixa de correio. — Mas Valerie deixou uma chave para mim.

Pisco, abobada, enquanto Tripp destranca a porta e a segura para mim.

— Por quê? — pergunto, entrando.

Ele fecha a porta atrás de nós.

— Para eu poder procurar uma coisa.

Estamos em uma sala de estar que é um brinco; é perceptível que tudo nela foi escolhido a dedo para ter uma decoração coesa. O céu azul em uma reprodução emoldurada de uma pintura de Thomas Kinkade é da exata mesma cor que o tapete, e as cortinas e almofadas decorativas parecem ter sido feitas do mesmo tecido. Tripp descalça as botas e as deixa na bandeja de sapatos feita de borracha preta que fica no chão ao lado da porta, e o imito.

— Valerie disse que o quarto da Lisa Marie fica no fim do corredor — diz Tripp, virando à direita.

Estou morrendo de vontade de perguntar o que ele está procurando, mas tenho certeza de que vai me contar quando estiver pronto. Apenas sigo em silêncio atrás dele até abrir a última porta.

— É, definitivamente parece que Lisa Marie mora aqui — comenta, entrando no quarto.

Comparado ao restante da casa, parece que o espaço passou por uma calamidade, a cama está por fazer, há roupas largadas em todos os lugares, pratos empilhados na escrivaninha e nas cômodas, e uma pilha de toalhas molhadas bem na nossa frente. Tripp passa por elas e segue para uma mala grande no canto, aberta e lotada de mais roupas. Então ele para, leva a mão ao bolso e tira de lá um par de luvas de plástico.

Não consigo mais ficar quieta.

— Para que isso?

— Não quero deixar impressões digitais.

Meu estômago se revira de incômodo quando ele se agacha ao lado da mala.

— Achei que Valerie tinha deixado você entrar?

— E deixou — responde, abrindo o zíper de um compartimento dentro da bagagem. Tateia o interior, depois repete o processo no outro compartimento.

— Posso ajudar com alguma coisa? — pergunto, me sentindo igualmente inútil e confusa.

Ele vira e me lança um sorriso breve.

— Já está ajudando. Pode acreditar — diz antes de voltar ao trabalho. Depois de vasculhar todas as roupas, ele fecha a mala e abre o bolso da frente. Desta vez, ele mergulha a mão e retira um punhado de notas amassadas. Ele as fita por tanto tempo, que chego a pensar que era o que estava procurando, mas então as enfia de volta no lugar e gira na direção da cama.

— Vou olhar aqui embaixo — murmura, levantando a colcha.

Assisto em silêncio enquanto ele metodicamente revista o restante do quarto de Lisa Marie (a cama, a cômoda, as pilhas de roupas espalhadas) antes de voltar sua atenção para o guarda-roupas. Começa com a prateleira mais alta, movendo uma coluna lençóis, e no instante em que estou prestes a explodir com perguntas não vocalizadas, o corpo dele se enrijece e fica imóvel.

— O que foi? — indago.

— Estava torcendo... — Ele engole em seco. — Estava torcendo de verdade para não encontrar isto.

Tira algo da prateleira antes de se virar para mim, e deixo escapar um ruído de surpresa involuntário quando vejo o que tem nas mãos.

É a caixa de pesca feita de plástico vermelho já esmaecido, com o fecho enferrujado aberto, as letras *S.R.* escritas de caneta marcadora permanente preta na frente.

— Isso aí não é...

— Do sr. Solomon? — Tripp segura o objeto com as duas mãos e todo o cuidado, como se tivesse medo de que fosse se despedaçar. — É, é sim.

— Como é que você sabia... — Deixo o restante no ar, sem saber bem como terminar a pergunta, mas ele não precisa que eu termine.

— Ainda não contei ao policial Patz que foi Lisa Marie quem pegou o dinheiro da excursão escolar — diz Tripp em voz baixa, reflexivo. — O meu pai não para de me encher o saco para eu contar logo de uma vez, agora que tudo já foi revelado, e aí fiquei pensando como é estranho que, sempre que Lisa Marie está na cidade, dinheiro começa a sumir. Parei na barbearia para falar com Valerie... ela trabalha lá, é uma pessoa bem bacana, aliás. Está de saco cheio da minha mãe, então acabamos nos entendendo por causa disso. — Ele solta uma risada sem humor. — Perguntei a ela se Lisa Marie sabia que o sr. Solomon usava esta caixa como um cofre, e ela confirmou que sim. Foi a própria Valerie quem mencionou isso para Lisa Marie, porque era assim que ele sempre pagava quando cortava o cabelo.

— Ah — exclamo baixinho. *Ah, não.*

— É. E Valerie comentou que Lisa Marie não tem pedido dinheiro a ela recentemente, e concordamos que isso não é comportamento típico dela, ainda mais porque anda dizendo que está dura. Então... resumindo, Valerie se ofereceu para revistar as coisas de Lisa Marie. Perguntei se eu mesmo podia fazer isso, porque precisava... nem sei. Acho que precisava ver com os meus próprios olhos. — Ele coloca a caixa com cuidado na cama desfeita. — O que foi mesmo que a polícia disse? Que o sr. Solomon pode te caído, ou que pode ter... sido empurrado.

Não sei o que dizer, então apenas pego a mão dele.

— Minha mãe pode ter matado o sr. Solomon — conclui Tripp, fitando a caixa. — Talvez por acidente, mas talvez não. — Sua voz fica estrangulada quando acrescenta: — Então comecei a pensar... e se ela também tiver feito alguma coisa com o sr. Larkin? Foi Lisa Marie quem pegou aquele dinheiro. Estava na cidade, mas mentiu sobre esse fato até começar a pensar que Gunnar Fox iria transformá-la em uma estrela. E ela...

— Tripp, para — peço, apertando a mão dele. A repórter em mim já elaborou algumas teorias imediatas: a primeira é que Lisa Marie é esperta demais para se envolver em um programa de *true crime* que está investigando um assassinato que ela cometeu. Mas a última coisa que quero, ou de que Tripp precisa, é que ele passe mais quatro anos obcecado com a culpa de um dos pais estarem envolvidos em um caso de homicídio. Coloco a mão no rosto dele e o viro para o meu, forçando seus olhos a deixarem a caixa do sr. Solomon. — Você não sabe se nada disso é verdade, e não é o seu trabalho descobrir.

— É, eu sei. Já passei por isso — comenta Tripp, tirando o celular do bolso. — Só precisava falar sobre todas essas possibilidades um pouco. Lembrar a mim mesmo de por que estou fazendo algo difícil.

Ele sustenta meu olhar por mais um instante, depois respira fundo e aperta algo no teclado do celular. Meu coração fica cheio, e as palavras *amo você* invadem meu cérebro com tanta violência que quase as deixo escapar. Mas consigo me deter, porque não quero que esta seja a primeira vez que ele me ouça dizendo isso. Fico parada em silêncio ao lado dele enquanto coloca o celular contra a orelha e diz:

— Oi, policial Patz, é Tripp Talbot. Tenho que denunciar um roubo.

EPÍLOGO

BRYNN

Quase chegando, diz a mensagem.

Ótimo. Já faz quinze minutos que estou esperando perto da estufa da Saint Ambrose, tremendo no frio do fim de fevereiro e me perguntando se levei um bolo. Não de Tripp, mas de alguém que não vi com muita frequência nas últimas semanas.

Puxo o gorro mais para baixo, para cobrir as orelhas, e me distraio olhando o restante de minhas mensagens, depois me detenho em uma enviada por Tripp. É uma foto de Al dormindo na despensa da confeitaria, e é tão fofa que me faz sorrir sempre que a vejo. Mas não é por isso que a abri; é porque gosto de ver o *amo você* que ele me mandou logo depois.

Já nos declaramos pessoalmente a esta altura, mas esta é a primeira versão escrita, e sou boba o suficiente para ter feito uma captura de tela.

Depois respondo com um emoji de coração à foto de tio Nick com o polegar para cima depois de uma sessão de fisioterapia. A advogada dele foi lá em casa ontem, para nos informar que não haveria quaisquer acusações criminais contra ele por conta da morte de Dexter, e que a polícia de Sturgis não considera tio Nick suspeito no caso de homicídio do sr. Larkin.

— Talvez, no fim das contas, tenha de fato sido um andarilho — comentou a mulher antes de partir.

Mas sei que não é verdade. Ou, pelo menos, acho que sei.

O vento faz os meus olhos arderem e embaça a minha visão, e me curvo para me proteger do frio, fitando o horizonte. É... sim. *Finalmente.* Levanto a mão, e recebo um aceno lânguido em resposta.

— Desculpe pelo atraso — diz Charlotte, parando a certa distância de mim. Está vestindo um casaco preto estiloso, mas nada protege sua cabeça, e ela joga os cabelos castanhos para trás com uma das mãos antes de olhar ao redor. — Para vir... ao que quer que seja isto. Por que estamos aqui?

Não tenho uma ótima resposta para a pergunta, a não ser pelo fato de que, de certo modo, foi aqui que tudo começou; aquela reunião do comitê que causou a minha parceria com Tripp.

— Gosto daqui. E queria falar com você sozinha. — Ouvimos um apito alto então, e o time de beisebol entra no campo abaixo de nós para o que estão otimistamente chamado de *treino de primavera.* — Mas não tão sozinha assim.

Charlotte arqueia uma sobrancelha.

— Que começo interessante.

— É o seguinte. Não consigo parar de pensar no sr. Larkin...

— É o seu primeiro erro — interrompe Charlotte.

— Você me disse no auditório durante o Baile de Inverno que poderia ser perigoso para mim continuar investigando, o que acabou se provando verdade. Mas também disse que eu poderia acabar não gostando do que descobrisse, e até agora fico me perguntando... Por que falou aquilo?

O olhar frio de Charlotte me avalia por alguns segundos, antes de responder:

— Por causa do seu tio, óbvio. A discussão entre ele e o sr. Larkin na floresta. Estou surpresa que a polícia não esteja mais interessada nisso, para ser sincera.

— Mas Shane estava sozinho quando ouviu a discussão — retruco. Aquela informação veio à tona durante os depoimentos mais recentes que Shane deu à polícia; ele estava sozinho, tinha se separado de Tripp a caminho do ponto de encontro com Charlotte, quando topou com o corpo do professor. Alguns minutos depois, segundo ele, Charlotte tinha emergido do meio das árvores e começado a gritar. Presumo que Charlotte também tenha sido interrogada outra vez, mas se foi o caso, ela não disse uma palavra a respeito. — Você não estava com ele.

Ela pisca os olhos antes de me oferecer um sorriso polido.

— Também ouvi.

— É. Foi o que pensei. — Ela franze as sobrancelhas, e acrescento: — Não faz sentido, sabe. Todo esse drama ao redor do sr. Larkin... o pai abusivo, o irmão fugido, o dinheiro roubado, a discussão com meu tio... Simplesmente não faz sentido que *nada* disso esteja relacionado com o assassinato. Então comecei a pensar: mas e se *tudo* estiver relacionado, na verdade?

— Ah, ótimo. — Os lábios de Charlotte se retorcem em um sorriso irônico. — Você está compartilhando suas teorias comigo. Por que exatamente fui escolhida como o sortudo Watson do seu Sherlock Holmes?

— Por causa do que me disse no auditório.

— Olha, Brynn, eu estava tendo uma noite ruim — diz Charlotte com a primeira ponta de impaciência. — Nem me lembro de dizer para você parar de investigar nada, mas...

— Não é isso — interrompo. — Você exclamou "*Mason* é o irmão do sr. Larkin"?

Ela dá de ombros.

— E daí? Tinha acabado de ouvir vocês dois conversando.

— É, mas não é a pergunta que vem me incomodando esse tempo todo. É a ênfase que colocou no nome de Mason. "*Mason* é o irmão do Sr. Larkin?" — repito. — Se aquela tivesse sido a primeira vez que você ouviu que o sr. Larkin tinha um irmão na Saint Ambrose, a sua entonação não teria sido a mesma. Teria enfatizado uma palavra diferente. Você teria dito, "Mason é o *irmão* do sr. Larkin?"

Charlotte não está de cachecol, de modo que consigo ver quando engole em seco por nervosismo, e arrepios que nada têm a ver com o frio percorrem meus braços. Mas sua voz está tão calma quanto sempre quando diz:

— Perdão, não vejo como algo assim tem importância. E você deve ter ouvido errado. Estava bem estressada.

— Ouvi muito bem. É isto o que acho: acredito que você falou daquele jeito porque já sabia que o sr. Larkin tinha um irmão na Saint Ambrose... mas até aquele momento no auditório você pensava que o irmão era Shane. — Sinto uma centelha de triunfo quando Charlotte volta a engolir em seco. — Você passou o oitavo ano inteiro correndo atrás de Shane, e o armário dele ficava logo ao lado da sala de aula do sr. Larkin. Acho que você foi procurá-lo no dia em que o sr. Larkin contou a Mason quem ele era, e ficou parada do lado de fora da sala enquanto eles conversavam. Ou melhor, enquanto o sr. Larkin falava, porque Mason não disse uma palavra. Acho que você ouviu tudo, viu o sr. Larkin sair, e logo depois viu Shane sair também. Ele estava dormindo no armário, mas você não sabia disso. E não sabia que Mason continuava sentado no mesmo lugar em que o sr. Larkin o deixou quando partiu, totalmente chocado e em silêncio. Tudo que viu foi Shane, e pensou que ele tinha acabado de descobrir que tinha um meio-irmão que queria entregá-lo de volta a um pai perigoso.

Charlotte, recomposta, dá uma risada leve e desdenhosa.

— A sua imaginação é mesmo espantosa, Brynn. Esqueça o jornalismo. É um desperdício dos seus talentos. Você devia ser escritora.

— Acho que você queria ajudar Shane — continuo. — Você faria qualquer coisa por ele, não é? Então, primeiro você escreveu uma carta anônima ao sr. Griswell, acusando o nosso professor de ter roubado aquele dinheiro da excursão. Esse é bem o tipo de coisa que crianças da nossa idade na época fariam... tentar solucionar um problema se livrando da fonte dele. Mas foi meu tio quem recebeu a carta por engano e combinou de falar com o sr. Larkin na mata perto do Parque Shelton... na mesma hora em que você estava lá para se encontrar com Shane. Então, é verdade, você ouviu aquela conversa.

Avanço alguns passos, mantendo meus olhos fixos nos de Charlotte.

— Depois disso, você estava ciente do problema que tinha em mãos com o sr. Larkin. Ele não era o tipo de pessoa que se acovardaria por causa de uma carta anônima, ou que se deixaria intimidar pela sua família. Ele *gostava* da briga. O que foi mesmo que você disse na biblioteca? — Me aproximo ainda mais, sem esperar pela resposta dela. — "Há mais de uma maneira de se ser terrível." O Sr. Larkin deve ter mesmo parecido alguém terrível para você na época. Acho que você estava furiosa e... e aí atacou. Antes mesmo que ele sequer tivesse se dado conta de que você estava lá. — Meus olhos desviam para as mãos dela, protegidas por luvas de couro macio. — E você não deixou nenhuma impressão digital porque estava usando essas luvas. Ou outras parecidas.

— Uau! — exclama Charlotte enquanto o vento faz seus cabelos se agitarem de maneira artística, como se tivesse sido especificamente contratado para aquele exato propósito. — Você está mesmo mergulhando de cabeça nisto tudo.

— Não acho que a sua intenção era matá-lo. — Posso imaginar a Charlotte do oitavo ano de maneira vívida, incapaz de acreditar no que fizera. Deve ter ficado congelada ao lado do corpo do sr. Larkin até ouvir Shane se aproximando, e então se escondeu... torcendo, talvez, para que Shane passasse longe e não notasse o corpo caído. Mas ele notou, e Charlotte foi obrigada a fazer uma escolha: continuar escondida e dizer a todos que tinha decidido não encontrar Shane na floresta, no fim das contas, ou se juntar ao menino e fingir estar chocada com a descoberta.

Como sempre, ela escolheu a opção que a trazia para mais perto de Shane.

— Foi um golpe de azar — continuo. — Mas você não estava disposta a aceitar sua responsabilidade... e Tripp te ofereceu uma saída. Você não sabia por quê, mas ficou mais do que feliz em aceitá-la. E vem mantendo Tripp perto, dentro da sua esfera de influência, desde então.

Charlotte não consegue se conter.

— Não ultimamente — comenta.

— Não por escolha — rebato.

Quando compartilhei minha teoria com Tripp pela primeira vez, ele resistiu, e não posso culpá-lo. Em vários sentidos, Charlotte foi uma boa amiga para ele. Mas quanto mais conversamos, mais ele começou a enxergar as coisas... e mesmo que ele se recuse a admitir, acho que parte dele está aliviada que Charlotte faça mais sentido como a assassina do sr. Larkin do que Lisa Marie. Ele queria vir comigo hoje, mas não achei que seria boa ideia. Imaginei que Charlotte não deixaria nada escapulir se ele estivesse comigo.

Nós nos encaramos em silêncio, até que Charlotte pergunta:

— Terminou?

— Terminei — respondo, endireitando os ombros, mesmo contra o desejo súbito e quase irresistível de meu corpo de se curvar.

— Ótimo. Tudo isto foi um deliriozinho muito interessante seu, mas não passa disso, e você não tem nem um fiapo de prova que diga o contrário. — Os olhos azuis cristalinos se cravam nos meus. — Recomendo que você não saia por aí espalhando isso. Nem todos têm a minha paciência.

Faço que sim com a cabeça, sem me deixar abalar pela ameaça polida. Só estou surpresa que tenha demorado tanto para chegar. Ela se vira para partir, e digo:

— Tchau, Charlotte.

— Vai se tratar — rebate ela, sem olhar para trás.

Talvez eu não devesse tê-la confrontado, mas, no caso de Charlotte, tenho certeza de que é preferível saber quem ela é. E ela não está inteiramente certa; *tenho* um fiapo de prova.

Ontem à noite peguei minha cópia da carta anônima que tio Nick havia recebido (ele a guardou por todos aqueles anos, e conseguiu encontrá-la) e fui até o porão vasculhar a minha caixa de lembranças do ensino fundamental até encontrar o que estava procurando: o fichário com o projeto de coleta de folhas que fiz com Charlotte no oitavo ano. Depois de tudo que aconteceu com o sr. Larkin, entregamos o dever atrasado, e fui eu quem fez a maior parte do trabalho. A única contribuição de Charlotte foi uma capa muito bem-feita com nossos nomes escritos.

A carta anônima com a acusação tinha sido digitada, mas o envelope foi endereçado à mão; e a caligrafia era muito compatível com a da nossa capa do projeto. A letra *G*, em particular, era idêntica ao *G* em *Gallagher*, mais parecida com o número seis do que com uma letra.

Não é muito, sei disso. E, para ser sincera, nem sei se estou torcendo para que Charlotte seja punida pelo que fez. Estava falando sério quando disse que não acreditava que tinha sido a intenção dela matar o nosso professor. Mas matou, e muitas pessoas sofreram porque ela se recusou a assumir a culpa. Não quero que Charlotte passe o resto da vida fazendo o que bem quiser, a quem quiser, sem consequências. Pois, quando isso acontece, temos mais uma Lisa Marie.

Aqueles *Gs* idênticos não são prova de que Charlotte matou o sr. Larkin, mas são um começo. O primeiro passo, por assim dizer. Observo Charlotte partir até se tornar apenas um pontinho distante, e depois desbloqueio meu celular e procuro a mensagem que Carly me mandou ontem:

Ainda sentimos a sua falta no Motivação. *Tem algo que eu possa fazer para convencer você a voltar?*

Passo 2, penso, antes de responder: *Tem. Está livre amanhã?*

AGRADECIMENTOS

Nada a declarar é fruto da pandemia; uma história que comecei a escrever na primavera de 2020, me baseando em uma ideia de mistério que me ocorrera anos antes. Ao longo dos meses, foi uma luta para mim construir a trama, e culpei o caos em que o mundo estava mergulhado, antes de me dar conta de que tinha centrado a história nas personagens erradas. Depois de reimaginar meus dois protagonistas por completo, o livro deslanchou e foi um verdadeiro prazer de escrever.

Dedico *Nada a declarar* a minhas agentes Rosemary Stimola e Allison Remcheck, não apenas porque eu sequer teria uma carreira se não fosse por essas duas mulheres incríveis, mas porque suas críticas e opiniões ainda bem no início deste livro foram inestimáveis. A equipe inteira do Stimola Literary Studio é fantástica, e sou especialmente grata a Alli Hellegers pelo seu trabalho na área internacional, e a Pete Ryan e Nick Croce pela ajuda na administração da produção.

Este é meu sexto livro com o grupo editorial Delacorte Press, e sou muito melhor escritora hoje do que era no início, graças a minha brilhante editora, Krista Marino, que sempre eleva minhas histórias a níveis que eu não sabia ao certo se poderiam alcançar. Obrigada a minhas editoras-chefes, Beverly Horowitz, Judith Haut e Barbara Marcus, por todo o apoio, e ao maravilhoso time da Delacorte Press e Random House Children's Books, inclusive Kathy Dunn, Lydia Gregovic, Dominique Cimina, Kate Keating, Elizabeth Ward, Jules Kelly, Kelly McGauley, Jenn Inzetta, Emma Benshoff, Adirenne Weintraub, Felicia Frazier, Becky Green, Enid Chaban, Kimberly Langus, Kerry Milliron, Colleen Fellingham, Alison Impey, Kenneth Crossland, Martha Rago, Tracy Heydweiller, Tamar Schwartz, Linda Palladino e Denise DeGennaro.

Obrigada aos meus formidáveis colegas de direitos internacionais da Intercontinental Literary Agency, Tomas Schlueck Agency e Rights People por ajudarem a encontrar lares ao redor do mundo para *Nada a declarar.* Sou grata aos meus editores internacionais pelo apoio que deram a este título e à minha carreira em geral.

Obrigada a Kit Frick pelo feedback cuidadoso que deu a este manuscrito, a mamãe e papai por todo o apoio, e a minha irmã Lynne por ter sido minha primeira leitora (agradeço também a Lynne e Luis Fernando por terem me deixado pegar seu cachorro, Al, emprestado para um pequeno, mas crítico, papel em *Nada a declarar*). Obrigada a meu filho, Jack; a minhas sobrinhas, Gabriela e Carolina; e a meu sobrinho, Erik, que de repente se tornaram meu público-alvo e ocasionalmente servem de consultores não remunerados de assuntos de mídia social. Sou também muito agradecida a minha sobrinha, Shalyn, pelas belíssimas ilustrações que fez de minhas personagens. Obrigada também aos meus dois clubes do livro, meus vizinhos e à equipe de Holden, que me ajudaram a celebrar alguns momentos importantes este ano. E, finalmente, um enorme obrigada a meus leitores, que continuam demonstrando seu apoio aos meus livros de uma maneira que me deixa profundamente grata e que me lembra da importância de contar histórias.

Este livro foi composto na tipografia Minion Pro,
em corpo 11/16, e impresso em papel off-white,
no Sistema Cameron da Divisão Gráfica
da Distribuidora Record.